La
librería
perdida

La librería perdida

EVIE WOODS

Editado por HarperCollins Ibérica, S. A.
Avenida de Burgos, 8B - Planta 18
28036 Madrid

La librería perdida
Título original: The Lost Bookshop
© Evie Woods 2023
© 2024, 2025 para esta edición HarperCollins Ibérica, S. A.
Publicado por HarperCollins Publishers Limited, UK
© De la traducción del inglés, Isabel Murillo Fort

Diseño de cubierta: Lucy Bennett/HarperCollinsPublishers Ltd
Imágenes de cubierta: © Stephen Mulcahey/Trevillion Images (casa); Shutterstock.com (el resto de imágenes)

ISBN: 978-84-1064-402-1
Depósito Legal: M-22998-2025
Impreso en España por: BLACK PRINT

Para todos los amantes de los libros

Prólogo

Las lluviosas calles de Dublín durante un gélido día de invierno no eran el mejor lugar para que un joven anduviera perdiendo el tiempo, a menos que ese joven tuviera la nariz pegada al escaparate de la librería más fascinante del mundo. Las luces titilaban en el interior y las coloridas cubiertas parecían estar llamándolo, prometiéndole aventuras y una huida de la realidad. El escaparate estaba lleno a rebosar de novedades y cachivaches: globos aerostáticos en miniatura flotaban hasta casi alcanzar el techo mientras cajas de música con pájaros mecánicos y tiovivos giraban y tintineaban. La encargada de la tienda lo vio y le indicó con un gesto que entrara. Pero el chico negó con la cabeza y se ruborizó.

—Llegaré tarde a la escuela —dijo, hablando a través del cristal.

La mujer hizo un gesto de asentimiento y sonrió. Parecía simpática.

—Bueno, solo un minuto —comentó finalmente el chico, después de resistirse al impulso de entrar durante tres segundos enteros.

—Un minuto, de acuerdo.

La mujer estaba atareada detrás del mostrador; sacaba libros de una caja de cartón. Echó un vistazo al chico, a la camisa sin remeter

9

en el pantalón, a la mata de pelo que llevaba ya un tiempo consiguiendo eludir un peine y a sus calcetines desparejados. Sonrió para sus adentros. La Librería de Opaline era un imán para chicos y chicas.

—¿En qué curso estás?

—Tercero, voy al St. Ignasius —respondió el chico, que estiró el cuello para poder ver mejor los avioncillos de madera que colgaban del techo abovedado.

—¿Y te gusta?

El chico rio solo de pensarlo.

La mujer lo dejó hojeando un viejo libro de trucos de magia, pero al poco rato el chico se acercó de nuevo al mostrador y empezó a estudiar el material de papelería.

—Puedes ayudarme si quieres. Estoy enviando invitaciones para la presentación de un libro.

El chico se encogió de hombros, cogió una carta de invitación y, con escaso entusiasmo, se puso a imitar la forma en que la mujer doblaba los papeles y los metía en los sobres. Arrugó la nariz por el esfuerzo y la constelación de pecas que cubría sus mejillas cambió de forma.

—¿Qué significa Opaline? —preguntó; cuando pronunció la palabra sonó como si tuviera más sílabas de las que en realidad tenía.

—Opaline es un nombre.

—¿Su nombre?

—No, yo me llamo Martha.

La mujer adivinó enseguida que la explicación no lo dejaba muy satisfecho.

—Si quieres, puedo contarte una historia sobre ella. Tampoco le gustaba mucho el colegio. Ni las reglas.

—¿Ni hacer lo que le decían que tenía que hacer? —sugirió el chico.

10

—Oh, eso en particular no le gustaba nada. —Martha esbozó una sonrisa de complicidad—. Mira, acaba de meter todas esas cartas en los sobres mientras yo preparo el té. Una buena historia siempre empieza con un té.

Capítulo 1

OPALINE

Londres, 1921

Deslicé los dedos por el lomo del libro y dejé que las hendiduras de la cubierta en relieve guiaran mi piel hacia algo tangible, hacia algo más creíble que la ficción que se estaba desarrollando delante de mí. Tenía veintiún años y mi madre había decidido que había llegado la hora de casarme. Mi hermano, Lyndon, me había hecho el flaco favor de encontrar una criatura lerda que acababa de heredar un negocio familiar, algo relacionado con la importación de alguna cosa desde un lugar muy lejano. Yo apenas estaba escuchando.

—Una mujer de tu edad solo tiene dos opciones —declaró mi madre, dejando la taza y el platito en la mesita que había al lado de su sillón—. Una es casarse, y la otra, encontrar un puesto acorde con su refinamiento.

—¿Refinamiento? —repetí, con cierta incredulidad.

Miré a mi alrededor, el salón con la pintura de las paredes descascarillada y las cortinas descoloridas, y no pude hacer otra cosa que admirar su vanidad. Mi madre se había casado con un hombre de

13

situación social inferior y siempre se había esforzado por recordárselo a mi padre, para que no lo olvidara.

—¿Tiene que hacer esto ahora? —preguntó mi hermano Lyndon cuando la señora Barrett, nuestra criada, entró para retirar las cenizas de la rejilla.

—La señora ha pedido que se le encienda la chimenea —replicó ella, en un tono que no mostraba ni la más mínima nota de respeto. Llevaba con nosotros toda la vida y solo aceptaba órdenes de mi madre. Al resto nos trataba como a vulgares impostores.

—El caso es que tienes que casarte —repitió como un loro Lyndon mientras andaba cojeando de un lado a otro del salón, apoyándose en su bastón.

Era dieciocho años mayor que yo y toda la parte derecha de su cuerpo había quedado deformada por la metralla durante la guerra cuando estaba destinado en Flandes, y el hermano que conocí en su día había quedado enterrado en algún rincón de aquel campo de batalla. Los horrores que podían haber visto sus ojos me aterraban y, aunque no me gustara admitirlo, había acabado cogiéndole miedo.

—Es un buen partido. La pensión de papá apenas da para que mamá pueda seguir llevando la casa. Ha llegado la hora de que despegues la cabeza de tus libros y te enfrentes a la realidad.

Aferré mi libro contra el pecho. Era una excepcional primera edición norteamericana de *Cumbres Borrascosas*, un regalo de mi padre junto con su amor por la lectura. Como un talismán, siempre tenía cerca aquel libro forrado en tela, en cuyo lomo podía leerse, labrada en oro, la engañosa frase: «Por la autora de *Jane Eyre*». Nos habíamos tropezado con él, por pura casualidad, en un mercadillo de segunda mano de Camden (un secreto que no podíamos contarle a mamá). Posteriormente, descubriría que el editor inglés de Emily había permitido aquella atribución errónea para capitalizar el éxito comercial de *Jane Eyre*. El libro no estaba ni mucho menos en perfecto estado: las cubiertas de tela estaban desgastadas por los bordes y la posterior tenía una muesca en forma de V. Las páginas se estaban soltando; el tiempo y el uso empezaban a hacer mella en los hilos que las unían. Pero para mí todas aquellas características, incluso el olor a humo de tabaco que desprendía el papel, eran como una máquina del tiempo. Tal vez las simientes se sembraran entonces. Un libro nunca es lo que parece. Imagino que mi padre albergó la esperanza de que el amor por los libros me infundiera cierto interés por los estudios, pero fue más bien al contrario: solo sirvió para avivar mi odio hacia las aulas. Yo vivía en y para mi imaginación y así, cada tarde, volvía corriendo a casa al salir del colegio y le pedía que me leyera. Mi padre era funcionario, un hombre honesto cuya pasión era aprender. Siempre decía que los libros eran mucho más que palabras escritas sobre papel, que eran portales de acceso a otros lugares, a otras vidas. Me enamoré de los libros y de los inmensos mundos que contenían en su interior, y todo eso se lo debía a mi padre.

—Si ladeas la cabeza —me dijo en una ocasión—, podrás oír a los libros más viejos susurrándote sus secretos.

Encontré un libro antiguo en la estantería, con cubiertas de cuero y hojas oscurecidas por el paso del tiempo. Me lo acerqué al oído, cerré con fuerza los ojos e imaginé que escuchaba los importantes secretos que el autor intentaba transmitirme. Pero no oí nada o, al menos, no oí ni una palabra.

—¿Qué has oído? —me preguntó mi padre.

Esperé, y entonces dejé que el sonido me llenara los oídos.

—¡Oigo el mar!

Era como tener una concha pegada al oído, como si el aire se arremolinara entre las páginas. Mi padre sonrió y me acarició la mejilla.

—¿Respiran, papá? —le pregunté.

—Sí —respondió—, las historias respiran.

Cuando en 1918 mi padre cayó enfermo de la gripe española, me pasaba las noches sentada al lado de su cama, sujetándole una mano helada y leyéndole su relato favorito. *La historia personal de David Copperfield*, de Charles Dickens. No sé por qué estúpida razón creía que aquellas palabras le ayudarían a recuperarse.

—Me niego a casarme con un hombre que ni siquiera conozco por la única y exclusiva razón de ayudar a sanear la economía de la familia. ¡Me parece una idea ridícula!

La señora Barrett soltó el cepillo cuando me oyó decir aquello, y el sonido del metal al chocar contra el mármol alteró las facciones de mi hermano. Odiaba los ruidos fuertes.

—¡Fuera de aquí ahora mismo!

La pobre mujer tenía las rodillas muy inestables, y necesitó tres intentos antes de conseguir incorporarse y salir del salón. Nunca sabré cómo lo hizo para reprimir el impulso de cerrar de un portazo.

Continué con mi defensa:

—Si tanta carga os supongo para los dos, me marcharé de casa y ya está.

—¿Y dónde diantres crees que irías? No tienes dinero —declaró mi madre.

Con sesenta y pico años, mi madre siempre se había referido a mi llegada a la familia como su «pequeña sorpresa», lo cual podría sonar pintoresco de no haber sabido que a ella no le gustaban nada las sorpresas. Haberme criado en una casa con gente de una generación mayor solo servía para aumentar mis deseos de huir de allí y experimentar el mundo moderno.

—Tengo amigos —repliqué—. Podría encontrar un trabajo.

Mi madre chilló.

—Pero ¿qué te has creído, mocosa desagradecida? —bramó Lyndon. Me sujetó por la muñeca mientras yo intentaba levantarme del sillón.

—¡Me haces daño!

—Y te haré mucho más si no obedeces.

Intenté liberar mi brazo, pero me tenía agarrada con fuerza. Miré a mi madre, que estaba concentrada en estudiar la alfombra del suelo.

—Entiendo —dijo ella, comprendiendo que Lyndon era ahora el hombre de la casa y el encargado de tomar todas las decisiones.

—Muy bien. —Seguía sin soltarme la muñeca y al hablar me lanzó su fétido aliento a la cara—. Muy bien, he dicho.

Lo miré a los ojos e intenté soltarme de nuevo.

—Conoceré a ese pretendiente.

—Te casarás con él —me aseguró Lyndon y, muy despacio, me soltó.

Me alisé la falda y guardé mi libro bajo el brazo.

—Perfecto. Todo arreglado, pues —dijo Lyndon, fijando su fría mirada en algún punto por detrás de mí—. Invitaré a Austin a cenar esta noche y cerraremos el tema.

—Sí, hermano —dije, antes de subir a encerrarme en mi habitación.

Saqué el cajón superior del tocador y encontré un cigarrillo que había robado de la reserva oculta que la señora Barrett guardaba en la cocina. Abrí la ventana, lo encendí y aspiré lenta y profundamente, como una *femme fatale* del cine. Me senté entonces delante del tocador y dejé el cigarrillo en una concha de ostra que había recogido en la playa el verano pasado, en el transcurso de unas tranquilas vacaciones con mi mejor amiga, Jane, antes de que se casara. A pesar de que las mujeres habíamos conseguido el derecho a voto, un buen matrimonio seguía considerándose nuestra única opción.

Miré mi reflejo en el espejo y me llevé la mano a la base del cuello, justo al punto donde terminaba mi melena. A mi madre casi le da un soponcio cuando vio lo que había hecho con mis largas trenzas. «Ya no soy una niña», le había dicho. Pero ¿era eso verdad? Necesitaba ser una mujer moderna. Necesitaba arriesgarme. Pero sin dinero propio, ¿qué otra cosa podía hacer que obedecer a mis mayores? Recordé entonces las palabras de mi padre: «Los libros son como portales». Dirigí la mirada hacia la estantería y di una nueva calada al cigarrillo.

«¿Qué haría Nellie Bly en mi lugar?», me pregunté, como hacía a menudo. Porque, para mí, ella era el paradigma de la audacia, una periodista pionera norteamericana que, inspirada por el libro de Julio Verne, había dado la vuelta al mundo en solo setenta y dos días, seis horas y once minutos. Nellie siempre decía que con la energía correctamente aplicada y dirigida se podía conseguir cualquier cosa. De haber sido chico, habría podido anunciar mi intención de hacer el *Grand Tour* por Europa antes de contraer matrimonio. Anhelaba experimentar distintas culturas. Tenía veintiún años y no había hecho nada de nada. No había visto nada de nada. Contemplé una vez más mis libros y tomé la decisión antes de acabar de fumar mi cigarrillo.

—¿Cuánto puede darme por ellos?

El señor Turton examinó mis ejemplares de *Cumbres Borrascosas* y *El jorobado de Notre Dame*. Era el propietario de una tienda asfixiante que en realidad no era más que un pasillo muy largo desprovisto de ventanas. El humo de su pipa daba al ambiente una calidad viscosa, y enseguida me empezaron a llorar los ojos.

—Dos libras, y soy muy generoso.

—Oh, no, necesito mucho más que eso.

Vio entonces el ejemplar de *David Copperfield* de mi padre y, sin que me diera tiempo a impedirlo, se puso a hojearlo.

—Este no lo vendo. Tiene… un valor sentimental.

—Ah, pues este sí que es interesante. Es lo que se conoce como la «edición de lectura», la que Dickens habría leído en sus lecturas públicas.

Su nariz bulbosa y sus ojos minúsculos le daban el aspecto de un tejón o de un topo. El señor Turton olisqueó el valioso libro como si fuera una trufa.

—Sí, lo sé —dije, intentando arrancar el libro de sus garras avariciosas.

Pero el hombre continuó con su valoración, como si estuviera vendiéndolo ya en una subasta.

—Lujosamente encuadernado en piel de becerro tintada en rojo. Una edición encantadora: suntuoso lomo repujado en oro, perfiles dorados en todas las páginas, guardas marmoladas originales…

—Me lo regaló mi padre. No está en venta.

El señor Turton me miró por encima de sus gafas, evaluándome.

—¿Señorita…?

—Señorita Carlisle.

—Señorita Carlisle, este es uno de los ejemplares «raros» mejor conservados que he tenido en mis manos.

—Y las ilustraciones son de Hablot K. Browne. Verá usted que ahí aparece su seudónimo, Phiz —añadí con orgullo.

—Podría ofrecerle quince libras.

El mundo se quedó en silencio, como suele suceder en el instante previo a la toma de una decisión trascendental. Un camino conducía hacia la libertad y lo desconocido. El otro era una jaula de oro.

—Veinte libras, señor Turton, y cerramos el trato.

El señor Turton entrecerró los ojos y sus labios lo traicionaron al esbozar a regañadientes una sonrisa. Supe que acabaría pagando, igual que supe en aquel momento que consagraría mi vida a recuperar aquel libro. Cuando me dio la espalda, guardé de nuevo en el bolsillo mi ejemplar de *Cumbres Borrascosas* y me marché.

Así fue como empezó mi carrera como librera.

Capítulo 2

MARTHA

Dublín, nueve meses antes...

Cuando aquella fría y oscura tarde me planté por primera vez delante de la casa de ladrillo rojo de estilo georgiano de Ha'penny Lane, con la chaqueta chorreando agua de lluvia, no tenía pensado quedarme allí. Por teléfono, la mujer me había parecido bastante antipática, pero no tenía otro lugar adonde ir y llevaba muy poco dinero en el bolsillo. Mi viaje a Dublín había empezado la semana anterior, en el otro extremo del país, en una solitaria parada de autobús a las afueras del pueblo. No recuerdo cuánto tiempo estuve sentada en la parada, ni si hacía frío o calor; tampoco si alguien había pasado a mi lado. Mis cinco sentidos estaban dominados por una necesidad que lo ofuscaba todo: huir. No veía bien con el ojo derecho, de modo que no me di cuenta de la llegada del autobús a la parada. Tenía el cuerpo entumecido, pero cuando salté del murete de piedra mis costillas se quejaron. Aun así, no permití que mis pensamientos volvieran allí. Todavía no. Ni siquiera lo permití cuando el conductor se apeó para ayudarme con la maleta y me miró como si acabara de escaparme de una cárcel de máxima seguridad.

—¿Adónde? —preguntó.

«A cualquier lugar menos aquí», pensé.

—A Dublín —respondí.

Dublín estaba lejos. Empecé a ver la campiña pasando con rapidez al otro lado de la ventana. Odiaba con ganas aquellos campos, los pueblecitos con una escuela, una iglesia y doce *pubs*. La presión que su tonalidad gris ejercía sobre mí. Debí de adormilarme, puesto que de pronto me sobresalté y me protegí la cara con las manos, pensando que volvía a tenerlo encima. Aunque protegerme de qué. Él era tremendamente rápido. Y, cuando encontró el atizador, todo se esfumó de repente. Todo. Todas mis esperanzas. Todas mis ingenuas y estúpidas esperanzas. En aquel momento aprendí una cosa: en este mundo estás sola. Nadie va a venir a salvarte. La gente no cambia de la noche a la mañana, no te pide perdón y empieza a tratarte con respeto. Todo se convierte en un caos de padecimiento y dolor, y lo pagan con quien tienen delante. Tuve que salvarme.

—Solo un café y un sándwich de queso a la plancha, por favor —le dije al camarero, después de elegir lo más barato de la carta.

No había tenido suerte por Internet, de modo que cogí un periódico local y empecé a buscar trabajo. Llevaba una semana hospedada en una pensión y ya me estaba quedando sin dinero. Entonces fue cuando lo vi: «Ama de llaves. Interna». Marqué el número, y al día siguiente me encontraba en la escalera de acceso de una lujosa mansión y delante de una reluciente puerta negra de entrada. *Madame* Bowden, como me pidió que me dirigiera a ella, no se parecía a nadie que hubiera conocido antes. Como si fuera un personaje de un drama de época televisivo, iba engalanada con una boa de plumas y pendientes de diamantes. En menos de cinco minutos, me

22

había abrumado ya con historias sobre sus tiempos en el Teatro Real, sus bailes con las Royalettes y sus actuaciones en obras de las que no había oído hablar jamás.

—La gente dice que soy excéntrica, pero yo digo que ellos son aburridos. En la vida todo es relativo. ¿Cómo me has dicho que te llamabas?

—Martha —repetí por tercera vez mientras la seguía por las escaleras que bajaban al sótano.

Madame Bowden utilizaba bastón y, a pesar de que lo agitaba con gran ostentación, se la veía bastante ágil. Calculé que habría superado con creces los ochenta, pero parecía atemporal, una actriz que había elegido un personaje congelado en el tiempo.

—La última chica estaba muy feliz aquí —comentó en un tono que me advertía de que yo debería sentirme igual.

Estaba tan oscuro que no se veía nada, excepto a través de la media ventana casi pegada al techo, mediante la cual se vislumbraban los pies de la gente que pasaba por la calle. Con la ayuda del bastón, *madame* Bowden le dio a un interruptor y, después de unos instantes de ceguera producidos por el resplandor de la bombilla grande de la lampara suspendida, vi una cama individual en la esquina y un armario en la pared de enfrente. Al lado de la entrada había una pequeña cocina y, justo al salir, una puerta daba acceso a un minúsculo cuarto de baño con ducha. El linóleo del suelo se abombaba por los bordes y el papel pintado de la pared seguía su ejemplo, pero experimenté de inmediato una sensación de seguridad. Aquello podía ser mío. Un espacio que podría considerar propio. Donde podría cerrar la puerta sin tener que preocuparme por quién pudiera derribarla.

—¿Y bien? —preguntó *madame* Bowden, arqueando una ceja.

—Es encantador —respondí.

—Por supuesto que lo es. Ya te lo dije.

—¿Así que tengo el trabajo?

Madame Bowden entrecerró los ojos y evaluó mi aspecto desaliñado. Agradecí a Dios que tuviera mala vista, puesto que no dio muestras de fijarse en mi cara magullada o, si lo hizo, eso no la desanimó.

—Oh, supongo que sí —dijo, como si no tuviera más remedio que aceptarme—. Pero no te entusiasmes, te contrato simplemente porque no me queda otra. No se ha presentado nadie más. ¿No te parece increíble? Es lo que pasa con las de tu generación. No estáis en absoluto dispuestas a trabajar en algo normal y honesto. Hoy en día todo gira en torno a eso del «tikkity-tok» y la gente espera recibir dinero a cambio de nada.

Seguía hablando cuando dio media vuelta y empezó a subir la escalera. Me senté con cuidado en la cama y escuché los muelles sonando como un acordeón roto debajo de mí. Pero daba igual. Nadie me encontraría aquí. Puse el despertador a las siete. Por lo visto, mi nueva jefa esperaba una «experiencia gastronómica excelente» por la mañana, razón por la cual tendría que apañármelas para organizar un desayuno digno de estrella Michelin con lo que hubiera en la nevera. Pero ya pensaría en eso después. Y enseguida me quedé plácidamente dormida sin ni siquiera quitarme la ropa mojada ni bajar las persianas.

Me senté en la cama en cuanto me desperté. ¿Por qué había tanta luz? ¿Dónde estaba? ¿Por qué sonaba la alarma del reloj? Una a una, mi cabeza respondió lentamente a todas mis preguntas, y bajé la vista hacia mis viejos vaqueros y mi jersey grandote. No sabía muy bien cuál era el uniforme de un ama de llaves, pero probablemente no era ese. Abrí la maleta y saqué un vestido largo de punto de

24

color gris. Ni siquiera recordaba haberlo metido allí, pero supuse que una parte de mi cerebro debía de haber pensado en coger cosas que no necesitaran plancha. Me quité rápidamente el jersey, y justo empezaba a bajarme la cremallera de los vaqueros cuando vi la mitad inferior de dos piernas caminando por delante de la ventana del sótano que daba a la parte lateral de la casa. Contuve la respiración hasta que vislumbré unas botas de ante marrón con cordones. No eran sus botas. Observé, tapándome el sujetador con el jersey, que las botas deambulaban de un lado a otro y trazaban semicírculos. ¿Qué demonios hacía aquel tipo? La rabia se apoderó de mí. Sin ganas de resistirme a ella, conseguí abrir la ventana y, descansando los brazos en el alféizar, asomé la cabeza.

—Disculpe.

No hubo respuesta. Carraspeé con fuerza. Nada.

—¿Puedo ayudarle en algo?

—Lo dudo.

Me sorprendió captar un acento inglés. Porque había empezado a pensar que aquellos pies no estaban conectados con ningún cuerpo. Seguía sin poder verle la cara, pero interpreté enseguida algún que otro fragmento de aquel hombre. Era una costumbre mía, lo de interpretar a la gente a partir de pequeñas pistas, por mucho que a veces me hubiera metido en problemas por ello. Y aquel hombre parecía estar distraído, buscando alguna cosa, infeliz.

—¿Qué hace aquí? —dije, continuando mi conversación con sus pantorrillas.

—Me parece a mí que no le importa. ¿Y usted qué hace aquí?

—¡Vivo aquí! —exclamé, pensando en que debería haber bajado las persianas—. De modo que dedíquese a hacer el *voyeur* en otra parte.

Noté que me temblaba un poco la voz. No estaba en condiciones de pelearme con un desconocido, pero, por otro lado, quería mi privacidad. Oí que las botas rascaban la tierra y lo siguiente que recuerdo es que el hombre estaba acuclillado y que su cara se cernía delante de mí. Su rostro, con perfiles tan afilados que daba la impresión de que incluso podías cortarte el dedo si los tocabas, no concordaba en absoluto con su voz. Había cierta calidez en sus ojos marrones, ¿o eran verdes? De color avellana, quizá. Su cabello se ponía de por medio. Pero sus facciones tenían ese aire inquisitivo de alguien dispuesto a desafiar todas y cada una de las palabras que su interlocutor pudiera pronunciar.

—¿Acaba de decir *voyeur*? —preguntó, sin poder casi disimular la risa—. ¿De dónde sale tanto refinamiento?

No estaba segura de qué me desagradaba más, si ser ignorada o ser objeto de burla. La sonrisa de aquel hombre resultaba fastidiosamente contagiosa y dejaba al descubierto una dentadura imperfecta, que interpreté como el resultado de una efímera pasión por el deporte. Por el fútbol, imaginé. Seguro que en el intento de parar un penalti había recibido un golpe en la cara. Sonreí, pero recuperé la seriedad enseguida.

—Mire, si no para usted de acosarme o lo que quiera que esté haciendo, llamaré a la policía.

El hombre levantó las manos en un gesto de rendición.

—Lo siento. Mire, me llamo Henry —dijo, ofreciéndome la mano a modo de saludo.

Me quedé contemplando la mano y vi cómo tímidamente la retiraba.

—No estaba espiándola por la ventana, se lo prometo. Estoy… Estoy buscando algo.

«La respuesta típica», me dije.

—¿Y qué ha perdido?

—Hum... —Miró a su alrededor, al extenso terreno entre la casa de *madame* Bowden y la del vecino, alborotándose con las manos su ya alborotado pelo—. No es que lo haya perdido, exactamente...

Lo miré con exasperación. Era un *voyeur*. O como quisiera llamarlo. ¡Un pervertido! Eso era. Estaba a punto de decírselo cuando el hombre pronunció una palabra que no me esperaba para nada.

—¡Restos! Estoy buscando los restos de...

—Oh, Dios mío, ¿está insinuando que aquí ha muerto alguien? Sabía que este lugar tenía malas vibraciones. Tuve una sensación rara en cuanto llegué y...

—No, no. Por Dios, no. No me refiero a ese tipo de restos. —Bajó la cabeza para poder mirarme de nuevo—. Sé que todo esto parece sospechoso, pero le prometo que no es nada malo. Sucede, simplemente, que es difícil de explicar.

Por un momento, nos quedamos sin decir nada. Él agachado junto a la pared inclinada del gablete; yo medio colgando por fuera de la ventana, de pie encima de una silla. Y entonces fue cuando oí una campanilla.

—¿Qué ha sido eso? —preguntó, intentando ver el interior de la casa.

Miré a mi alrededor y localicé una campanilla muy anticuada conectada a un cable que desaparecía por el techo. Al ver aquello, me dio la impresión de estar viviendo en una especie de versión de *Downton Abbey*. Me volví hacia él, hacia Henry.

—Hágame un favor. Sea lo que sea lo que esté buscando, búsquelo en otro lugar —dije, y le cerré la ventana en la cara.

Capítulo 3

HENRY

Estaba sentado delante de una jarra de Guinness en el mismo *pub* que ayer, y que anteayer. Incluso tenía ya mi taburete preferido junto a la barra, en una esquina, al fondo. Sonaba «Tainted Love» y empecé a marcar el ritmo dándole con la punta del zapato a la madera de la barra: «*Sometimes I feel I've got to* (toc, toc) *run away, I've got to* (toc, toc)…».

Estaba releyendo las notas que había tomado el día anterior:

> *En el transcurso de tu vida, pasarás un total de seis meses buscando objetos perdidos. Una aseguradora llevó a cabo un estudio que sugería que las personas perdemos una media de nueve objetos al día, lo que significa que cuando cumplamos sesenta años habremos perdido unos doscientos mil objetos. Por lo que a los libros se refiere, ¿cuántos libros de bolsillo, manuscritos y borradores se habrán perdido u olvidado a lo largo de la historia? La cifra debe de ser infinita. ¿Cuántas bibliotecas olvidadas permanecen ocultas, como sucedió con la Biblioteca de Dunhuang, en los lindes del desierto de Gobi, que permaneció clausurada durante mil años y fue descubierta, por pura*

casualidad, por un monje taoísta que derribó una pared al apo-
yarse en ella para fumar un cigarrillo? Detrás de aquel muro,
el monje encontró una montaña de documentos antiguos, al-
macenados en pilas de casi tres metros de altura y escritos en
diecisiete idiomas distintos. ¿Quién sabe si quedan todavía te-
soros por redescubrir o qué objetos perdidos están esperando ver
de nuevo la luz?

Eso era, al menos, lo que me había obligado a recordarme a mí mismo mientras pasaba una noche más en una pensión que apenas podía permitirme y escribía notas en mi diario sobre una librería que actualmente no existía. ¿Habría existido alguna vez? Lo único que tenía era una carta de uno de los coleccionistas de libros raros más importantes del mundo dirigida a su propietaria, la señorita Opaline Gray, en la que se hablaba sobre un manuscrito perdido. ¿Y dónde había encontrado yo una misiva tan excepcional? En el único lugar del mundo donde la posibilidad se convertía en realidad: en una sala de subastas. Llevaba años buscando el gran descubrimiento que me convirtiera en un nombre destacado en el mundo de los libros raros, y esto era lo más cerca que había estado de mi objetivo.

Hacía ya días que debería haber subido a un avión que me llevara de vuelta al Reino Unido. Bebí otro trago de «esa cosa negra», como llamaba a la Guinness la gente de por aquí. La motivación adquiere todo tipo de formas y tamaños, y mi motivación para seguir en Irlanda era evitar quedar como un fracasado. Eso era lo que todo el mundo esperaba, yo incluido. Si nadie te toma en serio, ¿cómo pretendes tomarte en serio tú mismo? Le echaba la culpa a mi padre, y no tenía reparos en hacerlo. El primer recuerdo que tenía de él era una traición. Me había dicho que me levantara e hiciera una actuación con mi nuevo micrófono de juguete. Debía de ser Navidad y habían venido a visitarnos algunos de sus compañeros. Canté algunas canciones, a saber cuáles, porque lo único que recordaba era su risa, aquellas carcajadas de borracho que parecían el gruñido de un lobo. Los demás se le sumaron, y recuerdo que me ardían tanto las mejillas que ni siquiera me di cuenta del líquido caliente que se deslizaba por mis piernas.

—¡Se ha meado encima! —resolló mi padre, que hasta se cayó de la silla de tanto reír.

No recuerdo qué pasó después de aquello. Imagino que mi madre debió de acudir en mi rescate. Pero, desde aquel momento, me gané la reputación de llorón, de ser un chico demasiado sensible. Tampoco ayudó que mi hermana Lucinda hubiera salido del vientre materno con los puños dispuestos para la pelea. Yo la respetaba. De hecho, nos tenía a todos un poco intimidados. De modo que mi posición como el más débil de la camada quedó firmemente establecida.

Hasta que encontré la carta de Rosenbach.

Me convertí de pronto en un hombre con un destino, y fue como si todos aquellos años durante los cuales había estado perdiendo mis reservas vitales de vitamina D por permanecer escondido en bibliotecas estuvieran finalmente justificados. Había acabado pasando tanto tiempo leyendo libros en la biblioteca que todo el mundo pensaba que trabajaba allí, y al final yo también lo creía. Llegué a alcanzar niveles bastante notables de autoengaño cuando empecé a indicarle al personal cómo debía desempeñar sus funciones. Cuando mi madre se enteró, se puso furiosa.

—¡Todo el dinero que he gastado en tus matrículas! ¡Y ni siquiera te has presentado a un solo examen, Henry!

Sí, pero había utilizado el dinero para asistir a cursos en la London Rare Books School, de manera que no había sido un dinero desperdiciado. Tenía un oficio, por mucho que nadie más viera el amor extremo por los libros antiguos como un oficio.

Nunca había seguido una pista como aquella…, no era ni mucho menos Indiana Jones. En una ocasión, Lucinda me había dicho que era tan aventurero como un cubo de fregona. Pero ¿quién era ahora el cubo, eh? Reí; era evidente que la bebida se me estaba subiendo a la cabeza. Había pasado semanas en Ha'penny Lane buscando alguna pista, algún indicio de que la librería hubiera existido. Una sombra oscura, como la que queda marcada en la moqueta cuando mueves el sofá. Pero siempre salía de allí con las manos vacías.

Hasta lo de la chica.

¿De dónde había salido? Sus ojos azules tenían la mirada más penetrante que había visto en mi vida. Yo la había mirado también. Parecía enfadada. No; parecía muerta de miedo, lo vi al instante. Tenía la piel muy clara, pero sus mejillas redondeadas exhibían un resplandor rosado. Su flequillo, largo y decolorado, conseguía esconder un ojo morado con muy mal aspecto. El efecto era el de un ángel caído viviendo tiempos difíciles. Me habría gustado seguir hablando con ella, pero ¿qué decirle?: «¿Has visto por aquí una librería desaparecida?», «¿Es posible que tu casa la haya engullido?», «¿Estás libre para ir a cenar?». Cuando cerró de golpe la ventana y se volvió, sin soltar el jersey que aferraba contra su pecho, pude ver el enorme tatuaje que le cubría la espalda. No era un diseño en sí, sino líneas y líneas escritas con una letra minúscula, como los manuscritos del mar Muerto.

Habíamos hablado solo un momento, pero estaba seguro de que era la mujer más intrigante que había conocido. Eso sí, se había mantenido fiel al patrón que seguía la mayoría de las mujeres conmigo: me conocían y sentían una aversión instantánea hacia mi persona. Era posible, sin embargo, que supiera alguna cosa sobre la librería, de modo que tendría que indagar más y encontrar ese encanto necesario para ponerla de mi lado.

Dos horas más tarde, estaba de vuelta en mi B&B, en un estrecho pasillo que un claustrofóbico papel pintado y los retratos enmarcados de al menos cinco papas hacían parecer aún más estrecho. Las flores de color naranja me miraban con malicia y los remolinos del estampado de la moqueta marrón no ofrecían ni un momento de respiro.

—¿Ya estás de vuelta para tomar el té, cariño?

Nora me recordaba al personaje de Hilda Ogden de *Coronation Street*, aunque con el acento dublinés más marcado que había oído por aquellos lares. Era de ese tipo de personas que lo han visto todo. Allí de pie, con un brazo cruzado sobre el pecho y un cigarrillo sujeto en una mano flácida, parecía como si nada en el mundo pudiera sorprenderla. Envidiaba a la gente así. Si en aquel momento se produjera una explosión nuclear y empezaran a caernos encima ladrillos y cemento, Nora seguramente se quedaría ahí plantada con su cigarrillo y sus rulos en la cabeza, preguntándose quién había montado aquel escándalo, y luego seguiría friendo los huevos para la hora del té.

—No, gracias, Nora. He comido pastel de carne con patatas en el *pub*.

Jamás había conocido a nadie tan preocupado por mi dieta, y la mayoría de nuestras conversaciones terminaban provocándome ansiedad por mi peso, que en general no era el suficiente, a su entender.

—Oh, estupendo, eso se te pegará a las costillas —dijo, con un gesto de aprobación—. Y mañana por la mañana te espera un desayuno irlandés completo —añadió, dejando muy claras sus prioridades.

La saludé educadamente y me encaminé hacia la escalera que subía a mi habitación, con sus cortinas con volantes y su colcha de tejido brillante. A pesar de la decoración, al instante me había sentido allí como en casa. No como en mi casa, claro está. Pero sí dentro del concepto de «estar en casa». Tal vez fuera por la manera de ser de Nora, que te hacía sentirte como si te conociera de toda la vida. Como si formaras parte de una familia que, por lo que yo sabía, consistía en tres *jack russell* y un marido llamado Barry que se mantenía alejado de la vista de todo el mundo.

—Vive en ese cobertizo —me había comentado Nora la primera noche, mientras me enseñaba el baño compartido, con sanitarios de color verde aguacate. El sonido de un martillo aporreando madera resonaba desde el jardín trasero—. Ojalá pudiera convencerlo para que durmiera también allí —había dicho, con un suspiro de indulgencia.

—Hay una carta para ti, por cierto —dijo ahora, sacándola del bolsillo de su delantal—. Del Ayuntamiento. Parece algo oficial. No la he leído —se apresuró a añadir, confirmando con el comentario que sí lo había hecho.

Capítulo 4

OPALINE

Cuando retiraron las pasarelas y los pañuelos empezaron a agitarse, mi corazón se convirtió en una mezcla de excitación e inquietud. La noche de insomnio y de frío que acababa de pasar a bordo de un tren correo con destino a Dover me había proporcionado horas interminables durante las que poder cuestionar la sabiduría de mi decisión de huir a Francia. Había tenido el tiempo justo para enviarle un telegrama a Jane, y me arrepentía amargamente de no haber tenido la oportunidad de despedirme como era debido de la única persona a la que de verdad echaría de menos. No tenía ni idea de lo que me esperaba, pero era muy consciente de lo que dejaba atrás. Sin duda alguna, mi madre se llevaría un disgusto con mi partida, si no por la pérdida de una hija, sí por los chismorreos y la mala reputación que caería sobre el buen nombre de nuestra familia. Sería una deshonra para ellos dos, pero no me había quedado otra elección. Era su orgullo o mi futuro, y no podía, no quería, sacrificarme en el altar de sus expectativas. Tenía estudios suficientes para salir adelante, o eso pensaba yo, y pronto comprendería que la universidad de la vida ofrecía una educación mucho más rigurosa.

Ya en cubierta, dejé la maleta a mis pies y observé el horizonte. Vi que muchos pasajeros se habían instalado en las sillas reclinables para evitar el mareo, pero yo no. Sujeta a la baranda, empecé a imaginarme todas las aventuras que tenía por delante, sin plantearme en ningún momento temas tan prácticos como qué medios emplearía para sobrevivir sola en un país extranjero. De repente, por el rabillo del ojo capté un movimiento y, sin que me diera ni cuenta, alguien se había largado con mi maleta. Grité, pero mi voz se perdió en el viento y, mientras el ladrón se escapaba, resbalé por la madera encerada de la cubierta. Un hombre pasó corriendo a mi lado, veloz como un rayo, en dirección a la pasarela; consiguió capturar al ladrón, un chico de unos doce años, si acaso llegaba. El hombre lo trajo de vuelta agarrándolo por el pescuezo con una mano y cargando con mi maleta en la otra y, con una voz de acento muy marcado, me preguntó qué quería hacer con él.

—Yo… Bueno… —murmuré, casi avergonzada; el suceso me había dejado en estado de *shock*.

—Lo denunciaré al capitán del barco, si *mademoiselle* así lo desea —replicó el hombre, con cierta licencia dramática.

De inmediato fui consciente de su altura; debía de medir más de metro ochenta y sus facciones eran muy llamativas. Cabello negro, ojos oscuros y piel también oscura. Resultaba inexplicablemente atractivo.

—¿*Mademoiselle*? —repitió, con una leve sonrisa iluminándole los ojos.

—Hum… Sí, sí, por supuesto. —Me volví para mirar al chico, cuyas facciones parecían de repente las de un cordero perseguido—. ¿Y qué le pasará? —pregunté, recuperando la maleta.

—Lo obligarán a abandonar el barco y será llevado directamente a la cárcel, supongo —respondió el hombre, sin emoción alguna.

—Oh.

—Es usted quien decide, *mademoiselle*.

—Bien. He recuperado mis posesiones, por lo que deduzco que no se ha causado ningún daño. Y no volverás a hacerlo, ¿verdad? —pregunté dirigiéndome al chico, que, me di cuenta en aquel momento, iba descalzo y llevaba una ropa que le quedaba dos tallas pequeña.

El niño negó impetuosamente con la cabeza y, corriendo como una criatura salvaje, se perdió entre el gentío en cuanto el hombre lo soltó.

—*Mademoiselle* ha sido demasiado generosa —dijo, viendo cómo el chico desaparecía—. Permítame que me presente. Me llamo Armand Hassan. —Luego hizo una leve reverencia.

El nombre sonaba tan exótico e intrigante que le otorgaba un atractivo instantáneo. Iba bien vestido, pero con un aire de elegancia informal, como si no pudiera evitar tener buen aspecto, llevara lo que llevase. Pero sus ojos tenían algo peligroso y hermético que inspiraba desconfianza.

—Señorita Carlisle —repliqué, ofreciéndole la mano y dándome cuenta, aunque demasiado tarde, de que acababa de darle mi nombre a un perfecto desconocido. Tenía que aprender a ser más aguda, y hacerlo rápido además.

—*Enchanté*, *mademoiselle* Carlisle, y permítame decirle que tiene usted un apellido precioso. Confío en tener ocasión de poder pronunciarlo de nuevo. Y a menudo.

Se llevó mi mano enguantada a los labios y habría jurado que percibí el calor de su aliento a través del tejido. Desvié rápidamente la mirada y recé para que mis mejillas no se hubieran ruborizado. Apenas me había alejado de la costa de Inglaterra y, como una ingenua, ya estaba sucumbiendo al encanto de un acento extranjero. Tenía que controlarme.

—Sí, claro, muchas gracias, *monsieur* Hassan, pero debo irme —repliqué, cayendo con retraso en la cuenta de que estaba a bordo de un barco y que no había compromisos urgentes que atender.

Los ojos de *monsieur* Hassan brillaron, imaginándose a buen seguro las advertencias que yo debía de haber recibido sobre entablar conversación con desconocidos.

—Espero que me permita, *mademoiselle*, ofrecerle unas breves palabras de consejo a modo de despedida: una joven tan encantadora como usted debería tener más cuidado de aquí en adelante. Viajando sola por el continente, el sexo débil siempre corre el peligro de caer víctima de tipos con pocos escrúpulos.

Fue entonces cuando recuperé la compostura, eché los hombros hacia atrás y levanté la barbilla.

—*Monsieur* Hassan, si bien es evidente que domina usted con fluidez el idioma inglés, acaba de dejar patente su falta de conocimientos sobre las mujeres inglesas. Somos más que capaces de cuidarnos solas, muchas gracias.

Y, dicho esto, me recoloqué el abrigo y eché a andar con determinación hacia proa con un viento en contra que casi me hace perder el sombrero, que conseguí sujetar con la mano en el último momento.

«Qué arrogancia», murmuré para mis adentros, decidida a no dejarme engatusar por nadie, sin importar las circunstancias.

El hotel Petit Lafayette parecía bastante elegante a tenor de su fachada, pero, igual que sucede con los libros, nunca se puede juzgar solo por el aspecto exterior. Fui conducida hacia una escalera que giraba alrededor de un patio interior y que proporcionaba a cada habitación una especie de balconcito desde el que se dominaban las grises e insulsas entrañas del edificio. Mi estado de ánimo cayó aún más por los suelos cuando el hombre abrió la puerta de mi *chambre*. Nunca había tenido oportunidad de entrar en un convento, pero supuse que sería más o menos el equivalente a lo que tenía delante de mí: una habitación estrecha con una cama estrecha de aspecto muy incómodo y sin ninguna ventana.

—No, no —dije, negando con la cabeza.

—*Non?* —repitió el hombre, imperturbable.

—No, me temo que esto es inaceptable.

Como no había respuesta, desarrollé un poco mi explicación.

—Esta habitación se parece a una celda monástica —dije, alzando la voz y hablando más despacio, porque estaba claro que si no aquel hombre no entendería mi problema—. Me gustaría… *Je voudrais une chambre plus grande. Avec une fenêtre!*

Diez minutos más tarde, y por el doble de precio, me encontraba en una habitación de tamaño modesto con una cama algo más grande. Tenía claro que debía perfeccionar mis habilidades de regateo, pero, en cuanto abrí la ventana alargada y contemplé las vistas, me olvidé de todas mis quejas. Los tejados de París se extendían delante de mí, dorados bajo la luz del atardecer. Lo que había hecho me tenía aterrada. El deseo y su consecución pueden llegar a provocar pensamientos increíblemente opuestos en una persona. Pero estaba decidida a intentarlo. Y a no derramar una sola lágrima.

Mi primer día en París se despertó ventoso pero despejado, y salí a la calle con el pequeño mapa que le había comprado al llegar a un vendedor callejero. París era una ciudad tan bella e inspiradora como me esperaba; cada calle era más bonita que la anterior. Los edificios de piedra de color beis, con ventanas altas y elegantes tejados de zinc gris, lucían inmaculadamente refinados bajo el sol. Paseando por el Quai de la Tournelle, me encontré con un montón de puestos de vendedores de libros —de *bouquinistes*, como más adelante me enteraría que los llamaban— donde se vendían ejemplares de todo tipo en francés y en inglés, revistas, periódicos e incluso carteles y postales antiguas. Me paré a curiosear, maravillada por aquellos puestos metálicos de color verde repletos de tesoros que llenaban los parapetos de las orillas del Sena. Parecían vagones de tren que acabaran de parar allí para hacer una escala y abrir sus puertas al público lector hasta el anochecer.

A orillas del río, bajo el sol resplandeciente y perdida en un universo de libros y acentos extranjeros, me sentía en la gloria. Y fue entonces cuando lo vi: *Histoires extraordinaires*. Encuadernado en azul cobalto, era una traducción en dos volúmenes de los cuentos cortos de Edgar Allan Poe hecha por Charles Baudelaire. Abrí la cubierta y descubrí que era una primera edición, publicada por Michel Lévy Frères, en París, en 1856-1857. Mi padre era un fanático de la obra del señor Poe, y a mí me habían encantado *El corazón delator* y *La caída de la Casa Usher*, de modo que lo vi como una señal. Pregunté por el precio del libro, y mi francés entrecortado me delató de inmediato como extranjera. Cien francos me parecía una cantidad excesiva y, después de mucho gesticular (el hombre se sacó los bolsillos del pantalón hacia fuera para indicar que aquello era un robo a mano armada), acordamos un precio. Me sentía casi embriagada por mi temeridad, por haber gastado el poco dinero que tenía en otro libro. Y, justo cuando el hombre empezaba a envolver los volúmenes en papel marrón y cordel, oí una voz que reconocí enseguida pronunciando mi nombre.

—*Monsieur* Hassan —dije, sorprendida al ver que volvía a cogerme la mano para estamparle un beso.

Me ruboricé al instante y el librero esbozó una sonrisa de suficiencia. Y entonces iniciaron una conversación en francés que fui incapaz de seguir, aunque el tema me quedó enseguida claro.

—Veo que ha comprado mi Baudelaire —dijo *monsieur* Hassan con una sonrisa maliciosa.

—¿A qué se refiere?

—A que le dije a mi amigo que me guardara esta traducción, pero veo que se la ha vendido a usted... a un precio muy superior.

La insinuación me quedó clara, que yo era una mujer tonta y me habían tomado el pelo. Decidí ignorarla.

—En este caso, no es su Baudelaire, sino mi Baudelaire —dije, cogiendo el paquete y echando a andar para regresar al hotel.

—Permítame, al menos, invitarla a cenar esta noche como felicitación por su excelente adquisición —dijo, dando unas zancadas para ponerse a mi altura.

—No, gracias, no puedo aceptar una invitación tan inapropiada. Somos desconocidos.

—Uf —replicó *monsieur* Hassan, fingiendo que acababa de clavarle un puñal en el corazón—. Aunque resulta que no somos desconocidos, y me da la impresión de que usted está sola en París...

—No estoy sola —me puse a la defensiva—. Estoy con mi... tía.

—Ah, entiendo —dijo, con un gesto de asentimiento y reconociendo casi la derrota—. *Alors*, por si cambia de idea, *mademoiselle* Opaline —añadió, entregándome su tarjeta—. No es un desprecio fácil de olvidar, pero, por suerte para usted, soy de carácter olvidadizo.

Luego, saludando con un toque de sombrero, desapareció por una callejuela y me quedé allí plantada y furibunda. Era un hombre exasperante, pomposo y arrogante. Lo aborrecía. Pero, aun así, me guardé la tarjeta en el bolsillo en vez de arrojarla al Sena.

Por la tarde, escribí a mi querida Jane una de las postales que había comprado en el puesto de libros. Sabía que podía confiar en ella y que mantendría en secreto mi paradero. Uno de los encantos de Jane era que podías oír su risa incluso antes de verla. Adoraba las actividades al aire libre, algo que su madre declaraba «poco apropiado para una dama». La echaba muchísimo de menos, y pensé que escribirle me ayudaría a reducir la distancia entre nosotras, aunque fuese solo por un rato. Intenté mantener un tono animado y llené la postal de frases encerradas entre signos de exclamación. «¡París es maravilloso!». No muy original, pero era la verdad. Me imaginé que quizá un día vendría a visitarme si seguía aquí. Aunque, cuando miré el dinero que me quedaba, ya no lo tuve tan claro. Tenía que buscar trabajo. Decidí visitar la biblioteca al día siguiente y ver qué podía encontrar allí.

Cuando me desnudé para acostarme, saqué del bolsillo la tarjeta que *monsieur* Hassan me había dado.

Armand Hassan
ANTICUARIO
Rue Molière, 14
Casablanca
Marruecos

De modo que *monsieur* Hassan era un especialista en libros raros marroquí. Lo cual explicaba su exótico atractivo, si es que te gustaban ese tipo de hombres, y yo había decidido que no era mi caso. Los libros románticos que había leído estaban plagados de historias de mujeres que caían rendidas a los pies de hombres disolutos como ese. Guardé la tarjeta, en la maleta esta vez. Cuando debería haberla hecho mil pedazos y tirado a la basura.

Capítulo 5

MARTHA

Trabajar como ama de llaves de una mujer de edad avanzada con graves delirios de grandeza no era precisamente el destino que había visualizado para mí. Pero me repetía sin cesar que aquello no era más que un parche hasta que estuviera recuperada. Fuera lo que fuese que eso significara. Solo pasados un par de días, me establecí una rutina. Y comprendí que eso era justo lo que necesitaba, porque seguía en estado de *shock*. A diferencia de lo que sucede en las películas, una no huye de su casa, deja atrás su matrimonio y todo lo que conocía, y simplemente empieza una nueva vida. Hay un periodo intermedio durante el cual te limitas a respirar, como la persona que se está ahogando y se aferra a una roca. Sabes que estás viva, que puedes moverte, hablar incluso, pero te falta algo.

Realizaba, pues, mis tareas. Me despertaba y preparaba enseguida el desayuno para *madame* Bowden (un huevo duro y *muffins* con confitura). Después recogía la cocina, le hacía la cama y limpiaba su habitación mientras ella se vestía; luego encendía la chimenea de abajo. La casa era vieja y gélida, pero *madame* Bowden renegaba de la calefacción central; decía que las tuberías destruirían la estética. Tenía opiniones muy firmes con respecto a todo, lo cual me dejaba sinceramente desconcertada. Ante todo, porque yo no recordaba haber tenido nunca opinión sobre nada. En casa, el único que opinaba sobre los temas importantes era mi padre. Mi madre no hablaba. Hoy en día, dirían de ella que era una persona «no verbal», pero cuando yo era pequeña la gente del pueblo la llamaba otras cosas.

Madame Bowden, por otro lado, leía los periódicos en voz alta, contradecía todos y cada uno de los artículos de opinión y hacía discursos sobre lo que ella haría si estuviera en el poder. Yo básicamente la ignoraba, y continuaba pasando el aspirador por las alfombras y ocupándome de la colada. No es que fuese desagradable conmigo, aunque tampoco podía decirse que fuera simpática, lo cual me venía bien. A última hora de la tarde, cenaba en mi pequeña habitación del sótano, casi siempre judías con una tostada, y había adquirido la costumbre de dar un paseo a orillas del río al anochecer, cuando los trabajadores de las oficinas ya habían vuelto a sus casas y la ciudad estaba tranquila. O más tranquila, mejor dicho.

Era como si empezara a descongelarme después de un invierno muy largo. Cada día que pasaba notaba que mis músculos se relajaban un poco más e, incluso cuando iba a hacer la compra al supermercado, ya apenas miraba atrás para ver si él me seguía. Hasta el día en que Eileen, *madame* Bowden, decidió sucumbir a «la ruina del siglo xx» y adquirió un televisor. Yo estaba ocupada en la cocina preparándole la comida (salmón pochado con patatas *baby*), y cuando le llevé la bandeja al salón vi a un hombre cruzando la puerta de entrada. Solté la bandeja y me quedé paralizada.

—Ah, lo siento, cariño; he llamado, pero la puerta estaba abierta —dijo, claramente avergonzado y sujetando con gran esfuerzo la enorme caja.

Seguí mirándolo, intentando confiar en lo que me transmitían mis ojos. «No es él», me repetí una y otra vez para mis adentros. «No es él». Me recuperé lo más rápidamente que pude y me puse a limpiarlo todo. Pero me temblaban tanto las manos que el hombre se ofreció a ayudarme. Estaba tan abochornada que ni siquiera podía mirarlo a los ojos.

A la mañana siguiente, *madame* Bowden me pidió que limpiara a fondo el polvo de su despacho, una pequeña habitación en la primera planta que daba a la calle. Tenía un papel pintado precioso con motivos florales y un escritorio al lado de la ventana. Las otras paredes estaban llenas de estanterías que, como en una biblioteca, se encontraban repletas de libros.

—Es hora de hacer una buena limpieza primaveral —anunció, a continuación me ordenó bajar de las estanterías todos y cada uno de los libros y, con un trapo húmedo, quitarles el polvo.

—¡No, no muy húmedo! —me alertó, y me dio una toalla seca para retirar cualquier resto de humedad que pudiera quedar después.

A pesar de que de entrada me pareció una tarea abrumadora, enseguida desarrollé un método que me facilitaría las cosas. Cogía todos los libros de una estantería y los depositaba en el suelo, encima de una sábana vieja. Luego, arrodillada sobre un cojín, iba retirando con cuidado el polvo de cada ejemplar. Los había muy antiguos, tanto que amenazaban con desintegrarse entre mis dedos. Los había también en otros idiomas que era incapaz de entender. Pensé, con cierta envidia, que *madame* Bowden debía de ser una persona muy culta. Los libros y yo nunca nos habíamos llevado muy bien. No, no era exactamente así. Los libros me ponían nerviosa. Siempre me habían generado ese efecto. Recordaba haber tenido siempre este tipo de reacción con los libros. Casi como si fueran una amenaza. Prefería leer a la gente. La gente era más fácil que los libros. Mi madre me había enseñado a leer la historia de una persona sin que la persona leída tuviera necesidad de pronunciar una sola palabra.

Como había hecho con *madame* Bowden: sabía que le daba miedo envejecer y que por eso estaba tan enfadada con el mundo. Sabía que mi madre cargaba con un dolor emocional que era incapaz de expresar con palabras. Y sabía que aquel inglés que había aparecido en mi ventana estaba enamorado de una mujer llamada Isabelle. Durante mucho tiempo, había dado por sentado que todo el mundo podía hacer esto, y no fue hasta que mis amigas empezaron a enfadarse conmigo por descubrir sus secretos cuando comprendí que era un don que me pertenecía solamente a mí. O una maldición. Aunque la auténtica maldición fue mi incapacidad de leer a mi marido después de enamorarme de él. Dicen que el amor es ciego, y para mí eso fue más cierto que para la mayoría. Nunca vi llegar la violencia. Pensándolo bien, tampoco él, o yo lo habría intuido. ¿Qué fue lo que le hizo cambiar? ¿Fui yo? ¿Alguna cosa que hice mal?

Su burla favorita era gritarme: «Te crees que eres especial, ¿verdad?».

Y tenía razón. Lo creía. No con vanidad, sino porque pensaba que estaba destinada a hacer algo más grande en la vida. Que mi camino acabaría conduciéndome a algo mejor, porque en verdad era buena haciendo esa cosa en concreto o porque estaba destinada a hacer algo. Pues eso a él no le gustaba. No le gustaba a nadie, en realidad. Así que aprendí a esconder este tipo de pensamientos. Los había escondido tan bien que ya había olvidado dónde los había guardado. Porque ahora no creía que me mereciera nada mejor que lo que tenía: una cara magullada, un matrimonio roto y un trabajo limpiando la preciosa casa de otra mujer. Sabía que no me merecía nada mejor, aunque en algún rincón dentro de mí seguía albergando esperanzas. Justo eso era lo que me hacía sentir tan mal: la esperanza. Comprendí entonces que tendría que prescindir de una de las dos cosas: la felicidad o la esperanza.

Capítulo 6

HENRY

—La cosa es que el número 11 de Ha'penny Lane es… Veamos, sí, aquí está —anunció el señor Dunne, señalando la parcela vacía que había entre el número 10 y el número 12—. O, mejor dicho, no está aquí. Aquí es donde no está. —Disimuló una risilla con un ataque de tos.

Funcionario de la Agencia Oficial de Urbanismo, había accedido a regañadientes a visitar el lugar después de mis incesantes llamadas telefónicas.

—Entendido —contesté. Me pareció que esperaba que dijera algo más—. Pero ya ha visto los mapas que le envié, los que mostraban que la tienda estuvo aquí.

—Sí, he visto los mapas, señor Field, pero, como ya le expliqué por teléfono, no existen registros oficiales de ningún edificio en este lugar. Aparte de este —dijo, señalando la casa del número siguiente.

—Pero ese es el número 12.

—Exactamente. El número 11 no existe.

—Pero el hecho de que ahora sea una casa no significa que anteriormente no pudiera utilizarse como tienda. La planta baja, me refiero.

Empezaba a inclinarme a favor de esta idea. No tenía ni idea de edificios históricos, pero estaba seguro de que antiguamente la gente realizaba actividades comerciales en su propia casa.

—Aun admitiendo tal posibilidad, eso no altera el hecho de que el número 11 no exista —replicó el señor Dunne, perdiendo el interés—. ¿Ha probado a hablar con la gente que vive en la casa?

—¿Perdón?

Acababa de entrar en la calle un camión articulado que nos obligaba a tener que gritar para oírnos.

—Podrían saber alguna cosa sobre el pasado de esta zona —bramó el señor Dunne.

—¿Sobre un pasado de edificios desaparecidos? —cuestioné.

El señor Dunne se limitó a mirarme como si yo no estuviera muy bien de la cabeza y se apartó levemente, como si mi mal pudiera ser contagioso.

—No sé si todo esto es algún tipo de broma —dijo el señor Dunne, mirando el reloj—. Ya voy tarde para mi siguiente cita, de modo que tendré que dejar que lo averigüe usted solo. —Agitó las llaves del coche en un gesto cargado de intención—. Buena suerte con eso. —Señaló el espacio contiguo a la casa.

«Sí, entendido, que me las apañe solo», pensé. Aquel hombre me consideraba simplemente un idiota que había viajado hasta Irlanda para encontrar una librería que no existía.

El señor Dunne se fue, pero yo me había quedado paralizado. Miré la fachada del número 12 y luego la del número 10, y volví a mirarlas. No tengo ni idea de cuánto tiempo llevaría allí cuando vi que la puerta del número 12 se abría. Era ella, el ángel caído, tan indiferente ante el mundo como el otro día cuando se asomó a la ventana. Aquella mujer tenía algo especial, aunque tal vez fuera simplemente la visión de otra alma perdida en busca de algo que sabía que debería estar allí pero no lo estaba.

—Disculpe, me pregunto si podría robarle un momento de su tiempo, señorita.

Se paró en seco, se volvió y me miró como si fuera a arrepentirme toda la vida si no hacía que las siguientes palabras que salieran de mi boca merecieran ser escuchadas.

—¿Qué pasa?

—Yo… Bueno, es que…

Brillante. De sobresaliente. La chica siguió andando a paso ligero.

—¿Puedo invitarla a un café? Podría explicárselo todo…

—Puedo pagarme mi propio café, gracias.

—Mire, no soy ningún tipo raro…

—Eso es justo lo que un tipo raro diría.

Me esforcé por encontrar las palabras que pudieran obligarla a prestarme atención. Y, como último recurso, opté por la sinceridad.

—¡Necesito su ayuda!

Ella se paró, bajó la cabeza y se quedó un momento pensando, como si estuviera decidiendo qué hacer.

—Por allí hay una cafetería —dijo, indicando una callejuela adoquinada a la que se accedía a través de una arcada.

Mientras la seguía, volví a presentarme como Henry. Henry Field. Exactamente así, como si yo fuera un miembro clave del MI5.

Ella mantuvo su nombre en secreto, lo que la convertía en una espía incluso mejor.

—De modo que encontraste —dijo tuteándome— una antigua carta que menciona un libro del que nadie ha oído hablar y que resulta que está escondido en una librería que no existe.

—Podría resumirse así, sí —reconocí, antes de darle un sorbo al café y dejarme sin querer un espumoso bigote blanco.

Ser sincero resultaba liberador. Llevaba mucho tiempo escondiendo mi hallazgo por miedo a que cualquier otro descubriera el manuscrito perdido, pero sabía que aquella mujer, Martha (al final me reveló su nombre, aunque no su apellido), no tenía los conocimientos necesarios ni el interés para robarme mi descubrimiento.

—¿Has pensado en ir a ver a un psicólogo?

—¡Ja!

No esperaba de ella un comentario tan gracioso, puesto que su semblante se había mantenido muy serio hasta aquel momento. Iba maquillada, lo cual servía, hasta cierto punto, para cubrir sus moratones, aunque cada vez que bebía un poco de té seguía esbozando una mueca de dolor por el corte que tenía en el labio. Hice lo correcto y fingí no darme cuenta de nada.

—Sé que existió. En el membrete de la carta aparece la dirección, por mucho que en el Ayuntamiento no tengan ningún registro de ese establecimiento.

—¿Y en qué crees que yo puedo ayudarte? Llevo aquí pocos días. No conozco en absoluto la ciudad.

—Oh, imaginaba otra cosa. ¿No eres la propietaria del número 12?

Se echó a reír con ganas al oír aquello, pero entonces, con la misma rapidez, sus facciones volvieron a adoptar la anterior expresión tensa.

—La propietaria del número 12 es *madame* Bowden. Trabajo para ella.

—Oh, entiendo, ¿como su asistente, quizá?

No respondió enseguida, y al instante me arrepentí de ser tan curioso. ¿Qué más daba? Lo había dicho por decir algo.

—Soy su ama de llaves.

—Oh.

«¿Oh? ¿No se te ocurre otra cosa que decir, idiota?».

—Bueno, gracias por el té. Tendría que irme ya.

Se levantó y se encaminó hacia la puerta antes de que me diera tiempo a reaccionar.

—¿A lo mejor podríamos repetir esto? —dije a sus espaldas.

Pero ni se volvió. Se limitó a saludarme con la mano y salir a la calle.

Capítulo 7

OPALINE

París, 1921

Al día siguiente empecé temprano a preguntar por puestos de trabajo en cualquier lugar donde veía un cartel que rezara: «*Offres d'emploi*». Enseguida llegué a la conclusión de que nadie quería contratar a una joven inglesa sin ninguna habilidad en concreto, con un francés mediocre y sin experiencia comercial. La ingenuidad de mi plan o, mejor dicho, la ausencia de él, me hizo caer presa del pánico. Comencé a vagar sin rumbo por las calles, confiando ciegamente en que apareciera alguna señal. Al final, me dejé arrastrar por la gente que sabía adónde iba y crucé el Sena por el magnífico Pont Neuf. Levanté la mirada hacia las agujas de la catedral de Notre Dame y pensé en Esmeralda y Victor Hugo. Metí la mano en el interior de mi bolso y acaricié el Baudelaire. Notar el libro bajo mis dedos me tranquilizó. Era imposible explicarlo, ni siquiera yo misma lo entendía, pero los libros me aportaban una sensación inquebrantable de estabilidad y solidez. La idea de que, si las palabras sobrevivían, también lo haría yo.

Y mientras seguía caminando por las calles bajo la llovizna, ya casi a punto de rendirme, me topé con una librería llamada Shakespeare and Company. Ver aquel nombre me aportó cierto consuelo. Detrás de la puerta abierta se veían un montón de cajas y dos mujeres que discutían sobre dónde colocar las cosas. Hablaban en inglés, y aunque una tenía acento norteamericano, la otra era inconfundiblemente francesa.

El escaparate resplandecía con una luminosa muestra de libros: un arcoíris de encuadernaciones en cuero de distintos colores, xilografías e intrigantes títulos. La excitación y la curiosidad que me embargaban siempre que miraba el escaparate de una librería me produjeron un leve escozor en la piel. «No compres nada», me dije para mis adentros cuando estiré el cuello para mirar un poco el interior.

—¿Me echa una mano? —dijo la más bajita de las dos mujeres, que iba vestida con una chaqueta y una falda de lana de *tweed*, y me hizo pensar al instante en una líder de los *scouts*, alguien a quien obedeces sin rechistar.

No sin cierta torpeza, cogí el otro extremo de una caja voluminosa, que debía de pesar como un elefante de tamaño pequeño y que la mujer pretendía levantar.

—Son los peligros que conlleva esta profesión —dijo la mujer, riendo al verme resoplar.

—Me temo que tengo pocos músculos —repliqué.

—¿Es acaso un acento inglés lo que acabo de detectar?

Respondí con un gesto de asentimiento y me presenté.

—Me llamo Sylvia. Sylvia Beach. —Me estrechó la mano con firmeza—. Pues está en el lugar adecuado. Tenemos un surtido espléndido de novelas en inglés.

—¿Es usted la propietaria de la tienda? —pregunté estúpidamente, puesto que jamás en la vida había tenido noticias de una mujer que dirigiera su propia librería.

—¡Y de toda la deuda que conlleva! —respondió, riendo.

Su risa sonaba como un ladrido y resultaba contagiosa. Sin darme cuenta, empecé también a reír, por mucho que no supiera de qué nos reíamos.

—Imagino que no estará buscando empleados —le espeté, confiando en que mi tono no pareciera muy desesperado.

Con expresión pensativa, la señorita Beach se apoyó en unas cajas.

—¿Que si busco empleados? —preguntó retóricamente.

—¿Tiene experiencia trabajando en librerías? —preguntó la otra mujer, que apareció de repente, del interior de la tienda.

—Le presento a la señorita Monnier, la propietaria de la tienda de la acera de enfrente —me explicó la señorita Beach.

A diferencia de Sylvia, los ojos oscuros de la señorita Monnier me observaron con recelo, y por instinto entendí que pensaba que yo no daba la talla.

—No exactamente —confesé. Las dos mujeres intercambiaron una mirada. Tal vez fuera una escena que ya habían vivido previamente, la de una chica ingenua que persigue su sueño parisino—. Me he pagado el viaje hasta aquí vendiendo una primera edición de Dickens y aquí tengo… Miren —dije, sacando el Baudelaire del bolso—, este se lo compré el otro día a un *bouquiniste* del Sena.

La señorita Beach cogió el libro con cuidado, abrió con delicadeza la cubierta y empezó a explorar las páginas una a una.

—Es importante comprobar que estén todas las páginas —dijo en voz baja—. Cuanto más atrás vayamos en la historia de la impresión, mayor probabilidad de que acaben faltando hojas.

—¿En serio?

—Sí. Al periodo anterior al siglo XIX lo conocemos como el periodo de la imprenta manual, una época en la que el papel era un producto mucho más valioso que ahora, y la gente arrancaba hojas de los libros para su propio uso. Un hallazgo interesante. La felicito.

—Gracias —dije, recuperando mi libro.

—Veo que tiene buen ojo para la calidad, y cualquier joven capaz de ganarse un pasaje al continente comerciando con libros tiene a buen seguro talento para el negocio. ¿Qué le parecería si le ofreciera un puesto de aprendiz y le enseñara todo lo que sé sobre libros?

Empecé a responder efusivamente, dándole las gracias, hasta que la señorita Beach levantó la mano para interrumpirme.

—Tengo que decirle que no puedo pagarle bien y que se trata de un trabajo de largas horas, pero sí le garantizo que aprenderá mucho y hará contactos importantes.

—Oh, señorita Beach —dije boquiabierta—. No estoy acostumbrada a quedarme sin palabras y, de hecho, puede que esta sea la primera vez.

—Bien. No soporto el sentimentalismo. Así que, si quiere, puede empezar ayudándonos con estas entregas.

—¿Empezar ahora?

—¿Acaso existe un momento mejor que el presente? —replicó la señorita Beach, empleando ese tono tan prosaico del que llegaría a depender mucho más de lo que nunca hubiera imaginado.

Shakespeare and Company era un lugar fascinante. La tienda tenía la calidez silenciosa de todas las librerías, estanterías de madera oscura gastadas por el paso del tiempo y ese olor inconfundible a papel y cuero. Pero Sylvia, que apenas era unos años mayor que yo, era una especie de mamá gallina para toda una familia bohemia de artistas y escritores a los que ofrecía un refugio, una biblioteca de préstamo, un club social literario, una oficina de correos y, esperaba que muy pronto, también una editorial. Había entablado amistad con un escritor irlandés apellidado Joyce, y sentía tal pasión por su forma de escribir que pretendía publicarle su primera novela, *Ulises*. Era un riesgo enorme, puesto que se trataba de una obra tan vanguardista que su autor temía que quedara censurada eternamente. Tampoco ayudaba que el manuscrito fuera tres veces más extenso que una novela promedio, lo que implicaba que el precio de la impresión sería astronómico.

El primer día de trabajo debí de comportarme como una niña a la que acaban de darle las llaves de una juguetería. Me resultó imposible no distraerme con la gran cantidad de libros de todas las épocas y temáticas, con todo tipo de encuadernaciones. Y no pude evitar preguntarme a quién habrían pertenecido en su día. De dónde procederían. Cómo olerían.

—No vas a servirme de nada si insistes en comportarte como una clienta, Opaline —me advirtió con claridad Sylvia, y en el transcurso de los días siguientes me esforcé por no distraerme con todos los libros interesantes que me encontraba, que eran muchos.

Sylvia tenía muy claro que para aprender el funcionamiento del negocio había que comenzar por lo más básico. De modo que empecé a acarrear libros de un lado a otro y a ordenarlos correctamente en las estanterías, así como a atender a los clientes lo mejor que sabía. Y en los días más tranquilos, mientras quitábamos el polvo de las estanterías y los libros, se dedicaba a explicarme todos los detalles del negocio de los libros.

—Ahora bien, un libro antiguo no es necesariamente un libro raro, Opaline. Un libro puede calificarse de «raro» cuando es difícil de encontrar y, además, es un ejemplar muy buscado. Y los coleccionistas no trabajan solamente con libros, sino que se interesan también por manuscritos, impresiones, grabados, archivos, incluso cartas. Muy especialmente, cartas. Cualquier cosa que alimente la curiosidad insaciable que rodea a las mentes más destacadas.

Debí de poner cara de duda, porque Sylvia dejó por un momento lo que estaba haciendo y se volvió para mirarme.

—¿No estás convencida?

—Es solo que no entiendo muy bien por qué alguien podría estar interesado en coleccionar cartas. ¿Cómo puede estar seguro un coleccionista de que una carta es auténtica?

—Muy buena pregunta… Acabaremos haciendo de ti una estupenda detective literaria. ¿Quién es tu autor favorito? —preguntó.

—Eso es fácil —respondí—. Emily Brontë.

—Perfecto. Y ahora te pregunto: ¿hay alguna cosa que te gustaría saber acerca de la señorita Brontë, aparte del hecho de que vivió una vida tranquila en los páramos?

Me quedé un momento pensando. Tenía muchísimas preguntas sobre Emily Brontë. ¿Se enamoró alguna vez? ¿Se sentía feliz o triste?

—Lo que siempre me he preguntado, es decir, la única cuestión que siempre me ha frustrado es no saber si ella empezó a escribir una segunda novela antes de su muerte y, de ser así, adónde fue a parar esa novela.

—Pues ya lo tienes. Ahora que ya tienes tu pregunta, puedes empezar a buscar su respuesta.

Capítulo 8

MARTHA

—Ha sido bochornoso —murmuré para mis adentros, al entrar de nuevo en la casa.

—¿Qué estás diciendo? —dijo *madame* Bowden, sobresaltándome. Estaba en la puerta del salón, con un cigarrillo en la mano y mirada pícara.

—Oh, no tiene importancia. No me he dado cuenta de que estaba hablando en voz alta —respondí, quitándome la chaqueta.

—Mira, tienes la cara colorada como un tomate y yo estoy aburridísima, así que cuéntamelo todo.

Me cogió por los hombros y me guio hacia la sala, como si fuera una de sus invitadas.

—Es solo que… hay un chico…

—Un hombre, ¿por qué no me lo has dicho? —Rio y abrió los ojos de par en par, encantada. Retiró las cortinas e inspeccionó la calle—. ¿Dónde está?

—En ningún lado. Se ha ido. Carece de importancia. ¿Necesita alguna cosa antes de que me ponga a preparar la cena?

—Es la hora del cóctel, Martha, y no veo aún ninguna copa en mi mano —anunció con ese acento falso de la clase alta que utilizaba cuando tenía compañía.

—Son las tres de la tarde —dije, sin ni siquiera preocuparme de disimular mi tono de censura.

—Exactamente —fue su respuesta.

De modo que fui a la cocina para prepararle un Martini, fuera lo que fuese esa bebida.

Y mientras buscaba entre todas las botellas una que llevase la etiqueta «Martini», mi cabeza volvió por un momento a mi antigua vida. No había tenido ningún contacto con mis padres, pero debía tener en cuenta que ellos no sabían ni dónde estaba. Aunque, en caso de conocer mi paradero, probablemente ni se tomarían la molestia de saber de mí. Mi actitud los abochornaba. Mi madre siempre se cruzaba de brazos y miraba hacia la ventana cuando intentaba hablarle sobre Shane. Suponía que se avergonzaba de mí, no porque me hubiera casado con un hombre violento, sino porque no había querido escucharla cuando me había alertado al respecto. Mi padre ya había actuado como si yo no existiera, como si la vida apenas hubiera cambiado para él. Excepto quizá en el *pub*, donde a buen seguro habría chismorreos. Cosa que a él no le gustaría en absoluto. Sin poder evitarlo, esbocé una sonrisa vengativa. En eso me habían convertido. Entre todos. Estaba tan perdida en mis recuerdos que casi había olvidado lo que tenía que hacer. No había encontrado aún el famoso Martini, de modo que serví un poco de ginebra en un vaso alto y le eché una rodaja de limón. Me lo bebí de una vez y preparé otro vaso para ella.

—¡Ya voy! —dije, al oír que *madame* me llamaba.

Cuando entré en el salón, casi tiro la copa al dejarla en la mesa.

—Y ese hombre que me comentabas, ¿es atractivo?

«Sí».

—No es nada de eso. Se ve que está buscando el rastro de una librería que hubo aquí hace mucho tiempo. No sé si le falta un tornillo, la verdad.

—¿Una librería? —repitió *madame* Bowden. Su mirada se volvió vidriosa, imaginé que por la ginebra—. Qué gracia.

—¿Por qué?

Cogí el cenicero y lo vacié en la chimenea.

—Voy a contarte una pequeña historia —dijo *madame* Bowden, y cruzó los pies sobre el taburete tapizado que tenía delante—. Cuando yo era la *grande dame* de Ha'penny Lane, en los años ochenta, celebrábamos unas fiestas impresionantes. Era cuando estaba casada con mi tercer marido, Vladimir. Era ruso y matemático de profesión, una combinación que de entrada podría sonar muy aburrida, pero nada de eso, qué va. Siempre agasajaba a nuestros invitados con el mejor vodka y el mejor caviar. En nuestras fiestas había gente de todo tipo.

Busqué en el bolsillo un trapo y comencé a limpiar un polvo inexistente de la repisa de la chimenea. Cuando llegué a la casa, las historias que *madame* pudiera contarme no me interesaban en absoluto, pero ahora empezaba a sentir curiosidad. Era posible que ambas estuviéramos relajando poco a poco nuestra actitud. No teníamos nada en común, pero empezábamos a darnos cuenta de que tal vez no éramos tan mala compañía la una para la otra.

—El caso es que una noche de mediados de verano… ¿o sería de mediados de invierno? Bueno, da igual… No, era invierno: recuerdo que las aceras estaban heladas. Pues el caso es que una de nuestras invitadas llegó tarde, y muy alterada además. Mientras se calentaba el trasero junto a la chimenea, nos contó que había salido del taxi y había entrado en la que pensaba que era nuestra casa. Pero que, una vez dentro, se había dado cuenta de que aquello era una librería, un establecimiento pequeño y anticuado, repleto de libros antiguos preciosos y cachivaches de todo tipo. Comprendiendo su error, salió de nuevo a la calle y, al volver la cabeza, ¡tachán!, la librería había desaparecido y estaba de nuevo delante de la puerta de mi casa. Naturalmente, todos pensamos que iba puesta de alguna cosa…; era muy habitual en aquellos tiempos. ¿Pero no te parece gracioso que haya vuelto a pasar?

Sentí un escalofrío. No me gustaban las historias de fantasmas, y aquello empezaba a parecerlo.

—Bueno, la verdad es que no. Ese hombre dijo que estaba buscando una librería.

¿Qué había dicho exactamente? Que esta casa debía de haber estado conectada con ese establecimiento o algo así. Sacudí la cabeza y salí del salón para ir a preparar la cena. Cuando Henry me había pedido ayuda, me había recordado a la persona que yo había sido antiguamente: abierta y generosa. Imaginé que debería contarle esta historia, porque tal vez le ayudaría en su investigación o le daría una pista. Pero últimamente tenía la sensación de que ayudar a la gente solo conllevaba problemas y rencores. De modo que decidí no decir nada y seguir cerrada herméticamente dentro de mí.

Resulta gracioso que la gente se queje tanto de que se aburre. Dios, cuánto ansiaba tener un día aburrido cuando convivía con Shane y su estado de humor impredecible. Un día en que lo peor que pudiera esperarse fuera que no pasara gran cosa. Pero, ahora que lo tenía, no sabía muy bien qué hacer con él. Empezaba a dominar mi rutina, el trabajo me ocupaba cada vez menos tiempo y disponía de horas libres por las tardes. *Madame* Bowden, que no se caracterizaba especialmente por tener mucho tacto, me soltaba siempre que podía indirectas insinuándome que mi ropa era «poco inspiradora» y «deprimente».

—Es el uniforme de los invisibles —decía, regañándome y tapándose los ojos con la mano.

Una tarde me miré en el espejo de cuerpo entero del baño, vestida con mi jersey y mis vaqueros, y fruncí el entrecejo. A mí me parecía correcto. Tal vez un poco anticuado. A continuación estudié mi cara. Los moratones estaban curados y casi ni se notaban. Quien no supiera nada de la historia, diría que no había sucedido nunca. Pero, de pronto, las imágenes empezaron a pasar por delante de mí como un tren de alta velocidad: muerta de miedo en un rincón, con la espalda pegada a los armarios de la cocina, suplicándole a gritos que parara. Mareada, apoyé una mano en la pared para recuperar el equilibrio. El truco consistía en no recordar, en no dejar que el miedo volviera a apoderarse de mí. Tenía que mirar siempre adelante, mantenerme ocupada.

Examiné de nuevo mi ropa y vi reflejada en ella aquella pequeña ciudad, los vecinos curiosos, la policía que no hacía nada. Y de repente me entraron ganas de quemar todo lo que tenía aún de aquel lugar. Había llegado el momento de hacerlo. Con el sobrecito de mi paga (dinero en mano, que «molestar al recaudador de impuestos no tiene ningún sentido», había dicho *madame* Bowden), puse rumbo a O'Connell Street y entré en Penneys. Todo era de tela vaquera, de pared a pared. Si volvía a casa con más vaqueros, aquella mujer acabaría obligándome a vestir uniforme de criada. Así que decidí empezar con ropa interior nueva, y me compré un sujetador de algodón y braguitas. Me resultaba extraño tener tiempo para mí, dinero en el bolsillo y nadie a quien complacer que no fuera yo misma. Miré a mi alrededor, sintiéndome casi culpable. Estábamos en pleno día y estaba comportándome como… ¿Como qué? Como una mujer libre, suponía. Y justo en aquel momento sentí algo que hacía muchísimo tiempo que no experimentaba. Era como si mi corazón estuviera sonriendo. De modo que me dirigí a la zapatería y elegí unos zapatos negros sin cordones. Después vi unos pantalones capri de color negro y me los colgué al brazo para probármelos luego. Encontré una blusa blanca con aspecto muy profesional e incluso me decidí por una diadema roja con lunares blancos. Estaba tan impresionada conmigo misma y mi buen gusto que me lie la manta a la cabeza y elegí una mochila nueva para olvidarme por siempre de la que llevaba desde mis tiempos en el instituto. Me lo probé todo y guardé mi ropa en la mochila vieja. En la caja, enseñé solo las etiquetas, como había visto que hacían en las películas, y sentí la emoción de iniciar mi nueva vida justo allí y en aquel momento.

Tiré mis antiguas pertenencias en la primera papelera que encontré y pasé un buen rato dando vueltas por la ciudad. Me compré un café y un dónut para llevar y paseé por Stephen's Green. Hacía buena temperatura y noté que me sentía mucho más ligera. Caminé con los brazos relajados, no tensos y cruzados sobre el pecho como hacía siempre, siempre en estado de alerta. Estuve un rato mirando a los cisnes del estanque comer el pan que les echaba la gente y escuchando el aleteo de una bandada de palomas al levantar el vuelo desde la rama de un árbol. La sensación era como de haber salido de una especie de coma, porque ahora todos los sonidos eran más nítidos y todas las cosas eran más luminosas. Cuando vi a un grupo de estudiantes de todas las nacionalidades sentados en la hierba y discutiendo sobre temas interesantes, mis entrañas se revolvieron con mis viejas esperanzas. Tal vez estuvieran simplemente comentando las fiestas a las que asistían, pero en todo caso era una vida que yo jamás había saboreado, y el hambre que me despertó aquella imagen resultaba abrumador. Hice entonces algo que jamás había imaginado que sería capaz de hacer: de vuelta a casa, me paré en una biblioteca. Mi arrebato de valentía casi me deja en la puerta cuando caí en la cuenta de que no había vuelto a entrar en una desde que era pequeña y que, en aquella ocasión, no había sido más que para consultar una guía de viajes. Esta estaba ubicada en un edificio grande, muy concurrido, con puertas giratorias. Vi entonces mi imagen reflejada en el cristal, una mujer nueva vestida con ropa nueva, e inspiré hondo.

Una vez dentro, no supe muy bien qué hacer. Toda la gente parecía saber adónde iba y solo se veían cabezas inclinadas sobre libros abiertos. Reinaba el silencio, pero, Dios, era como si incluso se pudiera «oír» lo elegante que era todo el mundo. Resultaba aterrador. Vi que detrás del mostrador de recepción había una mujer mayor y me acerqué para preguntarle si tenía información sobre cómo asistir a la universidad.

—¿Formación para adultos? —preguntó.

—Sí, supongo que sí.

Sin decir nada más, la mujer se levantó y cogió algunos folletos de una estantería de metacrilato que tenía detrás.

—Aquí encontrará todo lo que necesita.

Y ya está. Pasó a atender a otra persona, y me sentí aliviada al ver que había conseguido lo que había entrado a buscar sin necesidad de montar ningún espectáculo. Fue entonces cuando vi un libro del que últimamente hablaba todo el mundo: *Gente normal*, de Sally Rooney. El título me encantaba y, por primera vez en mi vida, pensé que tal vez aquel libro hablara de gente como yo. Gente que simplemente se sentía normal. Lo cogí para guardarlo en el bolso.

—¡Peeerdón! —gritó de forma desconcertante la bibliotecaria.

Me paré en seco, como si acabara de detenerme la policía, y puse cara de culpable.

—Necesitaré su carné de la biblioteca para registrar la salida del libro —dijo la mujer hablando con un volumen a todas luces innecesario, puesto que estábamos en el edificio más silencioso de toda Irlanda.

Me sonrojé. No sabía qué hacer.

—¿Su carné de la biblioteca? —repitió, extendiendo la mano.

—No tengo ningún carné —farfullé, consciente de que ahora sí que todo el mundo me estaba mirando. «Ahí es donde te lleva tener aspiraciones por encima de tu posición», pensé.

—Pues, en ese caso, tendrá que rellenar este formulario —replicó la mujer.

Suspiró, como si mi visita a la biblioteca hubiera hecho retroceder diez años el avance de su vida. Leí perfectamente la frustración en su lenguaje corporal, en el modo en que se tensaron de inmediato su muñeca y su cuello. La visualicé de joven siendo una bailarina, pero debió de pasarle alguna cosa, alguna lesión, y por eso estaba ahora aquí. Maldiciendo todos y cada uno de los minutos que pasaba aquí dentro.

—Lo dejo —dije.

Devolví el libro a su lugar. Jamás me había sentido tan tonta. Si ni siquiera sabía cómo pedir un libro prestado en una biblioteca, ¿cómo podía aspirar a entrar en la universidad? Guardé los folletos en el bolso y me disponía a salir cuando lo vi. Henry.

Capítulo 9

HENRY

—¿Va todo bien?

Oí un revuelo y me llevé una sorpresa al ver a Martha, que seguía con aquella expresión desafiante, discutiendo con la bibliotecaria. Después de pasar tantísimo tiempo encerrado en bibliotecas, mis simpatías solían decantarse del lado del personal, aunque no ese día.

—Gracias por todo —replicó en aquel momento Martha; luego tiró de la correa de la mochila que llevaba al hombro con tanto vigor que la correa se partió y todo el contenido se derramó por el suelo.

—Oh, deja que te ayude —dije, agachándome al instante.

—No pasa nada, puedo arreglármelas sola —dijo en voz baja para que no pudiera oírla nadie más—. Acabo de comprármelo —añadió, desolada.

No sabía qué decir para que se sintiera mejor.

—Quien compra barato, compra dos veces —dije, por si acaso quedaba alguna duda de que en los Juegos Olímpicos ganaría la medalla de oro en la disciplina de meter la pata.

Me miró con exasperación mientras yo recogía los folletos y dejaba que ella se encargara de los efectos personales.

—Oh, veo que estás pensando en ir a la universidad. Estupendo —dije, hojeando los folletos.

—¿De verdad te parece estupendo? —replicó Martha.

—Sí, por supuesto. Lo de la formación para adultos me parece estupendo. Creo que es… —La miré a los ojos cuando se levantó y me tendió la mano para que le devolviera los folletos—. Oh, lo decías en plan sarcástico.

Es posible que en aquel momento me sonriese, pero, si lo hizo, fue una sonrisa efímera.

—Perdón. No es asunto mío. Tienes razón.

Martha suspiró exageradamente.

—No, la que debo pedir perdón soy yo. Es que todo esto es un poco…

—¿Podrían bajar el volumen, por favor? —susurró con fuerza la bibliotecaria—. La gente está intentando leer.

—Dame un segundo para recoger mis cosas —dije, indicándole con señas a Martha que se quedara donde estaba, como si estuviera en un coche con un freno de mano de poco fiar.

Una vez fuera se la veía mucho más tranquila, aunque aún muy recelosa respecto a mí, lo cual me parecía normal.

—¿Así que sigues buscando tu manuscrito perdido?

Su tono me dejó claro que no veía aquello como el hallazgo trascendental que yo sabía que sería.

—Sí, por supuesto. De hecho, acabo de tropezarme con un viejo catálogo impreso por Opaline en los años veinte. La verdad es que es fascinante y…

—¿Opaline? Qué nombre más bonito —dijo Martha, y estúpidamente me alegré de ser la causa de la sonrisa que iluminó su cara.

—Sí, un nombre poco habitual, ¿verdad?

—¿Y qué fue de ella?

Cruzamos por debajo de una arcada que daba acceso a algo parecido a un jardín secreto en medio de la ciudad, con estatuas de mármol y una fuente, que en la actualidad estaba sin agua.

—Pues precisamente eso es lo que trato de averiguar. Confío en que me dé una pista de lo que pasó con la librería.

Y con el manuscrito, que era en realidad el centro de mi interés. Me haría un nombre, volvería a Londres rodeado de una aureola de éxito y le demostraría a Isabelle que casarse conmigo no era un «último recurso», como me había dicho una vez.

Martha sacó una lata de Coca-Cola de su bolso gigante y tiró con fuerza de la anilla para abrirla sin que el líquido se esparciera por todos lados.

—¿Te apetece sentarte un momento? —dijo, y señaló un banco situado justo delante de un parterre de flores en estado deplorable—. No tengo prisa por volver a casa, la verdad. Ser ama de llaves interna significa estar de guardia las veinticuatro horas, siete días a la semana.

Acepté encantado. Por lo visto, la primera impresión que se había llevado de mí se había relajado un poco. Y yo estaba solo. Siempre me había sentido bastante cómodo llevando el estilo de vida de un lobo solitario, pero aquí era un completo extranjero.

—¿Y a qué viene esta obsesión?

—¿Obsesión?

—Por ese manuscrito.

—Yo no lo llamaría obsesión.

—Pues el otro día, cuando te vi por la ventana, me pareciste bastante obsesionado por el tema.

—Oh, sí, imagino que sí. Estoy escribiendo una tesis doctoral sobre manuscritos perdidos y por eso sentimos fascinación por ellos.

—¿Sentimos? —cuestionó Martha, arrugando la nariz. Bebió un buen trago de Coca-Cola.

—Venga, no me digas que tú no les ves el atractivo. Piensa en Harper Lee, por ejemplo. Todos estos años dando por sentado que solo había escrito una novela.

Me miró con perplejidad.

—¿*Matar a un ruiseñor?* —dije, por si acaso había alguna confusión.

—Oh, sí, claro.

Se produjo un silencio incómodo, durante el cual me di cuenta de que ser un experto en libros raros y manuscritos perdidos podía ser interpretado a veces como algo bastante aburrido.

—Está, por supuesto, la segunda novela de Sylvia Plath, *Double Exposure*, que desapareció misteriosamente después de su muerte.

—¿De quién?

—No eres muy aficionada a la lectura, ¿verdad?

Me miró de reojo, con una combinación de odio y dolor en sus ojos. La verdad es que tenía facilidad para hacerla enfadar.

—Vale, mira, deja que te cuente la historia de Walter Benjamin. Fue un escritor, un intelectual, un genio que además era judío y que vivió en el París ocupado por los nazis. Al carecer de la documentación necesaria, se vio obligado a huir a pie hacia el sur en compañía de otros refugiados para cruzar los Pirineos y llegar a España.

—Eso es terrible —dijo Martha, volviéndose completamente hacia mí.

—Y había una cosa que ralentizaba su avance en tan peligroso viaje: una pesada maleta negra que contenía su manuscrito. Hablando con un compañero de viaje, Benjamin le comentó que el contenido de aquella maleta era más valioso que su propia vida.

La expresión del rostro de Martha era tan viva que parecía estar incluso realizando personalmente aquel viaje.

—¿Y qué le pasó?

—Cuando Benjamin llegó a la frontera, fue informado por las autoridades españolas de que tenía que volver a Francia. Sabía que aquello significaba una muerte segura y, por eso, aquella misma noche se bebió un vial entero de morfina.

—¡Dios mío!

—Pues sí.

—¿Y el manuscrito? ¿Se lo entregó antes a alguien?

—Después de su suicidio, nadie encontró ni rastro de aquella maleta negra. El manuscrito nunca ha llegado a recuperarse.

Martha sacudió la cabeza y parecía a punto de romper a llorar. Así, sin más, de repente fue como si le hubiera picado también el gusanillo. El de ese amor no correspondido por lo que podría haber sido de no haberse producido la cruel intromisión del destino. Le había contado exactamente esa misma historia a Isabelle y su única respuesta había sido que en España nunca había disfrutado de unas buenas vacaciones.

—De modo que, por lo que sabemos, ¿alguien podría haberlo publicado bajo su propio nombre?

—La verdad es que no sé qué escenario es peor, si haber perdido esa obra para siempre o que alguien acabara robándola.

Pensé que, en cuanto llegara a casa, desarrollaría aquella idea sobre papel.

—Existen muchas historias similares, rumores sobre libros escondidos, borradores olvidados en cajas de zapatos o novelas quemadas por la familia del autor. ¡La pobre esposa del viejo Hemingway tenía su novela en un maletín que le robaron en una estación de tren en París!

París. París. La generación perdida. Me pregunté si…

—¿Qué pasa? —preguntó Martha, intuyendo mis pensamientos a medida que iban tomando forma.

—Oh, nada, quizá nada. Es solo que no consigo encontrar aquí más datos relacionados con Opaline Gray y me estaba preguntando si pasaría una temporada en París.

Martha sacó el teléfono del bolso, lo cual me pareció un gesto de mala educación, aunque conocía de sobra mi dificultad pare retener la atención de la gente por mucho tiempo.

—¿Es ella?

—¿Qué?

Casi me aplasta la cara con su teléfono para mostrarme un recorte de periódico antiguo con una fotografía en blanco y negro.

—¿Quién es? ¿Qué has hecho?

—Nada, señor intelectual refinado. Simplemente he entrado en Google y he tecleado las palabras «Opaline», «libros» y «París», y me ha salido esto.

Estudié la imagen con atención, sin atreverme siquiera a creer lo que veían mis ojos.

—¡Pero si este es Ernest Hemingway!

Martha esbozó una sonrisa gatuna, pero no me miró a los ojos. Leí el pie de foto: «Sylvia Beach, propietaria de Shakespeare and Company, y su dependienta, Opaline Carlisle».

Allí estaba: una mujer joven, con pelo corto castaño oscuro, encaramada en una escalera, con un libro en la mano y Hemingway a sus pies.

—¿Carlisle? Dios mío, esto es un descubrimiento enorme.

—De nada.

—Oh, Dios, sí, claro, gracias. —Fui a abrazarla, pero Martha se apartó de un salto para rechazar mi torpe intento, y de inmediato sentí su reprobación—. Lo siento. No tienes ni idea de lo mucho que esto significa para mí.

—Creo que sí —dijo, recuperando el teléfono y guardándolo en el bolso—. Bueno, ahora tengo que irme.

Capítulo 10

OPALINE

París, 1921

Las semanas se transformaron rápidamente en meses y, sin apenas darme cuenta, empecé a sentirme como en casa en París. Me había convertido en parte de la pequeña y variopinta familia de Sylvia, y mi puesto en Shakespeare and Company pasó a ser fijo o, como mínimo, nadie me había dicho que no lo fuera. Había alquilado una habitación en régimen de media pensión cerca de la librería. Los fines de semana, después de haberme permitido finalmente sucumbir a sus encantos, me veía con Armand. Me enseñaba todos los rincones secretos de la ciudad, como el mercadillo de Saint-Ouen, donde vendían sus hallazgos los quincalleros que se dedicaban a rebuscar entre las basuras de París por las noches. Armand los llamaba *les pêcheurs de lune*, «los pescadores de la luna», un nombre que me hacía sonreír, porque era plenamente consciente de que estaba atrapada en la red de Armand y que, cuanto más luchaba por liberarme de ella, más fuerte se volvía su control sobre mi corazón. Jane, en sus cartas, me animaba a seguir adelante con aquel romance: «¿Qué sentido tendría huir a Francia si no fuera para tener un amante?».

Una luminosa mañana de finales de verano, con la ciudad más tranquila que nunca porque muchos parisinos se habían marchado al campo a pasar sus vacaciones, estaba trabajando en la tienda, concentrada en colocar en las estanterías los últimos libros que habían llegado. Sylvia estaba en la trastienda, tomando el té con un escritor norteamericano, Ernest Hemingway, con el que discutía los detalles de una velada literaria que estaban organizando. Hemingway era increíblemente atractivo y tenía cautivado a todo el mundo con su intenso magnetismo, pero también había algo malévolo en él. Adoraba a Sylvia, por supuesto, cuyo respeto era más valioso que el de cualquier crítico. Pero, aun así y por alguna razón que me resultaba imposible entender, no me gustaba estar a solas con él. En una ocasión, justo cuando estaba encaramada en la escalera colocando unos libros en una estantería alta, lo descubrí mirándome fijamente.

—¿Quería algo? —le pregunté, lanzándole una mirada directa que confiaba en que sirviera para avergonzarlo y obligarlo de este modo a dirigir la vista hacia otro lado. No funcionó.

—Tendría que andarse con cuidado, muchachita.

¿Muchachita? ¿En serio?

—¿Y por qué razón?

—Porque los escritores son caníbales por naturaleza.

No sabía muy bien adónde quería ir a parar, pero no sonaba muy apetecible para mis oídos.

—¿Lo cual quiere decir…?

—Quiere decir que, si sigue moviendo ese culo por aquí, podría acabar convirtiéndose en un personaje de uno de mis libros.

Luego sonrió, regocijándose sin disimulo con mi enojo. ¡La verdad es que los escritores podían ser unos auténticos egoístas!

Justo cuando descendía con cuidado de la escalera, Sylvia y otro hombre, un periodista, entraron en la tienda. A la velocidad del rayo, el periodista sacó una cámara de su estuche y nos hizo una fotografía a los tres, cegándonos con el *flash*.

—Perfecto, la publicaré en nuestro próximo número —dijo.

Los dos hombres se marcharon, comentando la mano amoratada de Hemingway que, según él, era el resultado de una pelea de borrachos en la que se había visto involucrado por defender a Joyce.

—¿A qué publicación se refería? —le pregunté a Sylvia rápidamente, incómoda ante la idea de que mi fotografía pudiera aparecer en la prensa.

—La revista *Cosmopolitan*. Van a publicar uno de los relatos breves de Ernest.

«Estaba medio encaramada en la escalera —me dije—. Lo más probable es que ni siquiera aparezca en la foto. Además, Lyndon no lee nunca *Cosmopolitan*. No tengo de qué preocuparme». Me lo repetí tantas veces que casi acabé creyéndomelo.

Decidí sorprender a Armand con una visita y de camino a su apartamento pasé por delante de Les Deux Magots, una cafetería que se había puesto de moda entre escritores y artistas. La sombra que proyectaba su toldo de color verde intenso se extendía sobre la acera y un balcón de hierro forjado envolvía como encaje el primer piso. Capté mi reflejo en el cristal y entonces, por un momento, me pareció ver a Armand en el interior. Me paré en seco y comprobé que, efectivamente, era él; estaba en un banco tapizado en cuero al lado de una mujer con cabello rizado y largo de color castaño. Estaban sentados pegados el uno al otro y él parecía estar susurrándole alguna cosa al oído, algo para lo que debía haber considerado necesario retirarle el cabello delicadamente con la punta de los dedos. Ver la escena me produjo un escalofrío. No sé si él intuyó mi presencia, puesto que en aquel momento levantó la cabeza y me sorprendió mirándolo. Por algún motivo, fui yo la que me sentí turbada y me alejé precipitadamente de allí, sin seguir ninguna dirección en concreto. Pasados unos segundos, lo oí gritar mi nombre, pero no me volví.

—¡Opaline, por favor! —me suplicó en cuanto se puso a mi altura. Me agarró por el brazo.

—Déjame en paz.

—Permíteme que me explique.

No quería sus explicaciones porque, o serían una mentira o, peor aún, una verdad que tampoco estaba segura de querer escuchar.

—Christine es simplemente una vieja amiga.

Deseé en aquel momento poder taparme los oídos, como una niña. Conocer el nombre de aquella mujer solo sirvió para empeorar las cosas. Armand no tenía por qué saberlo, pero estar enamorada de él era como caer rodando escaleras abajo, y el dolor era prácticamente el mismo. Sospechar que aquello podría acabar pasando no me había ayudado a estar preparada para la realidad.

—Armand, te pido por favor que me ahorres esta humillación.

Fue como si un nubarrón pasase por delante de su cara y lo que quedara después fuera algo similar a la claridad.

—Tienes razón, por supuesto. Te he humillado, y lo siento muchísimo. Pero debes creerme: mis sentimientos hacia ti son más profundos de lo que jamás he sentido antes por nadie.

—Tal vez me veas como una ingenua, pero sé distinguir perfectamente un tópico trillado en cuanto lo oigo.

—¡Lo que te digo es verdad! —gritó Armand—. ¿Crees que es fácil para un hombre reconocer sus sentimientos?

Lo miré con desdén.

—Explicártelo en inglés me resulta complicado.

—Pues esfuérzate.

—Lo que me haces sentir es maravilloso, pero también es un problema. Me convierte en un ser vulnerable, y no estoy acostumbrado a eso. Por eso flirteo con otras mujeres para demostrarme… algo. *J'en sais rien.*

—Eso que dices no tiene ningún sentido.

—No, si se expresa en voz alta no lo tiene. Pero en mi cabeza es quizá una manera de saber que sigo controlando la situación.

No sabía cómo responder a aquello. Era una excusa tan mala que tenía que ser verdad.

—Y lo que acabas de ver es mi propósito de poner fin a la relación con ella.

Miré hacia el otro lado para intentar esconder mis emociones. Al fin y al cabo, tenía mi orgullo. ¿Estaría simplemente diciéndome lo que pensaba que yo quería oír? El corazón humano no sopesa los hechos puros y duros. Ve esperanza en lo imposible, amor donde quizá solo hay deseo. Actúa sin ton ni son. Armand me envolvió entre sus brazos. Y permanecí inmóvil mientras él seguía explicándome, con palabras dulces y hermosas, que ahora yo era lo único que le importaba.

—¿Vienes conmigo? En mi apartamento podremos hablar más tranquilamente.

Por supuesto que iba a ir. Estaba dispuesta a seguir adelante con la fantasía que me había creado con él.

Armand vivía en una zona de la ciudad llamada Montmartre. Caminamos primero bajo la sombra de las resplandecientes cúpulas blancas del Sacré-Coeur, que parecían montar guardia sobre la ciudad, y seguimos luego por una callejuela adoquinada que desembocaba en una placita rebosante de vida. La Place du Tertre era un lugar que parecía sacado de una postal: edificios elegantes con contraventanas se elevaban por encima de cafeterías y restaurantes; artistas de todo tipo flanqueaban su perímetro y, codo con codo, intentaban vender sus obras. Cuando llegamos delante de una puerta de color azul, Armand introdujo la llave en la cerradura y subimos por la escalera hasta el segundo piso.

Una vez dentro, me dio la impresión de que ninguno de los dos sabía muy bien qué hacer. Una mesita y dos sillas estaban colocadas de forma sugerente junto a la ventana alargada que dominaba la plaza. Armand me indicó con un gesto que tomara asiento.

—Prepararé un té.

Regresó a la mesa cargando una bandeja de plata con una tetera antigua repujada, también de plata, y unos vasitos con caracteres a todas luces árabes grabados en oro. Pero lo que más me sorprendió fue el aroma dulzón a menta.

—¿Has probado alguna vez el té marroquí? —me preguntó.

Negué con la cabeza, y Armand retiró la tapa de la tetera y removió las copiosas hojas de menta que había incorporado previamente al agua caliente. A continuación, inició el ritual de verter el té en los vasitos desde una altura imposible. Abrí los ojos de par en par al ver que alejaba cada vez más la tetera de los vasitos y hacía verdaderos esfuerzos por contener la risa.

—Es la forma tradicional de servirlo —dijo simplemente, antes de entregarme un vaso.

Soplé sobre la superficie del té dorado y dejé que su aroma exótico me inundara la nariz.

Unos músicos habían empezado a tocar en la plaza música *gitane*, con una guitarra rítmica y un virtuoso violín. La melodía cubrió los espacios imposibles de llenar con palabras. Llevaba un rato inspeccionando la estancia en busca de algún lugar donde esconder mi mirada: la alfombra de seda que cubría el suelo, las curiosas zapatillas puntiagudas de cuero que había junto a la entrada, una mesita de madera con taracea dorada de diseño moruno. Finalmente, no pude evitar mirar a Armand y comprendí que él llevaba todo aquel rato observándome. Sin interrumpir el contacto visual, se levantó, me cogió el vaso y lo depositó de nuevo en la bandeja, junto al suyo. Me dio la mano, tiró de mí para que pudiera levantarme y me quedé tan pegada a él que solo respiraba su aliento. Inclinó la cabeza y mis labios se separaron por voluntad propia. Cuando noté el calor de su lengua en mi boca, solo fui capaz de pensar que quería más. Nos abrazamos y tuve la sensación de que no conseguiría estar más cerca de él a menos que...

—Opaline —dijo Armand con voz ronca, interrumpiendo mis pensamientos.

—¿Sí?

—Dime si quieres irte o quedarte —dijo, respirando con dificultad—. Porque me temo que no voy a tener la caballerosidad de volver a preguntártelo.

Toda mi actividad mental había cesado. Y, por primera vez en mi vida, la sensualidad tomó la iniciativa.

—Quiero quedarme.

El dormitorio era estrecho, apenas del tamaño suficiente para acomodar la cama con estructura de latón. Una cortina de gasa se agitaba con la brisa que entraba por la ventana abierta. La habitación estaba en penumbra, iluminada tan solo por la vela que parpadeaba encima de la mesita.

Durante todos los años de mi adolescencia había vivido preocupada pensando que no sabría qué hacer. Ojalá hubiera comprendido de antemano que no había necesidad alguna de «saber». Que todo era instinto. El cuerpo de Armand brillaba con matices dorados a la luz de la vela y el sudor que cubría su piel era como un afrodisiaco.

—¿Te ha dolido? —me preguntó.

—Solo un poco —respondí.

«El dolor es el precio que hay que pagar por el placer», había leído en algún lado. Había dejado de ser virgen. La idea me sorprendió por un momento, aunque rápidamente quedó sustituida por la profunda sensación de haber cruzado un umbral. Pasamos horas tumbados el uno junto al otro, charlando. Era ya tarde cuando Armand me acompañó andando a casa y recé para que mi casera no se enterara de que llegaba a esas horas.

No había luz, excepto la de la luna que se filtraba suavemente a través de las ventanas altas. Pero el crujido de cada peldaño bajo mis pies sonaba como el estallido de un cañón. Me mordí el labio, confiando en que nadie me oyera. Cuando llegué a mi habitación, cerré la puerta con llave y me dejé caer en la cama. Observé mi reflejo fantasmal a la luz de la luna en el espejo de la cómoda de enfrente. Cogí la almohada y la abracé. Fue entonces cuando lo vi. El bastón de mi hermano, justo al lado de la puerta.

Capítulo 11

MARTHA

Empecé la tarde limpiando a fondo el baño. *Madame* Bowden había invitado a cenar a algunos viejos amigos de su época del teatro y quería la casa «resplandeciente». Tenía un nerviosismo que no le había visto hasta entonces. Siempre era algo quisquillosa, pero ahora nada le parecía bien. Había vuelto de la peluquería de muy mal humor, insistiendo en que le habían peinado las ondas demasiado marcadas para que pareciera más vieja de lo que era, y la había dejado sentada delante del tocador, cepillándose con rabia el pelo hasta dejarlo convertido en una bola encrespada.

—¡Martha!

Gritó mi nombre con tanta potencia que solté el cepillo de limpiar el baño casi esperando encontrármela desvanecida en el suelo de su habitación.

—¿Qué pasa? —dije sin aliento, después de llegar corriendo.

Seguía sentada delante del tocador, vestida con una combinación de color carne y un salto de cama de seda. Mi mirada se vio atraída hacia su cuello y su pecho, donde la piel estaba arrugada y moteada como la de un pavo en Navidad. Recordé entonces a una monja del colegio que siempre nos decía que «aunque la mona se

79

vista de seda, mona se queda», y comprendí que tenía delante de mí un ejemplo perfecto de lo que quería decir.

—¡No encuentro uno de mis pendientes de perlas! —exclamó, con ojos claramente acusadores.

Miré la superficie del tocador, ocupada por un amasijo de joyas que acababa de retirar del joyero, y volví a mirarla. De su oreja colgaba uno de los pendientes de perlas, y el otro lo tenía en la mano.

—Lo tiene en la mano, *madame* —dije, sin alterarme.

—Ya sé que lo tengo en la mano, mema. ¡Estoy buscando el otro!

Inspiré hondo. De no necesitar el dinero como lo necesitaba, le habría dicho que se metiera el otro donde le cupiera.

—Lo tiene en la oreja.

Levantó la mano y se palpó el lóbulo.

—En la otra.

Me recosté en el marco de la puerta. Tenía todo el tiempo del mundo.

Cuando acarició la frialdad de la perla, esbozó una mirada que casi podría describirse como de vergüenza, si no la conociera como la conocía. *Madame* Bowden tenía demasiado orgullo para eso.

—Bueno, ya que estás aquí, puedes ayudarme a vestirme. No te olvides de que los del *catering* llegan a las cuatro; lo digo para que les eches una mano. ¿Has sacado ya la cubertería para darle otro repaso?

Ni la más mínima disculpa por haberme llamado, básicamente, ladrona; tampoco es que la esperara. Descolgué el vestido de la percha (un vestido de lentejuelas plateadas que parecía haber pertenecido a Liberace) y acabé agachándome para que ella pudiera apoyarse en mí, como aquel que monta a caballo, para meterse en él. El temblor de sus brazos vibró a través de todo mi cuerpo. *Madame* Bowden tenía la lengua afilada y el cerebro ágil, pero su cuerpo la estaba traicionando. En aquel momento, sentí cierta lástima. Se me hacía extraño verla de aquella manera. Siempre me había transmitido la impresión de ser demasiado fabulosa como para tener que cuidar de ella. Aunque quizá resultara que, al final, era una actriz de talento. Eileen Bowden era como todo el mundo. Tenía miedo.

Después de un ínterin en el que discutimos sobre qué debía ponerme para el evento, y durante el cual me sacó un auténtico uniforme de criada, acabamos decidiendo que me vestiría con mi blusa nueva y una falda de tubo negra que ella guardaba por casualidad en el armario. Era probablemente la prenda más aburrida que tenía. Me quedaba grande, de modo que le tomé prestado un cinturón ancho de charol rojo a conjunto con mi diadema, y *madame* Bowden quedó tan satisfecha con el resultado que me dejó incluso ir a abrir la puerta. Como cabía esperar, me encontré en el umbral con tres mujeres en edad de jubilación, chismorreando y acicalándose como gallinas viejas. Apenas me miraron al pasar a mi lado, transformadas en una ráfaga de plumas y cháchara. Sonreí sin poder evitarlo. Pensé por un momento en todos los días que había permanecido sentada en la penumbra de mi cocina, contemplando unos campos que no me ofrecían nada excepto el paso fugaz de alguna liebre o los colores vibrantes de un faisán antes de que algún campesino lo abatiera de un disparo, y en lo difícil que era entonces imaginarse que la gente se comportara así. Que la gente se divirtiera. Que comiera bien. Que utilizara los servicios de un *catering*. Esto era otro mundo.

Me quedé allí con una sonrisa congelada en la cara, prácticamente trasformada en un perchero humano. Pero ¿quién seguía utilizando abrigos de piel hoy en día? Llegó por fin la hora de servir la comida y desempeñé mi deber como el que lleva toda la vida trabajando en el servicio, una figura invisible. Fue entonces cuando me di cuenta de que alguien, de hecho, se había vuelto invisible: *Madame* Bowden. Su lugar en la mesa estaba vacío. Aquellas mujeres seguían comiendo, cotilleando y riendo a expensas de otra sin aparentemente haberse percatado de su ausencia.

—¿Volverá *madame* Bowden antes del postre? —pregunté, no sin cierta inseguridad.

—Diría que sí —respondió una de las mujeres cuyo cuello tenía un contorno tan ancho que corría peligro de morir ahogada por su propio collar de perlas, que en aquel momento tocó.

Intercambiaron unas miradas cargadas de intención —una actitud bastante grosera, a mi entender—; entonces estallaron en carcajadas. ¿Habría sucedido ya anteriormente que *madame* Bowden no estuviera presente en su propia fiesta?

—¿Y dónde te encontró? —preguntó la otra; llevaba un vestido negro ceñido que amenazaba con deslizarse por sus hombros esqueléticos.

Me paré en seco mientras estaba despejando la mesa y pensé en todas las cosas que podría responderle: «¡Dentro de su zapato!». ¿Dónde pensaría esa mujer que *madame* Bowden me había encontrado?

—Puso un anuncio en el periódico buscando un ama de llaves y me presenté.

—Nunca dejaré de maravillarme. ¿Para qué iba ella a necesitar a un ama de llaves? —dijo la tercera mujer, que era claramente la hembra alfa del grupo. Estaba apoltronada en su silla como un gato y fumaba un purito—. Me parece que yo también tendría que buscarme a una chica de pueblo. Presentan menos probabilidades de perseguir sus sueños, sean los que sean. Distinguen, por mera prudencia, lo que más les interesa. —Hablaba como si yo no estuviera presente.

Casi se me cae la bandeja. Estaba acostumbrada a que la gente me mirara con arrogancia, pero aquí me sentía como Cenicienta.

—De hecho, si trabajo aquí es para costearme los estudios en la universidad —dije en tono desafiante.

—Ah, ¿sí? —dijo la señora de las perlas—. ¿Y qué estás estudiando?

¿Que qué estaba estudiando? ¡Para qué habría abierto la boca! Empezaron a sudarme las manos. Decidí fingir que no había oído la pregunta.

—Cuando hayan terminado, les serviré un brandi en el salón.

Hervía por dentro de ira y vergüenza. Aquella mujer sabía perfectamente que yo nunca haría nada bueno en la vida. Lo sabía todo el mundo. Lo había fastidiado todo, había tomado malas decisiones constantemente y por eso había acabado aquí, obligada a inclinar la cabeza ante aquellas viejas urracas pretenciosas. Y no podía hacer nada para evitarlo. Esta era ahora mi casa. No podía largarme sin tener un plan. Ojalá pudiera hacerlo, pero, como había sucedido siempre, la vergüenza que me producía ser una víctima me ponía la zancadilla. Una vergüenza que siempre estaba presente, que me tenía marcada. Las dejé jugando a las cartas, riendo a carcajadas y emborrachándose.

Bajé a mi pequeño apartamento y me desnudé con rabia para darme una larga ducha caliente. Envuelta en una toalla, me tumbé en la cama y visualicé los folletos de educación para adultos que me habían dado en la biblioteca y que había dejado en la mesa de la cocina. No tenían ningún sentido. El estallido de energía que había experimentado antes había desaparecido por completo. Aquellas mujeres eran odiosas. No me extrañaba que *madame* Bowden hubiera salido corriendo. Con amigas como esas, ¿quién necesitaba enemigos? De pronto, un sentimiento empezó a burbujear en mi interior: lo único que deseaba era que me abrazasen. Echaba de menos sentirme abrazada. Dejando aparte a mi fastidiosa jefa, la única persona con la que había mantenido una conversación desde mi llegada a Dublín era Henry. Poco se imaginaría él que era lo más parecido a un amigo que yo tenía en la ciudad. Aunque, de hecho, tampoco podía contarlo como tal, ya que ni siquiera era de aquí.

Henry se marcharía en cuanto encontrara ese manuscrito o lo que fuera que estuviera buscando.

¿Por qué estaría pensando en él? Me sentía culpable, o mal en algún sentido, por estar pensando en un hombre después de todo lo que acababa de pasarme. Pero Henry era el polo opuesto de Shane; de hecho, de cualquier hombre que hubiera conocido hasta la fecha. Su forma de explicarme aquella historia sobre el escritor que cruzó la frontera cargado con su maleta, su pasión por recuperar cosas perdidas o extraviadas… resultaba entrañable. Y, aunque no me gustaba reconocerlo, era un chico realmente atractivo. A veces, cuando me miraba con aquellos ojos castaños, me resultaba difícil no contener la respiración. Aunque entonces me decía: «¿Qué podría Henry ver en una mujer como yo?». Le interesaba lo de aquella librería. Nada más.

Me puse de lado y abracé la almohada. Fue entonces cuando vi las grietas de la pared. ¿Habrían estado siempre allí? De haber sido así ya me habría fijado en ellas. Tres líneas sinuosas de distinto grosor salían de detrás del armario y se extendían como pequeñas enredaderas por la pared azul. Seguí observándolas. ¿Cómo era posible que no las hubiera visto antes? ¿Y qué habría detrás del armario? Me levanté y recorrí el trazo con los dedos. Las grietas parecían profundas y sólidas, como si ya llevaran un tiempo allí. Intenté mover el armario, pero era una antigüedad y pesaba una tonelada. Durante un segundo, oí el sonido de una respiración; de una respiración que no era la mía. Me volví rápidamente, pero no había nada. Me pregunté si sería posible leer e interpretar un lugar, del mismo modo que era capaz de leer e interpretar a las personas. Me estremecí solo de pensarlo. Era muy posible que no me apeteciera saber qué había sucedido aquí. Susurré a las paredes el nombre de Opaline. Nada. Sacudí la cabeza, comprendiendo que aquello era una ridiculez, y me puse el pijama para meterme en la cama.

* * *

Me desperté a medianoche, con otra frase del relato en mi cabeza. Igual que una notificación en mi bandeja de entrada, eran frases que se me presentaban de vez en cuando, como si alguien se las susurrara a mi inconsciente. Era algo a lo que no le encontraba ninguna explicación. Lo único que sabía es que, por alguna razón, debía aferrarme a ellas. Y escribir aquellas palabras sobre papel no era suficiente. De manera que, al día siguiente, en cuanto pudiera, buscaría a un tatuador y le pediría que me las tatuara en la espalda. Era un relato que aparentemente no tenía principio ni final, pero, cada vez que llegaba a mí una nueva frase, me hacía grabar las palabras sobre mi piel con tinta, y al instante me sentía mejor. No lo sabía nadie, ni siquiera Shane. Era un pequeño acto de desafío. Algo que era solo para mí. Hasta la fecha había conseguido esconderle al mundo aquella rara historia; sin embargo, cuanto más avanzaba, más necesitaba saber qué significaba y de dónde salía.

Sabiendo que me costaría volver a conciliar el sueño, subí de puntillas a ver el desastre que habían dejado aquellas mujeres. No quería que *madame* Bowden me diera un tirón de orejas por la mañana y pensé que podría empezar a recogerlo ahora todo. Entré en el comedor y encendí la luz. No podía creerlo: la estancia estaba perfectamente ordenada y no había nada fuera de lugar. Cambié rápidamente de opinión sobre las amigas de *madame* Bowden, y me vi obligada a reconocer que cualquiera que recoge lo que ha desordenado no puede ser tan malo. Ni siquiera las había oído marcharse. Un viaje rápido a la cocina me confirmó que incluso habían lavado, secado y recogido todos los platos y copas; ni siquiera quedaba una cucharilla por guardar. Como si no hubiera pasado nada.

Capítulo 12

HENRY

Me planteé llamar al timbre, pero ¿qué gracia tendría entonces? Me acuclillé y di unos golpecitos en la ventana del sótano del número 12 de Ha'penny Lane. Había pasado los últimos días buscando sin éxito información sobre Opaline Carlisle en todo tipo de archivos digitales y en periódicos antiguos. Necesitaba un descanso, y esa era la excusa que me di cuando mis pies me condujeron directamente a su puerta. O, mejor dicho, a su ventana. Pasados unos minutos, la persiana subió y me encontré frente a frente con Martha; parecía muy enojada y cansada.

—¿Qué demonios pasa? —gimoteó, cuando finalmente abrió la ventana.

—¿Quizá es demasiado temprano?

—Son las siete de la mañana, de modo que sí, diría que es demasiado temprano.

—Oh. Disculpa. Simplemente me preguntaba si querrías venir conmigo a hacer una pequeña excursión.

—¿Ahora?

Lo que anoche, cuando no podía dormir, me había parecido una idea magnífica había perdido ahora todo su esplendor. Apenas conocía a esa chica y ahí estaba yo, aporreando su ventana.

—No, bueno, cuando estés libre, claro.

Martha bajó la vista e hizo de nuevo aquella cosa, como si estuviera calculando mentalmente y a toda velocidad el resultado de una ecuación imposible.

—Tengo que prepararle el desayuno a *madame* Bowden y luego limpiar un poco, pero hacia las once creo que podría estar lista.

—¡Perfecto! —exclamé, quizá con excesivo entusiasmo.

Había olvidado lo estresante que podía llegar a ser pedirle salir a alguien. De jóvenes, lo hacíamos constantemente, lo de entablar nuevas amistades. Pero, cuando te adentras en la edad adulta, tienes cada vez más la sensación de que te juegas muchas cosas y el rechazo se hace mucho más difícil de asumir.

—Te enviaré un mensaje con la localización. —Nunca en la vida había empleado la palabra «localización» y no estaba del todo seguro de haber acertado al utilizarla.

—No tienes mi número.

—Sí, era una invitación indirecta a que me lo dieras, Martha. ¡Venga, échame una mano!

Siguió un silencio incómodo, y me dio la impresión de que ella lo estaba disfrutando en exceso.

—¿Piensas... dármelo? —pregunté.

—Podría ser —respondió ella con una sonrisa.

¿Estaría coqueteando conmigo? La verdad es que parecía que sí, aunque era difícil afirmarlo cuando su lenguaje corporal demostraba claramente que estaba a la defensiva.

—Dame —dijo, extendiendo la mano para que le entregara mi teléfono. Tecleó rápidamente su número—. Ahora tengo que irme.

Cerró la ventana y volvió a bajar la persiana.

* * *

Era una escena que parecía salida de una de esas comedias románticas que mi madre solía ver. Mi dedo pulgar estaba justo encima de la tecla «enviar» cuando recordé un truco que a menudo utilizaba mi hermana. Contar hacia atrás del cinco al uno, y entonces hacerlo. Toqué ligeramente la pantalla, el teléfono emitió un sonido y mi mensaje quedó marcado con la hora de envío.

«Nos vemos en Pen Corner».

Pensé que sonaba enigmático… hasta que llegó la respuesta de Martha.

«¿Quién eres?».

«Soy Henry. El chico que no es un bicho raro».

«Oh, ese Henry. ¿Dónde está Pen Corner?».

«Dirígete al cruce de College Green con Trinity Street. Y allí lo verás».

El único establecimiento capaz de rivalizar con una librería o una biblioteca era, en mi opinión, una buena papelería. Pen Corner, sin embargo, era territorio sagrado en lo referido al humilde arte de la escritura. Ocupando un lugar destacado en la esquina de la calle, el edificio de estilo eduardiano estaba coronado por una torre con un reloj que al instante me anunció que llegaba ridículamente temprano. Las letras negras y doradas del rótulo de la tienda, junto con los paneles de cristal tipo mosaico que adornaban la parte superior de los escaparates, prometían un interior digno de una biblioteca silenciosa. Mi intención era esperar a Martha fuera, pero mi fuerza de voluntad duró solo un par de minutos. Había localizado en el escaparate una pluma Mont Blanc que exigía una inspección más detallada.

Una vez dentro, mis hombros se relajaron y mi nariz capturó ese aroma característico del papel, el cuero y la tinta. Vitrinas de cristal exhibían con discreción, como si fueran joyas carísimas, plumas y más plumas estilográficas Parker y Cross, además de un amplio surtido de plumillas. Detrás del mostrador había maletines de cuero que me hicieron pensar en la novela perdida de Hemingway. ¿La llevaría su esposa en el interior de un maletín similar a aquellos? Eso era lo que todos los estudiantes de posgrado en Literatura debían de pensar cuando paseaban por el campus con una réplica exacta colgada al hombro.

Había dos o tres clientes más dando vueltas por allí y, cuando me volví para ver si encontraba la pluma que me había llamado la atención, la vi en la puerta, claramente insegura.

—Martha, lo has logrado.

Nadie podría decir de mí que perdía alguna vez la oportunidad de mencionar lo evidente.

Martha se limitó a sonreír y dejó que la puerta se cerrara despacio a sus espaldas.

—¿Qué estamos haciendo aquí?

—Una existencialista. Lo sabía.

Me miró con recelo.

—Es solo una nota de humor, no te alarmes.

Dios, ¿por qué hablaría siempre como un bicho raro? Empezaba a tener la impresión de que había perdido por completo mi capacidad de expresarme como un ser humano normal.

—¿Puedo ayudarle en algo, caballero? —dijo una voz desde el otro lado del mostrador.

—¡Sí! Sí, por favor. Estaba buscando la Mont Blanc que tienen en el escaparate.

—Ah, Le Petit Prince —dijo el dependiente, anticipándose a mi buen gusto. La señal de que era un vendedor excelente.

—¿Por qué me has traído aquí? —preguntó Martha cuando el hombre no podía oírnos.

—Es un establecimiento magnífico, ¿verdad? Aunque no es el lugar que…, después de esto iremos a otro sitio.

—Entendido.

Me dio la impresión de cualquier cosa menos de que lo hubiera entendido.

—Aquí la tenemos, caballero. La Meisterstück, edición Le Petit Prince.

Era bellísima: capuchón y cuerpo de color granate con una estrella dorada minúscula en el clip.

—Como puede apreciar, está grabada con una cita del libro.

La leí en voz alta:

—«*On ne voit bien qu'avec le coeur*».

—¿Hablas francés? —preguntó Martha.

—Muy por encima. Pasé un verano trabajando en una *gîte* del sur de Francia.

—Entendido —repitió Martha, abriendo mucho los ojos antes de bajar la vista.

—Significa que solo vemos con claridad cuando lo hacemos con el corazón.

Vi que aquellas palabras la impactaron de un modo que no había previsto. Se quedó tan conmovida como en el parque, cuando le conté la historia de los manuscritos perdidos. Siempre que hablaba de mi pasión había acabado acostumbrándome a las sonrisas indulgentes y a los gestos de asentimiento de la «gente de a pie», pero Martha parecía sinceramente interesada. Luché contra el instinto de inflar el pecho con orgullo. Me daba igual lo que dijera la gente, pero la verdad era que citar a Antoine de Saint-Exupéry era impresionante en cualquier idioma humano.

—¿Quiere que se la envuelva? —preguntó el dependiente, interrumpiendo el momento.

—Er…, sí. ¿Cuánto es?

—799 euros, impuestos incluidos.

Tragué saliva. Había querido impresionarla y ahora me había quedado acorralado en un aprieto económico. No sabía cómo salir de él y al final le dije al dependiente que me la compraría como recompensa cuando hubiera acabado mi tesis. El hombre se me quedó mirando con los ojos de besugo de un dependiente que sabía que yo jamás volvería a pisar la tienda.

—Pero ¿sabe qué? ¡Me llevaré una de esas agendas Moleskine! —dije, confiando en que con ello borraría el episodio de la memoria de todos los presentes. Excepto de la mía.

Capítulo 13

OPALINE

París, 1921

Me levanté inmediatamente, guardé todos mis libros y demás pertenencias en la bolsa y bajé corriendo las escaleras. Pensé que si conseguía llegar a la librería, Sylvia sabría qué hacer, cómo ayudarme. Rechacé con un gesto la oferta de desayuno de *madame* Rousseau y, cuando empujé la puerta para salir, me encontré frente a frente con mi hermano, que estaba esperándome. No estaba solo.

—Aquí está —dijo. Vi que sujetaba un bastón nuevo de color negro—. Como puede apreciar, Bingley, está claramente abrumada por la emoción.

Me quedé paralizada, boquiabierta, como una idiota, intentando asimilar todo aquello. Allí estaban mi hermano, triunfante y relajado, y aquel tal Bingley, impaciente y con un ramo de flores en la mano.

—¡No se quede ahí parado, hombre! ¡Entréguele esas malditas cosas antes de que se marchiten!

—Señorita Carlisle, estoy encantado de poder conocerla por fin —dijo Bingley, haciéndome entrega del ramo.

Seguí sin decir nada. Cogí el asa de la bolsa y me pregunté si podría escapar corriendo.

—No te preocupes, hermana, el bueno de Bingley no te guarda rencor por haberle dado plantón la otra vez que habíais quedado en conoceros, pareja de tortolitos.

Era incapaz de desentrañar aquel tono de voz. No era mi hermano el que hablaba, sino un impostor. Con un encanto infinito.

—¿Cómo me has encontrado? —pude preguntar finalmente.

—¿Cómo te imaginas tú? Tu querida amiga Jane vio una fotografía tuya en una revista, y su esposo estuvo encantado de compartirla con tu orgullosa familia.

Mi expresión debió de ser reveladora, qué tonta había sido.

—Oh, venga —dijo, sujetándome el brazo con fuerza—. Somos hombres de mundo, no te preocupes. Comprendemos que tuvieras necesidad de extender las alas un tiempo antes del matrimonio. Gritar tu último hurra. ¿No es así, Bingley?

—Claro, por supuesto —dijo Bingley, mirándome de arriba abajo como si fuera a comerme.

Era un tipo alto y rubicundo, con nariz aguileña y calvicie incipiente. Los dos olían a coñac, lo que explicaría su exagerada conducta. Todo resultaba ofensivamente extraño: la yuxtaposición de mi hermano y su socio en «mi» París. Ni siquiera me di cuenta de que empezaban a conducirme hacia un hotel.

—¿Adónde vamos? —pregunté—. Tengo que ir a trabajar.

—¡A trabajar! ¡Tenemos una socialista entre nosotros, Bingley! —dijo mi hermano, que seguía hablando con aquella voz extraña y jovial que no le encajaba en absoluto. Era como el lobo hablando con Caperucita—. Aunque creo que debería llamarle lord Bingley, claro —dijo, haciéndonos pasar por delante de él para que entráramos en un majestuoso vestíbulo.

—Todo esto está muy bien... —empecé a decir, pero Lyndon me acalló de nuevo con su efervescente monólogo.

—¡Champán! ¡Esto hay que celebrarlo!

Llamó a un camarero que estaba sirviendo un café a una pareja de personas mayores. Aunque sin duda alguna el hombre se sintió insultado por la arrogancia de mi hermano, se limitó a responder con un gesto de asentimiento y se apresuró a disponer unas sillas alrededor de una mesa.

—Voy a reservar una habitación para esta noche para mi hermanita —dijo Lyndon, señalando el mostrador de recepción—. Hay que respetar la tradición y todas esas cosas. Habrá tiempo de sobra para conocerse mejor después de la boda.

¿Boda? ¿Estaría sugiriendo mi hermano que tenía que casarme con aquel desconocido? No me apetecía montar una escena delante de tanta gente, de modo que en cuanto vi que se volvía para dirigirse al mostrador le dije en voz baja:

—Lyndon, ¿has perdido por completo la cabeza o qué?

—Te lo explicaré todo arriba —respondió, y me empujó obligándome a tomar asiento.

A solas con lord Bingley, representé lo mejor que pude el papel de una muda. Me preguntó si había disfrutado de mi temporada en París, y me limité a asentir y a mover los labios para que adoptaran el semblante de una sonrisa. El camarero reapareció y dejó un cubo con hielo en una mesita adjunta a la nuestra. Descorchó con delicadeza la botella y sirvió una cantidad mínima de champán en la copa de Bingley. Naturalmente, tenía que catarlo él primero, una pantomima que me hizo gritar de impaciencia por dentro. «¡Sirva de una condenada vez esta cosa!», me habría gustado poder decir. Necesitaba una copa.

Bingley hizo chocar su copa contra la mía y brindó por nuestro futuro. Volví a sonreír, pensando en si «nuestro futuro» duraría tanto como el tiempo que había logrado permanecer alejada de las garras de mi hermano. Vi que Lyndon seguía charlando con el empleado de recepción. Mi cabeza iba a mil por hora: quizá podría conseguir emborracharlos a ambos y huir sin que se dieran ni cuenta.

—Es todo un personaje, su hermano.

—Lo es.

—Servimos juntos en el ejército, no sé si estaba usted al corriente.

—¿Oh?

—Un hombre de firmes convicciones.

—¿Ah, sí?

—Sí, por supuesto, señorita Carlisle. Opaline. Si me permite llamarla Opaline.

«Haga lo que le plazca», pensé, preguntándome cuánto tiempo más me vería obligada a soportar aquella pantomima. Por un momento, se me pasó por la cabeza lo mucho que se reiría Sylvia viendo tanta buena educación forzada. ¡Ojalá fuese yo norteamericana!

—En las trincheras se aprende mucho sobre el carácter de los demás. Hay que tomar decisiones que no siempre son populares.

Sabía a qué se refería. Había sido un motivo de discordia entre Lyndon y mi padre.

—Sí, sé que mi hermano disparó contra uno de sus hombres por haber sido un cobarde —dije, incapaz de mantener durante más tiempo aquella sonrisa falsa. Me repugnaba la idea matar a tus propios hombres por el simple hecho de que el miedo se hubiera apoderado de ellos.

—¿Uno de sus hombres? Oh, tuvo que hacerlo al menos diez veces —replicó Bingley, casi jactándose de ello—. Cuando lideras un grupo de hombres, hay que dar ejemplo.

—¿Ejemplo?

—Su hermano se ganó un apodo: el Exterminador —continuó Bingley. Abrió mucho los ojos y un escalofrío de miedo me recorrió la espalda.

Justo en aquel momento, Lyndon regresó a la mesa con la llave de una habitación en la mano.

—Subamos a la habitación para que te instales —dijo, tirándome del brazo.

Comprendí que tendría que obedecer hasta encontrar la oportunidad adecuada para huir. Entramos en el ascensor, el ascensorista cerró la puerta metálica de rejilla y pulsó el botón para subir. Nadie abrió la boca, y yo bajé la vista. Vi entonces la carrera en la media, resultado de la noche anterior. Armand. Mi corazón se replegó sobre sí mismo como una carta de amor tirada a la basura. De repente me sentí muy cansada. Anhelaba encontrarme en el entorno reconfortante de Shakespeare and Company, trabajando con Sylvia, catalogando libros, atendiendo clientes.

—*Troisième étage* —dijo el ascensorista, abriéndonos la puerta.

Salimos a un pasillo enmoquetado flanqueado a ambos lados por plantas de interior. Intenté poner orden a mis pensamientos, pero era inútil.

—Ya estamos —dijo Lyndon—. Te he reservado una habitación al lado de la nuestra.

Entré y, cuando me disponía a dejar mi bolsa sobre la cama, cambié de opinión y di media vuelta, dispuesta a marcharme.

—No puedo quedarme aquí, Lyndon.

Mi hermano se había quedado en la puerta, bloqueándome la salida.

—Harás lo que yo te digo, hermanita.

Y, con un movimiento que no vi venir, me empujó con tanta

fuerza contra la pared de enfrente que me golpeé la frente y caí al suelo aturdida.

Y mientras me quedaba allí sentada, mi hermano cerró tranquilamente la puerta y se fue.

No sé muy bien cuánto tiempo permanecí allí en el suelo, sentada y abrazándome las rodillas. Podrían ser veinte minutos, aunque quizá fueron dos horas.

—*Ménage!* —gritó un empleado del hotel.

No tenía energía para responder, pero la llamada en la puerta era incesante.

—*S'il vous plaît?*

Conseguí incorporarme para abrir la puerta.

—Pero ¿qué demonios…?

Era Armand.

Entró corriendo en la habitación, y cogió la bolsa y mi abrigo.

—Vamos, rápido.

—Pero ¿dónde…? ¿Cómo…?

—¡Ya te lo explicaré después, *dépêche-toi*!

Me cogió de la mano y tiró de mí hacia la puerta.

Corrimos por el pasillo, en dirección contraria a por donde había venido, hasta que llegamos a una escalera de servicio. No tenía tiempo de pensar, solo de rezar en silencio para que no nos pillaran. Armand no me soltó de la mano en ningún momento y, en cuanto llegamos abajo, seguimos corriendo por un pasillo que daba a la cocina, donde los cocineros apenas tuvieron tiempo de gritar preguntándonos que qué hacíamos allí, puesto que enseguida localizamos una puerta a la calle. Recorrimos a toda velocidad el pasaje y varias calles adoquinadas. Armand parecía conocer como un golfillo callejero todos los atajos de la ciudad. Pasamos por delante de vendedores de flores y fruta, por debajo de puentes, hasta acabar emergiendo en un bulevar que reconocí al instante. Nos dirigíamos a Shakespeare and Company.

—¡Espera, espera! —grité jadeando, casi sin aliento—. Para... solo un momento —dije, agarrándome a una farola para no caerme.

Armand me soltó por fin la mano, que había estado sujetando con fuerza todo aquel rato. Al instante sentí la pérdida y, cuando lo miré a la cara y vi que sus ojos marrones escudriñaban la calle, los recuerdos de la noche anterior emergieron sin que pudiera evitarlo.

—Sabe lo de la librería —dije—. Es el primer lugar donde irá a buscarme.

—Sylvia quiere que vayas, tiene un plan.

—¿Has hablado con ella?

—Esta mañana he ido a tu pensión... —Dudó un instante—. Me moría de ganas de verte. —Una breve sonrisa iluminó su rostro—. Entonces he visto que se te llevaban y os he seguido.

—¿Y cómo sabías en qué habitación estaba?

—No lo sabía —respondió, negando con la cabeza—. Pero he ido llamando a todas las puertas.

—Oh —dije realmente sorprendida.

—Debemos darnos prisa.

Sylvia estaba esperando mi llegada por la puerta de atrás. Me dio un abrazo rápido y firme, y me entregó una llave.

—Un amigo mío tiene una casa fuera de París, cerca de Tours. Puedes quedarte allí hasta que...

—No lo entendéis. Tengo que irme. Para siempre. Lo que he hecho, huir de este matrimonio...

—¿Matrimonio? —repitió Armand.

Abrí la boca para explicarme, pero descubrí que no tenía fuerzas para hablar.

—¿Qué tal está todo el mundo en Stratford-on-Odéon? —preguntó el señor Joyce, siempre tan original, en cuanto asomó la cabeza por la puerta.

Mi corazón se detuvo un instante. Debía de haber cruzado toda la tienda sin que ninguno de nosotros se percatara.

—No hay tiempo para explicaciones, Jimmy. Opaline necesita salir del país de inmediato —dijo Sylvia.

Después de dirigirle a Armand un sugerente guiño, Joyce propuso una huida rápida hacia Dublín.

—Pero si lo único que le hemos oído sobre su país han sido quejas —replicó Armand, lo cual era cierto.

Todos habíamos oído a Joyce quejarse constantemente sobre la falta de cultura de los irlandeses y su incapacidad para reconocer su genio.

—Efectivamente, pero yo soy escritor. Soy artista. Y tengo la obligación de maldecir mi país natal. Pero no —dijo, apoyándose en la pared para encender un cigarrillo—, creo que Irlanda le sentaría como anillo al dedo.

Me quedé pensándolo. Hablábamos el mismo idioma. E Irlanda había formado parte de Gran Bretaña hasta todo aquel lío del tratado.

—Y, ahora que me acuerdo —dijo Joyce, chasqueando los dedos—, tengo un amigo que es propietario de uno de esos establecimientos conocidos como tiendas de la nostalgia. Un caballero excepcional para los tiempos que corren, el señor Fitzpatrick. Si se presenta a él diciéndole que va de mi parte, seguro que le dará trabajo y es posible que incluso le ayude a solucionar el tema del alojamiento.

—Suena como una posibilidad un poco remota —dije.

—¿Qué otra opción tenemos? —preguntó Sylvia.

El tema quedó cerrado. Joyce me anotó rápidamente el nombre y la dirección de la tienda, y me prometió que le enviaría un telegrama a su amigo para que estuviera al corriente de mi llegada.

Aunque lo que en realidad quería decir era que le pediría a Sylvia que lo hiciera por él.

Después de aquello, todo se convirtió en una confusión de lágrimas. Tenía la sensación de estar rompiéndome en mil pedazos y de que nadie vendría a reconstruirme.

—Tranquila, tranquila, no hay necesidad de ponerse así —dijo Sylvia, entregándome un sobre con la dirección y el dinero de mi paga—. Eres una mujer adulta, con un cerebro en la cabeza, dos buenos brazos para cargar libros y dos piernas fuertes para llevarte allí donde tengas que ir.

—¿Qué harás si aparece por aquí mi hermano? —pregunté.

—¡Pues venderle un libro, por supuesto!

Armand me acompañó al puerto y me consiguió un pasaje. Mientras esperábamos mi turno para embarcar, se quitó una cadena que llevaba al cuello. El colgante dorado en forma de mano brilló bajo la luz del sol.

—Lo llamamos *hamsa* —me explicó—. En mi cultura, creemos que ofrece a su portador protección contra el mal de ojo.

—¿Es como un amuleto?

—*Exactement.* Mientras lo lleves, siempre estarás a salvo.

Había llegado la hora de marchar.

—Tienes mi dirección… Es la forma más segura de comunicarte con Sylvia. Tu hermano no sabe ni que existo.

Hice un gesto de asentimiento. Hasta el momento no me había

dado cuenta de que había estado llorando. Pero de pronto noté las lágrimas secándose en mis mejillas, o evaporándose tal vez con el aire del mar. Armand me acogió entre el calor de sus brazos una última vez. No quedaba nada por decir. Cruzó la calle y no volvió la vista atrás. Mi corazón se desplomó a toda velocidad, como el ancla que cae en un mar sin fondo.

Capítulo 14

MARTHA

No tenía ni idea de por qué Henry había querido llevarme a una tienda repleta de plumas estilográficas que no podía permitirme. ¿Y qué sería exactamente un portaminas? En el exterior de la tienda había un cartel que decía que allí dentro tenían montones de cosas de esas, pero no me atreví a preguntar por si acaso acababa quedando como una tonta de remate. Recordé que alguien dijo en una ocasión que era mejor mantener la boca cerrada y parecer tonta, antes que abrirla y dejar claro que no había la más mínima duda de que lo eras. O algo por el estilo. Henry, por otro lado, no tenía este tipo de preocupaciones.

—Ah, los viejos edificios del Parlamento —dijo, señalando un gran edificio de color beis que parecía acabar de aterrizar allí procedente de la Antigua Roma—. Una arquitectura maravillosa la del estilo Palladio, a mi entender.

Soltaba cosas así, lo primero que se le venía a la cabeza, como si fuera algo perfectamente normal. Henry no era ni siquiera de aquí, y sabía mucho más que yo. Me aferré a mi regla de hacer un gesto de asentimiento, aun sin tener ni idea de lo que me estaba contando.

—¿Podrías decirme adónde vamos? Tengo que estar pronto de vuelta para... —«Para preparar la cena de su señoría», estuve a punto de decir, pero me callé al darme cuenta de lo ordinario y mundano que sonaba aquello en comparación con todo lo que decía él—, para preparar mi solicitud de acceso a la universidad.

—¡Fantástico! Pues resulta que justo estamos yendo al lugar adecuado.

Resultaba agradable tener una distracción. Me escocía la espalda como consecuencia del nuevo tatuaje que me había hecho el día anterior, con el que había añadido una frase más a las que ya tenía. En el momento de hacerlo me había sentido bien, puesto que dar permanencia a aquellas palabras era como una liberación, pero el dolor posterior era insoportable.

Pasamos al otro lado de la calle, atravesamos algunas puertas y luego cruzamos un portón gigantesco de madera en el que se abría una puerta de menor tamaño. De pronto, cuando caí en la cuenta de que me estaba llevando a Trinity, me eché hacia atrás como un caballo asustado.

—¡No puedo entrar ahí!

—¿Por qué no?

—Porque... No sé, ¿no tienes que estar inscrito o algo así?

Me miró como si fuera tonta de remate.

—Dios, tienes razón. No había caído en eso. ¿Y si nos pilla la policía?

—No, en serio, nunca he estado aquí —dije, tropezando con la gente mientras giraba en círculo sobre mí misma para admirar todo aquello.

Los adoquines, erosionados por el paso de los siglos hasta quedar casi lisos, parecían formar parte del escenario de una película histórica.

—¿De verdad? Imaginaba que… Es donde he pasado la mayor parte del tiempo desde que llegué aquí, es mejor que estar sentado en mi pensión.

Imagínate, venir aquí simplemente porque estás aburrido. Henry vivía en un mundo completamente distinto al mío, eso seguro. Él pertenecía a aquel lugar, era incuestionable. Intenté ignorar los celos que me formaron un nudo en el estómago.

—Justo ahí está la Biblioteca Glucksman, el depósito de materiales cartográficos. Llevo todo este tiempo intentando encontrar un mapa donde aparezca la librería, pero no he tenido suerte hasta el momento.

—¿Existe un depósito de materiales cartográficos? —Estaba obnubilada. Todo esto existía y yo no tenía ni idea de ello—. Es igual que esa película… ¡*Narnia*!

—Querrás decir los libros de C. S. Lewis.

Ya estaba, ya lo había hecho: acababa de confirmar en voz alta que era una tonta.

—Exactamente, a eso me refería. Es igual. —Había incluso una farola.

—Supongo que lo es, en cierto sentido. Ahí dentro hay más de medio millón de mapas y atlas. Es como un pequeño laberinto con guardianes subterráneos de mapas aéreos que se encargan de controlarlo todo por si nos perdemos. Aun así, no he conseguido encontrar mi librería.

—¿Tu librería? —repliqué, arqueando una ceja.

—Sí, bueno, pero hoy no miraremos mapas, porque vamos a entrar ahí.

Señaló un cartel donde podía leerse «Libro de Kells». Había una cola de gente, principalmente turistas, que se desplazaban hasta aquí para ver un libro muy antiguo y famoso. Se me puso la carne de gallina: la única cosa que realmente me intimidaba más que los libros eran los libros muy antiguos. A saber qué tipo de conocimientos contenían, qué poder podían llegar a desplegar. No tenía sentido. Pero con Henry tenía la sensación de que en mi interior se había abierto una puerta minúscula, lo que me llevó a decirme: «A lo mejor no me haría ningún daño echarle una ojeada a esto».

—Sé que estás pensando que a quién le importa ahora ver el Nuevo Testamento, ¿no?

No, se equivocaba, no estaba pensando en eso. Mis pensamientos habían retrocedido hasta mi primera cita con Shane (no porque lo de hoy fuera una cita, claro está). Habíamos ido al cine a ver una película sobre un piloto de coches, luego habíamos ido a su casa con una botella de vino y habíamos hecho el amor en su cama individual.

—No soy muy religiosa —dije.

—Tú espera y verás.

Estaba emocionadísimo ante la perspectiva de ver las viejas páginas de un manuscrito ilustrado por unos monjes varios cientos de años atrás. No lo entendía, pero me gustaba. Y Henry me gustaba. Aunque sabía que su corazón estaba en otra parte y que lo que estaba haciendo ahora, la exploración de aquellas delicias literarias antes de regresar a su vida real, no era para él más que un pequeño devaneo entretenido. Estar a su lado resultaba agridulce, una sensación casi arrolladora: la sensación de vislumbrar por un momento una vida que podría haber sido.

Y Henry tenía razón. Una vez dentro, me olvidé de todo lo demás. La oscuridad de la sala hacía que la luz que caía sobre las páginas las iluminara como si fueran pan de oro. Estaba delante de algo importante, de algo que quedaba lejos del alcance de mi comprensión, pero con lo que mi alma se identificaba.

—Esto fue escrito hacia el año 800 por los monjes seguidores de san Columba en la isla de Iona, en Escocia.

Boquiabierta, seguí a la gente que tenía delante, sin dejar de observar las vitrinas de cristal que contenían los manuscritos.

—¿Cómo es posible que haya sobrevivido todo este tiempo?

La sonrisa de Henry se extendió desde sus ojos hasta sus labios.

—Te estás enganchando a todo esto, ¿verdad?

Me limité a resoplar, pero no se equivocaba. Por supuesto que había contemplado reproducciones del *Libro de Kells* en libros, e incluso en servilletas de papel, pero viéndolo al natural, observando de esta manera aquellos dibujos intrincados y los textos escritos a mano, era difícil no dejarse atrapar por su historia.

—Los vikingos lo robaron de Kells en el año 1007. Arrancaron todo el oro que pudieron de la cubierta y abandonaron bajo una montaña de hierbajos lo que consideraron que era un manuscrito sin valor alguno.

No pude evitar preguntarme sobre la vida de la gente que escribió aquel texto, íntegramente en latín. Aunque no pude reflexionar allí por mucho tiempo porque la multitud seguía entrando en la sala y tuvimos que pasar a lo que se conoce como la Sala Larga de la biblioteca.

No sé muy bien qué esperaba encontrarme, pero la piel se me erizó solo de ver aquello. Era como una catedral de libros: galerías de madera rematadas por arcos se elevaban desde el suelo hasta el techo, llenas a rebosar de libros encuadernados en piel. Jamás había visto nada igual. Recorrimos la nave central, que estaba flanqueada por bustos de mármol que representaban a filósofos cuyos nombres me resultaban vagamente familiares, aunque me habría sido imposible decir por qué razón era famoso cada uno de ellos. Rodeada de tanto conocimiento era imposible no tener la sensación de que, por mucho que hubieras estudiado, nunca tendrías ni una mínima parte de los conocimientos que contenía aquella sala.

—Impresionante, ¿verdad? —dijo Henry.

No era consciente de que estaba observando mi reacción. Me volví hacia él, ignorando por completo la multitud que nos empujaba desde atrás.

—¿Por qué me has traído aquí?

Se tomó su tiempo, hundió las manos en los bolsillos y levantó la vista hacia la galería más alta, donde los restauradores estaban trabajando con manos enguantadas.

—Quería enseñarte que todo es posible. —Se apartó para dejar paso a un grupo de estudiantes norteamericanos que no paraban de hablar. Y luego se acercó un poco más a mí, tanto que percibí su aliento—. Después de aquel día en la biblioteca, vi que querías formar parte de todo esto. Y yo solo quería mostrarte que ya lo haces.

Dejé de escuchar a la gente de nuestro alrededor, ni siquiera notaba que seguían pasando a mi lado. Nadie me había visto jamás como él acababa de verme. Y aun en el caso de que alguien me hubiera visto así, nunca nadie había hecho absolutamente nada para intentar ayudarme. Me quedé sin palabras, con un nudo de tristeza en la garganta que jamás me había permitido sentir. Henry se pasó la mano por el pelo, que irremediablemente le caía sobre los ojos cuando inclinaba la cabeza, como estaba haciendo ahora.

—¿Te apetece tomar una cerveza en algún lado?

Asentí y sonreí. Henry se apartó un poco y empezó a abrirse paso entre la gente para salir de allí.

* * *

Henry conocía un *pub* en una callejuela, un local que daba la impresión de no haber alterado su decoración en cien años. Había madera oscura por todos lados, cubierta por capas y más capas de barniz, abrillantada por el paso de los años, y pequeños reservados iluminados con lámparas de techo de cristal que colgaban hasta muy abajo. El bar estaba tranquilo, con solo un par de clientes habituales, y tomamos asiento en un reservado que incluso tenía una puertecita por si querías privacidad total. La dejamos abierta, y pedimos dos jarras de Guinness y dos pasteles de carne. Fuera había empezado a llover un poco y, viendo las gotas golpeando el cristal y los peatones abriendo sus paraguas, me embargó una calidez interior que hacía mucho tiempo que no sentía. En cuanto nos sirvieron, probamos la comida y ambos emitimos un suspiro de satisfacción y comentamos lo bueno que estaba. Empezaba a sentirme más cómoda en presencia de Henry, por mucho que de vez en cuando se me cortara aún la respiración cuando me miraba a los ojos.

—¿Y qué fue lo que te metió a ti en todo esto? —pregunté, ansiosa por saber más cosas sobre él.

Henry bebió un trago largo de cerveza, como si quisiera ganar tiempo.

—Cuando era pequeño, mi padre solía llevarme con él a ver mercadillos de objetos de segunda mano. Unos montajes impresionantes, organizados a menudo en un campo en medio de la nada. Ahora, considerándolo en retrospectiva, es muy posible que lo obligaran a cargar conmigo durante todo el día y él se viera obligado a decidir entre aquello o el *pub*. Aparcábamos donde todo el mundo y pasábamos horas mirando los trastos viejos que descartaba la gente. Mi padre, para animarme, decía que aquello era como buscar un tesoro. Y era cierto, porque a veces conseguías encontrar algo verdaderamente especial. A mi padre le gustaban los recuerdos de la guerra (medallas y ese tipo de cosas), pero yo siempre me decanté por los libros.

Henry cogió el tenedor y siguió comiendo el pastel de carne, y entonces noté que le preocupaba alguna cosa. No entendía cómo se me había pasado por alto hasta aquel momento, aunque supuse que sería porque estaba deslumbrada por su vida aparentemente perfecta. A Henry le había pasado algo con su padre. Llevaban años sin hablarse. No quise presionarlo, pero sabía que si a la gente le das el espacio suficiente, a veces acaban pronunciando las palabras que los atormentan por dentro.

—Debe de sentirse muy orgulloso de ti, ahora que te has convertido en un intelectual experto.

Me lanzó una mirada que no le había visto hasta entonces. Sus ojos reflejaban dolor y rabia. Bebió otro trago largo de cerveza, no soltó la jarra hasta apurar su contenido y llamó la atención del camarero para pedir otra ronda.

No dije nada más y me concentré en terminar mi comida. Me disculpé para ir al baño y, cuando volví a la mesa, la atmósfera había cambiado. Adiviné que se sentía mal por su previo cambio de humor, y deseé poder acariciarle la mano y decirle que no pasaba nada. Que lo sabía. Que la gente a la que quieres puede hacerte daño sin que tú puedas hacer nada para evitarlo.

—Cuando tenía quince años, compré un viejo ejemplar de *El señor de los anillos* en una tienda de libros de segunda mano. Por aquel entonces ya me había convertido en un tratante de libros incipiente.

Esbocé una sonrisa burlona. Según mi experiencia, un chico de quince años que se dedica a tratar o comerciar con cosas era algo completamente distinto. Pero hice un gesto de asentimiento, dándole a entender que continuara, y empecé a beber mi segunda cerveza.

No había visto las películas, pero había oído decir que estaban basadas en una serie de libros.

—Aprendí a conocer el valor de las ediciones más raras y lo que los coleccionistas estaban dispuestos a pagar por ellas. Era un recurso útil para ganarme un dinerillo, y de forma fácil además. En mi tiempo libre, me dedicaba a explorar mercados de objetos de segunda mano y rastrillos benéficos en busca de libros cuyo verdadero valor desconocían sus vendedores, para luego revenderlos a anticuarios más selectos. Por aquella época, cualquier dinero extra que pudiera conseguir me venía muy bien. El alcoholismo de mi padre iba a peor y la situación en casa no era buena.

Recorrió el local con la mirada, pero intuí que quería sacarlo todo.

—Cuando aquel día llegué a casa, estudié a fondo el libro y, escondida en el interior de la cubierta, encontré una carta.

Me incliné hacia delante, sumergiéndome en su mundo de búsqueda de tesoros literarios.

—Estaba fechada en 1967, la dirección era Oxford y el nombre que la firmaba era J. R. R. Tolkien.

—¡Anda!

—Anda, sí. Era una nota escrita a mano dirigida a una niña que debía de haberle escrito previamente una carta como admiradora. No podía creer lo que tenía en mis manos, pero, por aquel entonces, no tenía ni idea de cómo autentificar esa nota. De modo que le pregunté a mi padre si conocía a alguien que pudiera ayudarme, y esa fue la última vez que la vi.

—¿Qué pasó?

—Pasó que mi padre la vendió por quinientas libras.

—Bueno, no está mal, ¿no?

—Valía diez veces más, como mínimo. Y no solo eso, sino que

estaba también el prestigio de haberla encontrado, de devolver al mundo un objeto perdido tiempo atrás. Mi padre me la robó y se bebió los beneficios que obtuvo con ella.

Henry parpadeó con rapidez y cambió de postura en la silla.

—Lo siento.

—Estoy dándote tan solo la versión abreviada. El alcoholismo de mi padre es como una nota a pie de página en todos los capítulos de mi vida. A veces temo que nunca conseguiré librarme de él.

Esta vez sí que extendí la mano y la descansé con cuidado sobre la de Henry. Respondió a mi gesto con una sonrisa tensa y volvió a pedir otra ronda. Perdí la noción del tiempo que pasamos sentados en aquella mesa. Henry me estaba dejando entrar en su mundo, y resultaba agradable alejarme del mío por un rato. Me habló de la tesis que estaba escribiendo sobre manuscritos perdidos.

—Leer un libro no es más que el principio. Yo quiero saberlo todo sobre él. Quiero saber quién lo escribió, cuándo, dónde, cómo y por qué. Quién lo publicó, cuánto costó, cómo sobrevivió, dónde ha estado desde entonces, cuándo fue vendido, por qué y por quién, cómo ha llegado hasta aquí… Las cosas que yo deseo saber sobre un libro no tienen límites.

Adiviné que empezaba a estar un poco achispado; sus palabras se apelotonaban de forma aleatoria. Y yo estaba siguiendo su ejemplo. Me había olvidado por completo de *madame* Bowden.

—El atractivo de los libros es ese: no se trata únicamente de la historia que guardan entre sus cubiertas, sino de la historia sobre su origen, sobre sus propietarios. Un libro es mucho más que un simple vehículo para su contenido —continuó, gesticulando sin cesar.

Solo dejó de hablar cuando se dio cuenta de que yo estaba riendo.

—¿Qué pasa? Hablo por los codos, ¿verdad?

—No, es solo que nunca había oído a nadie tan entusiasmado

por… ¡por una cosa! Pero ahora tiene sentido, entiendo por qué estás aquí. —Me interrumpí, consciente de que había algo que me chirriaba—. Pero… ¿y el relato? ¿No te interesa el contenido del libro?

—Por supuesto que me interesa, pero cuando eres coleccionista, los libros se convierten en artefactos. La mayoría de coleccionistas ni siquiera los lee.

—Pues no me parece correcto.

—Y eso lo dice la persona que no lee libros.

—¡Lo mío es distinto! —exclamé.

Henry no se percató de mi cambio de humor y siguió pinchándome en broma.

—No pretendo ser portador de malas noticias, pero la vida universitaria suele implicar el uso de libros.

Y entonces su sonrisa titubeó cuando se fijó en mi expresión. Nunca había sido de llorar, y menos en lugares públicos, pero los ojos me escocían y fruncí el entrecejo en un esfuerzo por contener las lágrimas.

—Dios, lo siento, Martha. Ha sido una estupidez imperdonable por mi parte.

De repente, sentí calor y agobio y, cuando me volví, vi que el *pub* se había llenado de gente. Se había transformado en un lugar ruidoso y poco acogedor. Tenía que salir de allí.

—¿Qué hora es? Tengo que irme.

Recogí mis cosas y él se levantó también.

—Te acompañaré a casa. Si te apetece.

Me encogí de hombros. ¿Qué más daba?

Cuando salimos a la calle, el aire fresco me hizo sentir como si hubiera bebido el doble de lo que en realidad había bebido. Y la chispa y el aturdimiento de antes quedaron sustituidos por una sensación de náuseas e irritabilidad. Había oscurecido y la gente regresaba a casa después del trabajo; el tráfico de la calle estaba detenido y los conductores impacientes hacían sonar el claxon sin parar.

—Ven —dijo Henry.

Me dio la mano y me guio hacia una calle secundaria más tranquila. El contacto con su piel cálida tuvo un efecto potente. Experimenté una sensación de seguridad que jamás había creído que pudiera volver a sentir. Imagino que habría hecho bien en soltarlo en cuanto hubiéramos doblado la esquina, pero no quise hacerlo. Y tampoco él, me pareció.

—Siento haber herido tus sentimientos, Martha —dijo tan bajo que casi me parte el corazón.

Había dado por sentado, cuando nos conocimos, que Henry tenía una vida perfecta. Pero después de lo que me había contado sobre su padre... Al final, tomé una decisión, inspiré hondo y le conté lo que nunca le había contado a nadie.

—¿Mis sentimientos? No te preocupes por eso. Hay formas peores de herir a una persona, lo sé de sobra. Me han partido dos costillas, me han dislocado un hombro, me han pateado los riñones y he perdido cuatro dientes.

Henry se quedó horrorizado. Adiviné que, a pesar de lo vivido con su padre, no había habido violencia. Cuando no la has experimentado, es fácil engañarte pensando que nunca va a producirse. Y así es como la gente acaba viendo a través de ti, así es como te vuelves invisible. Porque tu historia no existe.

—Pero todo eso son heridas físicas. Con el paso del tiempo se curan. De un modo imperfecto tal vez, pero se curan. Sin embargo, el miedo constante que ha dejado dentro de mí..., esa es la herida que no se cura. No solo le tengo miedo a él, sino que además le tengo miedo a la vida.

113

—¿Cómo es que…? —empezó a decir Henry, pero se interrumpió.

Estábamos delante de una pequeña iglesia y Henry señaló el banco que se veía justo al otro lado de la puerta abierta. Sonreí. Era el lugar perfecto para una confesión. Tal vez no fuera yo la que había cometido el pecado, pero cargaba igualmente con la culpa. ¿Cómo había permitido que me sucediera todo aquello?

—El caso es que al principio no reconoces lo que está pasando y, cuando te das cuenta, ya es demasiado tarde para hacer algo al respecto. Piensas que es cuestión de una única vez. Que él lo siente mucho, que se siente fatal. Pero luego vuelve a suceder. Y, de repente, solo vives con eso.

—No es necesario que me lo cuentes si no quieres —dijo Henry.

Me percaté entonces de que seguía dándome la mano. O de que yo seguía dándosela a él. Podía leer su interior, y supe que guardaría mi historia en secreto.

—Todo empezó durante mi primer año en el centro de formación profesional. Había decidido cursar el grado medio de Administración y alquilé una habitación en un piso, que compartía con dos chicas más. Pasaba la semana en Galway y los fines de semana volvía a mi casa. Seguía viviendo con mis padres, pero la mayor parte del tiempo la pasaba con Shane en su piso. Pensándolo ahora, creo que Shane era como una válvula de escape del ambiente que había en mi casa. Cuando íbamos juntos a clase todo iba bien. Sí, a veces se ponía un poco celoso, pero nada me hacía pensar que fuera distinto a los demás chicos.

Lo más duro de contar mi historia eran los recuerdos; en un momento dado estaba aquí, en Dublín, y de repente, ¡bum!, volvía a estar allí, amedrentada en el suelo, intentando protegerme. ¿Había sucedido todo de verdad o era simplemente una pesadilla espantosa fruto de mi imaginación? Nadie podría haber sobrevivido a aquel tipo de abusos, ¿no? Pensé en el día en que las dos amigas con las que compartía piso llegaron a casa y me encontraron escondida en el armario de mi habitación. Recuerdo que salí y hundí las manos en los bolsillos de mis vaqueros para que no vieran cómo temblaba. Fingí que era una broma, que quería darle una sorpresa a Shane. Resultó tan embarazoso que habría dicho lo que fuera para que no pareciese lo que tan claramente era. Shane había venido a Galway a pasar la noche y yo tenía ganas de enseñarle la ciudad. Pero había estado malhumorado todo el tiempo, burlándose de mis amigas y mostrándose celoso de todos los chicos de mi clase. Que si cómo sabían mi nombre. Que si pretendía ligar con ellos. Acabó la noche borracho y llamándome puta. Luego en la calle, durante todo el trayecto desde el *pub* hasta casa estuvo gritándome y, cuando llegamos a la puerta, su enfado había ido en aumento y estaba furioso. Le dije, también a gritos, que no tenía ningún derecho a hablarme de aquella manera. Y a continuación oí un crujido. Acababa de pegarme, de darme un bofetón en la cara. Me quedé tan pasmada que no podía ni hablar. Me arrancó las llaves de la mano y abrió la puerta. Jamás olvidaré lo que dijo al pasar por mi lado.

—Esto te enseñará a no replicar a lo que yo digo.

Entré detrás de él, aturdida y en silencio. No quería despertar a las chicas. Me acosté en la cama a su lado y ni siquiera me desvestí. Shane empezó a roncar en cuanto su cabeza entró en contacto con la almohada. Al cabo de un rato, me levanté sin saber adónde ir. Estaba aterrada. De modo que me escondí en el armario hasta que a la mañana siguiente oí que se iba. Aquel año en el que todo debería haber girado en torno a mi primer curso de formación profesional giró solamente en torno a Shane y sus celos. Mis compañeras de piso sabían lo que pasaba. Veían los moratones, incluso bajo las muchas capas de maquillaje. Lo peor de todo fue justo antes de los exámenes, cuando mis amigas me convencieron de que cortara con él. Y lo hice. Durante dos meses enteros, me libré por completo de él. Pero, entonces, el padre de Shane falleció y sentí lástima. Me juró que había cambiado y que se avergonzaba de lo que me había hecho. Dijo que cuando sucedía aquello no era él y lo creí porque era verdad: no era él. No era la persona de la que me había enamorado. De manera que ambos nos creímos la historia de que, por alguna razón, había quedado poseído por un ataque de locura y de celos y que, naturalmente, aquello no volvería a pasar. En verano, suspendí los exámenes y esa fue la última vez que me desplacé a Galway. Vi perfectamente la cara que ponían mis amigas cuando les conté que había vuelto con Shane. Creo que se sintieron traicionadas y confusas. ¿Cómo, después de haberlo abandonado, podía volver con el hombre que me había maltratado? No soportaba que me juzgaran de aquella manera. Porque, al fin y al cabo, tenían razón, ¿verdad? Sus promesas eran vacías y yo fui una tonta por creérmelas.

Estaba tan perdida en mis recuerdos que casi me olvidé de dónde estaba y qué estábamos haciendo. Levanté entonces la vista, y en los ojos de Henry solo vi empatía. No compasión, a Dios gracias. Eso no lo soportaba.

—Lo siento, creo que no puedo hacerlo.

—No pasa nada —dijo. Vi que se disponía a abrazarme, pero se paró en seco—. ¿Quieres que te abrace?

Moví la cabeza en un gesto afirmativo. Mucho. Sí. Deseaba sentir un abrazo. Jamás había pedido nada a nadie, pero tener lo que necesitaba en aquel momento fue el mejor de los consuelos.

Capítulo 15

HENRY

Mientras la abrazaba me pregunté cómo era posible que un hombre pudiera ser capaz de infligir tanto dolor y terror como para destrozar a aquella mujer. Porque así era cómo la sentía entre mis brazos, como una mujer fracturada en mil pedazos que no conseguían volver a encajar. Me pregunté también si habría más cosas además de las que me había contado, pero su cara de póquer era la mejor que había visto en mi vida. O al menos hasta aquel momento. Justo entonces, mi móvil empezó a sonar y Martha se apartó. Busqué en el bolsillo para intentar silenciarlo.

—Maldito trasto… —murmuré cuando por fin conseguí cogerlo.

Pero el teléfono se deslizó entre mis dedos y cayó al suelo. Nos agachamos los dos a la vez, nuestras frentes chocaron y ella fue la que lo recogió finalmente.

—Isabelle —dijo, leyendo el nombre y pasándomelo.

Me quedé mirando la pantalla hasta que dejó de sonar. Isabelle. Había conseguido borrarla por completo de mis pensamientos. Como si mi vida en Londres estuviera archivada en un cajón totalmente distinto de mi cabeza. Después de haber pasado un día increíble en compañía de Martha, tras habernos abierto hablando sobre nuestro pasado como ninguno de los dos había hecho hasta ahora, y estando además en otro país, me sentía como otra persona. Hasta este momento, toda mi vida había consistido en huir de algo, en perderme en los libros y en cruzar los dedos para que nadie se percatara del enorme agujero que tenía dentro de mí, un espacio que debería estar ocupado por alguna cosa vital. Miré a Martha; la vulnerabilidad de sus ojos me desafiaba, tanto a mí como a mi tendencia a decirle siempre a la gente lo que quería oír en lugar de la verdad. «No es más que una amiga», podría haberle dicho. Pero aquella mirada era especial, era como si pudiera ver mi interior.

—Isabelle es mi novia.

—Oh.

Se produjo un vacío, que estúpidamente elegí llenar con más palabras.

—De hecho, creo que debería llamarla mi prometida. Le propuse matrimonio justo antes de marchar.

—Oh —volvió a decir Martha—. Bueno, pues ¡felicidades!

Sonrió con una jovialidad forzada que me llevó a sentirme aún peor.

¿Por qué no se lo había dicho antes? Debería habérselo contado desde un principio. A buen seguro era lo que cualquier persona normal habría hecho. Intuí su incomodidad, que estaba totalmente fuera de lugar porque quien debería sentirse incómodo era yo. Intenté encontrar refugio en la idea de que mentir y no decir la verdad eran dos cosas distintas, pero ni siquiera yo me lo creía. Entonces, Martha hizo con exageración el gesto de consultar la hora en su teléfono y dijo que debía volver a casa. Sola. Un punto que especificó subrayado y en negrita. La había cagado.

* * *

Cuando llegué a mi B&B, Nora estaba viendo un concurso en la tele de la sala principal. Estaba sentada en un sillón con reposabrazos de madera, con un cenicero balanceándose de forma precaria sobre uno de ellos mientras uno de los *jack russell* roncaba plácidamente en su regazo. Busqué con la mirada a los otros dos, hasta que me di cuenta de que los tenía a mis pies, olisqueándome los zapatos. Probablemente estarían oliendo dónde había estado y lo idiota que era.

—Oh, ya estás de vuelta —dijo Nora, a pesar de que no le había comunicado mi ausencia. Simplemente mantenía ese aire de familiaridad con cualquiera que pasaba por su casa. Como si quisiera ejercer de madre de todo el mundo—. ¿Quieres que te prepare un té o un sándwich? —preguntó, introduciendo sus pies hinchados en las zapatillas.

—Ya lo preparo yo —repliqué—. No se mueva.

Se quedó mirándome como aquel que mira la cara de un santo, lo que me llevó a pensar en lo poco que costaba hacer feliz a la gente y, sin embargo, lo infrecuente que eso era. Aclaré una tetera marrón y puse las tazas en una bandeja junto con un paquete de galletas de barquillo de color rosa.

En cuanto Nora tuvo la taza de té en la mano y otro cigarrillo encendido, volcó su atención hacia mí.

—Venga, cuéntame, ¿quién es ella?

—¿Perdón?

Incluso dio el desconcertante paso de bajar el volumen del televisor.

—Tienes esa mirada.

—¿Qué mirada? —pregunté, intentando cambiar rápidamente mi mirada, lo cual resulta complicadísimo cuando ni siquiera eres consciente de que tienes una mirada especial.

—No nací precisamente ayer —replicó Nora, haciendo caer la ceniza en el cenicero y colocándose en una posición más cómoda para iniciar su interrogatorio—. Eres de los que les dan muchas vueltas a las cosas, un poco como ese de ahí fuera. —Señaló con un gesto el cobertizo, donde supuse que seguía escondido su marido—. Antes de ser pensionista, se dedicaba a limpiar cristales. Puede que a las personas como tú no les parezca una profesión muy rimbombante, pero ten por seguro que siempre habrá cristales que limpiar.

Asentí, porque discutir un razonamiento lógico como aquel era imposible. Y tampoco tenía sentido decirle que «las personas como yo» habían tenido que recurrir a becas y préstamos para estudiantes gracias al alcoholismo de su padre.

—El caso es que hace años se le presentó la oportunidad de montar una empresa con un tipo que aseguraba que juntos podrían presentar mejores ofertas y conseguir encargos más importantes. De modo que empezó a darle vueltas al tema. Y a darle vueltas y más vueltas hasta que, claro, llegó tarde. El tipo ya había encontrado a otro socio que aceptó la oportunidad y juntos acabaron cerrando un contrato para limpiar los cristales de más de la mitad de los hoteles de la ciudad.

Justo en aquel momento, el marido de Nora bajó pisando fuerte por la escalera, vestido con camiseta de tirantes y pantalón, y dejó caer el periódico sobre la mesa del recibidor.

—Por última vez, mujer, ¡me dan miedo las alturas! —anunció antes de ponerse una camisa y salir en tromba por la puerta.

Cerró con un portazo tan impresionante que las fotografías de varios papas que colgaban de la pared del recibidor se tambalearon de un modo tremendamente profano. Nos quedamos boquiabiertos mirando el recibidor, donde ya no había nadie.

—Nunca llegó a superarlo —dijo Nora con un tono ligeramente sentencioso, y me pregunté cuál sería el pegamento que mantenía a la gente unida. ¿El desprecio mutuo? ¿La ausencia de una alternativa mejor?—. El caso es —continuó, impertérrita— que darles muchas vueltas a las cosas no hace ningún bien a nadie.

Tal vez tuviera razón, pensé, mientras apuraba mi té y el volumen del televisor subía de nuevo. ¿Pero a qué demonios estaría yo dándole tantas vueltas? Había viajado hasta aquí para encontrar el manuscrito, no para enamorarme de otra mujer. En todo caso, el tiempo que pasaba con Martha estaba ralentizando mi investigación. Empecé a incubar esta idea porque implicaba poder quitarme de encima el peso de la culpabilidad. Me despedí de Nora y subí a mi habitación. Encendí el ordenador. Tenía dos mensajes de correo. El primero era de Isabelle: «¡Coge el teléfono!».

Clásico estilo Isabelle. Directa y al grano. Era una mujer que tenía el listón muy alto, tanto para sí misma como para todo el mundo que la rodeaba. Era *coach* personal y utilizaba a menudo frases estimulantes del tipo «Piensa a lo grande o vete a casa» o «¡Si no te supone un desafío, no te cambiará!». ¿Estaría yo intimidado por su energía inquebrantable? Tal vez, pero eso era también lo que me atraía de ella. Isabelle era todo lo que yo creía que necesitaba ser.

Nos habíamos conocido hacía dos años, en la boda de mi hermana. Por aquel entonces, Isabelle trabajaba como organizadora de bodas. Su reencarnación anterior, como solía decir. Cada pocos años cambiaba el rumbo de su carrera profesional, y siempre destacaba con brillantez en todo. Sabía de buena tinta que antes de organizadora de bodas había sido una profesora de yoga increíble, una opinión ratificada por el novio, y que todavía era capaz de pasarse las piernas por detrás de la cabeza, lo cual en realidad quizá fuera una información excesiva. Su confianza en sí misma me impactó de inmediato y, cuando la feliz pareja partió en luna de miel, Isabelle me dejó claro que cualquier cosa que yo tuviera en mente sería solo a modo de prueba para ella. Un poco como lo que sucedía con sus distintas carreras profesionales. Se quedó mirándome, como aquel que está decidiendo si coger una manzana picada o dejarla correr. Y así fue como me encontré intentando convencerla constantemente (e intentando también convencerme a mí mismo) de que, siempre y cuando se dieran las condiciones adecuadas, yo también podía acabar floreciendo con éxito. Como una planta de interior. Sabía que si tenía a alguien como Isabelle en mi vida todo sería infinitamente mejor, más grande, más luminoso. Jamás había tenido a nadie de quien poder sentirme orgulloso, nada sobre lo que poder decir: «¡Mira qué he conseguido!». Los recuerdos de mi padre me obsesionaban, los recuerdos de aquellas noches llenas de lágrimas en las que intentaba convencer a mi madre para que lo aceptara de nuevo. Pero a veces me sentía cansado. Cansado de demostrarme a mí mismo mi propia valía. Cansado de intentar que los demás vieran algo en mí que ni siquiera yo estaba seguro de que estuviera allí.

Decidí enviarle una respuesta que también fuese contundente: «¡Concentrado en la investigación! ¿Te va bien mañana?».

Abrí el segundo mensaje. Era de un colega de Londres que había estado examinando los archivos de la familia Carlisle en busca de alguna mención relacionada con Opaline. No había absolutamente nada posterior a la fecha de su veintiún cumpleaños. Era como si hubiera sido borrada de la faz de la tierra. Su hermano, sin embargo, estaba muy bien documentado y había ascendido bastante en el ejército durante la Primera Guerra Mundial. Se había ganado el triste apodo del Exterminador. Era poco con lo que poder avanzar y nada que me acercara a la librería desaparecida de Ha'penny Lane. O a la escurridiza joven que vivía en la puerta de al lado. La mujer que me había ayudado a averiguar el nombre completo de Opaline. No lograba identificarlo, pero tenía la extraña sensación de que ella era la clave de todo. O quizá esa fuera la historia que me veía obligado a repetirme para permanecer cerca de ella, costara lo que costara.

Capítulo 16

OPALINE

Dublín, 1921

—Siento comunicarle que el señor Fitzpatrick falleció hace dos meses. Íbamos a poner la tienda en venta y...

Esas fueron las primeras palabras que escuché al llegar a Dublín después de un largo e incómodo viaje en tren desde Cork. Me encontraba en el salón de una casa de estilo georgiano, con ventanales con cuarterones desde los que se dominaba una calle muy transitada.

—Pero es que he venido hasta aquí desde... —dije desesperada—. ¿Recibieron mi telegrama?

El hombre con el que estaba hablando parecía desconcertado ante mi repentina llegada a su vida.

—Sí. El señor Joyce envió un telegrama desde París. Mencionaba que había trabajado usted en una librería... ¿Shakespeare?

—Shakespeare and Company.

—Le ruego que me perdone, pero es que no entiendo muy bien por qué el señor Joyce sugirió —dudó unos instantes— que alguien como usted viniera a trabajar para mi padre.

Intenté pasar por alto la insinuación.

—¿El señor Fitzpatrick era su padre? Le acompaño en el sentimiento, señor —dije, estrechándole la mano.

Mi interlocutor me dio las gracias y tuve la sensación de que el asunto concluía así.

—Supongo que no le resultará una molestia que le solicite otra información.

—Por supuesto que no, si puedo serle de alguna ayuda.

—¿Podría recomendarme un hotel donde dispongan de habitaciones decentes, o tal vez un lugar donde pueda alquilar una habitación a un precio razonable?

—¿No tiene donde alojarse? —preguntó el hombre, claramente perplejo ante el hecho de que alguien con mi acento y mi aspecto se encontrara en esta situación; una mujer de clase media, viajando sola, sin un lugar donde alojarse y con muy poco dinero.

—Me temo que tuve una partida bastante precipitada.

A saber las conclusiones que aquel hombre extraería de mi explicación. Me habría gustado garantizarle que no había quebrantado la ley, pero eso solo habría servido para aumentar sus sospechas.

—Bueno, no es gran cosa —dijo antes de coger un juego de llaves que colgaba en un gancho junto a la puerta y guiarme hacia el exterior para luego bajar por las escaleras de acceso a la casa—, pero en el sótano de la tienda tenemos un pequeño apartamento —me explicó. Giró entonces hacia la derecha y se detuvo al llegar delante de la tienda.

Miré el edificio, no sin cierta incredulidad. Era estrechísimo, casi como si hubiera crecido como una terca mala hierba entre las dos casas que lo flanqueaban. El señor Fitzpatrick se fijó en mi expresión, en mis facciones contraídas por la luz del atardecer.

—La verdad es que no debería estar aquí —dijo, y murmuró alguna cosa relacionada con el permiso de edificación.

«Tampoco yo», pensé. Todo aquello era surrealista y tenía la extraña sensación de estar fuera de mi cuerpo, de ser una espectadora atónita y expectante por ver qué sucedería a continuación. La travesía hasta Irlanda me había llevado todo el día y prácticamente toda la noche. A falta de trasbordador de pasajeros, me había visto obligada a viajar hasta Cork a bordo de un barco que transportaba correo y mercancías. Y me había encontrado de nuevo en alta mar, con mi pequeña maleta de tela y huyendo hacia la libertad. Había intentado dormir en una cama improvisada que en realidad no era más que un banco con una fina almohadilla. Había vomitado en un cubo y llorado también en él. La travesía del Canal no tenía desperdicio. Era un mar embravecido e implacable. Cuando el barco atracó en puerto, estaba lloviendo a cántaros y los ataques continuados de las ráfagas de viento habían amenazado con separarme a la fuerza de mi maleta. Uno de los marineros del barco me acompañó hasta una pequeña pensión donde pude refrescarme un poco antes de subir al tren hacia Dublín.

Matthew Fitzpatrick era un hombre agradable y de pocas palabras, algo que agradecí entonces. No podía decirse que estuviera precisamente en mi momento más sociable. Estaba cansada y hambrienta, también añoraba un tipo de hogar que nunca había llegado a conocer. Cualquier exceso de amabilidad habría dado como resultado un ataque de llanto, por lo que me alegré de que el intercambio fuera meramente superficial. Evalué de nuevo la estrecha fachada. En la planta baja solo había espacio para una ventana con cuarterones, que se proyectaba hacia fuera; en la primera planta había una ventana idéntica pero de menor tamaño, mientras que en el piso superior una única ventana minúscula en forma de diamante parecía estrecharse en la punta, como el sombrero de un mago. El cartel que coronaba la ventana estaba realizado en el estilo *art nouveau*, tan popular ahora en París, con remolinos y florituras: «Tienda de la Nostalgia del señor Fitzpatrick».

La puerta se abrió con un suspiro, seguido de un crujido prolongado. Matthew se volvió hacia mí para ofrecerme una sonrisa de disculpa y me quedé esperando en el umbral un instante, dándole tiempo para que encendiera las luces. Escuché un clic y vi por primera vez la tienda, iluminada por el cálido resplandor de una pantalla amarilla. El suelo en damero dio la bienvenida a mis pies en cuanto me adentré en el universo caótico de la tienda de la nostalgia. Las paredes de color verde oscuro producían la impresión de estar en un bosque, con estanterías de madera que se extendían como ramas para abarcar todo el espacio. Había todo tipo de cachivaches y elementos decorativos, desde jabones y espejos de mano hasta soldaditos de juguete y candelabros. Y de una variedad que mis ojos no habían visto nunca: pintados con colores vivos y profusamente decorados, con dorados y plateados que resplandecían bajo la suave luz.

—Es precioso —dije con total sinceridad—. Es como entrar en un cuento de hadas.

Matthew Fitzpatrick me miró con extrañeza y, por un momento, me pareció estar contemplando la cara de un niño. El hombre de aspecto agobiado con sombrero y gabán se había esfumado. Era como si también él llevara un disfraz.

—Me alegro de que piense eso.

Escasas palabras, pero repletas de significado. Me sentí como si acabara de superar algún tipo de prueba invisible.

—Mire, sé que se ha presentado aquí para trabajar para mi padre, pero ¿qué le parecería encargarse de gestionar la tienda?

—¿Yo? —dije, tan sorprendida que mi voz sonó extrañamente aguda. Un punto más para tratar de impresionarlo.

—Podría arrendársela. Durante un periodo de prueba. Es una idea que me había planteado, pero no encontraba a nadie adecuado para hacerlo. Hasta hoy.

Miré a mi alrededor y sentí un escalofrío de emoción.

—No sé si podría permitirme ese gasto además del pago por el alojamiento —dije.

—Da la casualidad de que el piso está incluido en el alquiler. Acompáñeme, permítame que se lo enseñe —replicó Matthew, empezando a bajar por la escalera.

Mientras bajábamos, me fijé en su nuca, donde el pelo rubio se le oscurecía un poco. Se vio obligado a agachar la cabeza al llegar al último peldaño para evitar una viga y, al llegar abajo, se apartó un poco para dejarme acceder al piso en primer lugar. Su suave y melodioso acento mientras me mostraba la cama y la minúscula cocina no consiguió ocultar las infinitas preguntas que debía de estar haciéndose sobre mi precipitado viaje desde París. Debía de considerarme rara, no me cabía la menor duda. Pero, aun así, parecía intrigado por mi presencia. De pronto, el hecho de estar allí con él provocó en mí una sensación de intimidad y entonces, como si ambos hubiéramos llegado a un acuerdo, decidimos dar por terminada la visita al pequeño apartamento.

—Es perfecto. Seguro que encontraré sin problemas todo lo que necesito —dije, con una autoridad que esperaba que surgiera de algún rincón de mi interior en un futuro muy próximo.

—Seguro. Pediré que redacten un contrato de arrendamiento.

Mientras subíamos de nuevo por la estrecha escalera de madera, cubierta con un resplandeciente barniz, me fijé en que en la contrahuella de cada peldaño había una palabra pintada:

extrañas

cosas

encuentran

se

perdido

llamado

lugar

un

En

—Lo construyó él mismo, por lo que tendrá que perdonar el carácter ligeramente excéntrico del edificio —dijo Matthew, descansando la mano en el pilar de la barandilla con una tierna expresión de orgullo en la cara—. Se hizo traer la madera de una antigua biblioteca de Italia. Una historia curiosa, la verdad. Viajó con mi madre de luna de miel a ese país y estuvieron en un pequeño pueblo de montaña, donde encontraron una biblioteca abandonada. Iban a demolerla, pero mi padre era uno de esos hombres incapaces de permitir que algo con tanta historia se perdiera para siempre. De manera que adquirió el edificio, lo hizo desmantelar y podría decirse que volvió a montarlo aquí.

—¿Y nadie del pueblo quería conservar la biblioteca?

—Bueno, ese es el tema. Muchos creían que la biblioteca estaba habitada por espíritus.

—¡Santo cielo!

—Aunque, claro está, no era más que una superstición —se apresuró a asegurarme Matthew.

—Ojalá hubiera podido llegar a conocer a su padre. Debió de ser un hombre muy interesante —dije, mirando con nuevos ojos el interior de lo que parecía un rompecabezas.

Matthew sonrió para sus adentros.

—Un excéntrico, así es como la mayoría lo habría descrito.

Sus facciones no lograron disimular la sensación agridulce que le producía recordar a su padre.

—Hay gente que no tiene imaginación, eso es todo.

Mi aportación lo dejó satisfecho y, por lo visto, se sintió seguro para sincerarse un poco más.

—Mi padre solía decir que le gustaría que la gente abriera la puerta de esta tienda del mismo modo que abriría un libro: para entrar en un mundo que se extiende mucho más allá de nuestra imaginación.

Esbozó entonces una sonrisa irónica, una expresión rebosante de dolor y añoranza.

—Un poco como diría también mi padre.

—¿Es también tratante de libros?

Hice un gesto de negación con la cabeza, y seguí moviéndola en sentido negativo hasta que me vi obligada a cerrar con fuerza los ojos para evitar que se me cayeran las lágrimas. ¿Por qué habría mencionado a mi padre? La realidad se derrumbó sobre mí. Todo lo que había pasado: Lyndon, Armand, la huida en aquel horrible barco. Me sentía como si estuviera todavía en alta mar. ¿Quién era yo ahora? Estaba avergonzada por la noche que había pasado con Armand y pensé en lo decepcionado que se sentiría mi padre de su niña. Debí de entrar en estado de *shock*. Porque, por mucho que lo intentara, no pude contenerme más, mis hombros empezaron a temblar y acabé emitiendo un sollozo de desesperación.

—Señorita Carlisle, Opaline, ¿la he ofendido en algo?

Me sentía incapaz de articular una sola palabra. Matthew me sujetó por los hombros, como si quisiera ayudarme a mantener el equilibrio, pero me derrumbé entre sus brazos y lloré durante lo que debió de ser muchísimo rato. Me sujetó con fuerza y absorbió todo mi pesar y mi dolor sin pronunciar palabra. Cuando por fin me sentí totalmente vacía y mis oídos no captaban nada excepto el sonido de mi propia respiración, me apresuré a separarme de su abrazo.

—Perdóneme, por favor, señor Fitzpatrick. He avergonzado a ambos con este arrebato impropio.

No replicó, sino que se limitó a pasarme el pañuelo que acababa de sacar de su bolsillo. Me sequé los ojos y me soné la nariz antes de intentar devolvérselo. Nuestras miradas se encontraron y sonreímos los dos.

—Tal vez debería lavarlo antes —dije, y solté una carcajada desafortunada; el vértigo después de un momento de intimidad tan espontáneo.

No había mucho más que decir, y me sentía demasiado agotada como para poder pensar. Pero Matthew me ahorró la molestia de tener que hablar comportándose como si no hubiese pasado nada raro.

—Volveré en unos días para ultimar todos los detalles, si le parece bien.

Hice un gesto de asentimiento y lo acompañé a la puerta.

—Gracias, señor Fitzpatrick, y de nuevo le pido disculpas por…

—No es necesario. El dolor es un compañero fiel, ¿no le parece? Se puso el sombrero y dio media vuelta para irse.

—Teniendo en cuenta la historia de este lugar, deberá excusar sus pequeñas excentricidades —dijo, como si fuera un niño travieso.

—Creo que nos complementaremos —dije, decidida a demostrar que no me dejaba desanimar fácilmente.

Bajé al sótano mi vieja maleta de tela y colgué en el armario la única falda y blusa que poseía. Encendí el fogón y herví un poco de agua en un pequeño cazo para prepararme un té. Aunque no había comprado té. Comprendí entonces que no me quedaba otro remedio que salir a comprar algunas provisiones. De pronto, el peso de todo lo que había pasado y el esfuerzo necesario para seguir adelante se volvieron insoportables. Me dejé caer en la cama y me arrepentí al instante cuando los muelles se me clavaron dolorosamente en las costillas. Fuera suerte o valentía lo que tenía en París, era evidente que ambas cosas me habían abandonado por completo. Tal vez Lyndon tuviera razón y estuviera entregándome a fantasías infantiles. El mundo no funcionaba así. En el mejor de los casos, acabarían considerándome una anomalía. Me puse de lado. El colchón no tenía nada encima, ni siquiera una colcha. Una cosa más que tendría que comprar.

«Nada de lágrimas», pensé, pero fue inútil. Estaban rodando ya por mis mejillas. Por mucho que me hubiera forzado a creer que podría llegar a ser como Sylvia y su socia Adrienne, no era cierto. Ellas eran un caso aparte; eran mujeres a las que había dejado de importarles el tipo de sociedad que no estaba dispuesta a aceptarlas. Habitaban en un universo de artistas y espíritus libres que habían elegido las vicisitudes de una vida no conformista por encima de las comodidades y la seguridad del *statu quo*. Y la verdad era que se tenían la una a la otra. Yo, sin embargo, jamás me había sentido tan sola, tan lejos del único hogar que conocía. Aquella noche me dormí llorando, con el estómago vacío y mi abrigo como única fuente de calor.

Me desperté a medianoche al oír un ruido como de una rama arañando el cristal de la ventana. No entendía por qué, puesto que estaba segura de no haber visto árboles fuera en la calle. Me senté un momento y me di cuenta de que el sonido procedía de la planta de arriba, de la tienda.

Le di al interruptor de la pared, pero no se encendió ninguna luz.

El señor Fitzpatrick, el joven, ya me había avisado de que el edificio podía ser «caprichoso». Por suerte, había visto una vela en la mesa de la cocina cuando había dejado el bolso y, con cuidado y a tientas, me dirigí hacia allí. Palpé hasta dar con una pequeña caja de cerillas que había también en la mesa y, de pronto, la estancia emergió entre las sombras. Subí la escalera, leyendo las palabras que el señor Fitzpatrick había escrito allí: «En un lugar llamado perdido se encuentran cosas extrañas». Me sentía, efectivamente, extraña y fuera de lugar. Me paré un momento y me pregunté qué demonios haría cuando descubriera el origen del ruido. ¿Y si era un intruso? Volví a oírlo entonces, unos golpecitos como zarzas arrastradas por el viento. Inspiré hondo y seguí subiendo hasta llegar a lo alto de la escalera.

En la tienda reinaba un ambiente de silencio y anticipación, casi como si estuviera esperándome. La luz de la vela se reflejó con calidez en las curiosidades que adornaban las estanterías. Era yo la que me sentía como una intrusa entre todos aquellos objetos, y no quise tocar nada. Encima de una vitrina que almacenaba relojes de pulsera y colgantes grabados, había una colección de cajas de música de sofisticado diseño. Un armario de madera con cajones alargados y estrechos, como los que sirven para guardar dibujos de muestras botánicas, estaba lleno de botones y sellos antiguos. Me sobresalté cuando un reloj de cuco, colgado en la pared opuesta, anunció de repente la hora. Tres relojes de cuco, de hecho. La escena me hizo pensar en uno de mis libros favoritos, uno que leí infinitas veces de pequeña, escrito por la señora Molesworth, en el que una niña llamada Griselda entablaba una improbable amistad con el cuco de un reloj. Pronuncié en voz alta la primera frase:

—«Érase una vez, en una vieja ciudad, en una vieja calle, una casa muy vieja».

Una colección de matrioskas rusas pintadas en vivas tonalidades rojas y azules me miraban expectantes desde una de las estanterías. No pude resistir la tentación de abrir una de ellas y extraer la muñeca de menor tamaño que guardaba en su interior. La abrí también, y seguí abriéndolas hasta que acabé con cinco muñecas, cada una más pequeña que la anterior y encajando perfectamente entre ellas. Y así me sentía yo: como una mujer plenamente formada que guardaba aún una niña en su interior.

Un golpe sordo me obligó a volverme, sorprendida. Sostuve la vela delante de mí.

—¿Hola? —musité, sintiéndome ligeramente ridícula.

A lo mejor era un gato que había entrado por alguna ventana. Me dirigí a la parte posterior de la tienda, que era donde había sonado el ruido. Había una vitrina sencilla llena de libros con las puertas de cristal abiertas. Vi un libro en el suelo. La temperatura era gélida y yo iba descalza, de modo que me agaché rápidamente para devolverlo a su lugar. Un rápido vistazo al ejemplar casi me para el corazón: *Drácula*, de Bram Stoker. Ocupaba la cubierta la imagen aterradora de un vampiro. Miré a mi alrededor. Reinaba el silencio. Coloqué el libro en su lugar y, cuando me disponía a bajar de nuevo al sótano, otro golpe sordo me dio un susto de muerte. Volví la cabeza y vi otra vez el libro en el suelo.

—Todo esto es muy raro —dije en voz alta, intentando hablar con calma. El hecho de pensar que alguien (o algo) estaba escuchándome solo sirvió para confirmar mi estado mental. Recogí el libro y seguí hablando en voz alta—: Sí, creo que me llevaré un libro a la cama —añadí dubitativa, antes de echar a andar.

Leí hasta que se apagó la vela, aterrorizada, eufórica y sin saber muy bien si el libro era una advertencia o una invitación.

Capítulo 17

MARTHA

Las grietas eran cada vez más grandes. Me había sentado a la mesa y estaba comiendo cereales Weetabix antes de subir a prepararle el desayuno a *madame* Bowden. A cada bocado que daba, levantaba la vista para observar de nuevo las líneas oscuras que se extendían como la rama de un árbol por la pared. En el suelo no había ni el más mínimo rastro de enlucido que pudiera haberse desprendido, pero la línea de crecimiento estaba muy definida. Debajo de la grieta se veía un material oscuro; levanté despacio la mano para tocarlo. Con dedos temblorosos, recorrí el trazo de las grietas y descubrí que la superficie que estaba tocando parecía madera. No es que pareciese madera, sino que era madera. En el sótano estaban creciendo ramas. Tendría que decírselo a *madame* Bowden. Aquello no podía ser bueno. ¿Y si la casa tenía un defecto estructural?

—Oh, yo no me preocuparía demasiado por eso —comentó *madame* Bowden cuando por fin decidió bajar para echarle un vistazo—. Los edificios viejos tienen sus peculiaridades. Mira, Martha, esta mañana me apetece desayunar *croissants*. ¿Podrías pasarte un momento por esa panadería francesa? —dijo, volviéndose para marcharse.

Me quedé boquiabierta.

—¡Pero es que son grietas muy grandes y no estaban aquí cuando llegué! —dije, sin saber muy bien si había comprendido la gravedad de la situación—. ¿No habría que llamar a un técnico?

Madame Bowden se quedó pensativa y sus dedos descansaron sobre las grietas. Acarició la pared como acariciaría la mejilla suave de un niño.

—Siempre fue un pequeño lugar muy extraño —susurró, casi para sus adentros—. Oh, Martha, deja de preocuparte tanto…, te acabará saliendo una arruga en el entrecejo.

—¿Una arruga en el entrecejo? —repetí, perpleja y provocándome más arrugas en el entrecejo.

Y entonces fue cuando *madame* Bowden vio los folletos que yo había dejado en la mesa.

—¿De modo que tu proyecto sigue adelante? —preguntó, poniéndose las gafas de lectura que llevaba colgando al cuello con una cadenita de perlas para así poder estudiar los papeles.

—¿Lo de la universidad? Oh, sí, claro. Estaría al corriente si hubiese asistido a su propia cena. ¿Dónde estaba?

Madame Bowden me dirigió una mirada soberbia, un recordatorio de que la que seguía pagándome un sueldo era ella y de que yo estaba viviendo bajo su techo.

—No soporto a esas mujeres.

—Entonces, ¿por qué las invitó?

Empezó a dar vueltas por la estancia y se envolvió bien los hombros con su chal de seda.

—Tal vez porque quería divertirme, ver cómo lidiabas con ellas. Y, por lo que sé, te comportaste bastante bien.

—Ah, ¿sí? Espere un momento, ¿qué…?

—Supongo que adaptarás tus estudios al trabajo que realizas aquí —dijo *madame* Bowden, interrumpiéndome.

—Por supuesto. Estaba pensando en empezar con un curso a tiempo parcial.

Mierda. No había pensado en cómo plantearle el tema. ¿Sería capaz de conservar mi puesto de trabajo? ¿De seguir teniendo un techo sobre mi cabeza? Intenté sosegar mis pensamientos y leer su historia. La mayoría de las veces, me resultaba posible predecir la conducta de los demás a partir de su pasado. La mayoría de las veces, la gente no cambiaba. La mayoría de las veces…

Me di cuenta entonces de que *madame* Bowden me estaba mirando fijamente.

—*Croissants*, Martha. Y café recién hecho. Venga, vamos.

Y, dicho esto, se marchó.

—¿Y cuándo compró esta casa?

Lo dije con el tono más despreocupado posible; como si la respuesta, fuera cual fuese, tuviera poca importancia. Sabía que si *madame* Bowden se daba cuenta de que yo estaba pescando, no mordería el anzuelo. Tal vez fueran sus dotes de actriz lo que me dificultaba tantísimo su lectura.

—Martha, una persona como yo no compra una casa, sino que «adquiere» una casa.

Necesité de toda mi fuerza de voluntad para contenerme y no resoplar.

—De acuerdo, entendido, ¿cuándo «adquirió» la casa número 12 de esta calle?

—La verdad es que es difícil decirlo. Tengo la sensación de haber estado siempre aquí. Se me hace complicado recordar un tiempo en el que viviera en otra parte.

Seguí limpiando el polvo de las fotografías que decoraban la repisa de la chimenea, y elegí la foto en blanco y negro de la boda.

—Eso fue en 1965 —empezó a decir *madame* Bowden, acomodándose para disfrutar del desayuno de estilo cosmopolita que le había servido en la mesa del comedor—. Fui una novia preciosa. Muchos invitados comentaron que me parecía a Grace Kelly. Oh, seguro que ahora ni te lo imaginas, pero yo era rubia natural.

«Y una mentirosa natural», pensé. Era complicado adivinar si sus historias eran reales o meras falsificaciones de la verdad, historias que había ido recogiendo a lo largo del camino de la vida y había acabado haciendo suyas. Miré a la mujer de la foto. Era cierto, era como una estrella del viejo Hollywood, pero no le veía el parecido por ningún lado. El hombre era alto, moreno y guapo, con el aspecto de alguien que tiene todos los astros a su favor.

—Él era piloto —continuó *madame* Bowden, untando de mantequilla el *croissant*—. Demasiado mayor para mí, o eso al menos era lo que decía mi madre. Pero yo estaba locamente enamorada de él. Y lo encontraba muy apuesto. Era americano y, para una chica irlandesa de veintipocos como yo, era como Clark Gable.

Por un momento, se transportó al pasado.

—Adoraba esta casita tan rara. Pero era un perfeccionista y siempre estaba intentando hacer reparaciones. Hay que entender que las casas viejas tienen sus peculiaridades. Hay cosas que tienen que estar defectuosas. Su belleza radica en eso.

Era una contadora de historias fascinante. Y yo sabía que dentro de aquellas cuatro paredes había una historia peculiar que, fuera cual fuese, debió de tener lugar mucho antes de que *madame* Bowden llegara a la casa.

—¿Qué le pasó a su marido, si me permite la pregunta?

—Un accidente de avión. Llevábamos casados tan solo un año cuando su avión se estrelló en Gibraltar.

—Oh, cuánto lo siento —dije.

—Sí, fueron momentos difíciles. Y entonces fue cuando conocí a Archie.

—¿Archie?

—Mi segundo marido. Un médico de Cork.

—Tenía entendido que había dicho que era ruso.

—No, ese fue el marido número tres.

—¿Y qué le pasó a Archie? —pregunté, consciente de que no era asunto mío, pero no pude evitarlo. Me dije que tal vez, cuando se llegaba a la edad de *madame* Bowden, detalles menores como aquel perdían su importancia.

—Archie contrajo la malaria mientras estaba trabajando en África, el pobre.

Me pregunté qué le habría pasado al matemático ruso. ¿Lo habrían matado los números?

—¿A qué vienen tantas preguntas? ¡Espero que no estés planeando liquidarme para tratar luego de hacerte con mi casa!

—Sinceramente, *madame* Bowden, si alguien tuviera que preocuparse por la posibilidad de que quisieran liquidarlo, creo que debería de ser yo.

Se quedó mirándome un momento, durante el cual estuve totalmente segura de que iba a despedirme por mi insolencia, pero *madame* Bowden acabó soltando una estruendosa carcajada. Y en aquel instante comprendí que necesitaba con urgencia relacionarme con gente de mi edad.

* * *

138

Pasé todo el día limpiando a fondo la casa. Era algo que siempre me había gustado hacer, no porque me encantaran las tareas domésticas, sino porque el acto metódico de limpiar era la única manera que tenía de conseguir que mis pensamientos se interrumpieran por un rato. Pensamientos como que me había casado con un maltratador, que había echado a perder mi vida... y ahora podía sumarle otro a mi lista, el de haberme humillado delante de Henry. ¿Pero por qué me importaba tanto su opinión? Además, no era culpa mía que se le hubiera pasado por alto hablarme de su novia. Aunque la verdad era que yo ya lo sabía. Si ya había leído en sus ojos que su corazón estaba unido a alguien, ¿por qué me había comportado como si me hubiera llevado una sorpresa enorme? ¿Y a qué tanta importancia? ¿Qué tipo de idiota empezaría a albergar sentimientos hacia alguien justo después de salir de un matrimonio con un maltratador? Esto tenía que acabar. No podía permitirme sentir nada por nadie.

Cuando aquella noche bajé al sótano, estaba agotada. Me cepillé los dientes en el baño y, a ciegas, me cambié para acostarme. No fue hasta que retiré la colcha y me tumbé en la cama cuando lo vi. Allí donde antes estaban las grietas había ahora una estantería. Con un único libro. Me senté de golpe. Miré a mi alrededor en busca de... no tenía ni idea de qué. Casi me oí decir en voz alta: «¿Puede alguien más ver esto?». Me daba miedo salir de la cama y permanecí allí paralizada durante un minuto. No pasó nada, no se oyó nada. No sabía cómo aquello podía haber llegado hasta allí, aunque lo más probable era que *madame* Bowden lo hubiera montado mientras yo estaba ocupada limpiando con vapor las cortinas o desinfectando el baño con lejía. Al final, mi curiosidad salió ganando y me levanté para examinar el libro. En el lomo podía leerse «Un lugar llamado perdido», pero el autor era anónimo. Volví a la cama y abrí la preciosa cubierta forrada en tela. Lucía la imagen de la fachada de una tienda de antigüedades con un escaparate rematado con una vidriera policromada. Me vi obligada a reconocer que resultaba muy tentador.

Leí la primera frase en voz alta: «Érase una vez, en una vieja ciudad, en una vieja calle, una casa muy vieja».

No le había comentado a mi jefa mis problemas con los libros o por qué casi me producía urticaria simplemente pensar en leer uno, por lo que *madame* Bowden no estaba en absoluto al corriente. Pero tal vez fuera un gesto por su parte, y sería de mala educación no aceptarlo. Decidí que intentaría leerlo, por si acaso me preguntaba al respecto. Además, si albergaba esperanzas de ir a la universidad, tenía que superar este bloqueo mental. Tenía que enfrentarme a mis miedos.

Capítulo 18

HENRY

Durante todo el camino estuve ensayando lo que iba a decir, pero cuando di unos golpecitos en la ventana para anunciar mi llegada, todas las frases que llevaba preparadas se borraron de mi memoria, como si fuese un actor novato en su noche de estreno.

—¿Qué haces aquí? —preguntó Martha.

Abrió la ventana y consiguió salir por ella después de encaramarse a un taburete.

—Ve con cuidado —dije.

Dejé los cafés que había traído en el suelo y la sujeté por los brazos aun sin tener realmente necesidad de hacerlo; pese a ser una mujer delgada, era increíblemente fuerte. Vestida con unos vaqueros viejos y una sudadera, con el pelo recogido rápidamente en un moño, estaba incluso más atractiva de lo que recordaba y tuve que esforzarme por seguir concentrado en el asunto que me había llevado hasta allí.

—No…, no podía dejar las cosas como las dejamos.

—Tranquilo, no pasa nada…

—No, mira —dije interrumpiéndola, decidido a ser franco y honesto con ella. Era lo mínimo que se merecía después de todo por lo

141

que había tenido que pasar—. No tuve oportunidad de decírtelo antes y quiero decírtelo ahora. Lo que me contaste… sobre tu marido, no puedo ni imaginarme la valentía que necesitaste para hacerlo, y quería darte las gracias por haber confiado en mí de esta manera.

Se quedó mirándome, como si se sintiera aliviada.

—Y debería haberte contado lo de Isabelle. Sinceramente, no sé por qué no lo hice.

Dije esto a pesar de que tenía claro como el agua por qué no había querido que Martha lo supiera. Mis sentimientos hacia ella se volvían más fuertes cada vez que la veía, pero ninguno de los dos podía hacer nada al respecto. Ella era vulnerable y yo estaba comprometido. Punto final.

—Confío en que nuestra amistad pueda seguir adelante —añadí, una frase que me sonó como sacada de una novela de Jane Austen. Pero era lo mejor que podía hacer, y realmente lo dije en serio. Su amistad significaba para mí más de lo que me imaginaba y, si no podía tener otra cosa, tendría que bastarme con eso.

—¿Son dónuts?

—¿Qué?

De todas las cosas que me había imaginado que respondería, esta no era precisamente una de ellas.

Martha se sentó en el suelo áspero, cubierto con un césped irregular y malas hierbas, cruzó las piernas, abrió la caja de dónuts que yo había comprado y bebió un buen trago de café.

—Pues claro que podemos ser amigos, tontolaba —dijo, entre mordisco y mordisco y con los labios teñidos de blanco por el azúcar.

Me senté a su lado y apoyé la espalda en la pared inclinada del gablete. No se me ocurría un lugar mejor donde poder estar en aquel momento.

—Además, aparte de *madame* Bowden, tú eres el único amigo que he hecho desde que llegué aquí.

—Oh, ¿entonces se trata más que nada de una falta de alternativas? —dije, retirando la tapa de mi café y soplando el líquido, a pesar de que ya se había quedado helado.

—A buen hambre no hay pan duro —replicó, encogiéndose de hombros y sin disimular en absoluto una sonrisa malévola.

Estábamos de vuelta a la conversación relajada. Al puerto seguro. Ataqué un dónut de crema, agradecido de volver a pisar tierra firme. No sabía por qué Martha habría decidido hacerme confidencias, y tampoco sabía muy bien por qué yo le había hablado sobre los tiempos más oscuros de mi vida, pero quizá el truco estuviera en no cuestionárselo. En no etiquetarlo, por mucho que sonara a cliché.

—¿Ha habido suerte con el manuscrito?

Tomé mentalmente nota de traer algo con azúcar cada vez que llamara a la ventana de Martha. Su estado de ánimo era positivamente optimista.

—Pues no, la verdad es que no. Un colega ha averiguado alguna cosa sobre su hermano, Lyndon. Se ve que fue soldado durante la guerra, general o algo por el estilo. Resulta extraño —dije, mientras partía en dos mitades un dónut de chocolate y le ofrecía una a Martha—. Cabría pensar que una mujer que se codeaba con Hemingway y estaba en contacto con uno de los tratantes de libros más importantes de los Estados Unidos tendría que dejar algún tipo de rastro, ¿no te parece?

Martha se tomó su tiempo para reflexionar su respuesta y, solo cuando hubo terminado satisfactoriamente lo que le quedaba de dónut y se hubo limpiado las manos en la pernera de los vaqueros, me miró a los ojos.

—¿Te parece extraño que hayan silenciado a una mujer? ¿Que

haya caído en el olvido? ¿Que haya sido borrada de la historia? Henry, pero ¿qué te han enseñado a ti?

—De acuerdo, tienes razón, lo que he dicho ha sonado de lo más estúpido, pero ya sabes a qué me refería.

—Tal vez tu problema esté en que sigues considerando a Opaline desde el punto de vista de un hombre. Hemingway, su hermano, el otro tipo…

—Rosenbach.

—Sí, Rosenbach. ¿Por qué no intentas averiguar más cosas sobre Sylvia y esa librería de París?

¿Por qué no se me habría ocurrido?

—¿Sabes una cosa? La verdad es que eres muy buena en esto.

—¿Qué?

—En investigación. ¿Qué es lo que estabas pensando estudiar?

Su apariencia se desinfló como esos muñecos hinchables fuera de los concesionarios de automóviles cuando se quedan sin aire.

—Uf, mejor que no hablemos del tema. —Miró la hora en el móvil y dijo que tenía que volver al trabajo. Y con una pierna ya dentro de la ventana abierta, se detuvo un momento—. *Madame* Bowden me contó una cosa… un poco extraña. Sobre la librería.

Noté que se me erizaba el vello de los brazos.

—Olvídalo, te parecerá ridículo.

—No, mira, con lo que acabas de decirme solo has conseguido atraer más al público. Anda, suéltalo… —Quería utilizar su apellido, pero entonces caí en la cuenta de que ni siquiera lo conocía.

—El caso es que *madame* Bowden suele adornar mucho sus relatos, de modo que lo que voy a decirte tendrás que cogerlo con pinzas, imagino.

—Tú cuéntamelo.

Volvió a sacar la pierna por la ventana y se acercó de nuevo a mi lado.

—Una de sus amigas, que seguramente estaría muy borracha en aquel momento, afirma que vio la librería. Y que no solo la vio, sino que además entró.

No dije nada. No podía correr el riesgo de abrir la boca para hablar.

—Fue en los años sesenta, ya sabes, en la época en la que corrían tantas drogas alucinógenas y cosas de esas. Pero supuse que te gustaría saberlo de todos modos. Y ahora tengo que irme, de verdad.

Y después de decir eso, entró y cerró la ventana. Me quedé en el espacio de terreno que la librería debería haber ocupado en su día y empecé a caminar lentamente en círculos hasta que dejé de tener la sensación de que mis piernas eran de gelatina. Habría querido contárselo, pero, como ella acababa de decir, habría sonado ridículo. La noche en que llegué a Irlanda, después de unos cuantos *gin-tonics* en el vuelo de Ryanair, cogí un taxi para ir directamente a Ha'penny Lane. Esperaba encontrar allí una librería, y eso fue justo lo que encontré. Incluso el taxista debió de verla. Creo. Recuerdo que salí del taxi, pagué al taxista y me encaminé hacia la puerta. El interior tenía las luces encendidas y estaba envuelto en un resplandor dorado, difuminado por los cristales policromados de parte del escaparate. Era un espacio acogedor y confortable, con ese olor típico de las librerías, un aroma a cubiertas antiguas y mohosas, también a especias, como a canela. Las paredes estaban forradas de estanterías llenas de libros de todos colores, y recuerdo que las puntas de mis dedos anhelaban tocarlos. Pero antes quería hablar con el propietario, mostrarle la carta que había encontrado y ver si podía arrojar algo de luz sobre su contenido. Entonces oí sonar la campanilla de la puerta y, cuando me volví para ver quién había entrado detrás de mí, me encontré de nuevo en la acera. Así, de repente. No había movido los pies ni un centímetro, pero allí estaba.

Regresé al lugar donde estaba la tienda y no encontré nada excepto la oscuridad de la noche, como si se hubiera tragado la librería. Por alguna razón, recuerdo que me palpé todo el cuerpo, quizá para comprobar si yo seguía allí cuando era evidente que la librería donde acababa de entrar ya no estaba. Hice esa cosa tan ridícula de dar vueltas y vueltas sobre mí mismo, como un perro persiguiendo su cola, por si lo que has perdido está justo detrás de ti. ¿Pero cómo era posible perder una librería? La única explicación lógica era que estaba borracho, muy borracho. Y eso fue lo que empecé a repetirme.

Que todo era el resultado del abotargamiento que produce el alcohol, y que lo de la librería había sido un espejismo. Pero había estado borracho muchas veces y jamás había hecho aparecer de la nada un edificio, y mucho menos entrado en él. Pero ahora tenía a alguien que corroboraba aquella experiencia. Alguien que también había visto la tienda.

La pregunta era: ¿qué era lo que había provocado su desaparición y cómo podía recuperarla?

Capítulo 19

OPALINE

Dublín, 1922

Mis primeras semanas en la Tienda de la Nostalgia del señor Fitzpatrick estuvieron salpicadas por una serie de sucesos extraños. Tenía la impresión de que el edificio no me había dado la bienvenida con los brazos abiertos, pero estaba decidida a demostrarle que podía ser una guardiana más que digna. Me aventuré a subir por la escalera de caracol que conducía al desván, donde el señor Fitzpatrick guardaba todo lo que no le cabía en la tienda. La escalera terminaba en una puertecita que exigía tener que agacharse un poco para poder abrirla, pero cuando la empujé la madera pareció responderme con otro empujón. Retrocedí para coger algo de carrerilla y, al tercer intento, la puerta cedió, pero yo acabé de bruces en el suelo.

—Muy bien —dije en voz alta—. Conque esas tenemos, ¿eh?

Me incorporé y me sacudí el polvo intentando no tomarme como algo personal la idiosincrasia de un viejo edificio. La única fuente de luz era una ventana minúscula de forma circular con un cristal que el liquen verde había vuelto opaco. Encontré un gramófono Victrola y enseguida lo dejé aparte para bajarlo luego. A primera vista, aquello parecía un museo lleno de tesoros resplandecientes escondidos bajo capas de polvo. En la esquina del fondo, detrás de un montón de piezas de mobiliario y muchas cajas, descubrí un telescopio. Cuando en una estantería localicé un pantalón de trabajo, bajé la vista hacia mi poco práctica falda, cubierta de polvo y desgastada en algunas zonas. Tomé rápidamente una decisión: me despojé de la falda y me puse el pantalón de color marrón. No me quedaba muy mal de talla, y solo tuve que tirar un poco del cinturón para pasarlo por las hebillas y ajustármelo a la cintura. El señor Fitzpatrick debió de ser un hombre delgado, además de escrupuloso, puesto que el pantalón estaba limpio como una patena. Un poco largo, eso sí, de manera que di un par de vueltas al bajo hasta que vi aparecer el tacón de la bota. Observé el resultado en un espejo de cuerpo entero, graciosamente envuelto en boas de plumas, y sonreí a la imagen que vi reflejada en él.

—Hola, señorita Carlisle —dije, moviéndome de un lado para otro.

Me pasé la mano por el pelo y lo peiné hacia atrás para adquirir un aspecto andrógino. La blusa, metida por dentro del pantalón, lucía estupendamente y solo me faltaba un corbatín para rematar el conjunto y parecerme a Colette, la escritora parisina. Tal vez podría, igual que ella, ser conocida simplemente por mi nombre de pila y esconder así mi identidad. Opaline, sin embargo, no era un nombre muy común.

—Hola, señorita… —Vi un libro sobre el suelo sucio. *El retrato de Dorian Gray*—. Hola, señorita Gray. —No estaba mal.

Con ganas de investigar el negocio de los libros raros en Dublín y ver si lograba encontrar alguna cosa interesante, salí y crucé el curioso Ha'penny Bridge, con su característica forma de ballena jorobada y decorado con farolas, para visitar la librería Webb en los muelles. Sylvia me había mencionado el establecimiento antes de irme, y la única manera que había tenido de recordar el nombre había sido imaginándome una telaraña.* Me apoyé un momento en la barandilla de hierro y contemplé las cúpulas verdes de la catedral y del Palacio de Justicia, el edificio conocido como Four Courts. Mis ojos siguieron el curso del río Liffey en dirección a la Casa de Aduanas, que había sido incendiada recientemente por el IRA. Cuando Joyce me había sugerido huir a Irlanda, había olvidado mencionar que su país estaba inmerso en una guerra civil. «Huir del fuego para caer en las brasas», decían.

Vestida con pantalón masculino y utilizando un seudónimo me sentía como una actriz representando un papel. El señor Hanna era uno de esos tipos curiosos que no se fijó en absoluto en mi aspecto y me llenó una caja con algunos títulos populares para «empezar a rodar», dijo. Con la mera mención a James Joyce, mi buena reputación quedó garantizada. Hice un repaso rápido a su colección de Dickens, por si acaso el ejemplar de *David Copperfield* de mi padre estuviera entre esos libros. Con el tiempo había adquirido esta costumbre, una manera de tenerlo siempre cerca de mi corazón. Era una edición rara y adiviné de un simple vistazo que no estaba allí. «Da igual —me dije—. Lo encontraré algún día».

Armada con mis nuevos libros y una lista de distribuidores a los que poder acudir, regresé a Ha'penny Lane con nuevos objetivos. Miré a mi alrededor, contemplé las paredes de color verde intenso de la tienda y las pequeñas lámparas estilo Tiffany que proyectaban su resplandor colorido sobre los tesoros que llevaban conteniendo la

---

* La correspondencia entre el nombre de la librería Webb y la imagen de una telaraña se explica por la equivalencia de la palabra en inglés: *web* significa 'telaraña'. *(N. de la T.)*

respiración desde el fallecimiento del señor Fitzpatrick, a la espera de que las puertas volvieran a abrirse. Era casi como estar en la habitación de la Bella Durmiente en lo alto de la torre, consciente de que necesitaba encontrar el hechizo para despertarla. Había insistido en conservar todos los objetos del señor Fitzpatrick porque estaba segura de que la tienda parecería desnuda amueblada tan solo con mi pequeña estantería de libros, pero no tenía ni idea de cómo fusionar ambas ideas. Miré la vitrina, que no había cambiado en todo el tiempo que la tienda había permanecido cerrada. Guardaba en su interior un tiovivo con un mecanismo de cuerda que tocaba una alegre melodía de feria mientras los elegantes caballos daban vueltas y vueltas. Un collar de perlas y varias piezas de bisutería estaban dispuestas con gracia sobre un joyero y, arriba, colgaban del techo varios globos aerostáticos multicolores con cesta. En aquel momento me llegó la inspiración.

Abrí la caja de libros del señor Hanna y encontré justo lo que estaba buscando: los libros sobre el mundo de Oz, de L. Frank Baum. Era una serie tremendamente mágica y encajaría a la perfección con los globos aerostáticos. Utilizaría las curiosidades del señor Fitzpatrick para crear una línea argumental visual para los libros. Estaba tan satisfecha conmigo misma, jugando a lo que parecía un juego de salón consistente en emparejar libros con su correspondiente atrezo, que ni siquiera me percaté del paso de las horas. Había recibido varios libros de Beatrix Potter, siempre muy populares entre los niños, y como por arte de magia encontré dos conejitos de terciopelo con un lazo en el cuello. El escaparate tenía ahora el aspecto seductor de una búsqueda del tesoro, aunque ligeramente enfocado hacia una clientela más joven. Pero daba igual, decidí. Los niños eran los auténticos pioneros de las familias y los que eran capaces de guiar a sus padres por cualquier calle o bosque con tal de hacer realidad el deseo de sus corazones. En cualquier caso, también instalé en el exterior una pequeña mesa de caballete con algunos libros de segunda mano baratos, algo que siempre podría tentar a quien pasara por allí.

Solo faltaba una cosa: un rótulo. Busqué un trozo de cartón, pero al final encontré en la sección de papelería una preciosa vitela de color crema y luego localicé una pluma estilográfica preciosa, que descansaba en su pequeña base de mármol. Fue entonces cuando caí en la cuenta de que no tenía mesa de despacho. Hallé el ejemplar perfecto: una consola de espléndida madera de nogal que ahora servía para exhibir una colección alarmantemente grande de ranas de cerámica de todas formas, tamaños y poses. Eso era lo divertido de coleccionar: nunca sabías qué objetos podían tener valor, o para quién podían tenerlo. ¿Estábamos todos condicionados de antemano a amar determinadas cosas? ¿Tenía todo su origen en algún momento de la infancia perdido en el recuerdo pero marcado indeleblemente en nuestras almas? En mi caso, la promesa de encontrar lo que no sabía que estaba buscando era la gracia del juego.

Arrastré mi nuevo escritorio hasta la esquina, junto al cristal del escaparate, para tener buena luz y una visión completa de la tienda. Encontré una robusta silla tallada en madera oscura y tapizada con un brocado granate. Casi de manera inconsciente, me descubrí creando un entorno a imagen y semejanza de Shakespeare and Company. El recuerdo me encogió el corazón, y pensé en lo mucho que me gustaría poder hablar con Sylvia, pedirle consejo. Pero sabía que me diría que confiara en mi instinto. Y este me decía que estaba muy bien soñar con imprimir mi primer catálogo de libros raros, pero que antes debería conseguir algunos clientes. Dar a conocer al mundo que el negocio seguía funcionando conmigo.

De modo que tomé asiento por primera vez detrás de mi mesa de despacho, coloqué la vitela delante de mí y, con la pluma suspendida en el aire, me di cuenta de que ni siquiera había pensado en un nombre para la tienda.

—¿«Libros Gray»? —dije en voz alta, hablando solo para mí. Sonaba de lo más aburrido—. ¡Pase, por favor, y compre algún libro gris! —Hablaba sola.

Comprendí que mi nuevo seudónimo no servía en absoluto. Intenté pensar en los títulos de mis libros favoritos.

—¿«Libros Borrascosos»?

Eran nombres horribles, que jamás conseguirían atraer clientes. Pensé de inmediato en el seudónimo de Emily Brontë: Ellis Bell. ¿«Libros Bell»? ¿O «Libros Belle», para añadirle un pequeño toque francés?

—¡Perfecto! —exclamé, felicitándome.

Y, con mi mejor caligrafía, escribí el nombre de mi librería y, en letra más pequeña, debajo, la leyenda «Venta de libros raros y de segunda mano». Lo puse en el escaparate y asentí con satisfacción. Pasara lo que pasase, tenía mis libros, y en el ambiente tranquilo de la mañana pude incluso oír su respiración, paciente y regular. Como la resonancia de la nota de un piano cuando se sostiene en el aire hasta mucho después de haber sido tocada.

Di un brinco cuando la campanilla de la puerta sonó con estridencia y volví la cabeza para ver quién era mi primer cliente.

—Vengo a comprar un libro, si es posible.

Era Matthew. Me ruboricé por un momento al recordar la reacción que había tenido delante de él y cómo me había abrazado. A pesar de que vivía justo al lado, no había vuelto a verlo desde entonces.

—¡Pues sin lugar a duda acaba de entrar usted en el lugar adecuado! —repliqué con cierta redundancia.

Matthew dio una vuelta por la tienda, con un gesto de asentimiento y tomando mentalmente nota de los cambios que había implementado. Era un hombre alto, con ojos azules de mirada penetrante y pelo rubio rizado en las puntas. Tenía el sombrero en la mano y lo sujetaba por el ala, como si le diera miedo soltarlo. Como temiendo que, si lo hiciera, acabara deseando quedarse.

—¿Qué tipo de libros le gusta leer? —pregunté, mientras me entretenía recolocando algunos productos de papelería.

—Oh, en general me gusta leer no ficción —respondió, volviéndose brevemente y fijándose entonces en mi atuendo—. ¿Son… son los pantalones de trabajo de mi padre?

Me sonrojé. No pensé que fuera a darse cuenta. No del hecho de que llevaba pantalones (todos los que entraban en la tienda se daban cuenta de ello), sino de que no eran míos.

—Los encontré en el desván. Espero que no le importe.

—En absoluto —contestó, sin poder ocultar una mirada desconcertada.

—Tengo cosas nuevas de no ficción por aquí, si quiere mirar… —empecé a decir, cambiando de tema.

—Oh, no es para mí, es para mi hijo. Ollie.

Tenía que sacarle la información con cuentagotas, no porque no estuviera dispuesto a proporcionármela, sino porque me daba la sensación de que pensaba que a mí no me interesaba. ¿Y me interesaba? Creía que sí. Al fin y al cabo, se suponía que a las mujeres debían interesarnos los niños. Me chocaba, sin embargo, que ser mujer se pareciera a representar un papel, con entradas oportunas y frases que memorizar. Yo sabía perfectamente cómo se suponía que debía actuar y qué se suponía que debía decir, pero no estaba del todo segura de querer hacerlo.

—Tiene mucha imaginación —continuó Matthew, pronunciando una frase breve pero cargada de implicaciones.

—Lo dice como si eso fuera malo, señor Fitzpatrick.

—Matthew, por favor.

—¿Ha leído algún libro de la serie del mago de Oz?

Me acerqué al escaparate y cogí el primer libro de la serie que había guardado en la estantería.

—¿De qué van esos libros?

—Hablan sobre un gran mago que vive en una ciudad esmeralda y...

—No creo, señorita...

—Opaline, por favor.

—Opaline. Su madre desea que continúe el negocio de la familia.

Caí por un momento presa del pánico, pensando que volvería a quedarme sin trabajo y sin casa.

—El negocio del padre de ella. La banca.

—Ah —dije.

Repasé la tienda con la mirada en busca de alguna cosa que pudiera encajar con un joven banquero. Nada. El silencio me hizo sentir incómoda hasta que el reloj de cuco anunció la hora y los dos nos sobresaltamos.

—¿Le apetecería un té?

La verdad es que no sé por qué lo dije. Seguramente porque estaba segura de que rechazaría mi ofrecimiento, pero Matthew nos sorprendió a ambos respondiendo que sí. Bajé y lo preparé todo en una bandeja.

—¿Va bien, entonces? —gritó Matthew desde arriba.

No sabía muy bien si lo que le preocupaba era el negocio o mi capacidad para pagar el alquiler.

—Lo suficiente —grité desde abajo.

—Veo que se las ha arreglado para incorporar las antigüedades de mi padre a sus libros. Muy inteligente.

Asomé la cabeza por la puerta y vi que estaba delante de la sección marítima que había creado, con *Moby Dick* y *Robinson Crusoe* flotando sobre un mar de muselina azul con sirenas y barcos que navegaban en el interior de botellas minúsculas. Había incorporado incluso un ejemplar de *Peter Pan* con un cocodrilo de juguete que amenazaba con mordisquear las esquinas del libro.

—Es realmente fantástico —dijo Matthew, cobrando finalmente vida—. La tienda parece… más grande, no sé por qué.

Regresé a la cocina y abrí el grifo, pero no salió agua. Las tuberías borbotearon y eructaron como aquel que sufre una indigestión. Dejé el grifo abierto hasta que crepitó, emitió un sonido metálico y se quedó en silencio. Me aparté un poco, descansando las manos en las caderas. No tenía sentido, igual que la puerta del desván y el *Drácula* que había caído de la estantería. Subí la escalera, con la tetera aún en la mano.

—¿Lleva puesta hoy la gorra de casero? —pregunté, mostrándole la tetera—. Me temo que voy a necesitar un fontanero.

—Le echaré un vistazo —dijo, empleando el tono que utilizan los hombres para estas cosas, dando por sentado que el problema es algo que ellos pueden arreglar con facilidad.

En un abrir y cerrar de ojos, se quitó la chaqueta y estaba tumbado en el suelo, peleándose con las tuberías de debajo del fregadero. Yo ni siquiera sabía si había una llave inglesa, y era muy poco probable que Matthew llevara una encima. Estuve a punto de preguntarle si estaba seguro de lo que estaba haciendo, pero en vez de eso le pregunté si sabía cuál era el problema.

—Probablemente se trate de un atasco de algún tipo —dijo con voz tensa—. En nada lo tendré arreglado. Desconectaré el…

Pero, antes de que le diera tiempo a terminar la frase, el grifo salió disparado de la parte superior de la tubería y el agua empezó a salir a borbotones, como un géiser. Corrí hacia allí y eché un trapo viejo sobre el agujero donde antes estaba el grifo con la intención de detener un poco la marea hasta que Matthew consiguiera cerrar la llave general del agua.

—Tal vez habría hecho bien llamando al fontanero —dijo jadeando Matthew.

Se levantó del suelo y se apartó el pelo mojado de la frente. Cuando nos miramos, vimos que los dos estábamos empapados. Noté que una risilla tonta ascendía lentamente por mi caja torácica e intenté contenerla… hasta que vi que Matthew empezaba a estrujar los extremos de su camisa para expulsar el agua. Estaba tan ridículo que mis hombros temblaron con la risa. Me miró, y su expresión de enfado se transformó en una sonrisa de oreja a oreja.

—Se está divirtiendo conmigo, ¿verdad? —dijo, cuando no pude evitar doblarme a carcajadas.

—Lo siento, perdón —repliqué, dándole la espalda para poder parar.

Cuando me volví de nuevo, Matthew se había despojado de la camisa mojada para poder escurrirla correctamente en el fregadero. Llevaba una camiseta debajo, que también había quedado empapada.

—¿Me permite colgar esto un rato delante de la estufa?

—Por supuesto —dije, y corrí a echar más leña al fuego.

Colgué la camisa en el respaldo de la silla y la acerqué a la fuente de calor. Matthew podría haberse limitado a volver a casa, ya que vivía justo al lado, pero los dos entendimos tácitamente que la explicación de lo sucedido sería demasiado complicada. Yo también estaba empapada, pero no podía cambiarme mientras él estuviera aquí, de manera que me limité a envolverme los hombros con un chal y quedarme a su lado, observando las llamas.

—Me encargaré de buscar a alguien que venga a arreglar esto mañana a primera hora —dijo entonces.

El tono de voz de Matthew había vuelto a cambiar. Sabía que aquella cercanía que temporalmente se permitía, aquella intimidad que desplegaba antes de volver a levantar su puente levadizo, no eran imaginaciones mías. Tenía que volver a la realidad y liberarme de aquella atracción tan absurda. A buen seguro, no era más que la consecuencia de una combinación de nostalgia y soledad, el resultado fuera de lugar de mis sentimientos confusos. Matthew se estaba mostrando amable conmigo en un momento en el que yo necesitaba consuelo, pero yo sabía que esto era peligroso y tenía que parar.

—Gracias, señor Fitzpatrick.

Pasó un momento y, como si acabara de oír un sonido lejano reclamándolo, Matthew cogió la camisa aún mojada y se la puso. Respondí entrando en acción, recogiendo la chaqueta del suelo y pasándosela. Las puntas de nuestros dedos se rozaron. No lo miré a los ojos, sino que mantuve la cabeza al nivel del punto donde su cuello se unía con el torso. Ni se me ocurrió tocarlo, pero sin que me diese cuenta mi mano se desplazó hacia su pecho, hacia su corazón. El ascenso y descenso provocado por la respiración se volvió más trabajoso y, con un solo movimiento, me atrajo hacia él y nuestros labios se encontraron, torpemente al principio, apasionada y desesperadamente después. Su boca era suave y ansiosa al mismo tiempo. Comprender de repente lo que Matthew sentía por mí hizo estallar fuegos artificiales detrás de mis párpados. Y el hecho de saber que aquello no debía ni podía volver a pasar jamás hizo que ninguno de los dos quisiese que terminara. No sé cuánto tiempo estuvimos así, fundidos el uno en el otro. No hablamos. De vez en cuando, sus manos me acariciaban la nuca, pero la mayor parte del tiempo se limitó a abrazarme, a envolverme cada vez más estrechamente y con más fuerza. Yo no quería moverme. Ni pensar. Ni preguntarme qué significaba aquello. Lo único que anhelaba era la intimidad. Y, de pronto, terminó. No entendí cómo ni quién hizo el gesto de separarse, pero de repente dejamos de estar en contacto. Matthew introdujo los brazos en las mangas de la chaqueta y se la abrochó. Me miró brevemente a los ojos y vi que su expresión era de miedo.

—Lo siento.

Intenté responder, pero me había quedado sin palabras. Mi boca formó la palabra «no», aunque no emitió ningún sonido. Y se marchó; la campanilla señaló su partida. Me senté en mi despachito, temblando. ¿Pero qué había hecho? Matthew era un hombre casado y padre de familia. No podía, no quería, ser la otra. Pero entre nosotros existía alguna cosa, y no tenía ni idea de cómo seguiríamos adelante reprimiéndola.

En París, siempre había sabido que Armand acabaría rompiéndome el corazón, pero Matthew... Mathew acabaría rompiendo mi determinación, lo cual era mucho, muchísimo peor.

La solución llegó de la mano del cartero a la mañana siguiente. Una carta con el remitente impreso en una etiqueta dorada en la parte posterior del sobre me llenó de emoción: la Biblioteca Honresfield. Les había escrito solicitando el acceso a su gigantesca colección de documentos, manuscritos y cartas, y muy concretamente a todo lo relacionado con las hermanas Brontë. Los propietarios, Alfred y William Law, dos hermanos empresarios industriales que se habían hecho ricos por méritos propios, se habían criado cerca de la casa de la familia Brontë y habían comprado parte de sus manuscritos a un tratante de objetos literarios. Había empezado a dar mis primeros y titubeantes pasos como detective literaria gracias a que Sylvia, en

Shakespeare and Company, había encendido mi pasión por descubrir una posible segunda novela escrita por Emily Brontë. Solo había un problema: si quería investigar más, tendría que regresar a Inglaterra.

Era un riesgo, pero quedarme en Dublín me parecía un riesgo aún mayor. Necesitaba poner distancia con Matthew. Además, ¿quería realmente depositar toda mi energía en otra relación condenada al fracaso o concentrarme en mi trabajo? Hice un gesto de asentimiento: en mi trabajo. Allí era donde acabaría encontrando mi verdadera pasión. Pensé en la logística; la Biblioteca Honresfield estaba en Rochdale, cerca de la fábrica de los Law, a unos trescientos treinta kilómetros de Londres, así que era poco probable que me cruzara con algún conocido. Pensé en el poema de Emily «No es cobarde mi alma» y, sin darme ni cuenta, ya había tomado la decisión de marcharme de aquí.

Tenía por fin la sensación de estar dejando atrás para siempre a Opaline Carlisle, la niña. La señorita Gray se convertiría en la mujer que siempre había querido ser. Miré hacia la calle y vi que los motivos de la vidriera habían cambiado y habían adquirido la forma de un extenso y ondulante páramo con un camino que conducía hacia una granja de aspecto majestuoso.

—*Cumbres Borrascosas* —murmuré.

Capítulo 20

MARTHA

Empecé a leer el libro por la noche. Aquellas horas silenciosas y oscuras tenían algo sagrado que las hacía especiales. Encendí algunas velas (a pesar de las repetidas advertencias de *madame* Bowden) y dispuse unos cojines en el suelo. El escenario recordaba un poco a una sesión de espiritismo, ya que los ruidos extraños en las paredes no paraban hasta que me sentaba a leer. Las ramas que se extendían por la pared habían empezado a liberarse de la escayola y casi esperaba descubrir algún día que les brotaban hojas. Pero lo que apareció, en cambio, fue un nuevo libro, *Gente normal*, de Sally Rooney, el libro que había visto en la biblioteca.

Era *madame* Bowden. No sé cómo lo hacía, pero con sus antecedentes teatrales todo era posible. La verdad era que sus extravagantes formas de animarme a leer eran encantadoras. Si supiera que llevaba grabada en mi piel la historia de otra persona… Justo aquella mañana, mientras enceraba el suelo, se había presentado otra frase. Sabía que mi cabeza no descansaría hasta que la tuviera tatuada en tinta sobre mi cuerpo de forma permanente. No tenía ni la menor idea de qué significaba aquella historia, ni de lo larga que acabaría siendo, ni de a quién pertenecían aquellas palabras, pero el mayor misterio era por qué me la estaban contando precisamente a mí. No podía explicárselo a nadie, pues, por lo que sabía, oír voces seguía estando mal visto. Aunque no era exactamente eso: no oía una voz como tal, sino que las palabras aparecían, simplemente, en mi cabeza.

Un lugar llamado perdido era una historia mucho más sencilla de entender y parecía estar escrita para niños, lo cual me venía bien. Al menos, en los libros infantiles no pasaban cosas malas y, si ocurrían, siempre acababan solucionándose. El libro contaba la historia de una vieja biblioteca situada en un remoto pueblo italiano. Tan remoto, de hecho, que se decía que solo podían encontrarlo aquellos que se apartaban del camino más transitado y se perdían. Instalada en un encantador edificio de madera, contenía volúmenes antiquísimos que se almacenaban en estanterías que iban desde el suelo hasta el techo y estaban dispuestos sin ningún orden aparente. El guardián de la biblioteca era tan anciano que nadie alcanzaba a recordar un tiempo en el que no hubiera estado allí.

Pero un día, cuando al finalizar la jornada el guardián estaba cerrando la verja exterior, estalló de repente una tormenta muy violenta y el pobre anciano fue alcanzado por un rayo. Sin embargo, la historia no acababa aquí. Porque, a pesar de la ausencia del guardián, seguía habiendo viajeros extraviados que se tropezaban de vez en cuando con la recóndita biblioteca, se sentían atraídos hacia un determinado libro y, después de leerlo, descubrían que el curso de su vida cambiaba por completo. Era como si aquella biblioteca, su propio entramado, fuera capaz de intuir qué libro podría ayudar a un alma perdida a encontrar su verdadero camino. Pero la gente del lugar temía todo aquello que no era capaz de entender y se empeñó en destruir la biblioteca. Creían que el edificio estaba encantado y que entre las páginas de los libros había espíritus atrapados a la espera de que un lector los liberase. Y así fue como acabaron sacando todos los libros de la biblioteca y dispersándolos por todos lados. Pero resultó que, antes de que el edificio fuera derribado, un joven que estaba de luna de miel llegó al pueblo con una propuesta: se llevaría la madera del edificio para construir su propia tienda. En Irlanda.

Comprendí que aquella historia no era una mera coincidencia. De hecho, a veces, cuando leía lentamente las apasionantes líneas de cada hoja, tenía la sensación de que toda mi vida era una elaborada trama que ahora por fin tenía sentido, en este contexto, en este lugar y con esta gente. Con esta persona. Henry. Empezaba a notar que mi habilidad para leerlo estaba disminuyendo, y sabía lo que eso significaba. Mi buen juicio empezaba a enturbiarse por culpa de la única emoción que no podía permitirme: el amor.

Antes de apagar la vela, leí una frase que me hizo tomar una decisión. En el relato, una chica, a muchos kilómetros de distancia de su casa, llegaba de pronto a la biblioteca. Allí leía la historia de una niña que se había encontrado en un cruce de caminos y había tenido tanto miedo de tomar la decisión errónea que se había quedado donde estaba, acurrucada en el hueco de un árbol. Después de varios días, había pasado por allí una anciana y le había presentado un acertijo. Le había preguntado: «¿Qué es una cosa que creas, incluso sin hacer nada?». La respuesta era «Tomar una decisión». Elegir no hacer nada seguía siendo una decisión. Y yo había decidido no matricularme en la universidad porque tenía demasiado miedo. ¿Por qué no me habría dado cuenta de que estaba eligiendo de forma activa quedarme plantada donde estaba, algo que me aterrorizaba aún más?

Por la mañana, llamé a la oficina de admisiones y concerté una entrevista para el día siguiente. Me sentía empoderada, fuerte, aterrada y excitada. Ya no había marcha atrás, me aseguré, y ni siquiera pensé quién podía ser cuando sonó el timbre de la puerta poco después de haberle servido el desayuno a *madame* Bowden. Abrí la puerta con una sonrisa espontánea, que se esfumó en el instante en que lo vi en el umbral.

Era demasiado tarde para echar a correr. Además, exhibía esa expresión tan suya. La de arrepentimiento, la de prometerme un nuevo principio, empezar de cero. Vi de reojo el maltrecho ramo que llevaba en la mano; incluso las flores se veían frágiles y mustias. Habíamos pasado tantas veces por aquella rutina que la conocía a la perfección. Sentí que mi cuerpo se volvía más pesado a medida que me aproximaba a él, que el peso de su presencia empezaba a aplastarme.

—¿Qué tal estás? —dijo tímidamente, con la cabeza gacha. Todo inocencia.

—¿Qué haces aquí, Shane?

Abrió la boca para empezar a hablar, pero de pronto un pensamiento abrumador se apoderó de mí.

—¿Cómo me has encontrado?

—Un colega vino a pasar el día por aquí, de compras con la parienta. Y te vio.

—¿Dónde?

—En Grafton Street.

—Y... —Estaba intentando comprender aquello—. ¿Cómo supo ese tipo que yo vivía aquí? ¿Me... me siguió? ¿Fue Mitch?

Ni siquiera tenía que haberlo preguntado. Sabía que había sido Mitch. Era el mejor amigo de Shane, y le habría traído sin cuidado espiarme.

—Mira —dijo Shane dando un paso hacia mí, lo que provocó que yo retrocediera un paso. Un gesto que lo molestó visiblemente, como si el miedo que me inspiraba fuera una reacción exagerada por mi parte—. Martha, ¿acaso tiene importancia cómo pueda haberte localizado?

—Pues la tiene, sí. ¿Crees que es normal que tus matones anden siguiéndome?

—Mitch no es ningún matón, por Dios.

Una pareja que pasaba por la calle nos miró con recelo.

—¿Podemos entrar? —preguntó Shane—. Solo quiero hablar.

No respondí. Habría querido decirle: «No, vete, márchate y no vuelvas jamás, olvídate de mí, imagínate que no he existido nunca». Pero de mi boca no salió nada. Simplemente me volví, de cara a la calle.

—Tu madre no está muy bien.

Giré al instante la cabeza para mirarlo.

—Por eso he venido. Quiere que vuelvas a casa.

—¿Qué le pasa? ¿Es grave?

—Bastante, está en el hospital.

—Dios mío.

Me llevé la mano al pecho. Era como si mi cuerpo se hubiera quedado de repente sin oxígeno. Me sentía mareada, como si absolutamente nada fuese real. Ni los edificios, ni la calle, ni mi poco sólida vida aquí en Dublín. Shane me tomó del brazo y ya no me encogí de miedo. Era Shane. Me conocía y yo lo conocía. Independientemente de lo que hubiera pasado entre nosotros, estaba aquí para ayudarme. Lo miré a los ojos y vi reflejada en ellos la misma tristeza que cuando su padre murió. Sabía cómo me sentía. Quería ayudarme.

—De acuerdo, pasa —dije. Crucé el vestíbulo en dirección a las escaleras que conducían al sótano, pero cuando me volví vi que no me estaba siguiendo—. Vivo en el piso que hay abajo —le expliqué, señalando la escalera.

—Una buena choza, ¿verdad? —dijo Shane, dejando las flores encima de la consola para dirigirse al salón.

—Ahí no puedes entrar.

Desapareció de mi campo visual. Pasados unos instantes, lo seguí. *Madame* Bowden no estaba en casa, por lo que imaginé que entrar no haría daño a nadie.

—¿Ha sido un accidente o está enferma? —pregunté.

—¿Qué? Oh, es cáncer.

Las piernas me fallaron y me vi obligada a sentarme en el sofá. No podía creerlo. Aquello era como tener una pesadilla estando despierta.

—¿Y por qué no me lo ha dicho ella?

Lo pregunté sin que esperara que me respondiera. Simplemente intentaba darle sentido a todo lo que estaba pasando.

—¿Cómo quieres que lo hiciera? Nadie sabía dónde estabas. Ni siquiera dejaste una nota, Martha. He estado muy preocupado por ti.

—¿Lo estuviste?

Supe al instante que no debería haber dicho aquello. Sabía leer la cara de Shane igual que sabía ver el tiempo que hacía, y el comentario lo había enojado. La imagen fugaz de él pegándome con el palo de una mopa se presentó sin previo aviso. Por instinto, me abracé para protegerme las costillas. Entonces, Shane me dio la espalda y empezó a recorrer lentamente la estancia.

—Pero te has apañado bien. Ya entiendo por qué te has olvidado tan rápidamente de tu familia.

—No es nada de eso.

Aquello era perverso. Para que todo siguiera un curso civilizado, me estaba sintiendo obligada a demostrarle que aún lo quería. Pero no lo quería. Lo odiaba con todas mis fuerzas. Me levanté y me dirigí a la puerta que daba al vestíbulo.

—¿Adónde vas?

—A meter cuatro cosas en una bolsa. ¿En qué hospital está ingresada?

—En el regional.

La respuesta se había retrasado una décima de segundo, lo suficiente como para despertar mis sospechas.

—¿Quién es usted?

Oí detrás de nosotros la voz arrogante de *madame* Bowden. Estaba en el umbral de la puerta de entrada principal al salón. No la había oído llegar y tuve que contener el deseo de abrazarla para agradecerle que hubiera aparecido en el momento perfecto. *Madame* Bowden blandía su bastón más como un arma a la espera de ser utilizada que como un apoyo.

—¿Otro amigo tuyo?

«Dios mío, no lo diga así».

—Es… es mi marido, *madame* Bowden.

Notaba que estaba temblando. No creía que pudiera pasar algo malo mientras ella estuviera aquí, pero tampoco estaba segura.

—¿Marido? ¡Santo cielo, qué callado te lo tenías!

Deseé que cerrara la boca. Con sus comentarios no estaba haciendo más que empeorar las cosas. Me había quedado inmovilizada. El pasado y el presente acababan de entrar en colisión en el salón de aquella casa, y nadie parecía entender lo aterrador que resultaba. *Madame* Bowden y Shane siguieron intercambiando hirientes comentarios amables y yo seguí allí sin moverme, con la cabeza dando vueltas a toda velocidad, pero sin conseguir llegar a ninguna parte. Sin darme cuenta, me descubrí deseando que Henry estuviera presente.

—Bueno, será mejor que nos vayamos —dijo Shane, acercándose para cogerme por el brazo.

Recordé escenas similares. Lo normal que parecía todo porque nadie alcanzaba a ver la fuerza con que me clavaba los dedos en la carne.

—Oh, ¿y adónde van? ¿A algún lugar agradable? En Bewleys sirven un menú de mediodía estupendo y…

—Volvemos a Sligo. La madre de Martha está en el hospital, y por eso me la llevo a casa.

Madame Bowden parecía triste de verdad, aunque era imposible saber si era porque sentía lástima por mí o porque a partir de ahora tendría que volver a prepararse ella sola el desayuno. Tenía un humor impredecible, en el mejor de los casos: amable y gentil en un momento dado, y frío e indiferente en el siguiente. No podía confiar en que fuera a sacarme de esto.

—Lo siento mucho —dijo, bajando la vista hacia el punto donde Shane me estaba agarrando por el brazo.

—Antes tengo que recoger algunas cosas —gimoteé, con la voz rota.

—No hay tiempo para eso, tenemos que salir antes de que empiece a haber tráfico.

—He dicho que lo siento mucho porque Martha no puede irse hoy. No, resulta que esta noche tengo una cena muy importante y no puedo prescindir de ella. Estoy segura de que podrá desplazarse hasta allí por su cuenta mañana por la mañana. Tenemos un sistema de transporte público de lo más fiable —añadió, disfrutando al ver cómo Shane se retorcía por dentro por culpa de aquella interferencia.

—Su madre está gravemente enferma. Creo que eso es más importante que su cena o que cualquier otra cosa.

Los miré a los dos, sin saber qué hacer.

—Me gustaría escuchar la opinión de Martha al respecto, si no le importa.

Madame Bowden estaba dándome un momento de respiro y tenía que aferrarme a él, al menos hasta que pudiera averiguar por mí misma qué estaba pasando allí.

—Será mejor que me quede aquí esta noche —dije.

Aborrecí al instante el tono suplicante que adoptó mi voz. Cinco minutos con Shane, y volvía a ser la chica asustada que se escondía en un armario. Odiaba a Shane por ser capaz de transformarme de aquella manera, pero también me odiaba a mí misma. ¿Por qué no podría ser más fuerte?

Shane hizo un movimiento de negación con la cabeza y abrió mucho los ojos con incredulidad.

—Me alegro de ver dónde están tus prioridades.

—Es mi trabajo, Shane. Llamaré a casa esta noche y mañana por la mañana cogeré el primer autobús.

—Pues ya está, ya tiene su respuesta —dijo *madame* Bowden, situándose delante de mí.

—No llames a casa, no hay nadie, evidentemente.

Me dio la impresión de que Shane estaba cediendo. ¿Qué otra cosa podía hacer estando *madame* Bowden presente? Echó un último vistazo a su alrededor, llenó la boca de saliva, y escupió en el suelo antes de salir y cerrar de un portazo. Mis pulmones exhalaron y me di cuenta entonces de que llevaba un montón de rato conteniendo la respiración. El alivio que me provocó su ausencia solo quedó estropeado por la vergüenza que sentí delante de mi jefa.

—Lo limpio enseguida —dije, buscando un trapo en el bolsillo del delantal y alejándome rápidamente para poder esconder mis lágrimas.

—¡Martha Winter, no vas a hacer nada de eso! —me ordenó *madame* Bowden—. Creo que ha llegado el momento de que me cuentes exactamente qué está pasando aquí.

Capítulo 21

HENRY

—Estoy siguiendo una nueva pista.

El suspiro al otro lado de la línea no estaba abierto a interpretación.

—Simplemente estaba preguntándome si todo esto vale de verdad la pena —dijo Isabelle.

Extraje mi propia conclusión de aquel suspiro de frustración. Isabelle no tenía ni idea. ¿Cómo iba a tenerla? Llevaba tanto tiempo mostrándome críptico en todo lo relativo a mi investigación que ella había perdido el interés por preguntar.

—Para mí, sí vale la pena.

—Vale. Entonces supongo que ni siquiera tiene sentido que te diga que te echo de menos, porque a ti ni te parece relevante.

—Por supuesto que me parece relevante. Yo también te echo de menos, Issy.

Ahí estaba. Mi primera mentira. O, mejor dicho, la primera mentira de la que era cegadoramente consciente, como si estuviera mirando al sol y viera la peor parte de mí eclipsada. No quería ser de ese tipo de personas que solo le dicen a alguien lo que quiere oír, pero ya no sabía dónde estaba la verdad. O quizá sí, pero no sabía qué hacer al respecto. Estaba postergando decisiones. ¿Me convertía eso en una mala persona?

—Me llamó tu madre.

—¿Qué? ¿Que te llamó mi madre?

—Sí, Henry. Es mi futura suegra. Si es que algún día llegamos a casarnos, claro.

Tragué saliva.

—Me contó que tu padre ha ingresado en un centro de rehabilitación.

No sé cuántos segundos pasaron.

—Henry, ¿estás ahí?

Carraspeé para aclararme la garganta. Estaba atascada por algo que yo estaba decidido a reprimir.

—Sí, sigo aquí.

—¿Y no piensas decir nada?

Aquello era típico de mi madre, utilizar a otro para comunicar una noticia que debería haberme dado ella. La odiaba y a la vez me inspiraba lástima. Siempre se estaba escondiendo detrás de alguien o de algo. Quizá fuera porque estaba avergonzada por la situación; yo, al menos, lo estaba.

—¿Y qué quieres que diga? ¿Se supone que tengo que estar impresionado? Estará sobrio durante una quincena, tal vez incluso durante tres semanas seguidas, y entonces, cuando todos estemos empezando a creer que por fin ha cambiado, llegará una noche en la que no regresará a casa y no volveremos a tener noticias de él en unos cuantos años. Siempre es igual.

—Sí, claro, te entiendo. Lo siento.

Cerré la mano en un puño y me golpeé la frente. ¿En qué estaría pensando diciéndole todas esas cosas?

—No, el que lo siente soy yo. No tendrías que estar metida en medio de todo esto. Hablaré con mi madre. Y pronto volveré a casa. Te lo prometo.

Pasé veinte minutos intentando camelar por teléfono a la archivera de la Universidad de Princeton. (Mi definición de «camelar» se basaba fundamentalmente en mi acento británico y en la confianza en que dicho acento me hiciese parecer una persona importante). Pero resultó que mis habilidades para camelar o estaban oxidadas por falta de uso, o altamente sobreestimadas. Por mí.

—Mire, señor, puede venir a visitar nuestras salas de lectura cuando usted desee. Basta con que concierte una cita y…

—Sí, eso ya lo entiendo, pero lo que sucede es que en este momento no me resulta físicamente posible realizar este tipo de viaje —repetí por tercera vez. Por mucho que me gustara la idea de viajar a Nueva York, era totalmente imposible teniendo en cuenta que apenas podía permitirme mi pensión—. ¿Existe alguna posibilidad de que pudiera usted echar un pequeño vistazo a las cartas de Sylvia Beach, por si acaso encontrara algún tipo de correspondencia con una tal Opaline Carlisle?

—¿Pretende decirme que quiere que deje todo lo que tengo entre manos para investigar por usted? ¿Es eso correcto, señor Field?

—Bueno, expresado así…

—Como ya le he dicho, puede usted presentar una solicitud vía telemática, como todo el mundo, para poder consultar colecciones especiales.

—Sí, pero el tiempo es esencial.

—Lo es, señor Field. Mi tiempo es esencial, y ya he dedicado mucho más del que estaba dispuesta dedicarle a esta llamada. Adiós, buenos días.

171

Me quedé mirando el teléfono.

—Pienso que ha ido bastante bien —me dije, y cogí la cartera que había dejado en la cama.

Cuando llegué a la puerta de la universidad, la vi.

—¡Me alegra verte por aquí! —dije.

Al instante deseé que se me hubiese ocurrido un saludo más original. Por suerte, ella no se dio ni cuenta. Estaba más pálida de lo habitual y tenía los ojos inyectados en sangre. ¿Habría estado llorando?

—¿Va todo bien?

—Oh, sí. Todo bien.

La gente chocaba con nosotros; Martha se había quedado paralizada delante de la entrada.

—¿Vas a entrar?

Sus ojos miraron con nerviosismo a su alrededor y entonces sacudió la cabeza.

—La verdad es que no sé qué hacer.

—Bueno, para empezar, apartémonos de la puerta —sugerí, enlazándola por el brazo para guiarla hacia una esquina más tranquila del patio interior.

—No sé qué hago aquí. Creo que he cambiado de idea —dijo Martha, mirándolo todo con los ojos muy abiertos, como un animal que acaba de caer en una trampa.

—¿Puedo ayudarte en algo?

Era evidente que ni siquiera me estaba escuchando. Tenía la cabeza en otra parte.

—Pensaba que mi madre estaba enferma. No he podido hablar con ella por teléfono y mi padre no responde a mis llamadas desde…

172

Se interrumpió. ¿Desde que abandonó a su marido maltratador? ¿Qué tipo de familia sería capaz de hacer algo así?

—Le envié un mensaje de texto a mi hermano. Y me dijo que mi madre estaba bien. Debió de haber un malentendido.

—Lo cual es buena noticia.

No entendía qué estaba pasando, pero Martha estaba claramente turbada por ello.

—¿Te apetece dar un paseo? Así me ahorrarías una tarde de aburrimiento en la biblioteca.

Era una mentira descarada. Para mí, las bibliotecas pueden ser cualquier cosa menos aburridas, pero sabía que eso era lo que decía a veces la gente en estas circunstancias, y me sentí aliviado al ver que hacía un gesto de asentimiento. No tenía ni idea de hacia dónde dirigir mis pasos, pero intuí que a Martha le daba igual. Mientras paseáramos por un lugar tranquilo. Nos alejamos de la calle principal y nos adentramos en callejuelas menos bulliciosas, flanqueadas por tiendas no franquiciadas y cafeterías de toda la vida. Encontré entonces el Santo Grial: una librería llamada Tomes & Tea, especializada en libros de segunda mano y con un salón de té en la planta superior. Esperé a que Martha tuviera delante una tetera y un bizcocho rebosante de mermelada para volver a hablar.

—Somos amigos, ¿no?

Respondió con un gesto evasivo de asentimiento y le sumó al bizcocho una cucharada de nata.

—Y los amigos pueden contarse sus cosas. Sin que nadie juzgue nada.

—Henry, es que…

—Y pueden también no contarse nada y seguir apoyándose mutuamente. Si es que quieren hacerlo. De manera que lo que pretendo decirte, del modo más torpe jamás visto en la historia, es que si

173

quieres contármelo o no depende única y exclusivamente de ti. Y que, decidas lo que decidas, yo sigo igualmente aquí.

—Hasta que encuentres tu manuscrito.

—Sí, bueno…

Era como si pudiese leer mis pensamientos. Yo no tenía nada que ofrecerle. E incluso aquella rama de olivo, símbolo de la amistad, era un débil sustituto de lo que en realidad yo sentía.

—Si se trata de ser sinceros, te diré que no entiendo por qué le propusiste matrimonio a una chica para luego subir corriendo a un avión y viajar a otro país en busca de algo que lo más probable es que ni siquiera exista.

Este no era precisamente el tipo de sinceridad que yo tenía en mente.

—Creo que no estás en posición de echarme sermones acerca de mi vida amorosa —le espeté, y me arrepentí de inmediato de mis palabras—. No era mi intención…

La silla de Martha chirrió estrepitosamente contra el suelo cuando se levantó. Sus ojos ardían de dolor, y tal vez incluso de odio. Qué comentario más estúpido acababa de hacer. Bajé a toda prisa las escaleras detrás de ella, pidiéndole que esperara sin levantar la voz; no quería llamar la atención del público. Y, corriendo por la librería, Martha entró por error en una antesala y nos encontramos allí los dos, solos.

—Por favor, Martha, lo siento mucho. No pensaba lo que acabo de decir. Ha sido un comentario estúpido, no lo tengas en cuenta.

Martha miró hacia el techo, en un intento de impedir que asomaran las lágrimas.

—No tiene importancia, no debería haber dicho lo que he dicho, no ha sido correcto por mi parte.

—Pero tenías razón —dije, acercándome a ella—. Hui de Isabelle. Sin ser consciente de ello. Quizá, pero encontré la manera de no estar allí. No sé —continué, pasándome la mano por el pelo—, pensaba que eso era lo que quería y luego me asusté.

Las estanterías de libros amortiguaban los sonidos del mundo exterior. Mechones de pelo rubio caían alrededor de la cara de Martha y sus mejillas enrojecidas brillaban por la confusión de emociones.

Se mordió el labio y se apoyó en una de las estanterías. Reflexionó sus palabras antes de pronunciarlas.

—El amor da miedo.

—Alguien debería escribir un libro con un título así.

Martha sonrió y me miró directamente a los ojos, como si estuviese intentando decidir alguna cosa.

—¿Estás enamorado?

Era una pregunta sencilla, pero viniendo de ella y en aquel contexto no supe qué responder. ¿Sabía yo qué era sentir amor? ¿Había estado alguna vez enamorado? Había experimentado la atracción inicial, después una especie de sensación de confort, seguida por la posterior sensación de... ¿De qué? De inquietud. Como si siempre hubiese sabido que había elegido el camino más sensato y ahora me estuviese arrepintiendo de cada paso que había dado por él. Como si me hubiese matriculado en la carrera errónea en la universidad y, a cada día que pasaba, estuviera sintiéndome más y más atrapado. Era como si viviera mirando por encima del hombro la vida que debería haber tenido y no estuviera nunca presente en mi propia vida.

Martha se cansó de esperar una respuesta.

—De todos modos, estoy empezando a pensar que quizá el amor no debería dar miedo. Que quizá nunca llegué a amar a Shane. Que creía amarlo y que ahí es donde está la trampa, ¿no te parece? En engañarte a ti mismo creyendo que es culpa tuya no hacer lo correcto. De haber sabido que aquello en realidad no era amor, me habría marchado antes.

Ya no estaba hablando conmigo, aunque sus palabras me parecían sinceras. Sonaban como una conversación que hubiera mantenido mil veces consigo misma.

—Pensaba que el amor era eso: no abandonar nunca a esa persona, pasara lo que pasara. Esperar que la persona de la que me había enamorado al principio regresara.

De pronto deseé acercarme a ella, abrazarla, pero no estaba seguro de que fuera lo correcto.

—¿Cómo es posible que te hiciera tanto daño? —susurré, viendo con claridad la niña que tenía dentro, una niña que solo anhelaba ser amada. No acabar llena de cardenales.

Me miró con una expresión totalmente desprotegida. Esta vez no me lo pensé, y extendí la mano para acariciarle la mejilla y limpiarle las lágrimas. Se dejó acariciar y la sentí fundirse conmigo. Y, sin darme ni cuenta, la tuve entre mis brazos, con la cabeza descansando en el espacio entre mi hombro y mi pecho. Ya no dijimos nada más. Era como si los libros estuvieran protegiéndonos. Y extraviando los dedos entre los mechones de su cabello y mientras le acariciaba la nuca, deseé que aquel momento se prolongara eternamente.

—Dios —dije por fin, sin saber muy bien si me había expresado en voz alta o no, hasta que Martha se apartó y me miró.

—¿Qué pasa?

Busqué palabras que no pudieran asustarla ni hacerme quedar como un idiota.

—Me gustas de verdad. Me gustas mucho. Y no sé qué hacer.

Su expresión solemne se transformó muy despacio en una sonrisa, y al final rio a carcajadas.

—Oh, gracias. Muchas gracias —dijo con ironía, sin que yo hubiera dejado aún de abrazarla—. Creo que tú también me gustas mucho. Y tampoco sé qué hacer al respecto.

Lo cual no era cierto, porque ella sí sabía qué hacer al respecto. Martha ladeó la cabeza lentamente y, sin dejar de mirarme a los ojos en ningún momento, acercó su cara a la mía hasta que nuestros labios entraron en contacto. Decir que vi fuegos artificiales habría sido una exageración, pero decir que «sentí» fuegos artificiales en la totalidad de mi sistema circulatorio habría sido exacto al cien por cien. Incliné la cabeza y la besé como si fuera la primera vez que besaba a una chica. Fue una sensación completamente nueva. Encajábamos a la perfección. Las puntas de sus dedos ascendieron con delicadeza desde mi torso hasta mi mandíbula y luego se deslizaron hacia mi pelo. Atraje sus caderas contra mi cuerpo y la oí suspirar.

Paré un momento para hablar y mi voz sonó apenas reconocible, como si se hubiera vuelto más ronca y grave, y se asemejara a la de Barry White.

—¿Todo bien?

Martha respondió con un gesto afirmativo y su boca volvió a pegarse a la mía. No sé cuánto tiempo estuvimos allí, podrían haber sido veinte minutos o veinte segundos, antes de que llegara un cliente y tosiera exageradamente para hacer notar su presencia. Y, mientras juraba en silencio que asesinaría a aquel tipo mientras dormía, localicé la mano de Martha y entrelacé mis dedos con los de ella.

—¿Quieres venir a mi casa?

—Antes tengo que hacer una cosa —respondió.

Me arrastró para salir de la tienda y echamos a correr.

—¿Adónde vamos?

—A Trinity. ¡Quedan solo cinco minutos para que pueda matricularme!

Capítulo 22

OPALINE

Inglaterra, 1922

Mi viaje empezó, tal y como lo tenía planificado, con una visita a la Sociedad Brontë. El simple hecho de estar donde habían vivido las hermanas Brontë y contemplar los páramos que habían inspirado la escritura de Emily fue una experiencia conmovedora. La casa era como una fortaleza, con su estructura en ladrillo gris atemperada por las grandes ventanas de guillotina. Intenté imaginarme cómo sería la vida aquí, siendo hijas de un hombre fervientemente religioso y con la salvaje presión de un paisaje de naturaleza implacable. Mujeres jóvenes, solteras como yo, ignoradas por el mundo de los hombres y de la literatura, volcando su corazón y su pasión en la escritura y adoptando los seudónimos masculinos de Currer, Ellis y Acton Bell. Me desplacé hasta el lugar vestida con los pantalones del señor Fitzpatrick y un abrigo largo, enfrentada también a las limitaciones de nuestro género. Y era además un disfraz, por si acaso Lyndon tenía espías por allí.

Después de la muerte de Patrick Brontë, todo el contenido de la casa salió a subasta o acabó siendo regalado a la gente que trabajaba en Haworth. La Sociedad tuvo la suerte de poder adquirir gran parte de aquellos objetos y poseía unos archivos impresionantes. Encontré poemas escritos por Emily con anotaciones de Charlotte, su hermana mayor, que de inmediato me transmitieron la sensación de que allí había habido una lucha de poder fraternal, aunque llena de cariño. Todo el mundo sabía que Charlotte se había mostrado crítica con la obra maestra de su hermana menor. En el prefacio de la edición de *Cumbres Borrascosas* de 1850, donde quedó por fin reconocida la autoría de Emily, Charlotte escribió:

> *Si es apropiado o aconsejable crear seres como Heathcliff, yo no lo sé: difícilmente pensaré que lo sea.* Cumbres Borrascosas *se labró en un taller agreste, con útiles rudimentarios y a partir de unos materiales caseros.*

Charlotte fue la única de las hermanas que se casó. Contrajo matrimonio con Arthur Bell Nicholls, un vicario que trabajaba con su padre y que no era muy apreciado en el pueblo. Había leído que Bell heredó todas las pertenencias de Charlotte tras su fallecimiento, que se produjo tan solo nueve meses después de la boda. Tal vez el matrimonio no encajara con ella, podría ser. Posteriormente, Bell regresó a su Irlanda natal y se casó con una prima. La Biblioteca Honresfield adquirió la mayor parte de los manuscritos y efectos personales que conservaba Bell, lo cual me daba esperanzas de que tal vez la visita que tenía programada allí para el día siguiente pudiera aportarme alguna pista.

Decidí cenar en la posada, que quedaba cerca de mi alojamiento. Pedí un pastel de carne y tomé asiento en una mesa al lado de la ventana para disfrutar de una copita de ginebra mientras esperaba. Hablé brevemente con el posadero, que parecía muy versado en los temas relacionados con la familia Brontë. Los establecimientos estaban empezando a ganar un buen dinero con los turistas que visitaban la casa parroquial, y consideraban su deber cívico informar al público de todo aquello que el conservador del museo tenía en consideración omitir. Mientras comía, me entretuve leyendo la biografía de Charlotte Brontë que había escrito Elizabeth Gaskell. Por desgracia, todo lo que se sabía sobre Emily apenas llenaba una página. Se mencionaba, sin embargo, a una tal Martha Brown, la criada que trabajaba en la parroquia. Y, mientras el hijo del posadero se encargaba de retirarme el plato y limpiar la mesa, le pedí otra copa y le pregunté si, al ser de la zona, sabía alguna cosa sobre la familia de aquella criada.

—Oh, sí, la hija del sacristán. No se casó nunca —replicó, con un tono que sonaba desesperadamente desolado.

Bebí un poco de ginebra. ¿Por qué todo el mundo consideraría el matrimonio como la llave para acceder a la felicidad?

—De manera que no tenía una familia que cuidara de ella cuando se puso enferma —dijo el chico, continuando con su implacable difamación del personaje de la mujer soltera—. Creo que murió sola en una pequeña casita.

Bebí otro sorbo de ginebra. De pronto, vi mi futuro muy negro.

—Aquí en este libro dice que heredó una buena cantidad de recuerdos de la familia Brontë. Me pregunto si tal vez los legaría a otros parientes.

—Pues, casualmente, mi tío John fue a la escuela con uno de sus sobrinos.

Di una palmada. Empezaba a tener la sensación de ir por buen camino.

—¿Podría hablar con él, con su tío?

—Murió el año pasado.

—Oh, cuánto lo siento —dije, manteniendo las manos unidas, como si estuviera rezando por su alma.

—Pero recuerdo que siempre decía que los dos hermanos tenían una librería en Londres. Uno de ellos vive todavía allí. A lo mejor podría ir a preguntar.

—Oh, estupendo. ¿No tendría por casualidad el nombre del establecimiento?

Levantó la vista hacia el cielo en busca de inspiración.

—¿Librería Brown?

—Podría ser —dije, dándole unas monedas por la cena antes de emprender el camino de vuelta a mi alojamiento.

Mi cita para estudiar la colección que se guardaba en Honresfield era a las nueve de la mañana del día siguiente. El señor Law estaba ausente por motivos de negocios y me recibió su secretaria, una joven muy diligente que respondía al nombre de señorita Pritchett. A pesar de que la finca era inmensa y la riqueza de su propietario evidente, en la casa reinaba una atmósfera práctica. Había un ala consagrada en su totalidad a la destacada colección de literatura británica, que incluía manuscritos de Robert Burns, *sir* Walter Scott y Jane Austen.

—En su carta decía que le interesaba ver la colección Brontë —dijo la señorita Pritchett, abriendo las dos grandes puertas que daban acceso a una sala—. Creo que aquí encontrará todo lo que necesita —continuó, haciéndome entrega de un catálogo de la biblioteca y de un par de guantes de tejido blanco—. El señor Law exige que todos los visitantes los utilicen. Debemos velar por la integridad del papel.

—Por supuesto —repliqué.

Recorrí con la mirada las paredes de estanterías que contenían todo tipo de riquezas a la espera de ser descubiertas. Primeras ediciones de *Orgullo y prejuicio* y de *La abadía de Northanger* —cuyo origen debía de ser, sin duda, fascinante—, pero me apresuré a recordarme que debía centrarme en el asunto que me había llevado hasta allí. Con mucho cuidado, retiré de la estantería una primera edición de *Cumbres Borrascosas*. La llevé hasta la mesa, que tenía una especie de atril donde descansar el libro. Conservando su cubierta original de tela, el ejemplar estaba en condiciones espléndidas. Fue intrigante descubrir, en la primera página, que el reverendo Patrick Brontë lo había dedicado nada más y nada menos que a Martha Brown, la criada de la familia e, indiscutiblemente, un miembro muy valorado en la casa. Mis sentidos estaban en efervescencia pensando en las distintas implicaciones. ¿Qué más podrían haberle legado a Martha, y dónde podrían haber acabado estos objetos, de no haberse vendido en subasta?

Había muchas cajas con cartas, entretenidas aunque intrascendentes, entre las hermanas y Ellen Nussey, junto con cierta correspondencia más interesante entre Charlotte y la que fuera posteriormente su biógrafa, Elizabeth Gaskell. Y entonces las cosas se pusieron más apasionantes. Encontré una carta de Charlotte a sus editores, quejándose de Thomas Cautley Newby, el hombre que publicó *Cumbres Borrascosas* y *Agnes Grey*. Al parecer era un sinvergüenza, puesto que había exigido a las hermanas un pago de cincuenta libras por adelantado, sacando provecho de la confusión que rodeaba al apellido Bell. En aquel momento, corría por todos lados la teoría de que los tres libros estaban escritos por un solo hombre. Algo que, por supuesto, no podía estar más alejado de la verdad. Charlotte y Anne viajaron a Londres para confirmarlo: «Somos tres hermanas». Pero Emily se quedó en casa, ya que por lo visto prefería el anonimato de un seudónimo. A diferencia de sus hermanas, nunca buscó el reconocimiento de la escena literaria londinense ni parecía inquieta por el carácter avaricioso de Cautley. Tal vez comprendiera que aquel hombre era fiel a su forma de ser, del mismo modo que ella le era fiel a la suya.

Me fijé en una carta sin dirección y la examiné rápidamente. El estómago me rugió, anhelante de comida. Pero las palabras que leí detuvieron de repente el tiempo.

Londres
15 de febrero de 1848

Estimado señor:

Le estoy muy agradecido por su amable nota y será un gran placer encargarme de la publicación de su siguiente novela. Le ruego no se apresure con su finalización, ya que considero adecuada su decisión de no mostrarla al mundo hasta estar plenamente satisfecho con el resultado, puesto que hay mucho en juego con su nuevo trabajo: si supone una mejora con respecto a su primera obra, se habrá establecido usted como un novelista de primera categoría; sin embargo, si no lograra estar a esa altura, los críticos se mostrarán propensos a afirmar que ha agotado todo su talento en su primera novela. En consecuencia, tengo el placer de aceptar el encargo con el beneplácito de que la terminación de la obra se producirá en el momento en que usted lo considere oportuno.

Agradeciendo su confianza, mi estimado señor.

Atentamente,

T. C. Newby

Me quedé allí sentada, parpadeando ante las palabras que se desplegaban delante de mí. «Su siguiente novela». Aquí estaba la prueba irrefutable de que Emily, o Ellis Bell, había empezado a trabajar en un segundo manuscrito. No había por ningún lado rastro de la «amable nota» que al parecer había enviado previamente, pero lo que era evidente era que Emily tenía ciertas dudas en cuanto a apresurar la publicación. ¿Estaría tal vez ya enferma o no se sentiría capaz de dar la talla? ¿O tal vez fuera más probable que, siendo como era una perfeccionista, deseara disponer de más tiempo para terminarla? Mi cabeza hervía de excitación.

Estudié la entrada del catálogo en busca de más explicaciones.

«Carta de T. C. Newby encontrada en el escritorio de Emily acompañada de un sobre dirigido simplemente a Acton Bell».

Sabía, sin embargo, que la carta no podía haber estado dirigida a Anne, puesto que en aquellas fechas su segunda novela ya había sido entregada para su publicación. No, aquello era una correspondencia con Emily relacionada con una obra posterior a *Cumbres Borrascosas*. ¡Lo sabía! Me recosté en la silla y miré hacia el jardín a través de las grandes ventanas de guillotina. Si Charlotte había destruido la documentación de Emily después de su fallecimiento, jamás encontraría el manuscrito. Mis esperanzas iban y venían al ritmo de argumentos contradictorios.

Y entonces divisé algo que ni en un millón de años habría esperado ver. Enfilando el camino de acceso hacia la casa había un hombre que estaba segura de que no volvería a ver nunca más en mi vida: Armand Hassan.

—¿Qué demonios haces aquí? —dije, después de correr hasta el vestíbulo y bloquearle el paso a la señorita Pritchett.

—Opaline.

Bastó con que pronunciara mi nombre para que todo volviera a mí. París, su apartamento, el contacto de sus labios sobre mi piel, el aroma de su cera para el pelo. Todo resultaba embriagador. Me miró fijamente a los ojos hasta que yo aparté la vista. Creía haber dejado atrás mis sentimientos hacia él, pero al volver a verlo comprendí que simplemente me había limitado a esconderlos. Todo el deseo y el dolor seguían allí, más fuertes que nunca. Me cogió la mano y me besó la muñeca; entonces, sin soltarme, se acercó y me estampó un beso en cada mejilla.

La señorita Pritchett carraspeó a mis espaldas.

—Señor Hassan, ¿verdad? —dijo—. Tengo preparados en el salón los libros que quería ver.

Me aparté para dejarlos hablar de sus asuntos. Sin embargo, no pude evitar observarlo. Vestía impecablemente, como siempre: pantalón de lino de color beis y *blazer* azul marino. Su piel parecía más oscura, gracias a sus viajes, sin duda. Su pelo brillaba como el ónix y tuve que sujetarme la mano para no tocarlo.

—He venido a ver unas ilustraciones para un cliente —me dijo—. Pero mañana por la tarde asistiré a una subasta en Sotheby's, por si te interesa.

—¡Sotheby's! —repetí, sin conseguir disimular la emoción.

Pero no podía ir, era imposible. Desplazarme a Londres era demasiado arriesgado. Mi sonrisa se desvaneció.

—No podré ir, tengo que regresar a Irlanda.

Armand me miró como si estuviera buscando recuerdos en mis ojos. Aparté la vista.

—Veo que sigues llevando mi colgante.

Por instinto, mi mano se desplazó para tocar el *hamsa* que él me había regalado al partir de París. Sin quererlo, mis labios volvieron a esbozar una sonrisa.

Debería haber rechazado la oferta, por supuesto. Pero me dije que necesitaba tener noticias de París y de Sylvia. Que Armand era uno de los pocos amigos que me quedaban, que sin su ayuda ahora estaría seguramente de nuevo en Londres y atrapada en un matrimonio concertado.

—Bueno, tal vez ir no me haría ningún daño —dije.

Qué equivocada estaba.

Armand me abrió la puerta de un reluciente coche negro. De no conocerlo bien, diría que había ganado algo de dinero, pero preguntar al respecto me parecía demasiado vulgar.

—Mi clienta —dijo, respondiendo a la pregunta que ni siquiera había formulado—. Es muy generosa.

«Clienta». Miré por la ventanilla para disimular la punzada de celos que me atravesó. Habían pasado varios meses desde nuestro último encuentro en París. ¿Cómo era posible que aún me sintiera así?

—Me alegro mucho de verte, Opaline. Me he preguntado infinidad de veces por ti.

Pero no me había enviado ni una sola carta.

—¿Sigues todavía en Dublín?

—Por supuesto —respondí, algo tensa.

¿Dónde si no iba a estar? ¿Esperaba quizá que me dedicase a viajar por el mundo, a encontrar un amante en cada puerto, como hacía él? Estuve enfurruñada durante todo el viaje y me pregunté por qué me habría tomado la molestia de acompañarlo.

Nos detuvimos en una calle concurrida y sucia, flanqueada por casas y tiendas del siglo XVIII, con tranvías traqueteando por un lado y los autobuses de High Holborn por el otro.

—Pensaba que íbamos a Sotheby's —dije, mirando a mi

alrededor y bajándome la gorra para esconder la cara. Había decidido vestirme de hombre de la cabeza los pies, y el gigantesco abrigo ocultaba mis formas.

—Es solo una parada rápida. Creo que te gustará.

—¿Por qué siempre eres tan enigmático? —pregunté, como si no me atrajera la idea.

Armand sabía cómo seducir a la gente. A las mujeres, más concretamente.

Nos detuvimos delante de una librería minúscula, con el habitual tenderete de material no vendible y cubierto de polvo en el exterior. Contigua a una chatarrería, tenía un escaparate de estilo antiguo con el cristal dividido en pequeños paneles cuadrados. Y entonces vi un cartel: «SOLO TENEMOS LIBROS SUCIOS. POR FAVOR, NO PIERDA EL TIEMPO PREGUNTANDO POR OTRA COSA».

—¿Pero qué diantres es…?

Cuando levanté la cabeza leí el rótulo que coronaba la puerta: «Librería Progresista, 68 Red Lion Street».

—¿Pasamos? —dijo Armand, abriéndome la puerta.

No tenía muy claro en qué tipo de antro de inmoralidad estábamos entrando, aunque me embargó la maravillosa sensación de que allí íbamos a encontrar algo fuera de lo común.

Un hombre con aspecto nervioso y de aproximadamente nuestra edad estaba arrodillado en el suelo con la cabeza medio sumergida en una caja de cartón, murmurando improperios y buscando alguna cosa.

—Entiendo que distribuyen ustedes obras que quebrantan la ley británica de la obscenidad —dijo Armand, empleando un acento londinense bastante aceptable.

El hombre se levantó de un brinco e impulsó su nervudo cuerpo hacia nosotros a tanta velocidad que me vi obligada a dar un paso atrás (toda una hazaña, la verdad, pues la tienda dejaba escaso espacio de maniobra).

—¡Armand Hassan, cabrón! —exclamó, lo que provocó en Armand una sonrisa de oreja a oreja.

Se abrazaron como dos hermanos que llevaban siglos sin verse.

—Sabía que era usted —dijo el hombre, riendo y con un acento ligeramente alemán.

—*Herr* Lahr, permítame que le presente a mi colega, *mademoiselle* Opaline...

—Gray —dije, rematando la frase—. Señorita Gray.

Le tendí la mano.

—*Freut mitch* —dijo *herr* Lahr entonces, lo que interpreté como un buen comentario.

Nos ofreció un café, pero Armand declinó la invitación argumentando que teníamos poco tiempo antes de que empezara la subasta.

—Tengo su ejemplar aquí. Con el precio acordado..., debo cubrirme las espaldas en caso de cualquier tipo de repercusión legal, ya me entiende.

—Por supuesto —replicó Armand—. Mi clienta está muy ansiosa por tenerlo.

Mi curiosidad se había convertido casi en una cuarta presencia en la tienda. Cuando el hombre le hizo entrega del pequeño rectángulo envuelto en papel marrón y Armand empezó a contar los billetes, pregunté si podía abrirlo.

—¿Por qué no? —dijo Armand.

Desenvolví lentamente el paquete, de forma seductora, y entonces vi el título: *El amante de Lady Chatterley*.

—D. H. Lawrence —confirmó Armand.

—Ese hombre es un genio literario, pero nos vemos obligados a vender sus libros ilegalmente, de esta manera —opinó *herr* Lahr.

Deseaba también un ejemplar. Deseaba veinte. Pero era consciente de que vender literatura tan controvertida como aquella llamaría indebidamente la atención hacia mi pequeña librería. Aunque sí podía leerlo yo, de modo que negocié un precio para hacerme con un ejemplar para mí antes de montar en el coche y poner rumbo hacia Sotheby's con nuestra literatura prohibida descansando en el asiento de atrás.

A través de los oscuros pasillos de Sotheby's, una multitud emocionada accedió por fin a la formidable sala de subastas, arrastrándonos con ellos. Armand me cogió de la mano y me condujo hasta un pequeño hueco en el lateral de la sala, donde permanecimos pegados uno a otro y a la pared. Durante un momento estimulante, inhalé su aroma, y me vi transportada de nuevo a aquella noche y al calor de su cuerpo. Tosí varias veces e intenté contar el número de personas allí congregadas para distraerme.

—¡Dios mío, qué escena! Me pregunto qué saldrá a subasta.

—¿No has visto el catálogo? Se trata del manuscrito original de *Alicia en el País de las Maravillas*, de Lewis Carroll.

—¡Santo cielo!

Armand le pidió prestado un folleto a un hombre sentado detrás de nosotros y me lo pasó.

—«Un regalo de Navidad para una querida niña en recuerdo de un día de verano». —De pequeña adoraba aquel libro, y me sorprendió saber que Charles Dodgson (Lewis Carroll), un matemático de Oxford, había escrito e ilustrado con cariño aquel libro en 1864 como regalo para la familia Liddell. La historia decía que, en el transcurso de una excursión en barca por el Támesis, el autor había contado por primera vez la surrealista historia a las hijas de Henry Liddell, el decano. Al final, acabaron convenciéndolo de que publicara la obra, y el resto ya era historia—. ¡Es fascinante! —dije, olvidando por completo los pensamientos ardientes que me dominaban hacía solo un instante.

—Corren rumores de que la puja podría superar las diez mil libras.

Pasando casi desapercibida entre la multitud, había una anciana menuda vestida de negro. Armand la identificó como Alice Liddell Hargreaves.

Me volví hacia él y dije:

—¿No querrás decir...? ¡No puede ser!

Armand movió la cabeza en un gesto afirmativo, satisfecho por estar al tanto de ello.

—Es la «Alicia» original. Había conservado el manuscrito todo este tiempo, pero, desde la muerte de su marido, los impuestos la han asfixiado.

—¡No! ¿Reginald Hargreaves? ¿El jugador de críquet?

Sabía que eran una pareja destacada dentro de la alta sociedad londinense. Debía de haber sido muy doloroso para la anciana sacar a subasta el manuscrito. Ella estaba sentada en primerísima fila, con la cabeza muy erguida y su orgullo intacto.

La puja empezó con cierta indecisión, como solía ocurrir en estos casos, un *impasse* durante el cual los potenciales compradores se estudiaban mutuamente. El ambiente de una sala de subastas siempre acaba pareciéndose un poco al de una partida de póquer, y nadie quería enseñar las cartas demasiado pronto.

—Ocho mil quinientas para el hombre del fondo —anunció el subastador en el instante en que vi que Armand levantaba la mano.

—No me has dicho que fuéramos a pujar —le dije en voz baja.

—En nombre de una clienta —replicó, siempre con ese aire de misterio.

Otra clienta adinerada; era como si coleccionase copos de nieve en primavera. Mientras la puja iba subiendo, me fijé en un hombre bajito y bien vestido, con un aire inconfundible de autoridad.

—Quince mil libras —anunció, con un marcado acento norteamericano, como si quisiera terminar de una vez con aquella pantomima.

—¿Quién es? —pregunté.

—*Merde!* Ese, mi querida Opaline, es el «terror de las salas de subasta».

El mazo descendió con un bang decisivo y el tenso silencio se rompió gracias a una cacofonía de voces. Algunas asombradas, la mayoría aterrorizadas al ver que una de las mayores obras inglesas iba a acabar en manos de un norteamericano. El hombre se limpió las gafas mientras algunos participantes se acercaban para felicitarlo.

—Me ha superado en todas las subastas en las que he participado este año —dijo Armand, con un tono espinoso que sugería una admiración a regañadientes hacia aquel hombre.

Cuando pasamos a su lado de camino hacia la salida, los dos se saludaron con un gesto.

—Señor Hassan, dígale a la baronesa que la próxima vez tendrá que hacerlo mejor.

Armand se enfureció ante tanto regodeo e intentó sacarme rápidamente de la sala.

—¿Quién es su acompañante? ¿No piensa presentarnos?

—Abe Rosenbach, permítame que le presente a *mademoiselle...*

—Gray —dije, acabando de nuevo la frase por él—. Soy tratante de libros, de Irlanda —expliqué, disfrutando de lo bien que sonaba aquello.

—¿Ah, sí? Tenga, permítame que le deje mi tarjeta —dijo Rosenbach, sacando una del bolsillo—. Nunca se sabe cuándo podríamos acabar haciendo negocios. —Tenía una sonrisa cargada de insinuaciones que intenté ignorar.

—Le felicito por su adquisición, señor Rosenbach.

—Gracias, señorita Gray, aunque no se trata simplemente de

una adquisición. Llevo mucho tiempo deseando hacerme con este manuscrito. Era el libro que mi querida y difunta madre solía leerme cuando de niño estuve enfermo de varicela. Supongo que las fiebres me hicieron fantasear con que estaba contándome un cuento sobre su propia infancia. Estaba seguro de que ella era Alicia. Mi madre falleció poco después, y desde entonces he estado leyendo este libro todas las noches.

La historia casi me hace llorar. Incluso Armand parecía afectado.

—¡Ja! No sean ridículos —vociferó Rosenbach—. No confíe nunca en un tratante de libros que permite que el sentimentalismo se interponga en su camino, *mademoiselle*. Tenía que adquirirlo porque es un ejemplar único en el mundo, eso es todo. Si lo tengo yo, nadie más puede tenerlo. He conocido a hombres que han arriesgado su fortuna, que han realizado larguísimos periplos para cruzar medio mundo, que han olvidado por completo amistades y que incluso han mentido, engañado y robado con el simple objetivo de apropiarse de un libro.

—¡Me ha engañado totalmente, señor Rosenbach! —dije, enfadada por haber mordido el anzuelo de su historieta.

—Le pido disculpas, querida, no he podido resistir la tentación. Después del amor, coleccionar libros es el deporte más emocionante que existe.

—Qué sinvergüenza —murmuré a Armand en cuanto salimos de la sala de subastas, pero no contestó.

Estaban hechos de la misma madera, Rosenbach y él. Eran hombres que carecían de sentimiento de culpa y de remordimientos, capaces de hacer lo que fuera con tal de conseguir lo que querían. Me asustaba y fascinaba a partes iguales; era como estar cerca del fuego y confiar en que su calor no acabara consumiéndote.

Capítulo 23

MARTHA

—¿Qué ha pasado para que te vea más feliz que una perdiz? —me preguntó *madame* Bowden mientras le estaba haciendo la cama.

Me sucedía constantemente: estaba realizando la tarea más mundana y, de repente, pensaba en los besos de Henry y las mejillas acababan doliéndome de tanto que las forzaba con una sonrisa.

—Pues nada, eso; simplemente que estoy feliz, supongo —respondí.

—Tonterías. La única razón por la que una mujer se ruboriza de esa manera es porque hay un hombre. Es ese intelectual, ¿verdad?

Después de lo de la librería, Henry me había llevado a su pensión y había resultado que era el cumpleaños de su casera y la casa estaba llena de gente celebrando una fiesta.

—Tal vez.

Luego me acompañó a casa, pero no lo invité a pasar. Todo era todavía muy nuevo y me tomé el fiasco de la fiesta de cumpleaños como una señal de que no debía ir con prisa. Me despedí de él, de todos modos, con un beso. Y al pensar en ese beso era cuando más me dolían las mejillas, pues había sido el beso más romántico de toda mi vida. Bajo la luz de una farola, con las manos de él en los bolsillos de mi abrigo, las mías debajo de su jersey, con sus labios descubriendo lentamente el camino que descendía desde mi cuello hasta mi clavícula. Jamás me habían besado así, con aquella ternura tan tentadora, como si me estuviera diciendo que habría muchísimo más. La sensación de hormigueo que sentía en la parte inferior de mi vientre amenazaba con fundirme por completo. Necesitaba concentrarme en alguna tarea rutinaria.

—¿Tiene algo para lavar? —pregunté, dándome entonces cuenta de que *madame* Bowden llevaba todo aquel rato mirándome con una sonrisa pícara.

Recogí la colada y la bajé al lavadero, que estaba justo al salir de la cocina. Mientras separaba la ropa blanca de la de color, mis pensamientos regresaron a mi madre. En una casa llena de hombres consentidos, siempre habíamos realizado las tareas domésticas entre las dos. Era en esos momentos cuando practicaba mi lengua de signos con ella y mi habilidad para leer a la gente. Aunque a mi madre no le gustaba mucho que la leyera. Decía que no estaba bien que una hija supiera demasiado sobre la vida de su madre. Nunca le había preguntado por qué, aunque cuando me hice mayor intenté romper esa regla. Sin embargo, a diferencia de lo que sucedía con los demás, mi madre estaba preparada para este tipo de intrusión y se protegía perfectamente. Sabía que me escondía algo, estaba segura. Y por eso yo también empecé a esconderle cosas. Cuando conocí a Shane, nuestra relación ya se había vuelto distante y entre nosotras se había creado una especie de silencio. Mi madre me dijo que estaba cometiendo un error, que no se fiaba de él, pero ya era demasiado tarde. Y, como si estuviera intentando demostrar alguna cosa o queriendo castigarla (o para castigarme a mí misma), me lancé a ciegas al

194

matrimonio como aquel que se lanza a una calle llena de tráfico sin mirar a ningún lado. Y, por lo tanto, la culpa de todo lo que pasó fue totalmente mía.

Estaba encendiendo la chimenea del salón cuando me pareció ver un movimiento al otro lado de la ventana. Enseguida pensé que sería Henry y corrí a abrir la puerta. Y, en el momento en que me disponía a abrirla, caí en la cuenta de que Henry nunca llegaba por la puerta principal, sino que siempre anunciaba su presencia dando unos golpecitos en la ventana del sótano. Pero, cuando se me ocurrió eso, ya era tarde. Sin que me diera tiempo a reaccionar, recibí el puñetazo en el pómulo y me tambaleé hasta derrumbarme contra la pared. Shane. Cuando levanté la vista, vi que tiraba un papel a la acera, entraba y cerraba de un portazo. Me llevé la mano a la cara y noté la humedad, luego vi la sangre. Su expresión dura y su mandíbula tensa me dieron a entender todo lo que necesitaba saber. El que mandaba allí era él.

—Me parece que has perdido la memoria, Martha.

—¿Q-qué?

—Que se te ha olvidado que eres una mujer casada.

—No se me…

—Te he visto, mala puta.

—¿De qué estás hablando?

—Anoche. Agarrada a aquel tío como una fulana. ¿Es así como me lo pagas?

¿Pagarle? ¿Qué? Olía a alcohol. Lo que fuera a hacer a continuación era impredecible. Empecé a calcular la opción más segura. Si me iba con él ahora y aceptaba el castigo que me pudiera caer encima, podría intentar escapar de nuevo. Si es que aún era capaz de moverme. ¿Cómo era posible que hubiera vuelto a aquella situación? Shane me dio una patada en las piernas para apartarme de su camino y entrar. De pronto, vi un futuro constantemente lleno de cálculos de este tipo, de sopesar a diario las formas menos peligrosas de poder continuar con vida al lado de este hombre. Mi vida reducida a intentar sobrevivir a la violencia de Shane.

—Si Mitch no hubiera estado conmigo anoche, cuando vi cómo te besaba ese tipo, lo habría asesinado allí mismo con mis propias manos.

—¿A Henry? ¡Dime, por favor, que no le has hecho ningún daño!

Empecé a tener visiones de Shane atacando a Henry durante el camino de vuelta a la pensión.

—¿Henry? ¿Pero qué nombre de mierda es ese?

Me agarró por el brazo e intentó tirar de mí, pero me mantuve en el suelo.

—Eres mi mujer, Martha. ¡Me perteneces!

—Yo solo me pertenezco a mí misma —dije, cansada ya de intentar calmarlo. ¿Para qué? Dijera lo que dijese, seguiría enfadado. Y estaba claro que yo no era la causa de su enojo.

—No recuerdo haberlo invitado —dijo una voz a nuestras espaldas.

Dios, *madame* Bowden. Prefería morir antes de que me viera en aquel estado. Como una víctima.

—Ya le dije que su madre tiene cáncer y quiere que vuelva a casa.

—¡Eres un mentiroso repugnante! —Por lo visto, volví a encontrar la voz—. ¿Cómo pudiste mentir sobre algo así? Y no regresaría allí ni aunque mi madre estuviera en su lecho de muerte.

Shane dudó, aunque solo un momento.

—Te llevo a casa ahora mismo.

—Martha no es ninguna planta en una maceta —dijo *madame* Bowden, con un sarcasmo que no encajaba en absoluto con la situación. Acabaría matándonos a las dos.

—No pienso ir contigo —dije.

Me arrastré por el suelo para protegerme detrás de *madame* Bowden; no me fiaba de que mis piernas fueran capaces de mantenerme en pie.

Shane movió la cabeza con incredulidad.

—Puta desagradecida…, te lo he dado todo.

Se acercó y se dispuso a tirarme del pelo, pero conseguí sujetarme a la barandilla de la escalera.

—¿Por qué haces esto, Shane? ¿Por qué quieres que vuelva? Juntos no somos felices. Si lo fuéramos, no me harías daño como me estás haciendo —dije, señalando mi cara ensangrentada.

Jamás antes se lo había preguntado. Nunca había tenido el coraje necesario para hacerlo. Mi voz sonaba alejada de mi cuerpo. Y debió de funcionar, porque Shane paró por un momento, aunque sin soltarme las muñecas.

—Siempre tensas demasiado la cuerda, Martha, sabes que lo haces.

Yo era el chivo expiatorio de todo lo que a Shane le había salido mal en la vida. Le servía para no tener que enfrentarse a nada. Incluso ahora, seguía culpándome, llamándome todo lo que se le ocurría. Volví la cabeza hacia *madame* Bowden, pero ya no estaba detrás de mí.

—No paras de tensarla…

Y entonces, alguna cosa empujó a Shane. Lo empujó con tanta fuerza que rompió los barrotes de la barandilla de la escalera que conducía al piso del sótano. El sonido de la madera al partirse fue como una ráfaga de disparos, seguida por un repugnante golpe sordo y un crujido.

—¿Qué ha pasado? —pregunté.

El vestíbulo estaba oscuro y, de pronto, tuve la sensación de que me había quedado sola. El silencio resultaba aterrador. No podía moverme. Mi visión se volvió borrosa.

—¿Está muerto? —dije, y mi mano corrió a taparme la boca justo después de pronunciar aquellas palabras.

Y finalmente oí el sonido de su bastón contra las tablas del suelo. Se quedó mirando la escalera un buen rato, entonces se volvió y me preguntó si yo estaba bien. Tenía la sensación de estar en un sueño. Los sonidos de la gente en la calle me daban a entender que el mundo seguía girando, pero a mí me parecía que había llegado a su fin. Me arrastré con cuidado hasta quedarme detrás de *madame* Bowden y miré por encima de su hombro. Abajo, abajo, muy abajo… y allí estaba. En el suelo, con una de sus piernas atrapada debajo del cuerpo en un ángulo imposible. El hueso sobresalía entre su carne. Pensé que iba a vomitar, y seguí cubriéndome la boca con la mano. Cuando logré que mis ojos se fijaran en los de él, tuve claro que su cabeza tampoco estaba como tendría que estar. Algo ocupaba un lugar erróneo, aunque no sabía qué.

—Quiero que te pongas el abrigo y vayas a hacerme las compras.

—¿Q-qué? Pero ¿qué dice?

Madame Bowden estaba exasperantemente tranquila.

—Esta noche quiero cenar redondo de ternera acompañado por una botella de ese Beaujolais francés que tanto me gusta.

—¿Lo dice en serio? ¿Pero no ve lo que acaba de pasar?

Miré de nuevo a Shane. Era extraño que nuestros papeles se hubieran intercambiado de esta manera: yo de pie y su cuerpo maltratado en el suelo. Busqué algún atisbo de conciencia en sus ojos; a lo mejor aún estaba vivo. Pero no vi nada. Me puse a temblar.

—Martha —insistió *madame* Bowden, descansando la mano en

mi hombro—. Quiero que salgas de casa y hagas lo que te he pedido. Cuando vuelvas, todo estará bien.

Caminé por la calle sin ver nada. Una vez fuera, me parecía increíble que hubiera pasado aquello. Pensé que quizá habría sufrido un episodio raro de alguna cosa y me lo había imaginado todo. Hice exactamente lo que *madame* Bowden me había pedido. Fui a la carnicería y pedí el corte de carne para preparar un redondo de ternera asado. Luego fui a la licorería y encontré el vino que le gustaba. Y, durante todo el rato, sus palabras siguieron dando vueltas en mi cabeza. ¿Lo habría empujado ella?

Caminé arriba y abajo de Ha'penny Lane una docena de veces, con las asas de las bolsas de la compra clavándose en mis dedos. ¿Cómo iba a ser capaz de volver a entrar en casa? ¿Y a qué se habría referido *madame* Bowden con eso de que «todo estará bien»? ¿Habría llamado a un médico o a una ambulancia? En la calle no se veía nada raro. Podría marcharme de allí, pensé. Podría irme ahora mismo y no volver nunca más. Pero ¿y Henry? Tenía que recuperar mi teléfono y comprobar que estaba bien, y mi teléfono estaba en la casa.

Entré utilizando mis llaves. El vestíbulo se hallaba más iluminado. Las flores del jarrón lucían espléndidas y la barandilla de la escalera ya estaba reparada. Dejé las bolsas de la compra en el suelo y me obligué a mirar abajo. Shane no estaba.

—Me temo que anoche rescataron el cadáver de su esposo del río —me comunicó el detective que tenía delante de mí, con su libretita negra de notas abierta y el bolígrafo suspendido en el aire—.

Su madre había denunciado su desaparición hará cosa de una semana. ¿Tuvo usted algún contacto con él durante este tiempo, señora Winter?

—No.

Yo no era actriz. Y seguía sumida en un estado de *shock* total.

—¿Estoy en lo correcto si digo que llevaban separados un tiempo? Asentí, y me mordí el labio para impedir que me temblara.

—Entiendo. —Miró hacia el pasillo—. ¿Y puedo preguntarle dónde estuvo usted la tarde del jueves pasado?

—Sí, humm…, los jueves por la tarde es cuando hago las compras.

—¿Alguien que pudiera haberla visto?

—Por supuesto que sí.

Le di al detective los nombres y las direcciones de todas las tiendas a las que había ido aquel día.

Me fijé en mi imagen reflejada en el espejo del vestíbulo. Me había puesto maquillaje cubriente en la mejilla, pero no sabía cuánto tiempo aguantaría.

—Tengo que llamar a casa, comunicarles lo que ha pasado —dije y, por suerte, el detective guardó su libreta.

Cerré la puerta en cuanto lo hube despedido y entré en el salón, donde *madame* Bowden estaba esperándome. Me apoyé en el umbral y la miré directamente a los ojos.

—¿Qué hizo?

—Yo no hice nada. Simplemente llevé a cabo los arreglos necesarios para solucionar el asunto. Y te sugiero que elimines ese tono acusador de tu voz.

—¡Hemos infringido la ley! Creo.

—¿Qué ley? ¿La que dice que no se puede retirar el cadáver de un hombre violento de tu sótano para dejarlo en otro lado? Nos he ahorrado a las dos muchas preocupaciones. No te haría ningún daño mostrar un poco de gratitud.

—¿Es eso lo que pasó con todos sus maridos? —grité, sin saber ya con quién o con qué estaba enfadada.

—Veo que las emociones están desbocadas —dijo *madame* Bowden, levantándose despacio de su sillón—. Fingiré que no he oído eso que acabas de decir.

Y, con eso, se dirigió hacia la escalera y subió a su habitación.

Me derrumbé en el sofá. Desde aquel día, *madame* Bowden había pasado a hacerse cargo de mí. Me había preparado las comidas y me había animado a comer cuando me resultaba imposible hacerlo. Me había reconfortado diciéndome que lo que le había pasado a Shane no era culpa mía. Que había sido un accidente. Me había convencido de que decirle la verdad a la policía solo serviría para levantar sospechas y convertirme en una sospechosa con motivos para asesinarlo.

—Estábamos las dos en casa —me había dicho, dándome unos golpecitos tranquilizadores en la mano—. Ambas sabemos lo que pasó. Fue un accidente.

—Sí, un accidente —había repetido yo—. Las dos estábamos allí.

Capítulo 24

HENRY

Pensé que nunca conseguiría salir de Heathrow. Viajeros de todos los rincones del mundo parecían empeñados en ralentizar mi avance, o tal vez fuera que estaba caminando con más determinación de la que estaba acostumbrado. Sentado en el metro, pensé en Isabelle y en lo que le diría cuando llegara. Era como pensar en una vieja conocida, no en la mujer con la que había planeado, hacía apenas unas semanas, pasar el resto de mi vida. ¿Cómo había sucedido todo? Lo único que sabía era que tenía que terminar con aquello y que tenía que hacerlo cara a cara. Besar a Martha había disipado todas mis dudas. Le había escrito una carta explicándoselo todo y se la había dejado en un sobre en la puerta, al lado de las botellas de leche. Era demasiado temprano para despertarla y, además, me resultaba más fácil volcar mi corazón sobre papel. No sabía lo que el futuro me depararía, pero tenía claro que Isabelle y yo no estábamos hechos el uno para el otro. Sobre todo ahora que había sentido la emoción que había estado anhelando durante toda mi vida y que hasta este momento había tenido miedo de perseguir.

Oí por megafonía el anuncio de la parada de Pimlico, salí del tren y subí corriendo la escalera de la estación para emerger en la calle. Había pasado la hora punta y todo estaba tranquilo; los parques acogían a padres que observaban a sus pequeños poner a prueba su independencia trepando por las estructuras de juego. Y yo también iba a poner a prueba una cosa: la confianza en mi instinto. Llegué a Denbigh Street, con su hilera de lujosas casas adosadas con balcones en el primer piso y el típico ladrillo amarillo londinense en los dos pisos superiores. Cuando llamé al timbre, sentí una oleada de náuseas en la boca del estómago.

Se encendió una luz y escuché sus pasos antes de que me abriera la puerta.

—¡Henry!

Cuando me abrazó, me quedé sin saber muy bien qué hacer. Porque estaba seguro de que no querría abrazarme cuando hubiera oído lo que había ido a decirle.

—¿Por qué no avisaste de que venías? He invitado a Cassie y a James a tomar una copa. No te importa, ¿verdad?

Era una visión de belleza impoluta. Su sedoso cabello caoba recogido cuidadosamente en un moño, un vestido de satén de color crema ceñido a la perfección sobre su cuerpo atlético.

—Necesito hablar contigo. A solas.

Mi expresión era inconfundible.

—¿Qué pasa? ¿Va todo bien?

Seguía aún en el umbral. Dios, tenía la impresión de haber vivido toda mi vida en el umbral. Nunca totalmente dentro ni totalmente fuera, nunca con la sensación de haber pertenecido por completo a alguna parte. Isabelle cerró la puerta a sus espaldas y salió a la calle.

—Cogerás frío —dije.

—No importa. Me parece que esta conversación no se prolongará mucho rato.

La miré. Siempre había sido más intuitiva que yo. Era la mujer más lista que había conocido en mi vida. No tenía sentido intentar encontrar las palabras adecuadas porque no existían.

—Eres una mujer maravillosa y…

—Dios…

—¿Qué pasa?

—Cualquier cosa menos el discurso ese de «No eres tú. Soy yo». Resulta humillante, Henry.

—¡Pero es verdad! Soy yo. El problema soy yo.

—Eso ya lo sé. ¿Por qué me dejas, entonces?

Mierda. Por eso mentía la gente. Porque es mucho más fácil mentirle a alguien que ver a esa persona soportar el dolor de tus palabras negligentes.

—Porque creía saber lo que era el amor. Porque pensaba que era algo que podía… gestionar. Tú y yo sabíamos entendernos. Hacíamos buena pareja. Pero sé que, si te sinceras contigo misma, pensarás igual que yo. No puede decirse que hubiera… —miré al cielo en busca de inspiración— fuegos artificiales.

—Caray. —Se secó una lágrima.

—Tú también debes de haber tenido tus dudas, Issy —dije, ya que había cometido la estupidez de pensar que estaría de acuerdo conmigo.

—No esperes que vaya a facilitarte las cosas, Henry. Porque mira, resulta que yo te quiero. Y mucho, además. Además, pensaba que entre nosotros sí había fuegos artificiales.

De repente me sentí como si pesara cincuenta kilos más. Isabelle se había cruzado de brazos. ¿Qué podía decir para mejorar la situación?

—Lo siento mucho, Isabelle. Te lo digo de verdad. Jamás he pretendido hacerte daño.

No dijo nada, ni siquiera me miró a los ojos.

—Me siento fatal —añadí.

—¿Te sientes fatal? ¡Pues imagínate cómo te sentirías si tu prometida te dejara plantado en la puerta de tu casa sin haber tenido siquiera la oportunidad de elegir un anillo! Me imagino que debe de ser un récord de algún tipo.

Nada de lo que estaba diciendo me estaba saliendo bien.

—Estarás mejor sin mí.

—Por fin algo en lo que estamos de acuerdo.

Tras decir esto, entró en su casa y me cerró la puerta en las narices. Escondí la cara entre las manos, y ni siquiera me di cuenta de que la puerta se abría de nuevo.

—Y aquí tienes todas tus mierdas —dijo Isabelle, haciéndome entrega de una bolsa de basura negra—. Espero que ella valga la pena.

Y cerró con otro portazo.

Cuando llegué a casa era tarde. En el edificio de al lado había un andamio montado y, bajo la luz del atardecer, parecía como si estuviese atrapado en el interior de una jaula de oro. Recorrí el camino de acceso y vi que en la plaza donde solía estar aparcado el viejo Volkswagen Golf de mi madre había una bicicleta eléctrica. Introduje la llave en la cerradura y el impacto del agradable aroma a pollo asado que me recibió me despertó al instante un apetito por la comida que pensé que nunca volvería a tener. Sobre todo, después de haber hablado con Isabelle. Jamás me había sentido más inseguro con respecto a quién era, y eso era decir mucho, teniendo en cuenta que era un hombre que había vivido toda su vida a la sombra de las opiniones de los demás. Me sentía vacío.

—¡Henry! —gritó mi madre desde la cocina.

Salió corriendo al pasillo. Me estrechó entre sus brazos y me encontré preguntándome distraídamente por qué llevaría una camisa blanca larga llena de manchas de pintura y un pañuelo en el pelo a modo de diadema. Era la típica mujer de collar de perlas y conjunto de rebeca y jersey de punto, que intentaba mantener con su aspecto la ilusión de que aún teníamos dinero y de que mi padre no lo había dilapidado todo en alcohol.

—Te veo distinta —dije.

—¡He empezado otra vez a ir a clases de dibujo del natural! Nuestra vecina, Annie, va a cada jueves y…

—Van solo para poder comerse con los ojos a los jóvenes modelos desnudos —dijo la inconfundible voz monótona de mi hermana.

Ella y su marido, Neil, bajaron estruendosamente por la escalera, dando pisotones con sus robustas botas Dr. Martens.

—¡Oh, Lucinda, de verdad! —exclamó mi madre, poniendo los ojos en blanco con fingida indignación.

Mi hermana llevaba los ojos exageradamente perfilados de negro y, a pesar de que su cabello negro azabache seguía llegándole casi a la cintura, se había cortado el flequillo en una brusca línea horizontal, lo que le daba a su cara un aspecto muy serio. Entre todos hicimos una carrera de obstáculos para trasladarnos del pasillo a la cocina. Era incómodo, pero la escena me resultaba familiar, y me alegré de ello.

—¿Por qué no me has dicho que venías? Una simple llamada telefónica habría sido todo un detalle —dijo mi madre, poniéndose unos guantes para el horno y agachándose para sacar el pollo y las patadas asadas.

Puse la mesa mientras Lucinda y Neil seguían besándose como si nosotros no estuviéramos.

—Ha sido una decisión de último momento.

—¿Una sorpresa para Isabelle?

Dejé que el sonido de los platos y los cubiertos asfixiara cualquier respuesta inútil que intentara sacarme de la manga.

—Lo mío con Isabelle fue un error —dije por fin, cobrando conciencia por primera vez de aquella verdad—. Ambos lo sabíamos. Es mejor así.

Ya lo había soltado. Ya no había espacio para el debate.

Mi madre se quedó por un instante rígida como una estatua, con la boca formando una «o».

—Esta juventud de hoy en día —dijo mi hermana, dándome un puñetazo en el/brazo y rescatándome un poco de la situación.

—Ostras, estás increíblemente embarazada —dije, al fijarme en el tamaño de su vientre.

—Sí, la verdad es que en estas últimas dos semanas se ha puesto como un globo —confirmó Neil, ganándose con ello una patada en la espinilla.

—No salgo de cuentas hasta dentro de quince días —se quejó Lucinda, aunque el que parecía estar sufriéndolo era Neil.

Durante la cena, los oí hablar animadamente sobre sus planes de futuro y comprendí que, en el transcurso de mi corta ausencia, en casa habían cambiado mucho las cosas. Para mejor. Mi madre se había convertido en algo que podría definirse como una «guerrera ecologista y ciclista militante» y Lucinda parecía... parecía feliz de verdad.

—¿Y qué tal en Irlanda? —preguntó Neil, mirándome con sus ojos oscuros a través de una mata de pelo peinada hacia atrás—. Lu me explicó que estabas investigando una vieja librería. Suena muy bien.

Apuré mi vino antes de responder.

—Pues la verdad es que está resultando una tarea muy escurridiza. Pero es posible que haya encontrado otra cosa más interesante —dije, esbozando una sonrisa.

—¿El qué? —preguntó mi madre, mientras cortaba la barra de helado en porciones sobre la tabla de madera. Le encantaban los postres clásicos.

—He conocido a alguien. En Irlanda. Vuelvo allí en cuanto encuentre un vuelo.

Todas las caras se volvieron hacia mí. Me resultaba casi increíble haber sido capaz de decirlo. Pero estaba tan seguro de ello que lo había confesado.

—¿Dices en serio que piensas volver a marcharte del país sin haber cambiado un solo pañal? —preguntó mi hermana, boquiabierta.

—Un poco extremo, colega —apuntó Neil.

Mi madre cortó otra porción de helado. Había decidido que aquel era un tema que solo ella podía abordar.

—Henry, cariño, ya sé que empezaste un poco tarde en esto, pero tampoco quiero que te conviertas ahora en un Casanova.

No pude evitar reír. Si ella supiera.

—De modo que acabas de venir de ver a Isabelle. ¿Y papá?

Lucinda siempre había sido su defensora. De un modo u otro, había conseguido evitar sus peores momentos con el alcohol y él nunca había descargado su mal humor con ella.

—¿Qué pasa con él?

—¿No piensas ir a visitarlo? Ha estado preguntando por ti.

—¿Lo has visto tú?

—Pues claro —respondió Lucinda, lanzándole una mirada a mi madre.

—¿Y tú también?

Mi madre negó con la cabeza.

—No. Yo sigo con mi vida. Ahora debo poner mis necesidades por delante de todo. Vosotros dos ya sois mayores y podéis tomar vuestras propias decisiones. Él siempre será tu padre, Henry, pero depende de ti.

De haber dependido de mí, mi padre habría sido un padre mejor. Nunca había dependido de mí. Siempre había dependido de él.

Capítulo 25

OPALINE

Inglaterra, 1922

Me desperté a la mañana siguiente con el sonido de un camión de la leche haciendo el reparto. La luz del día apenas había empezado a filtrarse entre las cortinas de color rosa empolvado, pero igualmente vislumbré la línea de su hombro y su oscura mata de pelo sobre la almohada. Armand dormía tan profundamente que me hizo cuestionar mi constante inseguridad. Dudaba de mí misma, de mis decisiones, de mis deseos y de mi capacidad. ¡Qué suerte ser un hombre siempre seguro de sí mismo! Y seguro también del lugar que ocupa en el mundo.

Al convertirme en la señorita Gray, no solo me estaba escondiendo de Lyndon, sino también de todo y de todos. Las expectativas de mi género eran ser lo que yo ya no era: pura, tímida y pasiva. Me gustaría que estuviéramos aún en París, donde ser normal y corriente estaba mal visto y quebrantar las reglas era un rito de iniciación.

No había dormido bien, o no había dormido nada, la verdad. Mis pensamientos regresaron a Matthew. Había visitado brevemente la tienda antes de mi viaje. Creo que estaba turbado por lo que había pasado, por cómo nos habíamos abrazado aquella noche. Imagino que no se habría pasado por allí de no tener que cobrar el alquiler, y que sus buenas maneras le impedían realizar una visita meramente transaccional, razón por la cual había empezado a hablar sobre la tienda y sobre su sueño de infancia de convertirse en mago.

—¿En mago? —había repetido yo con incredulidad.

Como para demostrar lo que estaba diciendo, había extendido el brazo para buscar algo detrás de mi oreja y había encontrado una bolita de cristal. Entonces, yo había intentado cogerla y de repente la bola se había esfumado.

—¿Cómo lo ha hecho? —le había preguntado, sonriendo.

—Ah, los magos no revelamos nunca nuestros secretos —había respondido Matthew.

Ojalá pudiera hacer desaparecer mis sentimientos con la misma facilidad. Los días en que Matthew se pasaba por la tienda todo parecía más luminoso, más soleado, más feliz. Pero, en cuanto se marchaba para regresar con su familia, me sentía desdichada.

—*Mon Opale* —susurró entonces Armand, rozándome la nuca con los labios.

Dejé que me abrazara, que ahuyentara mi soledad. En ningún momento se me había pasado por la cabeza volver a sus aposentos, pero imagino que, en el instante en que nos vimos en Yorkshire, el resultado fue inevitable. Sin embargo, no podía evitar pensar que yo no ocupaba en su corazón un lugar por encima de cualquiera de las demás mujeres que compartían su lecho. Tampoco iba a dejarle creer que eso me importara. Así no me haría daño. El razonamiento de una idiota; el amor es ciego, dicen.

—Tengo que irme —dije por fin, dándole un somero beso en la mejilla.

—*Mais non, reste.*

—No puedo. Mi barco zarpa esta noche y aún tengo negocios que atender.

—¿Negocios? —Se recostó sobre un codo mientras miraba cómo me vestía. ¡Dios, qué guapo era! Un adonis. Tuve que ponerme de espaldas a él mientras me abotonaba la blusa.

—Un libro.

—Por supuesto que tiene que tratarse de un libro. Cuéntame.

Me volví hacia él. Sí, Armand era muy guapo, y sí, tenía contactos muy valiosos en el mundo del comercio de libros. Además, me había ayudado a huir de París. Pero, como había visto en Sotheby's, estaba cortado por el mismo patrón que Rosenbach. Era despiadado, resuelto y avaricioso. Por lo que a los libros se refería, quizá yo también era así, porque en aquel momento comprendí que, por mucho que dijeran que entre ladrones imperaba el honor, no podía decirse lo mismo en cuanto a los tratantes de libros.

—A lo mejor puedo quedarme un poco más —dije, arrodillándome en la cama a su lado y dejando que volviera a desabrocharme la blusa.

La soledad no es una compañera de cama exigente. De hecho, cuanto más inapropiada era una compañía, más encajaba con mi perspectiva fatalista en lo relativo al amor. Alguien me había dicho que nunca lo encontraría, ¿para qué tomarme entonces la molestia de reservarme si no iba a llegar jamás?

No disponía de mucho tiempo. El sonido de mis tacones corriendo por la acera resonaba en mis oídos. Busqué con la mirada el número de la puerta. Mi investigación me había llevado al Soho y a un pequeño laberinto de callejuelas escondido detrás de Regent Street. Me había mantenido fiel a mi palabra y no le había contado nada a Armand sobre el trabajo detectivesco que estaba llevando a cabo para localizar la segunda novela de Emily Brontë. Aquella mañana había tomado una decisión que esperaba poder mantener durante el resto de mi vida: el trabajo siempre ocuparía el primer lugar. Le había pedido a Armand que me sugiriera el nombre de un distribuidor familiarizado con librerías que ya no estuvieran en funcionamiento. Y, después de una interesante mañana en Mayfair, había conseguido la dirección de la librería Brown.

El local estaba ocupado en la actualidad por el despacho de un abogado, pero fui correctamente informada de que los anteriores propietarios todavía conservaban el piso de arriba. Llamé varias veces a la puerta antes de que me abriera una mujer de mediana edad completamente vestida de negro.

—¿Señora Brown? —pregunté, tentando la suerte.

—Sí —respondió la mujer, levantando levemente la cabeza para poder mirarme a través de unas gafas que se deslizaban por su nariz—. ¿La conozco de algo?

—No, no nos conocemos, y siento mucho molestarla, pero confiaba en poder hablar con su marido. Es en relación con la librería y con su tía, Martha Brown.

La mujer sonrió con cierta tristeza.

—Oh, hacía tiempo que no venía ninguna de estas, ¿verdad, Reginald?

No se veía a nadie más, pero imaginé que Reginald estaría arriba, puesto que la mujer había levantado la vista hacia el techo.

—¿Ninguna de qué?

—Ninguna admiradora de Brontë. Pase —dijo invitándome, puesto que había empezado a lloviznar.

Subimos las escaleras y llegamos a una salita agradable que daba a la calle. Todas las superficies estaban cubiertas de tapetes de puntillas, pero no había ningún libro a la vista. No era un buen principio. Tomé el asiento que me ofreció la señora Brown delante de una mesita junto a la chimenea.

—Tomaremos el té —volvió a decirle a una persona invisible.

Minutos después, una chica de facciones hundidas apareció llevando una bandeja con tazas, platitos y una tetera plateada.

—Gracias —dije, aunque no recibí respuesta.

—Está enfadada. Tendré que rescindir su contrato e irme a vivir con mi hermana a Cornualles. No puedo permitirme seguir estando aquí —comentó con tristeza la señora Brown.

En cuanto transcurrió la cantidad de tiempo que estimé oportuna, pregunté por el señor Brown y le comenté que si podía hablar con él.

—Oh, querida mía, lo siento, pero llega quince días tarde. Mi queridísimo Reginald falleció en ese mismo sillón —dijo, señalando una butaca que había en la esquina—. De ahí que tenga que mudarme a vivir con mi hermana.

—Ah, entiendo —contesté, lamentando el mal momento que había elegido para mi visita—. Siento mucho su pérdida, señora Brown, y no le robaré más tiempo con mi absurdo trabajo detectivesco.

Me ofreció quedarme un poco más, al menos hasta que hubiera pasado la lluvia, que ahora era torrencial.

—Además, ya no tengo muchas oportunidades de hablar sobre nuestra antigua librería. Me gustaba trabajar allí.

—¿Me permite preguntarle qué pasó con el material? ¿Lo vendieron todo?

—Todo lo que podría interesar a alguien como usted, me temo. Oh, en aquella época pasaron por aquí muchos especialistas interesados en hacerse con cualquier cosa que estuviera relacionada con la familia Brontë. ¡Incluso un libro sobre pájaros que perteneció a la familia! —exclamó, admirada—. Y, le digo la verdad, llega un momento en que tienes que poner límites.

¡La pobre mujer no tenía ni idea de con quién estaba hablando! Para los exploradores de libros, los límites no existían. Cualquier cosa que pudiera estar relacionada con un autor o con su vida tenía algún interés.

—Además, si aún me quedara algún objeto que vender, estaría encantada de separarme de él. A mi edad, voy a necesitar todo el dinero que pueda reunir.

La vida para una mujer sola era complicada, lo sabía bien. Le conté que tenía una tienda en Dublín y, por patético que pudiera parecer, me deleité cuando elogió mi independencia.

—Y ahora debo irme aunque no quiera, señora Brown —dije, al ver la hora que era.

Tenía que coger el tren hasta Liverpool para zarpar desde allí por la noche.

—Oh, no sabe cuánto siento que haya venido hasta aquí con la esperanza de encontrar alguna cosa y no haberle sido de ayuda —se disculpó la señora Brown, esforzándose por levantarse de su asiento para acompañarme a la puerta—. Pero, espere un momento, quizá sí que tenga algo que podría gustarle —añadió, entrando en otra habitación.

Cuando reapareció, lo hizo con una pequeña caja de hojalata.

—La teníamos en la librería, pero nunca se vendió —dijo, entregándomela.

—¿Qué es?

—Un viejo costurero. Perteneció a Charlotte.

Abrí los ojos de par en par. Me parecía increíble tener entre mis manos una de sus posesiones, humilde pero personal, algo que

215

seguramente utilizaría a diario. Levanté la tapa y vi que contenía una fila pulcramente ordenada de hilos de tonos oscuros y un alfiletero bordado con agujas clavadas.

—Según mi esposo, que por supuesto lo recibió de Martha en persona, fue Branwell quien se lo regaló a Charlotte. ¡Aunque Dios sabe bien que aquello no fue un regalo! A ese le gustaba empinar el codo.

Sabía por mi investigación que a Branwell le gustaban bastantes cosas más, y que durante toda su vida había luchado contra su adicción al alcohol y las drogas. A menudo, me preguntaba si la caótica caída en el juego y las adicciones de Hindley Earnshaw en *Cumbres Borrascosas* no estarían basadas en Branwell, que había sufrido *delirium tremens* cuando había intentado desintoxicarse.

—Dos libras y es suyo —dijo la señora Brown.

En otra situación, habría exigido una prueba de autenticidad del objeto, pero decidí fiarme de aquella mujer. Además, pensé en lo gracioso que sería si de verdad fuese una estafadora y me estuviese vendiendo su costurero haciéndolo pasar como un objeto de colección de la familia Brontë.

Le di el dinero, que dijo que iría directo a su hucha para la jubilación, y emprendí mi viaje de vuelta al anonimato de Dublín. Tal vez fuera un exceso de cautela por mi parte, pero mientras permanecí en Londres no pude quitarme de encima la desagradable sensación de que estaba siendo observada.

Habían pasado tres meses desde mi viaje a Inglaterra y, a pesar de que en ningún momento había esperado tener noticias de Armand, el hecho de que cada mañana el cartero me confirmara mi suposición resultaba hiriente. Pero, aun así, me sentía realizada gracias a mis logros y al éxito de mi maravillosa tiendecita que, a pesar del número creciente de libros que empezaba a almacenar en su interior, parecía encontrar la manera de darles cabida a todos. Hacía tiempo que sospechaba que allí sucedía algo que escapaba a mi comprensión; era como si el señor Fitzpatrick hubiera hechizado de algún modo aquel lugar. Por las noches, cuando el sueño se alejaba de mí como un punto de fuga, me preparaba una taza de leche con cacao y me sentaba en el suelo de la tienda, envuelta en una manta. Y, al momento, me tranquilizaba ese sonido de respiración que oía desde que era una niña: el de las historias acomodándose entre las páginas. Con la diferencia de que una noche escuché además otro sonido. Me acerqué a una de las paredes y, sintiéndome como una tonta, pegué el oído. Un leve crujido como el de las ramas de un árbol cuando se mecen suavemente a merced de la brisa. Sonreí para mis adentros y me quedé dormida así, acurrucada junto a las paredes de color verde oscuro, con las estanterías de madera cargadas de hojas de libros que revoloteaban y brillaban por encima de mí.

Cuando me desperté, estaba amaneciendo y una luz de color melocotón se filtraba a través de las ventanas. Había tenido un sueño muy real, de esos que te dejan con la sensación de que no llegas a comprender su significado. Mi padre estaba escuchando los libros y sonriendo. Y me invitaba también a escucharlos. Entonces, me acercaba un libro al oído y oía un latido. Luego dos; el segundo más leve, más acelerado. Y, como la manzana que cae del árbol, de repente lo entendí todo. Me llevé la mano al vientre y noté una patada. No había tenido la menstruación desde que había vuelto a casa, y lo había achacado al viaje o a cualquier otra causa que nada tenía que ver con lo que era en realidad. Me palpé la curvatura de mi vientre. Y una lágrima resbaló por mi mejilla.

—Esto no será fácil —murmuré para mis adentros o hablándole a la tienda. No sabía muy bien a quién.

Pero la alegría que burbujeaba dentro de mí era innegable. Un bebé. ¡Un bebé! Se apoderó de mí una oleada de emociones en conflicto: miedo, excitación, ansiedad, gratitud. Me sentía demasiado joven, demasiado incapaz de ser madre, pero al mismo tiempo me gustaba la idea de crear mi propia familia.

Perdí por completo la noción del tiempo mientras empezaba a idealizar un futuro muy distinto para mí. Aquel día abrí la tienda con bastante retraso, con la sensación de que era el primer día de mi vida, y de que todo tenía un resplandor dorado de optimismo y había adquirido de repente significado. Veía a los clientes como los niños que habían sido en su día o como los padres en que acabarían convirtiéndose. Sentía que todos estábamos conectados y formábamos una familia universal. Y, en los momentos tranquilos, visualicé la vida que crecía dentro de mí como un capullo de rosa, con una belleza sin parangón que, con su sola presencia, haría del mundo un lugar mejor. No fue hasta que cayó la noche cuando mi corazón encendido empezó a albergar dudas. La realidad cruzó el umbral de la puerta en forma de Matthew, que venía a cobrar el alquiler. Tenía que contárselo. En cuestión de un mes lo vería por sí mismo. Y en un plazo de seis meses seríamos dos personas viviendo aquí. De pronto, todo se volvió grave. ¿Qué pensaría ahora Matthew de mí?

Deseé que la tienda pudiera cerrarse con nosotros dentro, dándonos seguridad, dejando el mundo al otro lado. Deseé poder permanecer escondidos eternamente entre aquellas cuatro paredes.

Capítulo 26

MARTHA

Cuando estuviera terminada la autopsia, el cuerpo sería entregado a la familia para las exequias. Quedó decidido que yo asistiría al funeral para evitar sospechas. No era mi plan, sino el de *madame* Bowden, que abordaba la situación con tanta serenidad que empezaba a preguntarme si cabía realmente la posibilidad de que hubiera liquidado a sus maridos. Me daba cuenta también de lo previsora que había sido a la hora de garantizar que yo tuviera una coartada que corroborara mi paradero el día de los hechos.

—¿Por qué hace todo esto por mí? —le pregunté unos días después por la noche cuando, a pesar del agotamiento, no podía dormir. Cada vez que cerraba los ojos, se volvía a representar la escena ante mí.

—¿Hacer el qué? Simplemente me aseguro de que se haga justicia.

—¡Pero no sucedió así!

De todas maneras, seguía sin poder afirmar con seguridad qué había pasado. ¿Estaría Shane tan borracho que había tropezado de algún modo y se había caído? Sin embargo, cada vez que repetía mentalmente la escena, seguía viéndolo empujado, pero ¿por quién o por qué? ¿Por una fuerza invisible? ¿Escondía *madame* Bowden más de lo que se veía a simple vista? No sabía si era mi ángel de la guarda o un demonio disfrazado. Leerla era complicado; tenía muchas historias que me distraían, demasiadas para haberse producido a lo largo de una sola vida. En una ocasión me había contado que, como actriz, había tenido que meterse en la piel de sus personajes. Tal vez sus personajes siguieran viviendo dentro de ella, como fantasmas.

—Martha, los hechos son que Shane llegó aquí borracho y con malas intenciones, con intención de maltratarte. Fue el artífice de su propia desgracia, y esa es la única verdad que mereces recordar sobre aquel día.

Lo dijo de un modo tan convincente que, cada vez que notaba que empezaba a ahogarme en la oscuridad, intentaba aferrarme a sus palabras como un salvavidas. No tenía ni idea de cómo afrontar el funeral. Mi familia. Los padres de Shane. Pensé en la posibilidad de pedirle a Henry que me acompañara, pero sabía que sería un error en muchos sentidos. Además, aún no me había puesto en contacto con él. La conmoción por la muerte de Shane parecía haber paralizado mis sentidos. Se me pasó por la cabeza enviarle un mensaje de texto, pero ¿qué decirle? Necesitaba verlo en persona.

Cogí el autobús hasta Rialto y localicé la pensión a la que Henry me había llevado. Parecía que hubieran pasado siglos desde entonces.

—Ah, hola, cariño, buscas habitación, ¿verdad?

Me abrió la puerta un hombre bajito y con cuatro pelos tapándole torpemente la calva. Se apresuró a poner el pie para impedir que la puerta se abriera más y el perro que se oía ladrar al fondo pudiera huir hacia la libertad.

—No, en realidad vengo a ver a alguien que se hospeda aquí. Henry Field. Es inglés —añadí esta última aclaración al ver enseguida que el apellido no le sonaba.

—Oh, Henry, claro. No está, cariño, ha vuelto a casa.

—¿A casa?

—A Inglaterra.

Me tambaleé levemente, como si acabaran de pegarme un tiro. No podía ser.

—¿Te encuentras bien? Se te ve un poco pálida… si no te importa que te lo diga.

Hice un gesto de asentimiento y me esforcé por decir algo coherente.

—¿Cuándo se marchó?

—Oh, hará ya un par de días.

—Y… y…

—Lo siento, cariño, están dando el partido por la tele —dijo el hombre mirando con anhelo hacia el otro extremo del pasillo, donde se oían los gritos de un equipo que acababa de marcar un gol.

—Oh, sí, tranquilo.

La puerta se cerró antes de que me diera tiempo a decir algo más. La sorpresa dio paso a otro sentimiento: la humillación. Miré el teléfono. Ni siquiera me había enviado un mensaje de texto. Era evidente: después de besarme debía de haber comprendido que había cometido un error. Y ahora se arrepentía de ello. Por supuesto que se arrepentía. Cerré los puños y me presioné los ojos. Tal vez fuera que yo simplemente le había inspirado lástima. Eso era. Se compadecía de mí y lo había confundido con otra cosa. Lo que había sucedido no significaba nada para él. O eso, o que se había dado cuenta demasiado tarde de que había cometido un error y ahora no sabía cómo decírmelo. Con dedos temblorosos, busqué sus datos de contacto, bloqueé el nombre y volví a guardarme el teléfono en el bolsillo.

Caminé tambaleándome. No esperaba que fuera a dolerme tanto. Siempre había sabido que se acabaría marchando, pero jamás me habría imaginado que tuviera la crueldad de hacer las maletas sin decir nada. Me paré e inspiré hondo. No pensaba darle a ningún otro hombre ni una pizca de poder para destruirme. Si en algo era buena, era en estar sola. Ahora ya nada podría hacerme daño.

El tiempo transcurrió de forma errática. Perdí días enteros inmersa en imágenes recurrentes y recuerdos, para de pronto verme propulsada hacia una realidad que me costaba creer que estuviera sucediendo. En condiciones normales, regresar al pueblo habría sido un impacto terrible. Pero regresar al pueblo para asistir al funeral de mi marido era algo totalmente distinto. Era surrealista. La gente siempre me había tenido por un poco «rara». Me había esforzado en comportarme como todo el mundo, pero nunca había logrado encajar del todo. Nunca había tenido un sentimiento de pertenencia.

Después del fallecimiento del padre de Shane, su madre gestionaba sola el supermercado del pueblo, y muchos la consideraban como un pilar de la comunidad. Siempre me había tratado bien, aunque con una actitud algo distante. Porque sabía que yo era distinta. O tal vez fuera porque conocía a su hijo mejor de lo que daba a entender. Mejor que yo misma. Era posible que hubiera visto alguna vez mis moratones y confiara en que yo no dijera nada. Porque no se podía permitir que un escándalo de aquel calibre echara por tierra la reputación de su tienda. Y yo, en silencio, le había seguido la corriente. Nunca había sido mi intención perturbar la vida de nadie y creía, además, que en parte yo era culpable de todo lo que pasaba. Pensaba que debía de haber hecho algo mal. Y, siempre que había intentado leerla, lo único que había visto era a una mujer que amaba ciegamente a su familia.

Madame Bowden se había ofrecido a acompañarme, pero me había negado a que lo hiciera. El pueblo y sus habitantes me provocaban vergüenza. Lo único que me quedaba por hacer era superar aquel día y todo habría acabado. O, al menos, eso era lo que no paraba de repetirme.

Estaba en el interior de un coche negro con la madre de Shane.

—Confío en que ese trabajo en Dublín merezca la pena.

—¿Perdón?

—¿Qué tipo de esposa pondría un trabajo por delante de su marido?

Hasta aquel momento, la madre de Shane se había mantenido con la mirada clavada en la carretera, pero ahora sus ojos enrojecidos me miraban fijamente.

—Yo no. Mi pobre Shane jamás se interpuso en el camino de tus sueños. Decía que no le preocupaba que estuvieras fuera unos meses. No sabes las ganas que tenía de volver a traerte a casa con él.

De modo que Shane no le había contado a su madre que yo lo había abandonado. Inspiré hondo. No se lo había contado a nadie, por supuesto. ¿Qué explicación habría podido dar? Comprendí que la madre de Shane, o bien no tenía ni idea de los actos de violencia, o bien su cabeza no le dejaba ver lo que sucedía delante de sus narices. «Mi hijo, jamás».

—De no haber sido por el accidente… —Se interrumpió. Se tragó sus palabras con esfuerzo y se llevó un pañuelo a la nariz—. ¿Por qué no estabas allí, Martha?

—Yo… —Mi voz se quebró—. Lo siento.

223

Me cogió la mano con tanta fuerza que pensé que me iba a romper los huesos.

—Sé lo que anda diciendo la gente, que fue un suicidio. Pero yo no lo creo.

Hice un gesto de asentimiento, y una sensación combinada de culpabilidad y alivio me recorrió el cuerpo entero. Nadie sospechaba nada.

El día pasó a ráfagas, como si fuera una película vanguardista. El tío de Shane dando un discurso en la iglesia. El ataúd abierto. La cara fría y blanca de Shane, tan inocente como la de un niño. El cementerio y el llanto de su madre cuando hicieron descender el féretro. Después, el hotel y sus amigos contando una y otra vez la historia de cómo nos habíamos conocido Shane y yo. Amor a primera vista. Mis dos hermanos brindando con cerveza, pregonando lo estupendo que era. Que siempre les reparaba el coche a precio de amigo. Que jamás se le pasaba por alto pagar una ronda de copas. Como si ser un buen hombre fuera eso. No lloré ni una sola vez. Me preocupaba que la gente pensara que era extraño, pero el sacerdote me aseguró que cada uno expresa su dolor de diferente manera.

Mis padres se ofrecieron a acompañarme en coche hasta el apartamento que había compartido con el hombre que casi había intentado matarme. El hombre que ahora estaba muerto y enterrado. «Fue un accidente terrible». Me había repetido esa frase infinidad de veces para mis adentros, como un mantra. Si repites una cosa muchas veces, acababa siendo cierta. O esa era la intención, al menos. Introduje la llave en la cerradura, pero, en cuanto puse un pie dentro, supe que nunca jamás podría vivir allí. Mirara donde mirase, veía todas las veces que me había amenazado, que me había gritado, que me había pegado. Películas cortas sin principio ni final. Nunca había sabido en qué momento empezaban las discusiones. Intentaba rememorarlas en busca de un punto de inicio lógico, pero no lo había. Cualquier detalle podía encender su rabia y, cuanto más intentaba desprenderme de aquellas partes de mí que al parecer le molestaban, menos quedaba de mi persona. Al final, yo solo existía en el mundo de Shane, según sus términos, y me limitaba a intentar sobrevivir después de haber sido un «amor a primera vista».

Me volví hacia mi madre y, sin necesidad de decir nada, comprendió lo que le estaba pidiendo. Regresé a casa con ellos.

No dormí. Simplemente permanecí acostada en la cama de mi infancia preguntándome cómo había acabado aquí. Cuando los primeros rayos de luz matutina se filtraron a través de los visillos, ya había tomado varias decisiones. Nunca volvería a aquel pueblo. Independientemente de lo que hubiera pasado, tenía una segunda oportunidad para empezar de cero. Me vestí rápido y salí de puntillas por la puerta de atrás. Y, justo cuando levantaba el pestillo, oí detrás de mí una voz que ni me atreví a creer que estaba escuchando.

—Me alegro de que haya muerto —dijo.

Cuando me volví, encontré a mi madre vestida con su viejo camisón, cruzada de brazos. Eran las primeras palabras que la oía pronunciar. Roncas y en un susurro, venían a confirmar lo que yo siempre había sospechado: ella misma se había silenciado. Pero ¿por qué? Y entonces todas las lágrimas que había estado conteniendo brotaron de mi interior y nos abrazamos durante lo que me pareció una eternidad.

—Ven conmigo —dije por fin.

Pero sabía que mi madre nunca abandonaría a mi padre. Era un buen hombre. Por mucho que la gente tuviera definiciones distintas de «bueno». Me dijo que debía marcharme, ser libre y disfrutar de la vida. Que eso era lo que siempre había deseado para mí.

—Debería haberte salvado de él.

Estaba blanca como el papel. Hasta aquel momento nunca había sido consciente de hasta qué punto mi madre se culpaba de lo que me había sucedido.

—No habrías podido. Me aisló de todo el mundo, me hizo sentir que yo tenía la culpa de todo. No podía contarle a nadie lo que estaba pasando, me sentía avergonzada.

—Oh, cariño. ¡Creía que te avergonzabas de mí! Por eso mantuve siempre las distancias.

Volví a abrazarla con todas mis fuerzas. En aquel momento vi con diáfana claridad cómo me había manipulado Shane. Nunca lo perdonaría. Jamás.

Capítulo 27

HENRY

Felicity Grace Field decidió hacer su entrada en el mundo con dos semanas de antelación. Lucinda me había convencido de que me quedase en Londres unos días más para ayudar a Neil a terminar la decoración de la habitación infantil. A las tres de la mañana, oí voces al otro lado de la puerta de mi dormitorio: mi madre gritando a Neil que cogiera una bolsa con una muda; Neil gritándose a sí mismo porque no encontraba las llaves del coche, y mi hermana gritándoles a los dos para que dejasen de una vez por todas de crear un ambiente estresante para el bebé. Salté de la cama y salí corriendo al pasillo, donde encontré a Lucinda descalza y con un charco de líquido a sus pies.

—¿Qué sucede? —pregunté, como un tonto.

—Que voy a tener un bebé —dijo Lucinda, consiguiendo aún articular su respuesta en tono sarcástico.

—¿Cómo? ¿Ahora?

—Pues sí, ¿qué te parece? —replicó, imitando mi voz de idiota.

Justo en aquel momento llegó mi madre, zapatillas en mano y con un abrigo. Me quedé allí, inmóvil, viendo cómo ambas se apresuraban a vestirse para ir al hospital.

—¡Henry! O formas parte de la solución o formas parte del problema —me gritó mi madre.

Me ordenó que ayudara a Neil a buscar las llaves del coche. Obedecí y las encontré encima de la mesa de la cocina. Neil había pasado infinitas veces por delante de ellas sin verlas.

—Por Dios —dijo Neil, abriendo los ojos de par en par y presa del pánico—. Creo que no estoy preparado para esto.

—Sí. Vale, pero me parece que a estas alturas ya no podemos pensar así.

—¿Cómo demonios voy a conducir? Creo que ni siquiera veo bien…, tengo la visión borrosa. ¿Es normal?

Conduje yo. Lucinda se instaló en el asiento de atrás flanqueada por mi madre y por Neil, los dos hinchando las mejillas y soltando el aire entre los labios fruncidos como un par de peces globo que se hubieran vuelto locos. No sé si estaban ayudándola de alguna manera, pero, cuando miré la cara de Lucinda a través del retrovisor, comprendí que se alegraba de que al menos se hubieran callado. Era una mejora con respecto a los gritos previos. Me felicité en silencio por ser el puntal que sustentaba la situación y aparqué delante de la entrada de Urgencias del hospital.

—Ya hemos llegado —dije, como si los hubiera acompañado al aeropuerto para que cogieran el avión y se fueran quince días de vacaciones a la playa.

—Esto… Esto… no es la entrada de la Maternidad —dijo Lucinda, en un tono de voz muy bajo y amenazador, y a continuación emitió lo que solo podría describirse como algo similar al mugido de una vaca.

Pisé el acelerador y seguí las indicaciones para llegar a la Maternidad y me paré delante de otra puerta. Después de ayudarlos a salir, fui a aparcar el coche y, cuando me reuní de nuevo con ellos, ya había acabado todo.

—Es una niña —me anunció mi madre entre lágrimas, y la abracé con fuerza bajo la luz de un fluorescente roto que parpadeaba en el techo. Era increíble que hubiéramos llegado cuatro personas allí y que fuéramos a volver a casa cinco—. Ahora está expulsando la placenta.

—Mamá, por favor, no es necesario que me des detalles.

—Oh, por el amor de Dios —dijo, dándome un palmetazo cariñoso en el brazo—. Algún día te tocará a ti.

¿En serio? No estaba muy seguro de querer ser padre. No quería imponer a nadie lo que yo había tenido que experimentar.

—Ya podéis pasar —dijo Neil, asomando la cabeza por la puerta. Llevaba un delantal de plástico por encima de la ropa, como si hubiera sido él quien hubiera tenido el bebé. Estaba llorando—. Lágrimas de felicidad —expliqué, y lo abracé por impulso. Verlo tan vulnerable resultaba tierno.

En la habitación reinaba la sensación de que acababa de suceder algo muy importante. Y entonces vi a mi hermana, con su flequillo oscuro sudado y apartado de la cara, su desnudez cubierta con una sábana y una cabecilla de pelo negro descansando sobre el brazo.

—Felicity, es hora de que conozcas a tu tío Henry.

Rompí a llorar. Lo cual no tuvo mucha importancia, ya que el bebé también estaba llorando. Todos acabamos riendo y llorando a la vez hasta que la enfermera nos dijo que saliéramos porque tenía que enseñarle a Lu cómo hacer para que Felicity «se agarrara». Lucinda no iba a tener ni un momento de descanso. Nunca más, probablemente.

Pasamos la noche todos en el hospital, sin ganas de romper aquella pequeña burbuja de felicidad que habíamos creado. Bueno, mejor dicho, que Neil y Lu habían creado. Una nueva persona se acababa de incorporar a la familia y, sin necesidad de decirlo, todos parecíamos unidos por el convencimiento de que la experiencia de la recién nacida sería mejor que la nuestra. De que nos convertiríamos en mejores personas por ella. El proceso ya había empezado. Tal vez fuera por eso por lo que la gente solía referirse a una nueva vida como un milagro, porque tenía el poder de cambiarlo todo.

De pronto, tuve un deseo abrumador de ver a Martha, de contarle todo lo que había pasado. Quería que estuviera aquí, que estuviera con mi familia. Que formara parte de ella. Fui corriendo a desayunar y a buscar algunas cosas para Lu, en el fondo una excusa para llamar a Martha, pero ni siquiera había tono de llamada. Me dije que debía de tener apagado el teléfono. Una explicación sencilla. Mientras esperaba los cafés, le envié varios mensajes con emoticonos de bebés, algo tan impropio de mí que a buen seguro pensaría que me habían secuestrado y estaba intentando comunicarle mi localización. Pero pasaron las horas y seguí sin tener respuesta. Empecé a pensar que algo iba mal. Se lo había explicado todo en la nota que le había dejado, pero tal vez Martha hubiera cambiado de idea. Tal vez hubiera ido demasiado deprisa. Seguía haciéndome preguntas cuando entré de nuevo en la habitación y casi me doy de bruces con alguien. Un hombre. Mi padre.

—¿Qué hace él aquí?

—Tranquilo, Henry, no pasa nada —dijo Lu.

Sí que pasaba. Por supuesto que pasaba, pero la gracia de acabar de dar vida a otro ser humano es que tus sentimientos anulan los del resto del mundo.

—Esperaré fuera —dije, dejando en la habitación las cosas que había comprado.

Salí del hospital y caminé en círculos por la zona de fumadores. ¿Por qué lo habría llamado? ¿Por qué querría Lu tenerlo aquí? Cada vez que lo veía, todo mi dolor emergía de nuevo a la superficie. «Un hijo mío no puede ser blando». Eso fue lo que dijo la primera vez que me caí de la bicicleta y me puse a llorar. Y entonces me dio un empujón que me hizo caer de nuevo al suelo. «Para vivir en este mundo hay que curtirse». Era evidente que con un padre como él necesitaba curtirme. ¿Qué tipo de abuelo sería? Y entonces me enfadé aún más. Probablemente sería el abuelo perfecto; esta vez lo haría todo bien, ya que conmigo había cometido todos los errores. Lu había logrado zafarse de lo peor de su conducta, quizá por ser niña. A veces le guardaba rencor por ello, pero en realidad me alegraba que Lu no hubiera tenido que pasar por todo lo que pasé yo.

Pensé otra vez en Martha. Durante muchísimo tiempo había escondido todas esas partes de mí que parecían irreparables. Pero Martha había calado mis débiles intentos de ser alguien que pudiera agradar a la gente, de intentar esconder esas fisuras que se abrían en mi interior y que me imposibilitaban estar a la altura de las circunstancias. No había aprendido nada de mi padre, solo a sentirme insuficiente todo el tiempo. Comprendí en aquel momento que esa era justo la herencia hueca que se había ido transmitiendo entre los hombres de mi familia. Hombres que se pasaban la vida haciendo lo que fuera para parecer hombres fuertes. Como un andamio construido a mi alrededor, era algo que supuestamente solo era temporal. Que supuestamente se desmontaría cuando yo me hubiera reparado por dentro. Pero la reparación era imposible. Y, por alguna razón, Martha había visto todo lo que estaba roto en mi interior y no le había importado. Martha no esperaba perfección, solo honestidad. Bondad. Después de todo lo que había pasado, seguía estando dispuesta a ver eso en mí. A tener la valentía de volver a querer a alguien. Miré de nuevo el teléfono. Nada. Si quería estar con Martha, primero tenía que asegurarme de ser digno de ella.

Capítulo 28

OPALINE

Dublín, 1922

Era casi Navidad. Matthew llegó con unas ramas de acebo para decorar la tienda y unos paquetitos con jamón cocido, galletas y pastel. Siempre que compraba cosas para su casa reservaba algo aparte para mí, y la amabilidad de estos gestos me llegaba al corazón. No los estaba en posición de poder rechazar su caridad. Porque, aunque mi catálogo de libros se estaba vendiendo bien en Irlanda, e incluso en Estados Unidos, el dinero seguía siendo escaso y, además, intentaba ahorrar una pequeña cantidad de cara al futuro. En cuanto Matthew cruzó la puerta, las vidrieras del escaparate empezaron a florecer con muérdago.

—¡Para ya! —exclamé.

—¿Que pare qué? —dijo Matthew, sujetando una ramita de acebo.

—Oh, nada. —Me ruboricé—. El bebé, que está dando patadas.

Matthew dejó en la mesa el acebo y me sonrió.

—Recuerdo bien cuando Muriel estaba embarazada del pequeño Ollie. Tenía la costumbre de pasarse las noches haciendo gimnasia.

En realidad, el bebé no estaba dando patadas; lo había dicho solo como una excusa, pero cuando Matthew se acercó un poco más a mí, me preguntó si podía tocarme el vientre. Quería que lo hiciera, pero me quedé sin habla. Me limité, por lo tanto, a asentir. Y, en cuanto Matthew posó la mano en la curva de mi vientre, el bebé empezó a moverse.

—¡Ja! Aquí está. —Matthew sonrió—. Esto sí que es magia.

No me había mirado mal cuando le había contado lo del embarazo. Ni siquiera me había pedido explicaciones sobre quién era el padre o dónde estaba. Simplemente me había preguntado si podía ayudarme en algo.

—¿Por qué no se hizo cargo de la tienda? —le pregunté—. Imagino que de pequeño le habría gustado hacerlo.

Matthew apartó la mano y enseguida noté la ausencia.

—Me hice mayor —fue todo lo que comentó. Se encogió de hombros y miró el local con los ojos humedecidos—. Además, ahora está en buenas manos.

—No sé —dije, acariciando una estantería y preguntándome si también él podría oír el crujido de los lomos de los libros y los suspiros de las páginas.

—Mi padre nunca fue un hombre rico, Opaline. Rico desde un punto de vista económico, me refiero. Pero recuerdo que cuando vivimos tiempos difíciles jamás dudó de sí mismo, y que simplemente decía que tal vez la tienda estuviera esperando a convertirse de nuevo en una biblioteca. Que no quería ser una tienda de la nostalgia, ni siquiera una tienda de magia. —Tocó las paredes de madera—. Ha vuelto a sus raíces.

Cuando Matthew se fue, llené el silencio poniendo en el Victrola una grabación muy propia de esta época del año, *El cascanueces* de Chaikovski, y cogiendo un ejemplar de *El cascanueces y el rey de los ratones*, de E. T. A. Hoffmann, en el que estaba basado el *ballet*. Recordé una anotación de la biblioteca de Yorkshire que comentaba que Hoffmann era uno de los autores favoritos de Emily Brontë. Si la memoria no me fallaba, decía que Emily había leído su novela *El hombre de arena* en su alemán original. Y fue este simple hilo de pensamientos lo que me llevó a recordar una posesión que había guardado y en la que no había vuelto a pensar desde mi viaje a Londres: el costurero.

La pequeña adquisición a la señora Brown era un objeto tan simple y poco interesante que no le había echado más que un mero vistazo. Y, como además sospechaba que nunca había formado realmente parte del hogar de los Brontë, lo había guardado de cualquier manera en el cajón inferior de mi mesa de despacho y no había vuelto a tocarlo.

Me agaché para sacar el costurero del cajón y lo dejé en la mesa, delante de mí. Recorrí su superficie con la mano y cerré los ojos, como si eso fuera a servirme para adivinar su origen real. No era un costurero en sí, sino una vieja caja de latón para guardar dinero. En su interior había una colección de carretes de hilo, agujas y dedales. Lo fui sacando todo poco a poco, como había hecho ya una vez a bordo del barco que me había devuelto aquí desde Liverpool. Quizá se me hubiera pasado por alto alguna cosa, un nombre grabado en el metal o algún tipo de pista. Pero no había nada.

Oí el rugido de un trueno en la distancia y, cuando levanté la cabeza, vi que la lluvia empezaba a golpear con fuerza el cristal del escaparate. Me acaricié el vientre.

—No te preocupes, pequeño, los dioses están jugando entre las nubes —dije con delicadeza.

Normalmente, odiaba las tormentas, pero estaba decidida a no transmitir a mi bebé ese temor. Además, en el aire flotaba un ambiente de magia, como si estuviera a punto de suceder algo emocionante.

Me levanté para cerrar las contraventanas y me envolví con un chal. Después, cogí de nuevo el costurero e intenté otra vez percibir el pasado. Había leído que había gente capaz de tocar un objeto y tener una visión de su anterior propietario. Una tontería, por supuesto, pero cerré igualmente los ojos y, cuando le di la vuelta al costurero, encontré algo. Casi ni me atrevía a abrir los ojos por miedo a que mi sentido del tacto se hubiera equivocado, pero allí estaba: una ranura casi invisible en la base de la caja. Si alguien que pasara en aquel momento por la tienda hubiera visto mi cara, estaba segura de que le habría parecido la de una cazadora de tesoros en la entrada de una antigua tumba egipcia.

Muy despacio, deslicé la tapa exterior y extraje una libreta minúscula de color negro, del tamaño de un naipe. Sofoqué un grito. ¿Qué era esto que acababa de descubrir? ¿Cuánto tiempo llevaría escondido en aquel compartimento oculto y quién lo habría puesto allí? Todas las posibilidades se agolparon unas sobre otras y durante un buen rato me quedé paralizada, incapaz de hacer nada. Ni siquiera me di cuenta de que tenía la mano presionando con fuerza mi corazón acelerado y la cabeza inclinada hasta casi tocar la superficie del escritorio, como si estuviera esperando que la libretita me hablara.

Pero, por mucho que estuviera saboreando ese delicioso momento que se produce justo antes de que lo desconocido se convierta en conocido, comprendí que no podía demorarlo más. Mi curiosidad había alcanzado su máximo. Toqué con tiento la cubierta y abrí con sumo cuidado la libreta. Liberó un aroma seco, amaderado. Me imaginé de inmediato a una mujer joven escribiendo apuntes junto a una chimenea; era como si la fragancia de la libreta siguiera todavía impregnada del entorno en el que había vivido.

He consagrado toda mi vida a intentar escapar de los confines de este lugar desdichado solo para encontrarme más enredada si cabe entre sus nudosas raíces y totalmente oprimida por sus imponentes torres. Estoy ahora convencida de que nadie nacido en esta tierra podrá sacudirse jamás de sus pies el polvo que los impregna.

Me llevé las manos a mis mejillas encendidas. ¿Sería esto? ¿Sería esto lo que llevaba buscando todos estos años?

Wrenville Hall es un espectro que nos persigue de generación en generación...

Me daba pánico tocar el papel; me embargaba un miedo irracional al pensar que, después de haber sobrevivido todos estos años, pudiera hacerse trizas entre mis dedos. La letra era tan pequeña y estaba tan apretada que resultaba difícil leerla y, en consecuencia, decidí buscar una lupa en el cajón. Me acerqué la lámpara del escritorio y me incliné sobre la libretita. La tinta negra estaba emborronada, y muchas palabras aparecían tachadas para ser sustituidas por otras, escritas en los limitados márgenes de la hoja. Después de haber visto en Haworth parte de las anotaciones de los diarios originales de las hermanas, estaba segura de que aquella era la letra de Emily, pero necesitaría que alguien la autentificara. A menos que...

Y entonces fue cuando lo vi, una firma minúscula. EJB.

Fue como si en mis venas estallaran fuegos artificiales. El bebé dio patadas, el ambiente crepitó y mis oídos empezaron a zumbar. ¿Sería esto la segunda novela o, como mínimo, un borrador de esta?

La cabeza me daba vueltas y mis pies bailoteaban sobre el entarimado del suelo. Cerré los ojos y recorrí los trazos de la felicidad de mi cara con la punta de los dedos, comprometiéndome a memorizarla. Mi corazón me golpeaba las costillas como el pájaro que se estampa contra la ventana. Seguí leyendo.

> *Con el fallecimiento de mi padre y la liquidación forzosa de las deudas que tenía contraídas con los acreedores de Londres, regresé a la finca de Irlanda. […] Una oscuridad plomiza e impenetrable acechaba en cada rincón de esta tierra maldita, y una semana de lluvias torrenciales había empapado el suelo hasta reducirlo a fango. La hambruna asolaba el territorio…*

Llegado este punto, el texto se volvía ilegible y el párrafo siguiente parecía adelantarse en la secuencia.

> *Esta sería mi penitencia, mi destierro a este lugar infernal. Pasé entre dos grandes pilares y accedí a la avenida que enfilaba hasta Wrenville Hall. Flanqueada por tejos gigantescos, respiraba una calma singular y teñida de terror. De la única estadía que había hecho de pequeño en este lugar, recordaba a la criada de la vieja casa hablando de los espectros y los espíritus malignos que habitaban los bosques de los alrededores. Las líneas del edificio se recortaban nítidamente contra el cielo oscuro. Las gárgolas que se vislumbraban en la fachada gris de la mansión, cuyo aspecto recordaba el de una fortaleza, parecían observarme con delicioso horror a través de la neblina de la tarde…*
> *Era de noche y estaba solo en el comedor, cenando a la luz de las velas un rodaballo simplemente pasable. En el exterior se había desatado una tormenta feroz que estampaba cortinas de*

*lluvia contra los cristales y entonces, de repente, la luz de un re-
lámpago lo iluminó todo y vi su cara en la ventana. Corrí hacia allí y solté el pestillo. Una chica de cabello rojo como el
fuego, calada hasta los huesos, cubierta con un sencillo vestido
blanco que se adhería como una mortaja a su frágil figura. Tenía una palidez cadavérica y no opuso resistencia cuando tiré
de ella para hacerla pasar por la ventana y aterrizamos los dos
en el suelo como un par de cachorritos mojados. Tenía la piel
transparente, blanca como un fantasma o un vampiro, pero su
belleza no tenía parangón entre las creaciones de Dios.*

*Se oyeron los ladridos furiosos de un mastín, y el viejo pe-
rro de mi padre, con los ojos encendidos y enseñando los colmi-
llos, irrumpió en la estancia y la inmovilizó en el suelo.*

—¡Helsig!

*El sabueso se detuvo obedeciendo mi orden, pero siguió la-
drando ferozmente a la chica.*

*—¿Quién eres? —le pregunté—. Has invadido una pro-
piedad privada.*

*El comentario sirvió para encender su pasión. Me habló en-
tonces en la lengua del lugar, un discurso curiosamente expresi-
vo y virulento que no dejó ninguna duda sobre el mensaje que
pretendía transmitir, aun sin conocer su contenido exacto. Acto
seguido se cruzó de brazos y, con una altivez que en absoluto le
otorgaba su clase social, tomó asiento junto a la chimenea.*

*Sus mejillas se enrojecieron con el resplandor del fuego y,
débil como estaba, se quedó adormilada. Permanecí sentado
allí un rato, estudiando sus facciones mientras dormía. Por primera vez desde mi exilio de París, anhelé dibujar, pintar. Vivir atormentado por el amor al arte, pero sin poseer el talento
necesario para alcanzar el éxito, había dado como resultado*

una importante reducción de mis recursos pecuniarios. Sin embargo, en aquel momento, sentí como si el espíritu de la muchacha estuviera actuando dentro de mí, desafiándome a capturarlo sobre el papel. Dormida, parecía entregar toda su belleza salvaje que, como el paisaje que la vio nacer, podía ser el cielo y el infierno a la vez. Enloquecí en mis intentos de capturar su imagen con la mayor fidelidad posible. Y cada boceto que terminaba parecía acercarme un poco más a algo de lo que había carecido durante todos los años que había pasado delante del caballete. Estaba hechizado por ella.

Dominadas por mi pasión, las cerdas del pincel arañaron febrilmente el lienzo de lino. Decidí que, independientemente del tiempo que me llevara hacerlo, crearía mi obra de arte mientras aquel deseo de poseerla me desgarrara. Me dolía el cuerpo entero, la noche se transformó en mañana, y de nuevo en noche, hasta que, finalmente, me aparté del caballete y lo vi. Tenía a mi Rose en flor sobre aquel lienzo. Y fue entonces cuando vi también que estaba inmóvil como una tumba. Corrí hacia ella, sin querer creer la terrible verdad. Le toqué la cara. Fría como el mármol. Estaba muerta.

En aquel momento me di cuenta de que llevaba un rato tirando con fuerza de mi blusa contra el pecho. Era real. Lo había encontrado. Me levanté de un brinco de la silla y volví a sentarme. Grité, y de inmediato me pregunté si de verdad era cierto. ¿Sería aquello un fragmento de la novela de Emily? ¡Mi corazón parecía un globo a punto de estallar! Me tapé la boca con las manos, respirando con excitación. No podía ser. ¿Estaba todavía en mi pequeña tienda, leyendo lo que se convertiría en el mayor descubrimiento literario de la época moderna? Me llevé la mano al corazón e intenté tranquilizar el latido antes de volver a leer.

Era un esbozo de una historia sobre un terrateniente angloirlandés, Egerton Talbot, que se había enamorado de Rose, una de sus arrendatarias, con el trasfondo de la época de la hambruna irlandesa. Rose era descrita por el administrador de la finca como una «criatura malévola y retorcida, con toda la malignidad de Satanás», que había sometido a su señoría a algún tipo de encantamiento. «¡Incluso cuando horroriza, lo tiene hechizado!».

Me sentía fascinada, cautivada y tremendamente asombrada. Seguía dándome miedo tocar el papel por si acaso lo dañaba de algún modo. ¿Qué habría inspirado el relato de Emily? Sabía que Branwell, su hermano, era un artista torturado. ¿Le habría proporcionado él la base para elaborar el personaje de Egerton? Era también Branwell quien, alrededor de aquella fecha, había visitado Liverpool, que por aquel entonces estaba repleto de víctimas que huían de la hambruna. Emily debía de conocer las imágenes, publicadas en el *Illustrated London News*, de lo que parecían espantapájaros muertos de hambre y cubiertos con harapos. Algunos eruditos habían incluso argumentado que el propio Heathcliff, «un niño sucio, desarrapado, de pelo negro», que hablaba una especie de jerigonza, era irlandés y lo etiquetaban de salvaje y demonio.

Mi cabeza hervía con la imagen de la *Ofelia* de Millais y con el recuerdo de que su musa, Elizabeth Siddall, había estado a punto de perecer mientras posaba para el cuadro sumergida en una bañera de agua fría. Y pensando en el *Retrato*, de Oscar Wilde, situado en el umbral entre dos mundos, la muerte y la juventud. Me daba la impresión de que el tal Egerton, ligeramente perturbado, era incapaz de ver que su musa se estaba muriendo, igual que los aristócratas ingleses se negaron a ver que Irlanda estaba sucumbiendo a la hambruna.

Consulté mis notas para comparar las fechas y vi que el año del escrito se correspondía con la carta que Emily había enviado a su editor, Cautley. Pues sí, ¡resultaba que sin apenas darme cuenta acababa de solucionar uno de los misterios literarios más importantes del siglo xx!

Me moría de impaciencia por contarle al mundo mi descubrimiento. Volví al escritorio y descolgué el auricular del teléfono, pero lo devolví enseguida a su sitio. Era un momento extraño… No, era un momento que sucede solo una vez en mil vidas. Y era completamente mío. Quería saborearlo. De modo que volví a sentarme y me puse a copiar el manuscrito. Era algo que solía hacer de pequeña: escribir pasajes enteros de los libros que más me gustaban, solo para saber lo que se sentiría al escribir aquellas palabras. Además, quería disponer de mi propia copia en cuanto el original encontrara el lugar adecuado donde estar expuesto; confiaba en que entre las paredes de un museo abierto al público. Era difícil imaginar qué precio podría llegar a alcanzar aquello en una subasta.

Devolví mis pensamientos al momento presente. Quince páginas escritas en una libreta minúscula se tradujeron a casi el doble de hojas con mi caligrafía. Me pregunté si Emily habría visitado Irlanda. ¡El descubrimiento estaba planteando más interrogantes que respuestas! Tal vez fuera por eso por lo que los eruditos analizaban tan a fondo su obra en un esfuerzo inútil de llegar a la mujer que escribía de un modo tan apasionado y violento, una escritora valiente cuya obra nos transportaba a las profundidades del corazón humano y a los remotos confines de lo sobrenatural. Sentía su presencia en las páginas, llena de vitalidad, como si aún se estuviera comunicando. Hay cosas que desafían cualquier explicación lógica. Y Emily Brontë era una de ellas.

Capítulo 29

MARTHA

—No la quiero. ¡No quiero nada que tenga que ver con aquello!

Era una carta del banco hipotecario. Me la había hecho llegar mi madre. Me encontraba de nuevo en Dublín y estaba limpiando los armarios de la cocina mientras *madame* Bowden me observaba desde un taburete alto, bebiendo a sorbitos una tisana que le obligaba a poner mala cara cada vez que la saboreaba.

—Pero es tu casa.

—¡Mi casa es esta! —Gritar no había sido mi intención—. Siempre y cuando esté usted satisfecha con mis servicios, claro está.

Madame Bowden sonrió como si tuviera conocimiento de causa. ¿Qué sabía? Intenté leer su expresión. Creía que yo seguiría allí el resto de mi vida. Bueno, yo no estaba tan segura, la verdad.

—Me da igual lo que pase con ese piso. Como si quiere quedárselo el banco. Como si se quema. Jamás podría volver a vivir allí.

—Querida mía, el banco ya es bastante rico con lo que tiene. ¿Por qué no lo vendes?

No me apetecía tener esta conversación. No me apetecía pensar en Shane ni en todo lo que había pasado.

—No sé, quizá.

242

—Tal vez ahora no le des importancia, pero confía en mí si te digo que con el tiempo desearás haberte quedado con todo aquello que te corresponde por derecho. Considéralo una compensación.

Añadió esta última frase como si fuese lo más normal del mundo. Se me puso la piel de gallina. Nada compensaría jamás lo que Shane me había hecho y nada borraría jamás el sentimiento de culpa que me provocaba su muerte. Pero, fuese correcto o no, cuando pensaba en las palabras de mi madre —las primeras palabras que le había oído pronunciar en mi vida, «Me alegro de que haya muerto»—, no me sentía tan mal. Por fin era libre, y *madame* Bowden tenía razón. No podía desperdiciar esta oportunidad.

Lo peor era cuando caía la tarde. La necesidad de hablar con Henry se convertía en una sensación física tan fuerte que me veía obligada a salir de casa, y a andar y andar hasta que la angustia se apaciguaba. A pesar de todo lo demás que me estaba pasando, mis pensamientos seguían regresando a él y a cómo se había marchado. Tal vez lo de bloquear su número hubiera sido una reacción visceral, aunque había sido también una autodefensa. No deseaba tener que escuchar sus motivos ni tampoco ver cómo iba decepcionándome paulatinamente. Ya no era capaz de leer a Henry y eso me daba muchísimo miedo. Era como caminar por la cuerda floja sin red de seguridad. Me había enamorado de él y nadie sabía mejor que yo el riesgo que corría con ello. No podía permitir que volviera a sucederme, y no sucedería.

Tampoco ayudaba mucho que mis pies me dirigieran hacia todos los lugares en los que habíamos estado juntos. De pronto, me encontré justo delante de Pen Corner y pensé en su sonrisa ladeada, en el sonido de su voz cuando habló en francés, en la calidez de su aliento en mi cuello. Era tarde y la tienda ya estaba cerrada. Descansé la frente en el cristal del escaparate y estudié la exposición de estilográficas y agendas.

Y entonces sucedió: con el resplandor dorado del escaparate, las palabras se precipitaron sobre mí. Las visualicé mentalmente, una caligrafía diminuta, nítida como puntadas hechas con hilo negro. Palabras, frases y más frases de una historia extrañamente oscura entraban a raudales en mi cabeza. No podía ni respirar. Me emocioné tanto que eché a correr con todas mis fuerzas en dirección al establecimiento de la tatuadora.

—Mira, como mucho puedo reservarte para el martes —me dijo.

Un chico con medio tigre rugiendo en el brazo ocupaba el sillón en ese momento.

—Es que necesito hacerlo ahora, lo antes posible.

—Es comprensible —dijo el hombre tigre—. Dicen que las oportunidades hay que pillarlas al vuelo.

—Exactamente —dije, jadeando—. Él sí que lo entiende.

—De acuerdo, empezaré cuando termine aquí, pero no podré acabártelo hoy.

Le dije que me parecía bien, y cogí bolígrafo y papel mientras me disponía a esperar, por si acaso se me olvidaban las palabras. Aunque olvidarlas esta vez me parecía imposible. Las tenía grabadas a fuego en el cerebro. El sonido de la aguja continuó hasta que llegó mi turno. Me levanté el suéter para mostrarle a la tatuadora dónde quería las frases. Y le dije también que necesitaría una lente de aumento, porque quería que la escritura conservara el tamaño pequeño que había visualizado.

—A ver, espera un momento. ¿Puedes repetirme las últimas frases?

—«Fría como el mármol. Estaba muerta».

—Eso ya lo tienes tatuado.

—¿Qué? ¿No puede ser?

Me pasó un espejo de cuerpo entero y luego otro de mano. Tenía la espalda entera cubierta de tatuajes. La historia completa ya estaba grabada en tinta sobre mi piel.

—Es raro —dijo la tatuadora.

No era raro. Era imposible. Pero allí estaba.

—Es una historia genial —dijo la tatuadora.

Me di cuenta de que estaba tratando de que la situación resultara menos extraña ignorando por completo la expresión conmocionada de mi cara y centrándose en lo que era real. Intenté hacer lo mismo.

—Sí —fue lo único que logré decir.

—Un poco gótica.

Muy amablemente me recordó que quería cerrar, puesto que era evidente que por el momento yo no necesitaba ningún tatuaje nuevo.

Ni siquiera recuerdo cómo volví a casa. Entré haciendo el mínimo ruido posible. *Madame* Bowden estaba viendo la tele que decía que no veía nunca a un volumen capaz de despertar a los muertos. Bajé a mi apartamento en el sótano y fue como si lo viera con otros ojos. Todo era más luminoso, más claro. Cuando me quité la chaqueta y la colgué en la percha, mi cuerpo me pareció también distinto. Me sentía físicamente más fuerte y más libre, como si mis músculos se hubieran liberado de unas correas invisibles. Miré mi pequeña y ordenada cama y las ramas del árbol que crecían formando un arco por encima, y la pequeña cocina con sus preciosos azulejos, que siempre había pensado que eran simplemente azules, pero que ahora incorporaban un dibujo de florecitas. Comprendí que me encantaba vivir aquí y curiosamente, tal como había leído en el rostro de *madame* Bowden, me embargó de pronto la sensación de que no quería marcharme nunca de este lugar. Era como si perteneciera a aquí. Pero ¿por qué?

Puse a calentar un cazo con leche y me preparé un chocolate caliente con dos cucharadas de Nutella, un viejo truco que me había enseñado mi madre de pequeña. Extendí la colcha y los cojines en el suelo e intenté sosegar mi mente. Una tarea realmente complicada después de descubrir que mi tatuaje estaba completo. ¿De dónde habría salido aquella historia y qué significaría? Era muy antigua, eso estaba claro. El lenguaje era anticuado. ¿Y por qué habría venido a mí? Mis pensamientos se vieron interrumpidos por otra cuestión que me había negado a abordar desde que había vuelto de casa. ¿Habría sido capaz de hablar siempre mi madre? De ser así, ¿por qué habría guardado silencio durante tanto tiempo? No tenía sentido. Cuando era pequeña, mi madre solía decirme que su mudez era un don especial porque le permitía oír mejor las cosas.

Bebí el chocolate y dejé que el intenso sabor de las avellanas me transportara en el tiempo. Intenté de nuevo tranquilizar mi mente y limitarme a escuchar. A estas alturas, ya estaba más que acostumbrada al crujido y los chirridos de las ramas que se extendían por las paredes de la estancia. Pero capté ahora un nuevo sonido, una especie de respiración…, inspiración, espiración. Tal vez fuera yo misma. Tal vez no. Este lugar tenía algo especial. Resultaba difícil de explicar, pero tenía la sensación de que este era justo el lugar donde tenía que estar.

* * *

Cogí mi libro, *Un lugar llamado perdido*. La historia continuaba con el hombre que había transportado hasta Irlanda, pieza por pieza, una vieja biblioteca que había descubierto en Italia. Tenía muy poco dinero, pero empezó a construir su establecimiento con sus propias manos en una pequeña parcela de terreno que adquirió en un callejón adoquinado. Era un hombre que creía que la imaginación era la mejor herramienta del mundo. Por su parte, su inteligente esposa creía que el amor triunfaba siempre por encima de todas las cosas, y así fue como juntos levantaron una tienda de recuerdos y sueños a partir de la misteriosa biblioteca italiana. En un abrir y cerrar de ojos, y de la forma en que a menudo suceden las cosas, los objetos con los que esperaban poder llenar la tienda fueron llegando hasta ellos. Tesoros de todo el mundo empezaron a ocupar las estanterías que en su día se habían doblado bajo el peso de los libros. El edificio estaba satisfecho con su nuevo entorno, aunque no había perdido el deseo innato de señalar a sus visitantes el rumbo hacia su verdadero norte. Los objetos se caían de las estanterías (un riesgo especialmente complicado en invierno, cuando al señor Fitzpatrick le gustaba almacenar un surtido exquisito de globos de nieve).

La pareja no tardó mucho en dar la bienvenida a su primer hijo. Al señor Fitzpatrick le gustaba imaginarse el día en que su vástago pasaría a hacerse cargo de la tienda, pero no sería así. Una mujer con acento inglés, aficionada a vestir con pantalones de hombre y con un corte de pelo masculino, acabaría convirtiéndose en su inesperada guardiana. La mujer ignoraba por completo que iba a sumarse a una larga dinastía de personas especialmente elegidas para custodiar aquel portal de descubrimiento. Por suerte, adoraba los libros y enseguida empezó a llevarse estupendamente con la Tienda de la Nostalgia del señor Fitzpatrick.

¿Una inglesa que adoraba los libros? El libro hablaba sobre aquel lugar, sobre Opaline. Henry siempre había tenido razón. ¿Qué sería lo que lo había atraído hacia este lugar, hacia esta historia? Pensé en el manuscrito desaparecido y en la mujer que, según Henry, era la propietaria de una librería justo aquí al lado. Opaline. Como si estuviera siguiendo un patrón de costura, comprendí enseguida que todo estaba relacionado, pero no tenía ni idea de cómo, o por qué, o de cuál sería el resultado final.

Capítulo 30

HENRY

Estaba viviendo en Gales, donde había encontrado una especie de comunidad. Ver a mi padre en el hospital fue inesperado, aunque debería haber supuesto que querría conocer a su nieto. Ni siquiera yo podía negárselo. Y Lucinda insistía en hablar del tema. Me repitió una y otra vez que había cambiado mucho, que en esta ocasión sí estaba siguiendo el programa y que comprendía que todo era por su propio bien. Que había tocado fondo cuando mi madre había decidido abandonarlo definitivamente.

—Te haría bien, ¿sabes? —dijo Lu, con Felicity agarrada con fuerza a su dedo índice mientras la acunaba delicadamente entre sus brazos.

—Es como si llevaras toda la vida haciendo esto.

—Creo que más bien se debe a algún tipo de subidón hormonal. Lo de sentirse en comunión con la madre tierra y esas cosas. No te preocupes, enseguida volveré a mi yo autoritario.

—Eso no lo dudo.

Estábamos sentados en el sofá de la casa de mi madre, intentando mentalizarnos de que hacía nada éramos niños que jugaban a construir fuertes con las mantas y ahora estábamos aquí, convertidos en un par de adultos. Y lo que pasaba era que yo seguía sintiéndome como un niño. No tenía ni idea de qué estaba haciendo con mi vida.

—Es que creo que no voy a poder perdonarlo —dije, aprovechando aquel raro momento de sinceridad entre nosotros.

—No es necesario que lo perdones, Henry. De hecho, ni siquiera se trata de él. Se trata de ti. Pienso que eso te ayudará a avanzar.

—¿Qué insinúas? ¿Que estoy anclado en el pasado? Porque te aseguro que no lo estoy. Apenas pienso en él, la verdad.

—Mira. La decisión es tuya, pero simplemente te digo que a mí me ha ayudado verlo tal como es ahora. Es el principio de un proceso, o de lo que sea. Aceptación, así es como lo llama mi terapeuta.

—¿Estás yendo a un terapeuta? —pregunté, sin la intención de que mi tono de voz evidenciara tanto mi sorpresa.

—Sí, y mamá también.

—Oh.

—Supongo que nosotras no tenemos ese concepto de macho de que podemos gestionarlo todo solas y sin ayuda.

—Tomo nota. Aunque me parece que es la primera vez que alguien me llama «macho».

Puso cara de exasperación. Era una mocosa convincente. Eso había que reconocerlo.

—¿Qué ha pasado con Isabelle?

—Oh, eso.

—La verdad es que nunca pensé que estuvierais hechos el uno para el otro.

—Lo cual es muy fácil de decir ahora, ¿no?

—Mira —continuó Lu, pasando el bebé al otro brazo—, la mujer que has conocido en Irlanda…, si quieres que funcione, tendrás que perder al menos una parte de este equipaje.

—Dios, lo dices como si hubiera encontrado por fin un buen partido. Bueno, creo que esta sesión de amor y compartir cosas ha llegado a su conclusión natural.

De modo que fui a visitarlo y me encontré en plena campiña galesa. Mi madre me había dado la dirección de una vieja y destartalada mansión, reconvertida por una organización benéfica en un centro de recuperación de adicciones. Era un lugar idílico, con un huerto de verduras y un tablón donde se anunciaban actividades que iban desde la meditación hasta los talleres de cerámica. No era el tipo de lugar donde esperaría encontrar a mi padre, y quizá fuera por eso por lo que tenía tan buen aspecto cuando lo vi bajar por la escalinata de piedra que daba acceso al jardín para reunirse conmigo. Sus facciones hinchadas y su tez rubicunda se habían suavizado para dar paso a un hombre más sano, bronceado y con una perilla incipiente.

—Henry, hijo —dijo, abriendo los brazos para estrecharme en un abrazo y dejándolos caer sobre los costados cuando se lo pensó mejor. Le ofrecí la mano a modo de saludo—. Me alegro de verte.

Descubrí que, después de un largo viaje en tren, de años de resentimiento y de una noche de muy poco dormir gracias a Felicity, no tenía nada que decir. O, mejor dicho, nada amigable que decir.

—No se trata de una visita de cortesía —dije, enfilando un sendero marcado por un rótulo donde podía leerse: «Contemplación del río».

Por debajo de mi semblante frío, había dos emociones en disputa: alivio por confirmar que mi padre iba por buen camino y amargura por no entender por qué no había decidido antes llevar a cabo ese cambio. Se le veía feliz, lo que hizo que me entraran deseos de arrearle un bofetón, pero también de invitarle a tomar un té y averiguar cómo había logrado dar ese giro a su vida.

—Voy a volver pronto a Irlanda —dije, como si mi padre estuviera al corriente de que yo había estado viviendo últimamente en otro país—. Estoy siguiendo la pista de un manuscrito.

—Recuerdo que siempre te gustó coleccionar libros —replicó, como si esto fuera un paseo sin rumbo fijo por la senda de los recuerdos. Como si, ahora que había tenido tiempo para rememorar su vida, pudiéramos hablar como nunca lo habíamos hecho.

—Y coleccionaba también objetos de interés. ¿Recuerdas cuando encontré aquella carta de Tolkien? —Lo dije sin poder evitarlo. ¿Cómo se atrevía, así de pronto, a reclamar un papel en mi vida que nunca se había dignado a jugar?

Cuando me volví para mirarlo, tenía la cabeza gacha, aparentemente avergonzado. Podía hacerse la víctima todo lo que le viniera en gana, pero a mí no me iba a engañar.

Habíamos dejado de andar al llegar a la orilla del río para contemplar el paso de sus aguas tranquilas. Se veían las sombras de algunos peces nadando en las aguas poco profundas. Miré de reojo el perfil de mi padre y vi una expresión, o más bien una sinceridad, que me permitió vislumbrar al hombre, no a la caricatura en la que para mí se había convertido. Tal vez incluso para sí mismo. Estaba herido. Un sentimiento que yo conocía a la perfección.

—No puedo decir nada que sirva para cambiar lo que he hecho.

Aquello era inesperado y distinto. Normalmente, mi padre siempre había intentado manipular mis sentimientos, mostrándose suplicante e inventando excusas. Pero lo que acababa de decir eran las palabras de alguien que comprendía el impacto de sus actos.

—Siento de verdad no haber sido el padre que los dos necesitabais. Estoy avergonzado de cómo os traté a todos, y eso fue lo que me llevó siempre a recaer en la bebida.

—¿Y qué hay de diferente esta vez? —dije, manteniendo la mirada fija en mis zapatos, como si estuviera pidiéndoles que me llevaran muy lejos de allí. Porque, por alguna razón, me daba la sensación de estar clavado en el suelo y ser incapaz de moverme.

—Sinceramente, Henry, no puedo prometerte que ahora sea diferente. Pero estoy recibiendo muy buena ayuda. Por primera vez me he dado cuenta de que la adicción es una enfermedad. Y el simple hecho de saber esto me ha ayudado.

Una enfermedad. Yo tampoco lo había visto nunca de esta manera. Siempre había sido que él se pegaba sus borracheras y nosotros éramos los que pagábamos las consecuencias. Como si siempre hubiera preferido el alcohol a la familia.

—Ningún alcohólico disfruta con la bebida —continuó, como si me hubiera leído los pensamientos—. Es en lo único que piensas desde que abres los ojos, sí, pero es como tomar veneno.

Vi por primera vez que él también estaba luchando. Para mí, mi padre se había convertido en un monstruo, pero ahora estaba aquí, totalmente humano, y necesité de todas mis fuerzas para no romper a llorar por todo lo que nos habíamos perdido, para no abofetearlo y decirle el dolor que me había provocado perderlo.

—No tengo ningún derecho a decirte esto, y además es evidente que yo no he contribuido para nada a ello, pero la verdad es que te has convertido en todo un hombre. Henry. Hijo.

Hice un gesto de asentimiento para reconocer sus palabras, aunque sin saber qué hacer con ellas. No podía quedarme más tiempo allí, así que le dije que tenía que coger el tren.

—¿Crees que podrías volver a visitarme? ¿Con tu hermana y Felicity, quizá?

—Quizá. Se lo preguntaré.

Nos dimos la mano y me dijo que me deseaba suerte con el manuscrito. Incluso saber que me había escuchado y que estaba interesado en mi vida resultaba turbador. Era como ver por vez primera a mi padre de verdad y darme cuenta de que el tirano con el que me había criado era un farsante o un impostor que había representado mal su papel. Aquel era el hombre al que tenía que llamar «papá», pero apenas lo conocía. Era un desconocido que me resultaba familiar. En cuanto me alejé de aquel lugar, tuve la clara sensación de que mi vida era como una obra de teatro en dos actos y que el público estaba apurando sus bebidas en el vestíbulo para incorporarse al segundo.

Miré el teléfono por enésima vez. Seguía sin tener respuesta de Martha. Pero acababa de recibir un correo de la Universidad de Princeton. Lo abrí y lo leí por encima, fijándome en frases como «archivos relacionados con su vida personal» y «una carta recibida poco antes de su muerte». Pero las palabras que me aceleraron el corazón fueron «Opaline Carlisle». Abrí el archivo adjunto y encontré la imagen escaneada de una carta escrita en papel de color té y fechada en septiembre de 1963.

Mi querida Sylvia:

Fue maravilloso volver a verte en Dublín el mes pasado y comprobar que sigues gozando de tan buena salud. Sé que al señor Joyce le habría emocionado que fueras elegida para la inauguración del museo en la Martello Tower, un acto que nos dejó con la sensación de que nuestras vidas habían cerrado por

fin el círculo [...]. Pensar que las dos fuimos encarceladas, aun-
que bajo circunstancias muy distintas. ¡Estoy segura de que a
esos alemanes les cantaste las cuarenta!

Martha tenía razón. Había estado buscando en el lugar equivocado. Y no solo por lo que a Opaline se refería. Con unos pocos clics,
reservé un vuelo para volver a Irlanda.

Capítulo 31

OPALINE

Dublín, 1923

Lo había dispuesto todo para reunirme aquella tarde con el señor Hanna de la librería Webb, en Bennett & Sons, Auctioneers, con sede en el número 6 de Upper Ormond Quay. Crucé la puerta roja de un edificio sencillo pero luminoso gracias a los ventanales de estilo georgiano que daban al río Liffey.

—¿Primeras impresiones? —me preguntó el señor Hanna cuando un joven nos hizo entrega de un catálogo antes de que tomáramos asiento.

—No es Sotheby's, claro está —dije, empleando un tono seco e imperial, como si fuera la reina María.

—No, pero la cerveza negra sabe mejor —replicó el señor Hanna, guiñándome el ojo.

Me había sugerido dar una vuelta por todas las salas de subasta para ver si encontrábamos algún tesoro escondido a buen precio. Reconocí a un par de tratantes que había visto en Londres y por un momento me pregunté si me encontraría allí con Armand. Pero era una idea de lo más tonta. Por lo que yo sabía, Armand no había estado nunca en Irlanda y, aunque no quería hablar mal de mi nuevo hogar, no creía que allí hubiera nada capaz de tentar a alguien con un gusto tan ecléctico como el suyo. Un hombre alto con una magnífica barba blanca subió al estrado y dio la bienvenida a los asistentes. Enseguida encontré una pieza interesante en el catálogo y quiso la suerte que fuera el primer lote en salir a subasta.

—Lote número 527: un libro de gramática armenia regalado por lord Byron a *lady* Blessington como recuerdo en su despedida en Génova el 2 de junio de 1823.

La asistente del hombre con barba, una joven con el pelo de color fresa y manos enguantadas, levantó el libro para enseñárselo a un público bastante apagado.

—Un recordatorio de su obra literaria más perdurable, *Conversaciones de lord Byron con la condesa de Blessington*, de 1834.

Volví levemente la cabeza para intentar capturar el ambiente de la sala. No me pareció que hubiera mucho interés.

—¿Quién fue *lady* Blessington? —le pregunté al señor Hanna, dándole un débil codazo.

—No soy una enciclopedia —respondió, mirándome con sorna.

—Vamos, no finja que no lo sabe, usted lo sabe todo —dije, adulándolo.

—Podría decirse que es una de esas historias de gente que pasa de la pobreza a la opulencia. Nació en Tipperary y…

—¿Era irlandesa? —pregunté interrumpiéndolo.

—¿Por qué no tendría que serlo?

—No… No sé.

—Nunca hay que dar nada por sentado —dijo el señor Hanna sabiamente, mientras alguien hacía una oferta de cinco libras por el libro—. Bueno, el caso es que, entre una cosa y otra, se acabó casando con Charles Gardiner, conde de Blessington, y se convirtió en una mujer extremadamente rica y cultivada. Escribió cuadernos de viajes y novelas, y se hizo bastante famosa gracias al salón literario que solía organizar en su casa de Hyde Park.

Lo miré con ojos muy abiertos mientras otro postor ofrecía siete libras por el libro.

—¿Y cómo es que nunca oí hablar de esta mujer?

—Ah, supongo que hay cosas que pasan de moda.

—Las mujeres, quiere decir. Las mujeres pasan de moda.

—¿He oído ocho libras? —El subastador, capturando quizá una señal inconsciente del señor Hanna, empezó a hablar sobre la famosa Gore House de *lady* Blessington, que había acabado siendo derribada para construir el Royal Albert Hall—. Uno de los más destacados salones literarios y políticos de la época. Dickens, Thackeray y Disraeli frecuentaron la casa.

Los lotes siguientes estaban integrados por objetos diversos: cartas, mechones de pelo y retratos fantasmagóricos de personajes desconocidos para mí, fallecidos mucho tiempo atrás. Un hombre tomó asiento a mi lado y nos saludó con un gesto al señor Hanna y a mí. Cuando vi que no tenía catálogo, le pasé el mío. Mi interés fue menguando hasta que oí el nombre de *lady* Sydney Morgan.

—Y aquí tenemos un ejemplar firmado de su obra más famosa, *La salvaje chica irlandesa*, regalada al periódico *Irish People*.

Me adelanté en mi asiento, tanto que casi no podía decirse que siguiera sentada. El libro era una belleza, con las cubiertas en rojo y el título enmarcado en dorado, de un diseño casi botánico, con la ilustración de una golondrina lanzándose en picado desde la esquina izquierda, unos helechos preciosos que crecían hacia arriba y una mariposa en la esquina inferior derecha. Necesitaba tenerlo.

—Una novela apasionadamente nacionalista —siguió diciendo el subastador por mucho que yo hubiera levantado la mano, un *faux pas* en una sala de subastas— y un texto fundamental en el discurso del nacionalismo irlandés. La novela fue tan controvertida en Irlanda que el castillo de Dublín acabó poniendo bajo vigilancia a *lady* Morgan.

Me daba igual su precio, quería ser propietaria de aquel libro. El señor Hanna me tocó el brazo como si quisiera indicarme que me calmara, pero no me apetecía aceptar consejos. Además, ¿qué era lo que había dicho aquel impresor de Bath? «La literatura de las mujeres no es tan valiosa como la de los hombres...».

—Seis libras para la joven dama del sombrero rojo.

—¡Ja! —exclamé, dando un puñetazo en el aire y poniéndome en evidencia, aunque no me importó en absoluto.

El señor Hanna me dio una palmadita en la espalda y sentí una emoción como nunca había sentido. En aquel momento comprendí a la perfección lo que el señor Rosenbach debía de haber experimentado en Sotheby's.

—Felicidades, *mademoiselle* —dijo una voz a mi lado, dándome un susto de muerte.

Al volverme vi que era un joven de ojos brillantes y pelo rubio. Mi corazón recuperó su ritmo regular.

—*Merci, monsieur*...

—Ravel. ¿Habla usted francés? —preguntó, estrechándome la mano.

—¡Como el compositor, Maurice! Solo un poco —respondí—. ¿Le interesa la literatura irlandesa?

—*Certainement*. Estoy escribiendo un artículo sobre el vampiro irlandés —dijo con una sonrisa de lo más inocente, lo cual resultó desconcertante.

—Santo cielo. —Le di un codazo al señor Hanna—. Espero que ese monstruo no exista.

—Ah, tenemos a nuestro Bram Stoker.

—Oh, sí, ese sí que lo conozco —dije—. Un libro fascinante —añadí.

Pero el francés negó con la cabeza.

—Bram Stoker no está solo. Está también Le Fanu. Pero hoy estoy aquí en busca de un libro más antiguo. De hecho, dicen que Stoker se inspiró en él.

—¿De qué libro se trata, por favor? ¡Debe decírnoslo!

Justo en aquel momento, el hombre de la barba reclamó la atención del público al mostrar un libro de aspecto sombrío.

—Y aquí tenemos un raro ejemplar de *Melmoth el errabundo*, de Charles Maturin.

—¡Este es! —exclamó Ravel.

Creo que no habría estado más excitada si un vampiro hubiera compartido la sala con nosotros. Esa era la gracia de los libros, los escritores y los relatos, que nunca sabías dónde ibas a terminar. Me sentí tan satisfecha de que aquel hombre consiguiera un trofeo tan preciado que también lo felicité.

—Ha dicho que este tal Maturin fue la inspiración de Stoker. ¿Cómo lo descubrió? —le pregunté una vez terminada la subasta, cuando el sonido de las sillas rascando el suelo inundó el ambiente.

—En la Biblioteca Marsh. Fue la primera biblioteca pública de Irlanda. *Mais* no sé por qué le cuento esto. Estoy seguro de que ya lo sabe.

Negué con la cabeza. Me sentía como una zopenca por llevar tanto tiempo en Dublín y seguir imperdonablemente ignorante de su herencia literaria más allá de los conocidos autores angloirlandeses cuya obra era tan fácilmente exportable.

—Aunque no son apellidos irlandeses, ¿verdad? —dije, volviéndome de nuevo hacia el señor Hanna, la enciclopedia.

—Hugonotes, si no me equivoco —replicó.

—Sí, así es —confirmó el francés y, sin que me diera ni cuenta, acabó invitándome a visitar con él la Biblioteca Marsh.

Hacía un día precioso y era agradable poder estirar las piernas. El señor Hanna decidió «dejar la visita para ustedes, los jóvenes», de modo que los dos cruzamos el Liffey charlando con entusiasmo y seguimos nuestro recorrido por Fishamble Street. Resultó que el señor Ravel era de París y estaba estudiando literatura irlandesa en el Trinity College. Se quedó muy impresionado cuando le expliqué que había estado trabajando en Shakespeare and Company, y ambos nos preguntamos cómo era posible que no hubiéramos coincidido hasta ese momento.

—¡He estado muchas veces allí! Solía tomar mi café *juste en face*.

—¿Verdad que es curiosa la vida?

—Pasa lo mismo con mi investigación. Por ejemplo, justo ahora acabo de descubrir que Charles Maturin era tío abuelo de Oscar Wilde.

—No puede estar hablando en serio —dije, deteniéndome cuando llegamos a la imponente fachada de la catedral de San Patricio con sus agujas grises elevándose hacia un luminoso cielo azul.

—Es totalmente cierto. Jane Wilde, la madre de Oscar, era sobrina suya. Estoy seguro de que habrá leído los poemas de esta autora.

—Me temo que mi conocimiento académico de la literatura irlandesa es tremendamente escaso en comparación con el suyo, señor Ravel, pero todo lo que me está contando me resulta fascinante.

—Debo advertirle de que la obra de Jane es bastante antibritánica.

Reí y seguimos andando, pasando frente a las verjas que delimitaban el terreno de la iglesia.

—No me ofendo fácilmente por lo que a este tema se refiere.

Ravel se detuvo al llegar a una puerta de hierro y me indicó que empezara a subir la escalera por delante de él.

Era una entrada muy humilde para tratarse de la biblioteca pública más antigua de Irlanda. El edificio era también modesto, de ladrillo rojo y ciertamente acogedor. Sin columnatas ni estatuas majestuosas, solo con un cartel que indicaba el horario de apertura.

—El edificio oculta la relevancia de todo lo que contiene su interior —dijo el señor Ravel, como si me hubiese leído el pensamiento.

Sofoqué un grito cuando entramos y vi la plenitud de la biblioteca. Hileras e hileras de libros almacenados en bellas estanterías de madera oscura, libros antiguos que susurraban como hojas a merced de la brisa. Había bancos en cada rincón y el ambiente rebosaba conocimiento. Tan asombrada estaba que me quedé prácticamente sin habla.

—Acompáñeme, le mostraré las jaulas —dijo el señor Ravel, de nuevo con aquella sonrisa dulce que chirriaba con sus aterradoras palabras—. Maturin vivía cerca de aquí y pasaba horas a diario leyendo con voracidad libros del siglo XVI.

Llegamos a las «jaulas», que de hecho eran pequeños compartimentos con puertas construidas en su mitad inferior con madera y con red metálica en la superior. En el interior, un espacio privado para el estudio con paredes cubiertas de libros.

—A pesar de ser una biblioteca pública, no era una biblioteca de préstamo. Pero los bibliotecarios se dieron cuenta de que la gente robaba manuscritos de valor incalculable y…

—De ahí las jaulas. Para encerrar a los lectores bajo llave mientras leían, ¿no es eso?

En aquel momento me pareció que alguien pronunciaba mi nombre. Pero no me volví.

—*Mon Opale.*

Mi cuerpo se quedó rígido. No me atrevía a albergar esperanzas.

—*Bonjour* —dijo el señor Ravel a quien quiera que estuviera detrás de nosotros.

Cuando me volví, vi que era Armand, más guapo de lo que mi memoria podría hacerle justicia; era como si sus facciones oscuras ganaran belleza aquí. Tuve que hacer un esfuerzo por no caer en sus brazos, porque me atrevería a decir que lo habría hecho de no estar presente el señor Ravel. Nos dimos un casto abrazo y un beso en cada mejilla.

—Señor Ravel, permítame que le presente a… a un tratante de libros colega mío, el señor Hassan.

Se dieron la mano y me encontré de repente sin tener la menor idea de cómo gestionar la situación. Mi mano se desplazó por instinto hacia mi vientre. Tenía delante de mí al padre de mi hijo, pero la etiqueta social me impedía pronunciar una sola palabra al respecto. El señor Ravel se había mostrado muy amable y caballeroso conmigo, ¿cómo podía decirle ahora que se fuera?

—Señor Ravel, le pido que me disculpe, pero tengo un asunto de negocios muy importante que discutir con *mademoiselle…*

—¡Gray! —exclamé.

Los dos hombres se quedaron mirándome.

—Siempre lo pronuncia de forma incorrecta —dije, tartamudeando y sintiéndome como una tonta.

—Por supuesto.

El señor Ravel se inclinó levemente, de un modo tan respetuoso que sentí una punzada de culpabilidad por dejarlo plantado de aquella manera.

—Y pásese por mi tienda —dije, confiando en que lo hiciese.

Me sonrió con amabilidad y desapareció.

Armand me dio la mano y me condujo a una de las jaulas abiertas. Dejé que mi cuerpo se recostase en la escalera que servía para alcanzar los libros colocados en la estantería más alta, y entonces me apretó contra su cuerpo y acercó su boca a mi cuello, como un auténtico vampiro. No dijimos nada; el único sonido era el de nuestra respiración y el de las páginas que iban pasando los lectores de la biblioteca.

—Espera, espera. Para —dije jadeando—. ¿Qué haces aquí?

Levantó la vista y sonrió. Sus ojos marrones se iluminaron con los rayos del sol de la tarde, revelando motas de color ámbar. Supe entonces que lo amaba. Lo amaba con locura. Pero no sabía si él podría o querría amarme algún día.

—Busco un libro, por supuesto.

Siguió sonriendo y tiró de la parte superior de mi blusa, dejando al descubierto la curva blanca de mis pechos.

«No estás aquí por mí, pues». Me besó y, por un momento, me dejé ir.

—No, me refiero a que qué haces en Irlanda. ¿Por qué no me enviaste un telegrama?

Armand se apartó de mí para sentarse en la pequeña mesa, donde había varios libros antiguos abiertos. Su lenguaje corporal cambió de repente. Cogió una estilográfica y jugó con ella. Cuando volvió a mirarme, sus ojos expresaban la decepción de que yo hubiera estropeado el momento con mi pregunta. No estoy segura de si alguna vez lo había observado con tanta atención, aunque había de tener en cuenta que antes tampoco llevaba a su hijo en mi vientre. Una verdad incómoda se transformó rápidamente en una sensación desagradable en la boca de mi estómago, y su falta de respuesta me la confirmó en mis pensamientos.

—No pensabas decirme que estabas aquí, ¿verdad?

Armand se levantó de la mesa, cautivador como siempre.

—No es eso, Opaline. Ya sabes cómo funcionan las cosas cuando estás siguiendo una pista. No tenía planeado venir aquí, pero un coleccionista me ha pedido un manuscrito muy concreto y…

Ya había oído suficiente. Me recoloqué la blusa y estaba empezando a pelearme con las puertas de la jaula para salir cuando noté sus brazos envolviéndome.

—Por favor, *mon Opale*, no hay ninguna necesidad de ponerse histérica. Estoy aquí. No estropeemos el momento.

Suspiré y me volví para enfrentarme a la situación.

—Tengo algo que comunicarte —dije, sin saber muy bien cómo pensaba hacerlo.

—Maravilloso, quedemos esta noche para cenar. Porque ahora tengo trabajo que hacer.

Se veía satisfecho consigo mismo y comprendí lo mucho que me gustaba ser la persona que lo hacía feliz.

Tal vez, después de todo, sí quiera el bebé.

Quedamos en que antes se pasaría por la tienda para tomar un aperitivo. Mi excitación acabó provocándome vértigo y atolondramiento: rompí sin querer una copa y rayé uno de mis discos favoritos mientras lo preparaba todo para su llegada. Saber que Armand estaba en Irlanda era una sensación abrumadora. Deseaba que me amara tanto como yo lo amaba él, y para eso todo tenía que estar perfecto.

Poco después de que el reloj de cuco anunciara las ocho, oí que se abría la puerta y el sonido de unos zapatos arañando las baldosas. Mi madre siempre decía que la puntualidad hablaba mucho de las personas. Me recoloqué el pelo detrás de las orejas y subí las escaleras que conducían a la tienda.

—¿Opaline?

—Sí, *j'arrive*. —Llevaba tanto tiempo sin hablar francés que me sonaba extraño y me ruboricé. Cuando llegué a lo alto de la escalera, lo vi allí, con su traje oscuro y el pelo mojado por la lluvia que caía en el exterior—. Pasa —dije, por mucho que ya estuviera dentro.

Estaba tan nerviosa que empecé a corretear de un lado a otro y a agobiarme con las bebidas, las sillas e inicié una conversación trivial sobre los libros que llenaban las estanterías y las antigüedades del señor Fitzpatrick. No sé por qué, pero quería que Armand se sintiera orgulloso de mis logros.

Armand, finalmente, descansó su mano sobre la mía y me pidió que me sentara a su lado. Al instante empecé a llenar de nuevo el silencio con más conversación intrascendente, como si fuéramos dos perfectos desconocidos.

—¿Y dónde te hospedas?

—En el Shelbourne.

Por supuesto. Siempre lo mejor para Armand. O para sus clientes.

—¿Qué te pasa? Es como si no fueras tú.

Inspiré hondo. No podía postergarlo más.

—Tengo algo importante que decirte y no sé muy bien cómo expresarlo.

Armand sonrió.

—Con palabras, naturalmente.

Le devolví la sonrisa, pero mis dudas no hicieron más que aumentar.

—Desde que te vi en Inglaterra, tuve la sensación de que escondías un gran secreto.

—¿De verdad? Oh, Armand.

¿Lo sabría ya? Tal vez al final resultara que había venido a Irlanda por mí.

—Son cosas que se notan —replicó, con confianza.

—¿Sí? —Me llevé la mano al vientre.

—¡Por supuesto! Has encontrado el manuscrito que andabas buscando, ¿verdad? No es necesario ser ningún genio para adivinar por qué estabas en Honresfield. Es algo que tiene que ver con la familia Brontë, ¿verdad?

Se me cayó el alma a los pies, pero mantuve la sonrisa fija en mi cara.

—Oh, sí, claro. Me conoces demasiado bien.

Seguí sentada, sonriendo estúpidamente como una idiota mientras él me devolvía una sonrisa cortés.

—¿Y bien?

—Y bien ¿qué?

—¿No piensas enseñármelo?

¿Que si pensaba enseñárselo? Me repetí mentalmente sus palabras. Era, al fin y al cabo, un descubrimiento que me moría por contar a alguien. Y ahora estaba aquí en compañía de uno de los buscadores de libros más importantes de Europa, un miembro de ese pequeño y selecto grupo de personas capaces de comprender realmente el alcance y la suerte de mi logro, pero aun así dudé. En aquel segundo, mi conciencia me reveló la verdad que me había esforzado en no ver desde el momento en que nos conocimos: no me fiaba de Armand. Y me enfrentaba ahora a la decisión de revelarle, o bien lo del bebé, o bien lo del manuscrito. Tenía que decidir qué estaba dispuesta a arriesgar.

Elegí el manuscrito.

—Espera aquí —dije.

Saqué el costurero del cajón. Insistí en que nos pusiéramos guantes de algodón para manipular el objeto y, mientras Armand examinaba el cuaderno, le conté la historia de cómo había localizado a la señora Brown en Londres y que mi decisión de última hora de adquirir aquel recuerdo había derivado en el descubrimiento del manuscrito de Emily. Armand no lo sabía, pero su reacción lo decidiría todo para mí.

—*Non, mais c'est incroyable!*

—Lo sé —dije, acercando mi silla a la de él y disfrutando de aquel momento compartido—. Después de haber estudiado sus cartas en Honresfield, estoy segura de que se trata de la caligrafía de Emily.

—*Bien joué, ma belle* —dijo besándome en los labios, y me sentí como en una nube.

Jamás me había sentido tan feliz. Le contaría ahora lo otro. Enseguida.

—Armand…

—Debes dejar que gestione este asunto por ti —dijo, interrumpiéndome.

—¿Perdón?

—Hablaré con algunos de mis coleccionistas. Tengo además buenos contactos en las casas de subastas. *Mon Dieu*, ¿por dónde empezar? —Rio a carcajadas, aturdido por la emoción.

Me apresuré a recuperar el cuaderno y el costurero.

—No es necesario. Soy perfectamente capaz de encargarme de todo.

Me miró con cierta perplejidad.

—Yo también tengo contactos en el mundo de los libros raros —dije, con intención de hablar tranquilamente, pero percibí un tono cortante en mi voz.

—Pero esto es de una relevancia enorme, *mon Opale*. Debemos conseguir el máximo precio posible por ello. Y se trata además de un objeto que garantizará nuestra reputación para siempre.

Resultaba sorprendente la rapidez con la que había empezado a hablar en plural, de «nosotros» y de «nuestra». El siempre escurridizo Armand había descubierto de repente lo fácil que era comprometerse. Me levanté, deposité de nuevo el costurero en el cajón y lo cerré con una llave que guardé en el bolsillo de mi pantalón. Creo que en aquel momento comprendí qué significaba que alguien se te cayera del pedestal.

—Gracias, Armand, pero como puedes ver llevo ya un tiempo gestionando con éxito un negocio. El manuscrito lo he encontrado yo, y yo decidiré qué se hace con él. Además, no estoy segura de querer que acabe en manos privadas. Creo que sería mucho más valioso expuesto en un museo.

—Oh, por favor, no puedes equiparar esta tiendecita con el mundo real de las antigüedades literarias. Recupera el juicio, Opaline. No quiero verme obligado a decir esto, pero no me das otra opción: ningún coleccionista serio estará dispuesto a tratar con una mujer. Viniendo de ti, nadie se creerá la procedencia de este objeto y, aun en el caso de creérsela, te pagarán por él mucho menos de lo que vale.

Armand acababa de quitarse la careta con una deslumbrante actuación. No me consideraba capaz ni con el nivel suficiente para desempeñar aquella tarea debido a mi género.

—Creía que éramos iguales.

Armand se levantó, se aproximó a mí e intentó coger mis manos entre las suyas, pero me aparté con brusquedad.

—No seas ridícula.

—¿Ridícula?

—No estoy cuestionando tu capacidad, sino simplemente siendo realista. Es el mundo en que vivimos.

—Y no tienes el más mínimo interés en cambiarlo, ¿verdad? Te va mucho mejor mantener el *statu quo*. ¡De este modo, puedes aprovecharte de mis éxitos y hacerlos pasar por tuyos! —dije, gritando.

De pronto, Armand se había vuelto terriblemente horroroso. Armand, el hombre al que había adorado todo aquel tiempo, por mucho que siempre hubiera sospechado que, de un modo u otro, me había estado utilizando.

—¿Por qué viniste a por mí al hotel aquel día? Nunca he acabado de entender por qué te desviviste por ayudarme.

—¿Pero de qué hablas?

—Me parece que jamás en la vida has hecho nada por nadie a menos que creas que a la larga puede aportarte algún beneficio.

Me miró como si quisiera pegarme, y la mujer que vivía dentro de mí y en la que aún estaba en proceso de convertirme levantó la barbilla para encararlo con altivez. Los ojos de Armand echaban chispas y su mandíbula se tensó.

—Tal vez pensaste que podría acabar siendo de algún valor para ti, otro contacto.

Por vez primera vi, bajo su resplandeciente fachada, lo inseguro que Armand era en realidad.

—Porque, en el fondo, no te crees capaz de conseguir nada completamente solo, ¿verdad? Por eso encandilas a la gente, para que te revele sus secretos y puedas luego robárselos y hacerlos tuyos.

—*Ferme ta gueule, salope.*

No conocía muy bien la jerga francesa, pero sí conocía la palabra que solía utilizarse para referirse a una prostituta. Y, después de soltar aquello, Armand dio media vuelta y se marchó para no volver nunca más.

Capítulo 32

MARTHA

Me desperté antes de que amaneciera. Me había pasado la noche dando vueltas en la cama, y era como si la casa tampoco hubiera parado quieta. Algo me llamó la atención en la penumbra. El techo. Encendí la luz de la mesita de noche y miré hacia arriba. Allí donde siempre había estado la lámpara de techo, en el centro de la estancia, ahora había raíces. De un agujero en el techo brotaban unos zarcillos, como una lámpara de araña. Me quedé mirándolos unos instantes, hasta que solo fui capaz de ver su intrincada belleza. Cada raíz estaba formada por otras raíces minúsculas, que a su vez se dividían en más raíces diminutas. Y todas ellas jugaban un papel vital. Allí suspendidas, parecían buscar en el aire alguna cosa de valor que las alimentara. Pensé en estirar el brazo para tocarlas, pero me sobresalté cuando de repente sonó el despertador.

—Creo que voy a vomitar.

Estaba de pie detrás de *madame* Bowden cepillándole el pelo mientras ella permanecía majestuosamente sentada delante de su tocador.

La habitación estaba en penumbra; las cortinas seguían cerradas e impedían el paso de la escasa luz de una mañana fría y gris. Sería mi primer día como estudiante en Trinity (una clase de literatura en turno de tarde) y, francamente, estaba muerta de miedo.

—Tostadas.

—Pensaba que eso era para el embarazo.

—Dios mío, no estarás embarazada, ¿verdad?

—¡Por supuesto que no!

Miré de reojo el reflejo de *madame* Bowden en el espejo. Resulta extraño lo distinta que puede llegar a verse la gente en un espejo, hasta qué punto las facciones parecen moverse, como sombras cuando les pasa el sol por encima.

—Escúchame bien, Martha: quien no tiene miedo es porque no vive.

No estaba muy segura de querer escuchar una arenga en aquel momento, pero no había otra. Fruncí los labios, la fulminé con la mirada y bajé corriendo a preparar unas tostadas para las dos antes de marcharme.

Tenía el cerebro agotado y lleno de dudas. ¿Y si acababa sintiéndome humillada por no saber nada? ¿Haría amigos o acabaría sentada sola en un rincón durante todo el trimestre? ¿Y si…? ¿Y si…? ¿Y si…? Las preguntas eran infinitas. ¿En qué momento se había esfumado la sensación de fuerza que me embargaba la otra noche? ¿Por qué mi vida daba constantemente dos pasos adelante y tres pasos atrás? Descolgué de la percha del recibidor la chaqueta y mi mochila nueva, y me detuve justo en el punto donde Shane había caído por encima de la barandilla. Extendí la mano y toqué el pilar de madera. Era suave y sólido al tacto. Intenté inspirar profundamente con el estómago, como decía esa chica que daba clases de yoga en YouTube. Por lo que contaba, servía para apaciguar la sensación de ansiedad.

Conté: uno…, dos…, tres.

La casa crujió levemente y cerré los ojos un instante. Me vino a la cabeza la imagen de una cuna meciéndose sobre una rama. Rememoré las palabras de *madame* Bowden: «Quien no tiene miedo es porque no vive». Hasta el momento, nunca había asociado el miedo con algo positivo. Aunque quizá existieran distintos tipos de miedo.

—Solo existe una manera de averiguarlo.

Abrí de repente los ojos. Y allí estaba ella de nuevo, acercándose a mí sigilosamente.

—¿Qué pasa?

—A este ritmo, vas a perder el autobús. ¡Venga, fuera!

No me moví, y la miré con ojos suplicantes.

—¿Y si no puedo hacerlo? ¿Y si todos los demás son más listos que yo?

—No recuerdo que tuvieras ninguna duda respecto a tu capacidad para trabajar aquí y, francamente, al principio eras de lo más mediocre.

—Gracias. Eso me ayuda de verdad —contesté, sin alterarme.

Madame Bowden esbozó un mohín y suspiró con exageración.

—Dime, ese libro que estabas leyendo en la cocina cuando pensabas que no estaba viéndote…

—¿*Gente normal*?

—Sí, ese. ¿Te gusta?

Consideré la pregunta. No era en absoluto lo que me esperaba. No sabía si el libro me gustaba, la verdad, pero no podía parar de leerlo. Connell y Marianne habían llegado a parecerme personas reales. Estaba totalmente inmersa en sus vidas.

—Es bueno porque me siento como una mosca en la pared observando las cosas que pasan. Y me gusta que Connell sea un chico de pueblo que se matricula en Trinity.

Sonreí.

—De modo que los personajes son cercanos.

—¡Sí! Eso es. Pero también estoy enfadada con Marianne. ¿Por qué permite que la gente la trate de esa manera?

—Porque quizá piensa que se lo merece.

Darme cuenta de aquello fue duro. Ni siquiera yo podía entender por qué alguien era capaz de sentirse tan despreciable como para llegar a aceptar el maltrato. Me había sentido incómoda leyendo la historia de Marianne, pero al mismo tiempo había comprendido que yo no era la única en aquella situación. Si podía sucederle a alguien como Marianne, que era rica e inteligente, podía sucederle a cualquiera.

—Creo que cuando eres joven es fácil sentirse confuso en todo lo relativo al amor. Incluso el título sugiere que normalizamos las malas conductas en las relaciones, o que damos por sentado que ser normal es lo más importante, y por eso escondemos las cosas desagradables que nos pasan. De hecho, ¿quién o qué es lo que puede considerarse normal?

—Felicidades. Acabas de hacer tu primera crítica literaria. Y ahora, lárgate y déjate ya de tonterías.

Mientras bajaba los peldaños del 12 de Ha'penny Lane, volví la cabeza hacia atrás y vi su reflejo en el cristal de la ventana del salón. Siempre que intentaba leerla sucedía lo mismo: siempre estaba oscurecida por la luz, en vez de iluminada por ella. Como una fotografía con sobreexposición. No se parecía a nadie que hubiera conocido, y quizá eso fuera lo positivo.

Capítulo 33

HENRY

El ambiente parecía distinto cuando bajé del autobús en O'Connell Street. Dicen que nunca puedes meterte en el mismo río dos veces, y tal vez eso se aplicara también a los países. Las calles estaban concurridas, llenas de gente caminando con un objetivo. Como yo.

Subí los peldaños de acceso a la puerta del número 12, y dediqué unos instantes a alisarme la chaqueta y a verificar el sobre con la carta que había impreso. Me moría de impaciencia de contarle lo de Opaline, lo de Sylvia, lo del libro. Llamé a la puerta golpeando la aldaba con firmeza pero sin excesiva asertividad. Son siempre esos pequeños detalles.

—Oh.

—Bueno, ha llamado, ¿no? —replicó *madame* Bowden—. ¿Quiere que cierre la puerta y finja que no ha pasado nada?

—No, lo siento, es que…

—¿Sí?

—Es que esperaba que abriera Martha, eso es todo.

—¿Ah, sí, esperaba eso? A pesar de haberse largado sin decir palabra, ¿esperaba que la chica estuviera aguardando su regreso? ¿Quizá con un pañuelo secándose los ojos humedecidos?

—No, por supuesto que no —respondí, aturullado.

—Pues, en ese caso, ya puede volver por donde ha venido y no se hable más del tema.

—No, espere; le dejé una nota. ¿No la recibió? —Caí presa del pánico—. ¿Sigue Martha viviendo aquí?

La anciana suspiró con condescendencia, como si yo fuese un perrito que acabara de ensuciarle la alfombra.

—Oh, supongo que también querrá pasar. Ya que está aquí.

Se hizo a un lado y entré, algo molesto por… por todo. Aquello no estaba yendo tal y como tenía pensado.

—Me temo que si quiere tomar el té tendrá que apañárselas solo —dijo *madame* Bowden, instalándose en un sofá de color crema con ramos de flores montando guardia en las mesitas que lo flanqueaban—. Aunque siempre podemos obviar los preliminares e ir directos al brandi —añadió.

Señaló con la cabeza el carrito de las bebidas que había al lado de la chimenea y me apresuré a servir dos buenos tragos de líquido ambarino.

—Y bien, cuénteme, ¿por qué ha vuelto?

—Espere un momento, ¿cómo sabe quién soy?

—Oh, por favor, no nos llevemos a engaño. Martha me ha hablado de usted. El universitario que anda detrás de una librería perdida. No sabía muy bien qué había visto en usted, pero ahora que lo conozco en persona —continuó *madame* Bowden, recolocándose las gafas—, supongo que puedo apreciar cierto encanto aniñado. ¿Es eso lo que atrajo a su prometida, señor Field?

Dios, se lo había contado absolutamente todo.

—¿Se darán cuenta algún día, los hombres como usted, del dolor que pueden llegar a causar entrando y saliendo de la vida de la gente? No, supongo que no. Eso exigiría un mínimo de intelecto.

Por lo visto, no era necesario ni que respondiera. Debía limitarme simplemente a ser testigo del asesinato de mi personaje por parte de una mujer que acababa de conocer…, y lo peor del caso era que su resumen resultaba aterradoramente preciso. Excepto en un detalle.

—La amo.

—¿Y eso cómo lo sabe?

—¿Perdón?

—¿Qué es eso de que ama a Martha? ¿Es por cómo le hace sentirse? ¿Porque Martha infla su flácido ego? —dijo con una caída de ojos—. ¿Es por eso? ¿Le proporciona placer tener a dos mujeres a la vez? Conozco bien a los de su calaña, señor Field, y permítame que le diga que mi Martha vale diez veces lo que pueda valer usted.

—No, no es así, y eso es precisamente lo que he estado intentando decirle a Martha. La noche que nos besamos comprendí que tenía que poner fin a lo mío con Isabelle. Pero le debía algo más que una simple llamada telefónica. Tuve que volver a Londres para comunicárselo personalmente. —Me sentía ridículo teniendo que darle explicaciones a una perfecta desconocida. Pero el cariño que evidentemente le profesaba aquella mujer a Martha nos proporcionaba algo en común—. He estado intentando ponerme en contacto con Martha desde entonces, pero debe de haber cancelado su número. Mi estancia en Londres justo coincidió con que mi hermana tuvo un bebé, y eso fue lo que retrasó mi regreso. Pero he vuelto en cuanto he podido.

Madame Bowden se quedó reflexionando sobre lo que acababa de contarle y tardó una eternidad en responder.

—Desde la última vez que la vio, han sucedido muchas cosas. No estoy del todo segura de que quiera volver a verle.

—Por favor, *madame* Bowden. Tiene usted razón. Jamás he sabido ni entendido lo que en realidad significa amar o ser amado. No voy a echarle la culpa de ello a mi pasado, pero todos tenemos uno, un pasado que nos sigue a todos lados como si fuese una cárcel, que nos aleja constantemente de la persona que de verdad queremos ser. Martha es la mujer más valiente que he conocido y la que ha inspirado la pequeña porción de coraje que albergo en mi interior para que, de una vez por todas, escuche los dictados de mi corazón. No solo la amo por cómo me hace sentir, sino que la amo además porque cuando llegó a mi vida fue como si de repente se encendieran todas las luces. Todo cobró sentido y creo, confío, en que a ella le pasó lo mismo. Todos tenemos dentro partes malas y partes buenas, y, cuando conoces a alguien que te ayuda a comprender que no pasa nada por ser así, te dices: «Pero, en nombre de Dios, ¿qué he hecho yo para merecer esto?». Llevo toda la vida buscando un tesoro escondido, una fortuna fuera de mí. Pero Martha encontró ese tesoro en mi interior. No soy perfecto, ni mucho menos, pero sé que quiero pasar el resto de mi vida haciéndola sonreír. Y, por lo tanto, no pienso dejarla escapar sin antes pelear por ella.

Madame Bowden tragó saliva de forma audible.

Estaba tan convencido de mis palabras que estaba casi temblando. Por primera vez, acababa de oírme expresar una verdad salida de mi corazón, una verdad que había sonado clara y luminosa como el tañido de una campana.

Después de una pausa, *madame* Bowden levantó su copa y, con una sonrisa, brindó con la mía.

—Podría funcionar, supongo.

—Gracias. Sé que Martha sigue casada, pero…

La expresión de su rostro inmovilizó la mano que sostenía mi copa.

—Mejor que tome asiento.

Capítulo 34

OPALINE

Dublín, 1923

Lo de los secretos está muy bien, pero vivir con un nombre falso, un embarazo encubierto, un manuscrito perdido y unos sentimientos prohibidos estaba haciendo mi existencia muy complicada y solitaria. Y, agravando mi aislamiento, estaba el miedo omnipresente a que apareciera Lyndon y me lo quitara todo. Era como si estuviera viviendo la vida a medias, envuelta en un subterfugio. Cada vez que estudiaba el manuscrito de Emily (¡lo cual era muy a menudo!), reflexionaba sobre lo injusto de mi situación. El momento más maravilloso de mi vida, y sin un alma con quien poder compartirlo. Tal vez pudiera confiarme al señor Hanna, pero ¿cómo estar segura de que no se lo revelaría sin querer a la persona equivocada?

Fue la soledad que sentía en aquel momento lo que me empujó a llevar a cabo un acto temerario. Cogí una hoja de papel del cajón y escribí apresuradamente una carta a Sylvia, que seguía en París. No quise tomar las precauciones habituales de enviarla a través de Armand. Era extraordinario y emocionante comunicar la noticia, y

279

sabía que ella no se lo contaría a nadie sin mi consentimiento. «¡Voy a ser madre!», escribí antes de despedirme, consciente de que aquella noticia no le resultaría tan excitante como el descubrimiento de las Brontë. Le pedí que me respondiera de inmediato y le anoté mi número de teléfono. Cerré el sobre y lo dejé en el escritorio a la espera de encontrar la oportunidad de desplazarme hasta el buzón. Solo imaginar la emoción que experimentaría Sylvia al conocer la noticia me dio fuerzas para seguir adelante con mi jornada y retrasar la decisión de cómo actuar.

Tuve una tarde ocupada y noté que me cansaba más de lo habitual. Entró en la tienda un grupo de estudiantes en busca de una publicación de una escritora vanguardista, Virginia Woolf. Cuando me agaché para buscar un ejemplar de *Noche y día* que guardaba en la estantería inferior, noté debilidad.

El ambiente estaba pesado y húmedo, pero no fue hasta que estaba a punto de cerrar la tienda cuando las gotas de lluvia empezaron a mojar el camino de acceso, transformándolo de gris a negro. Estaba reponiendo algunos libros y ordenando las estanterías cuando oí sonar la campanilla de la puerta. Me sorprendió la llegada del señor Ravel, con la gabardina brillante por el agua.

—¡Señor Ravel, qué agradable sorpresa!

Era realmente una sorpresa agradable, pero no pude evitar pensar que habría preferido que la visita fuera de Armand. A pesar de todo lo sucedido, seguía confiando en que viniera a buscarme, en que me dijera que todo había sido un grave error y que quería que estuviéramos juntos. Pero el señor Ravel era un hombre encantador y decidí al menos fingir que todo iba estupendamente.

Nos saludamos con un beso en cada mejilla y me preguntó, de

forma redundante, si me parecía correcto que se hubiese pasado por la tienda sin previo aviso.

—No pasa nada, por supuesto. Si la gente no pasara por aquí sin previo aviso, no tendría clientes —dije, invitándole a entrar.

Dedicó un instante a asimilar el ambiente de la tienda, y luego se volvió hacia mí y me miró fijamente.

—*Mademoiselle* Gray, su tienda es como un tesoro.

Normalmente, pasaba de largo aquel tipo de cumplidos; no buscaba la aprobación de nadie. Pero las palabras del señor Ravel significaron mucho para mí en aquel momento y a muchos niveles. Le ofrecí un té y lo dejé estudiando las estanterías.

Mientras subía de la cocina con la bandeja, dije:

—De hecho, llega usted en el momento adecuado, señor Ravel. Hay grandes noticias que celebrar.

Pensé que quizá deberíamos beber champán en lugar de tomar el té, y me disponía a pedirle su opinión cuando me di cuenta de que la puerta estaba abierta de par en par, que estaba entrando agua en la tienda y que el señor Ravel no aparecía por ningún lado. Dejé la bandeja en el escritorio y asomé la cabeza a la calle, pero no había rastro de su presencia. Cerré la puerta y sacudí la cabeza, desconcertada. Me volví hacia el escritorio y el latido de mi corazón se ralentizó, para acelerarse acto seguido. La carta que había escrito a Sylvia había desaparecido. Busqué en el suelo, por si acaso se había caído, pero no estaba. Me llevé la mano a la boca y mi respiración entrecortada caldeó mis dedos. ¿Sobre qué había escrito en la carta? Sobre el libro. Sobre el bebé.

¿Quién era el señor Ravel? ¿Acaso no podía confiar en nadie? ¿Estaría todo el mundo trabajando para mi hermano?

Tenía que marcharme de allí, y tenía que hacerlo rápido.

Resulta extraño cómo conversaciones aparentemente intrascendentes adquieren de repente un papel clave en el destino de las personas cuando se consideran bajo un nuevo punto de vista. Llevaba un tiempo manteniendo una correspondencia deliciosa con Mabel Harper, una mujer que escribía una divertida columna para diversos periódicos en la que hablaba sobre su vida y sus viajes con su esposo. Su esposo era nada más y nada menos que Lathrop Colgate Harper, un tratante de libros muy destacado y toda una autoridad en manuscritos medievales. Mabel me había sugerido en diversas ocasiones que viajara a Nueva York para visitar el famoso Book Row, la zona que condensaba infinidad de librerías de la ciudad, y, ahora que tenía dinero para hacerlo, decidí no perder más tiempo.

Salí corriendo hacia la agencia de viajes de D'Olier Street y llegué justo antes de que cerraran. Reservé un pasaje para una travesía de Cobh a Nueva York en un trasatlántico de la White Star Line que zarpaba en solo dos días. Viajaría a Cork por la mañana y pasaría la noche allí, antes de embarcar en la gabarra que me llevaría hasta el buque de vapor con destino a América. Firmé el cheque con mano temblorosa y el hombre del mostrador me preguntó si me encontraba bien. Cuando observé mi reflejo en el cristal del escaparate, vi una cara pálida con expresión atormentada. Esta vez no ignoraría mi instinto. Lyndon me había encontrado. Tal vez llevara todo este tiempo interceptando mis cartas. Y, al fin y al cabo, ¿para qué me servía Armand? Era evidente que no me era leal. Salí del establecimiento y fui directa al banco.

—¿Qué ha pasado? —preguntó Matthew.

Despidió a su secretaria y me hizo pasar al despacho. Estaba tan conmovida por su preocupación por el bebé y por mí que sentía de nuevo aquella atracción tan conocida hacia él. Su amabilidad contrastaba con fuerza con la actitud de todos los demás hombres que había en mi vida. Pero ya no podía albergar sentimientos de debilidad a la espera de ser salvada. Tenía que salvarme yo sola.

—Quiero que me guarde una cosa a buen recaudo.

Abrí el bolso y saqué el costurero; su contenido seguía intacto.

—¿Qué es?

No estaba segura de si le convendría más no saberlo, pero no pude evitarlo. Controlé el ritmo de la respiración y empecé a hablar lo más despacio que me fue posible.

—No dispongo de mucho tiempo, pero creo que he encontrado —inspiré hondo— la segunda novela de Emily Brontë. Bueno, no la novela entera, sino un manuscrito. Una parte de la novela, eso sí.

Me quedé inmóvil, como un arco a la espera de que la flecha alcanzara su blanco. No lo hizo.

—¿Ha oído lo que acabo de decirle?

—Sí, pero tenía entendido que solo escribió una novela. *Cumbres Borrascosas*, ¿no fue esa?

Suspiré. Lidiar con los profanos siempre había sido complicado.

—Precisamente se trata de eso, Matthew. Eso es lo que todo el mundo supone. Pero ahora creo tener la prueba de que estaba escribiendo una segunda novela. ¡Lo cual podría cambiar el paisaje literario que conocemos!

Me dio la impresión de que empezaba a comprender la magnitud del descubrimiento.

—¡Santo cielo, Opaline, esto es fascinante!

—¡Lo es! —le confirmé, moviendo la cabeza con energía en un gesto de asentimiento—. Usted es la primera persona a la que he podido contárselo. Pero hay algo más…

—¿Y por qué quiere dármelo? —preguntó Matthew.

—Porque voy a ausentarme una temporada, y es demasiado valioso para dejarlo en la tienda.

—Oh, entiendo.

Me miró con preocupación al interpretar, sin la menor duda, la expresión de mi rostro.

—Es la única persona en la que puedo confiar.

—Está temblando —dijo, cogiéndome las manos.

—Es por el frío, nada más.

Tenía que irme. Matthew tenía una familia a la que proteger. Y yo tenía que proteger a la mía. Le solté las manos y me respondió con una luminosa sonrisa.

—Volveré pronto a por esto. Lo único que tiene que hacer es mantenerlo a salvo hasta entonces —dije.

Y salí corriendo del despacho por miedo a romper a llorar. Nunca me había sentido tan sola como en aquel momento, pero tenía que ser fuerte.

Cuando llegué a casa, tuve la sensación de que algo no iba bien. Mis libros guardaban silencio, como si estuvieran conteniendo la respiración. Bajé la escalera hasta mi piso. ¿Se había vuelto más estrecha o era simplemente que yo me estaba poniendo cada vez más gorda? Era como si el tejido del edificio se estuviera contrayendo a mi alrededor. Necesitaba dormir. Estaba cansadísima. Pero aún tenía que hacer la maleta. Decidí tumbarme solo un momento y adormilarme mientras le canturreaba al bebé. Me despertó una luz potente en la cara.

Capítulo 35

MARTHA

Uno de febrero. Día de santa Brígida. Quería salir de casa y salir de Dublín. Una de las cosas que se echan de menos en la gran ciudad es el cielo del campo. Pero lo que yo más echaba de menos eran las tormentas que soplaban desde el Atlántico hacia la Costa Oeste y acallaban todas las dolorosas voces de mi cabeza. No era un día para ir a la playa. Hacía frío y el cristal de la ventana estaba cubierto de hielo cuando me había despertado, pero estaba decidida. Cogí un termo con chocolate caliente y salí como un cohete hacia Sandycove, una pequeña cala en forma de herradura.

El sol empezó a asomar proyectando un resplandor rosado justo cuando llegué a la Martello Tower. La escena era bellísima, pero también tremendamente gélida. Por suerte no hacía viento y la superficie del agua estaba lo bastante calmada como para meterse en ella. En casa nadaba a menudo en el mar, pero dejé de hacerlo después de casarme con Shane. Como tantas otras cosas de mi vida, dejé de hacerlo como si no tuviera importancia. Como si yo no tuviera importancia.

Vi que algunas personas más habían tenido la idea de dar la bienvenida al primer día de primavera con un bautismo en el mar.

Porque, según el calendario celta, hoy ya era primavera y este día señalaba la transición de una estación a la siguiente. Me quedé mirando un rato a algunos bañistas que entraban decididos en el agua sin dudarlo un instante, mientras que otros lo hacían muy lentamente. Era difícil saber qué estrategia era la mejor. La sorpresa y el dolor que producía el frío eran inevitables. Quizá fuera más conveniente superar la parte dura con rapidez y alcanzar enseguida la euforia que conllevaba dominar los sentidos corporales y el entorno. Porque esta era la razón por la que lo hacíamos, pensé. Para demostrarnos alguna cosa. Para demostrarnos que éramos capaces de hacer algo terriblemente desagradable en sentido físico a cambio de percibir nuestra sensación de poder. O de algo.

Sabía que, ahora que Shane ya no estaba, debería sentirme más poderosa. Pero no era así. Estaba aturdida. Me sentía culpable. No tenía la sensación de que el bien hubiera triunfado sobre el mal. No había ganadores, solo personas heridas que recogían los fragmentos de unas vidas rotas. Nunca sabría por qué Shane llegó a mi vida; por qué estaba en mi destino vivir aquella experiencia. A menudo me preguntaba si habría hecho alguna cosa mal para merecerme aquello. Pero en mi libro *Un lugar llamado perdido* el autor creía que todas las penurias de la vida eran una llave hacia la posibilidad de conocerse mejor, y que dependía de cada uno utilizarla para desbloquear el futuro o para cerrar la puerta a cal y canto.

Inspiré hondo y miré el horizonte. Las puntas de los nubarrones grises resplandecían en color melocotón y el agua helada parecía mercurio, excepto por la franja dorada que brillaba bajo el sol. Yo no quería cerrar la puerta a cal y canto. Quería abrirla.

Me desabroché la chaqueta, me quité una bota y luego la otra. Seguí desnudándome, como si el paisaje me tuviera hipnotizada, y me encaminé, como una de aquellas personas decididas que había visto antes, directa hacia el agua helada. No dudé ni un momento. Continué avanzando, emitiendo gritos de incredulidad. ¿De verdad podía estar tan fría? (Un chillido). ¿De verdad estoy haciendo esto? (Otro chillido). ¿Seguiré sin parar? (Un nuevo chillido). Cuando el agua me alcanzó el estómago, pensé que acabaría gritando como una posesa, pero el siguiente chillido fue solamente interno.

Había llegado el momento; la inercia me arrastró y me sumergí en el azul. Los brazos me impulsaron en el agua y mis piernas patalearon. No paré hasta que la sangre empezó a bombear con fuerza en mis oídos y me sentí casi como si me estuviera muriendo.

—¡Caramba! —grité por fin, al ver a un hombre mayor que nadaba cerca de mí.

—Sí. Un poco helada —replicó, guiñándome el ojo.

—Solo un poco.

Empecé a bracear en el agua y miré hacia atrás, hacia la cala a la que estaba llegando más gente y comenzaba a desvestirse. Una persona en particular me llamó la atención. Se estaba apartando el pelo de la cara y pateaba con fuerza la arena para combatir el frío. No dudé. Volví nadando hacia la orilla y salí del agua justo donde estaba Henry y me lancé a sus brazos. Henry se desabrochó la chaqueta, me atrajo hacia él y me envolvió con fuerza. Por primera vez en mi vida, me sentí como si estuviera justo en el lugar donde quería estar. Levanté la cabeza y, sin ni siquiera abrir los ojos, mis labios encontraron los suyos. El calor de su boca era tan suave y acogedor que casi olvidé que estábamos en una playa pública. Solo quería estar con él, aquí y ahora.

—Estás salada —dijo.

Le sonreí. Cogió mi mano, se la acercó a la barbilla y dejó que mis dedos recorrieran su barba de tres días y los hoyuelos de su mejilla, como si estuviera cartografiando el territorio de mi nuevo hogar. Volví a besarlo, y cuando abrí los ojos estaba nevando.

—Nunca había estado en una playa nevando —dije, sintiendo otra vez frío—. Es precioso.

—Precioso —repitió él, sin quitarme los ojos de encima.

Me envolvió con mi toalla mientras, con toda la torpeza de la que es capaz un ser humano, tiré con fuerza para quitarme el bañador mojado y ayudar a mis brazos y piernas a entrar en mi ropa seca. Noté que Henry me miraba la espalda, pero no dijo nada.

—¿Cómo has sabido dónde encontrarme?

—*Madame* Bowden me dijo que estarías en la Torre de Joyce.

—¿La Torre de Joyce?

Henry señaló la torre que quedaba a nuestras espaldas; la piedra se había vuelto gris con los copos de nieve.

—Es lo que quería contarte. Sylvia Beach estuvo aquí. Dentro de la torre hay un museo y Sylvia viajó a Dublín con motivo de su inauguración. Y se encontró con Opaline.

Su excitación casi me parte el corazón. ¿Era esa la única razón por la que había vuelto? ¿Por Opaline y aquel maldito manuscrito?

Me aparté de él y sacudí la cabeza con incredulidad. Qué estúpida había sido al pensar que estaba aquí por mí. Guardé rápidamente la bolsa en mi mochila y eché a correr hacia la escalera de piedra para pillar el tranvía. Estaba llegando uno y me subí a él antes de que a Henry le diera tiempo a atraparme. Vi que gritaba y me hacía señas mientras el tranvía se alejaba. No entendí qué me decía, aunque conocía perfectamente la sensación de rechazo.

Capítulo 36

HENRY

Me emborraché mucho.

Estaba soñando con Isabelle. Estaba extremadamente enfadada por alguna cosa y no paraba de gritarme para que me despertara. Intenté ignorarla. No quería levantarme. Pero entonces su acento cambió y pasó a sonar como un dublinés muy marcado.

—¿Estás bien, cariño? —dijo la mujer que tenía delante de mí.

Estaba arrodillada en el suelo, lo cual significaba que yo también estaba en el suelo. Me froté los ojos y los abrí de par en par. No, no era un sueño. No la conocía de nada. Tenía el pelo oscuro y llevaba una chaqueta voluminosa, lo cual me pareció extraño. ¿Me habría desmayado? Entonces fue cuando cobré conciencia del sonido del tráfico. Estaba en el exterior, en la calle, tumbado sobre un montón de basura.

—¿Dónde estoy? —pregunté.

—Gracias a Dios, ¿llamo a una ambulancia?

—¿Qué? No, claro que no.

Intenté levantarme, pero, en cuanto me moví, sentí una punzada aguda de dolor justo encima del ojo derecho. Por instinto, me llevé la mano allí y, cuando noté los dedos húmedos, comprendí que estaba sangrando.

—Se le ve bastante magullado, ¿no te parece, Marie?

Fenomenal. Tenía público. Intenté hacer memoria, pero solo encontraba espacios en blanco. ¿Por qué me sentía tan increíblemente mal?

Me incorporé y apoyé la espalda en la escalera que tenía a mi lado.

—Apesta a alcohol —oí que decía una mujer—. Parece una taberna.

Dios mío. Y entonces empecé a recordarlo todo. El *pub*. El *whisky*. Los tipos que llegaron para celebrar la despedida de soltero de su amigo. La apuesta de que aguantarían bebiendo más que yo. El *whisky*. Los cánticos. ¿Había cantado yo «Molly Malone»? ¿De pie en una silla? Dios. Un porro compartido con alguien fuera en la calle. Luego más gente, diciendo que les debía dinero. Yo explicándoles que acababa de conocer a aquel tipo. El puñetazo en la cara, el cubo de la basura arrojado sobre mi cabeza varias veces.

—Gracias, señoras, creo que en un minuto estaré perfectamente. Solo tengo que ubicarme —gimoteé. Me sujeté a la barandilla y empecé a balancearme, intentando acostumbrar los ojos a la luz del día.

—¿Estás seguro, cariño?

No estaba seguro de nada.

Cuando había vuelto a la pensión, Barry, el marido de Nora, me había dicho que Martha había pasado por allí buscándome. Y que le había dicho que yo había hecho las maletas y me había vuelto a Inglaterra. ¡El muy idiota! De haber estado allí su mujer, le habría explicado a Martha que pensaba regresar. Y ahora no quería ni verme. Había dado un cambio drástico a mi vida para estar con ella, y ahora resultaba que Martha ni siquiera quería verme.

Di unos pasos vacilantes, esbozando una mueca de dolor por el esfuerzo. Levanté la vista y vi el cartel indicador: «Ha'penny Lane».

Estaba justo delante de su casa. No sabía qué hacer. No podía presentarme ante ella con este aspecto y, además, Martha me había dejado más que claros sus sentimientos. Estaba asimilando que la decisión no dependía de mí cuando la vi abrir las cortinas de la ventana del salón. Miró hacia la calle con incredulidad y se inclinó un poco para poder ver mejor. Y, entonces, se llevó la mano a la boca. Intenté saludarla con mi mano buena. Pero desapareció rápidamente para reaparecer al instante en la puerta.

—Dios santo, pero ¿qué te ha pasado?

—Creo que he tenido una especie de pelea.

Me miró con lástima, lo cual, bajo aquellas circunstancias, estaba dispuesto a aceptar.

Me hizo pasar y me condujo hacia las escaleras que daban acceso a la cocina, en la parte posterior de la casa. Me ofreció una silla y buscó en un armario material de primeros auxilios.

—¿Cómo has acabado aquí?

—Sinceramente, no tengo ni idea. Me parece que estaba un poco borracho.

Volvió a la mesa de la cocina con un cuenco de agua caliente, algodón, un tubo de una crema que olía bastante raro y tiritas. Ninguno de los dos dijo nada mientras me hacía la cura. Cerré los ojos y me permití, al menos durante aquel momento, imaginarme que todo iba bien. Que Martha seguía albergando sentimientos hacia mí. Que, de un modo u otro, aquello funcionaría.

—¿Viviré? —pregunté tímidamente, cuando vi que Martha empezaba a recoger las cosas.

Ver su ágil figura enfundada en unas sencillas mallas y una camiseta, recordar lo maravilloso que había sido tenerla entre mis brazos en la playa era un tormento. Me moría de ganas de volver a abrazarla.

Me miró desde el fregadero con una sonrisa agradable.

—Creo que sí.

—Gracias por todo esto —dije.

—No tiene importancia. Tengo… práctica.

No sabía qué decir sobre lo de la muerte de su marido. Sobre nada. De modo que hice lo que los hombres de la familia Field saben hacer mejor: cambiar de tema.

—Antes de que llegaras, solía pasarme horas ahí fuera —dije, señalando el trozo de terreno desnudo que se veía desde una de las ventanas de la cocina—. Pensaba que quizá encontraría alguna pista, alguna huella del edificio. Como cuando se produce una sequía en verano y los campesinos encuentran los círculos que los cultivos han ido dejando en la tierra. No lo sé. Estaba seguro.

—Me pregunto si toda la gente será así —dijo Martha, tomando asiento en la mesa.

Respondí con un gesto de perplejidad.

—Si es posible ver la huella de quién has sido, no sé cómo decirlo…, antes.

—Ni idea. Espero que sí.

Le cogí la mano y por un momento me permitió que la retuviera, pero enseguida se soltó.

—Lo siento, Henry, pero no puedo.

—Solo con que hubieras recibido mi nota, o si aquel idiota de la pensión te hubiera dicho que iba a volver…

—Eso ya da igual. *Madame* Bowden me ha explicado lo de la nota, pero no es ni siquiera eso. Es que no puedo… No puedo correr este riesgo. —Señaló el espacio entre nosotros, fuera lo que fuera eso—. Necesito encontrar mis propios círculos de cultivo.

Sonreí. Solo Martha podía hacer que partirme el corazón resultara tan encantador. Tenía que respetar sus deseos. Porque su marido nunca lo había hecho. Aunque no tenía fuerzas para levantarme y salir de allí sin ella.

—Y sé que encontrarás el manuscrito —dijo, con un tono de tristeza en la voz—. Si lo encuentras me lo dirás, ¿verdad?

—Por supuesto —dije, recordando que todavía conservaba en el bolsillo una copia de la carta de Opaline—. De hecho, quería enseñarte esto —dije, sacándola. Le expliqué que, tal y como ella me había sugerido, me había puesto en contacto con Princeton para investigar los archivos de Sylvia Beach—. Es todo gracias a ti, la verdad.

Le pasé la carta.

Martha leyó en voz alta el último párrafo.

—«Gracias una vez más por llevarte contigo varios ejemplares de mi libro. Después de tanto tiempo ocupándome de las estanterías de Shakespeare and Company, es gracioso pensar que mi libro estará ahora también allí. Quizá algún día ella me encuentre». ¿Escribió un libro? —preguntó Martha, pasados unos momentos.

—Pues parece que sí. Pero la pregunta más apremiante es: ¿qué le pasó?

Capítulo 37

OPALINE

Dublín, 1923

El viaje se prolongó muchísimas horas. Circulamos por carreteras desconocidas que zarandeaban constantemente el automóvil, y a mí con él. Intenté sujetarme el vientre para proteger al pequeño que llevaba dentro. Cuando me había sacado de la cama estaba oscuro y, a pesar de comprender lo que estaba pasando y de llevar tiempo esperándolo, lo estaba percibiendo como una experiencia extracorpórea. Como si estuviera sucediéndole a otra persona.

—¿Adónde vamos? —volví a preguntar, y Lyndon volvió a ignorar la pregunta—. ¿Me llevas a ver a nuestra madre?

Suponía que, estando como estaba esperando descendencia, tendría que enfrentarme a la ira de una excomunión formal por parte de la familia.

—Por si no te has dado cuenta, tengo un negocio que gestionar. Imagino que el hombre que ha estado siguiéndome te lo habrá contado. El que me robó la carta. El señor Ravel. No puedo dejar la tienda desatendida y largarme a Inglaterra.

—No vamos a Inglaterra.

Lo dijo con una calma que me resultó más desconcertante que si me hubiera gritado. Solo alcanzaba a ver los guantes de cuero con los que agarraba el volante y el perfil de su rostro. El lado malo, el que parecía hundirse hacia dentro. Pensé que quizá estuviéramos yendo hacia el sur para coger el trasbordador desde allí. Pero, cuando empecé a fijarme en las señales indicadoras de la carretera, vi que íbamos hacia el oeste.

—¿Adónde me llevas? —volví a preguntar, volviéndome para mirar por la ventana de atrás—. Lyndon, ¡para el coche y déjame bajar!

Siguió sin decir nada.

—¡Lyndon! —grité, sacudiéndole el brazo.

No anticipé la velocidad del movimiento. Echó el brazo hacia atrás y me pegó un codazo en la cara. El dolor me silenció. Me cubrí la nariz con la mano cuando noté que empezaba a sangrar. No llevaba ningún pañuelo encima y me vi obligada a utilizar la manga.

—Ya casi estamos, de todos modos —dijo entonces Lyndon, como si estuviéramos manteniendo una conversación intrascendente.

No dije nada más. Sabía que me temblaría la voz y no quería que viese que tenía miedo. El paisaje era monótono y marrón: árboles sin hojas, hierba seca en los márgenes. Y entonces, como salidos de la nada, vi dos pilares de piedra y una verja de hierro forjado. Un hombre apareció de entre los árboles y la abrió. El automóvil traqueteó al pasar por encima de los tubos metálicos que impedían el paso del ganado y aceleró para enfilar el corto camino de acceso que conducía hasta un edificio gris de forma cuadrada. Parecía un monasterio, con una pequeña iglesia a la izquierda. Había dos coches negros aparcados cerca de la entrada y Lyndon se detuvo a su lado.

Salió y me abrió la puerta. No me moví. Pasado un momento, me agarró por el brazo y tiró de mí para obligarme a salir a la fuerza. Una mujer con uniforme de enfermera nos esperaba en la puerta. Miré de reojo a Lyndon, que seguía sujetándome por el brazo. Había oído hablar de los hogares para madres y recién nacidos que existían en Irlanda, lugares donde las familias enviaban a las madres solteras para que dieran a luz en secreto a sus hijos. En la mayoría de los casos, la madre acababa siendo separada del bebé, que era adoptado por alguna familia respetable. Tiré para soltarme de Lyndon, pero cuando la enfermera vio mi gesto me agarró por el otro brazo.

—¡No, no! —grité.

Era incapaz de decir otra cosa. Un grito primigenio que reflejaba mi necesidad de escapar de allí.

Me metieron a la fuerza en una sala. Detrás de un gigantesco escritorio de caoba había un hombre sentado. Parecía simpático, o eso me imaginé, de manera que me puse a suplicarle de inmediato.

—Entiéndalo, por favor, soy una mujer con medios. Soy propietaria de mi propio negocio y el padre del bebé dejó unos ingresos —dije—. Mi hermano me ha traído aquí en contra de mi voluntad.

—Opaline, no sigamos con esta pantomima por más tiempo. Doctor, este hijo bastardo fue concebido fuera del lecho matrimonial y ese esposo del que habla es una simple invención.

Me quedé en silencio, pasmada. El hombre se levantó, rodeó la mesa y me estrechó la mano con educación.

—Por favor, señorita Carlisle, tome asiento y tranquilícese. Polly, ¿podría traer té para los señores Carlisle? Deben de estar cansados después del viaje.

La enfermera desapareció y Lyndon se sentó en una de las sillas de respaldo alto. Quería salir de allí, pero no tenía ni la más mínima posibilidad de hacerlo con dos hombres cortándome el paso, así que me senté también.

—Su hermano me ha informado de que no se ha encontrado muy bien últimamente, de que no es usted misma. ¿Está de acuerdo con ello?

—Rotundamente, no. Llevo años sin ver a mi hermano, y su único interés en mis asuntos tiene su origen en la malicia y los celos.

—Como bien puede ver, doctor, sigue sufriendo alucinaciones —dijo Lyndon, con el tono más compasivo que le había oído articular—. Hace ya un tiempo que tengo claro que no es capaz de gestionar sus propios asuntos y por ello, a efectos inmediatos, pasaré a ocuparme de su pequeña tienda.

Volví rápidamente la cabeza hacia mi hermano y mis ojos echaron chispas.

—Leíste lo del manuscrito en la carta, ¿verdad? Y sabes lo que vale. Por eso has venido ahora a por mí. Porque el bebé te trae sin cuidado. Eres un hombrecillo celoso y aborrecible… —Me volví entonces hacia el doctor—: ¡Está decidido a destruir todo por lo que he trabajado, a destrozar mi reputación y a hacerse con todo lo que es mío! —dije, tan rápido que se me formó incluso saliva en la comisura de la boca. Necesitaba hacerle comprender a aquel hombre quién era realmente Lyndon.

Los dos hombres intercambiaron miradas de entendimiento.

—A ver, un momento, ¿quién es usted y qué es este lugar?

—Soy el doctor Lynch y esto es el manicomio del distrito de Connacht.

Era imposible que lo hubiera oído bien.

—No lo entiendo… ¿Lyndon?

Mi hermano mantuvo la vista fija en él. El doctor Lynch se inclinó hacia delante y descansó los codos sobre la mesa, unió los dedos y apoyó el mentón sobre ellos.

—Su hermano la ha traído aquí porque le preocupa su bienestar, Opaline. Por lo que parece, sufre usted lo que denominamos demencia puerperal, un tipo de psicosis que puede desarrollarse en las mujeres embarazadas y que hace que se vuelvan violentas hacia sí mismas y hacia los demás.

—Intentó atacarme en el coche de camino hacia aquí —dijo Lyndon, poniendo cara de víctima.

—¡Eres un desgraciado mentiroso! —grité.

Me levanté para irme de allí, pero la enfermera había vuelto y, haciendo gala de una fuerza extraordinaria, me retuvo entre sus brazos y me obligó a volver a sentarme.

—Por favor, intenta relajarte, Opaline.

Traté de liberarme de la enfermera, pero fue inútil. La mujer me tenía apresada como un torno. Empecé a respirar de forma entrecortada, como un animal atrapado. Y fue entonces cuando comprendí que Lyndon lo tenía todo preparado. Sabía cómo reaccionaría yo, y que mi rabia solo serviría para darle la razón, para hacerme quedar como una persona mentalmente inestable. Un hombre rabioso era un hombre dominante. Pero si una mujer se ponía rabiosa era porque había perdido la cordura. Juré para mis adentros callarme y me concentré en controlar mi respiración.

—Su hermana parece sufrir algún tipo de complejo de persecución, como comentaba usted en su carta.

Por supuesto, ya estaban empezando a hablar como si yo no estuviera presente. Cualquier argumento a mi favor que yo pudiera presentar sería visto como una prueba más de mi debilitado estado mental. Dejé caer la cabeza sobre el pecho, sintiendo que mi cuerpo empezaba a derrumbarse. De golpe, toda mi energía me abandonó.

—No me cabe la menor duda, doctor Lynch, de que usted entiende que mi familia no puede correr el riesgo de que este tipo de escándalo llegue a los periódicos. El estilo de vida de Opaline lleva ya tiempo siendo causa de vergüenza para nuestra madre, pero esto —dijo Lyndon, señalando mi vientre embarazado— es demasiado.

—Efectivamente. Es justo la pérdida de moralidad que vivimos en este siglo lo que está provocando tantas enfermedades —dijo el doctor, dándole la razón a mi hermano, el héroe de guerra. Le aseguró a Lyndon que una estancia en su institución me curaría de lo que fuera que ambos encontraban tan desagradable en mi carácter—. Y ahora, si quiere por favor firmar este formulario de internamiento y entregar la cantidad acordada, le ofreceremos a su hermana todos los cuidados que necesita.

Haciendo acopio de una enorme fuerza de voluntad, logré que mi respiración se ralentizara y fui capaz de conectar con una parte profunda y primigenia de mi persona. Hoy no podría escapar, eso seguro. Pero utilizaría mi ingenio y mi intelecto para, a lo largo de los días siguientes, convencer a aquel médico de que yo no hacía absolutamente nada encerrada en aquel lugar. Ignoraba en aquel momento que la mitad de las mujeres enclaustradas allí habían intentado hacer aquel ejercicio inútil. Debería haber sabido que a las mujeres nunca las escuchaban. Que el sexo femenino era para ellos una simple curiosidad: algo susceptible de ser estudiado, pero no comprendido. Una molestia que había que controlar.

La enfermera, sin soltarme el brazo, me arrastró fuera del despacho del doctor y me guio hacia un pasillo. Una vez lejos de las zonas públicas del edificio, la estética cambiaba. Lo que me chocó de inmediato fue la desnudez del lugar. En las paredes, pintadas de un tono verde pálido, no había nada de nada, y el olor a lejía me provocó ganas de vomitar. Llegamos a mi habitación, aunque bien podrían haberla llamado como lo que en realidad era: una celda. El único mobiliario eran dos camas con armazón metálico (al parecer, no estaría sola durante mi encarcelamiento, aunque no sabía muy bien si aquello era bueno o malo). Había una ventana alta, que exigía encaramarse a la cama para mirar hacia el exterior y que enseguida vi que tenía barrotes, por si se me pasaba por la cabeza la idea de fugarme.

—Necesito ir al baño.

—Hay un orinal debajo de la cama —me informó la enfermera, que seguía sin soltarme el brazo.

No me debatí para que me soltara porque, la verdad, creo que no habría sido capaz de tenerme en pie sin su ayuda. Sentí náuseas y pedí un poco de agua.

—Esto no es un hotel —replicó la mujer, molesta conmigo porque había tenido la audacia de hablar—. Cuando oigas la campanilla que anuncia la cena, sigue a las demás mujeres por el pasillo.

Me soltó entonces el brazo y, sin miramientos, me empujó hacia el interior de la habitación y cerró la puerta.

Mientras me deslizaba por la pared, incapaz de seguir en pie, oí que cerraba con llave.

Aquella noche permanecí tumbada en el suelo, como si acostarme en la cama fuera la señal de que había aceptado mi destino. En un momento dado, debí de quedarme dormida por puro agotamiento, porque me desperté al oír los gritos y gemidos de otras internas. O pacientes. ¿Acaso importaba? Yo no tenía nada que ver con aquel lugar y necesitaba escaparme. ¿Pero cómo podía una mujer embarazada huir de un sitio como aquel? Era físicamente imposible. Musité el nombre de Matthew una y otra vez. Vendría en mi rescate, seguro. De algún modo. Sabía que lo haría. No podía quedarme encerrada allí.

—Por la mañana lo veremos todo más claro —le dije al pequeño bulto que tenía en mi vientre, aunque esta vez no me lo creí.

Capítulo 38

MARTHA

Los abogados me enviaron los contratos para su firma. La venta había sido rápida y, una vez liquidados la hipoteca del banco y los gastos de la agencia, me quedaron veinte mil euros limpios. El mercado inmobiliario estaba de nuevo en alza y había vendido en el momento adecuado según el agente. Aunque vi los números sobre papel, me costaba creer que aquello fuera de verdad mío, que estuviera en mi cuenta corriente. Si así lo quería, podía permitirme un curso universitario a tiempo completo.

Pero no sabía muy bien qué quería. Cuando nunca has tenido nada, es complicado saber cómo reaccionar cuando soplan vientos favorables. Necesitaba más tiempo para tomar una decisión y, entre tanto, prefería permanecer en el único lugar donde me había sentido segura después de dejar a Shane: en Ha'penny Lane.

Serví el té de la tarde de *madame* Bowden en el jardín. Estaba un poco pálida últimamente y comentó que el aire libre le sentaría bien.

—¿Sabes jugar a las cartas?

Refunfuñé para mis adentros cuando vi que, como por arte de magia, se sacaba una baraja del bolsillo.

—Aparte de al *snap*...

—Los de tu generación no tenéis ni idea de cómo pasar el tiempo si no es mirando a vuestros condenados teléfonos.

Tenía razón. Había estado muy pendiente del teléfono. Desde que le había dicho a Henry que no podía estar con él, había adquirido la costumbre de leer continuamente los mensajes que nos habíamos enviado. Y, cuando no me entretenía con esto, soñaba despierta con el día en que nos besamos. Me alegraba saber que había vuelto. La vida había sido muy gris antes de él. Pero la vida gris me había sentado bien hasta entonces. Sabía cómo gestionar lo gris. Sin embargo, cuando ya has saboreado la magia, se hace difícil contentarse de nuevo con una vida normal y corriente.

—Juguemos al veinticinco, es sencillo —dijo *madame* Bowden, repartiendo cinco cartas para cada una y destapando la primera del montón que había dejado a la derecha—. Los corazones son el comodín.

—Vale —dije. Porque a buen seguro lo eran.

Pasó el tiempo, la luz del sol fue cayendo sesgada sobre distintas partes del jardín, destacando plantas cuyos nombres desconocía, y yo seguía sin entender ni de lejos las reglas del juego. Me limité a obedecer las instrucciones de *madame* Bowden y, al rato, descubrí que el simple acto físico de barajar y elegir qué cartas jugar ejercía en mí un efecto calmante. Mis pensamientos empezaron a tomar forma alrededor de cosas en las que normalmente no me permitía pensar.

—Dios mío, no se imagina cuánto aborrecí tener que volver a aquel pueblo —dije, pensando de nuevo en el funeral y dejando un as sobre la mesa.

—¡Oh, has ganado!

—¿De verdad?

Miré la mesa y experimenté un raro momento de felicidad por el mero hecho de sentirla. *Madame* Bowden apuntó el resultado en un papel.

—Allí siempre me sentí como una forastera —continué, barajando las cartas—. La gente siempre me consideró un poco rara. A mí, y también a mi madre. Los niños de la escuela decían que éramos brujas, no entendían cómo podíamos comunicarnos sin necesidad de palabras. Y no les gustó nada que empezara a leerlos.

—¿A qué te refieres con eso de «leerlos»?

Me maldije en silencio. ¿Cómo era posible que se me hubiese escapado? Aquel juego tonto de cartas me había distraído. La miré a los ojos; su semblante estaba en alerta. Lo había hecho a propósito, me había engatusado para que hablara más de lo que pretendía.

—Oh, simplemente a tener un presentimiento con la gente.

—Intuición, dirían algunos.

Me indicó con un gesto que volviera a barajar.

—Sí, algo así.

—Ya. Y a mí, ¿puedes leerme?

Me quedé mirándola unos instantes. Después de nuestro primer encuentro, creí saber todo lo necesario sobre *madame* Bowden. Lo único que deseaba en aquel momento era seguridad, y supe enseguida que aquella mujer no me haría ningún daño. Pero la pregunta de ahora me sorprendió, y pensé si quizá habría estado todo aquel tiempo ocultándome algo.

—Ha estado poniéndome a prueba para alguna cosa, aunque no sé para qué.

—Bueno, para eso no es necesario ser adivino. ¿Qué más?

Dudé. ¿Cómo podía decir aquello sin herirle los sentimientos?

—¡Vamos, no me desmoronaré!

Parpadeé. ¿Estaría ella leyéndome?

—Es usted mayor, muy mayor. Más mayor de lo que parece. Y le da miedo caer en el olvido. Está esperando la llegada de alguien, ¿no? De alguien que pueda cuidar de...

—Sí, vale, ya es suficiente.

Unió las manos sobre el regazo y fijó la vista en un pájaro negro que estaba salpicando agua en el bebedero.

—¿Lo ve? A la gente no le gusta que le digan cosas que en realidad uno no debería saber.

Madame Bowden suspiró exageradamente y ladeó la cabeza.

—Te he infravalorado. No volveré a hacerlo.

Imaginé que se trataba de un cumplido y, en consecuencia, hice un gesto de asentimiento.

—Sentirse como un forastero puede ser bueno —dijo a continuación *madame* Bowden, retomando el hilo anterior de la conversación.

—¿Usted cree? Pues a mí me parece que todo habría sido mucho más fácil si mi madre y yo hubiéramos encajado allí.

—¡Dios nos libre, Martha! El conformismo es una sentencia de muerte. No, querida mía, debes aceptar aquello que te hace destacar por encima de los demás. Porque eso es lo que la gente odia. Es como el círculo del infierno en esta vida: culpar a los niños por ser quienes son, porque nos culparon a nosotros, y a nuestros padres antes que a nosotros. Si no haces daño a nadie, ¿por qué intentar cambiar quien eres?

—No lo sé. Nunca me lo había planteado de esta manera. Lo único que sé es que siempre estoy rabiosa conmigo misma. Tengo la sensación de que nunca seré lo bastante buena para los demás... ¿Por qué tomarse entonces la molestia de intentarlo?

—¿Bastante buena para quién? ¿Para los que están atrapados en una vida que ni siquiera eligieron? Seguro que te has dado cuenta de que lo único que quieren esas personas es que estés igual de atrapada que ellas, para así sentirse menos solas en su vacío. Ve con cuidado, Martha, ¡si sigues mirando a través de los ojos de la burguesía, tu propio valor acabará cegándote!

Aquella noche, después de ducharme y mirar una vez más el relato que llevaba tatuado en la espalda, pensé en lo que *madame* Bowden había dicho. Lo supe desde el momento en que llegué a Ha'penny Lane, pero había intentado negarlo. Desde el primer instante, sentí la fibra del edificio filtrándose bajo mi piel, llenándome la cabeza con la idea de un futuro con el que jamás me había atrevido a soñar. Pero, cuando vi la carta de Opaline a Sylvia, supe que el libro al que se refería era el que me había sido entregado. ¿Estaría todo relacionado, de un modo u otro, con *madame* Bowden? Tenía muchísimas preguntas, y Henry era la única persona con la que podía hablar sobre el tema. ¿Podríamos ser solo amigos? La idea me entristecía. Pero no veía otra salida. No podía correr el riesgo de perderme de nuevo, y mucho menos ahora, después de haber luchado tanto por reconstruir mi vida.

Me tumbé en la cama para leer uno de los libros de mi curso de literatura, *Persuasión*, de Jane Austen, y al cabo de poco rato vi que había más libros colocados en horizontal en la rama que había salido del árbol y hacía las veces de estantería. Las palabras grabadas en sus lomos parecían doradas bajo la luz de la lamparita. *Querido lector*, de Cathy Rentzenbrink; *Nunca me abandones*, de Kazuo Ishiguro, y *Flores en el ático*, de V. C. Andrews. Dios mío. ¿De verdad pensaba *madame* Bowden que podría con tanta lectura adicional?

Fijé de nuevo la vista en la página del libro que estaba leyendo. No podía permitirme distracciones, puesto que tenía que acabarlo antes de la próxima clase. Pero la curiosidad pudo conmigo y levanté de nuevo la vista, solo que esta vez, vi que ciertas palabras parecían destacar más que las demás: «Querido lector», «abandones», «en el ático».

Contuve la respiración y presioné el libro contra mi pecho. Aquello era espeluznante. Consulté el reloj. Las doce de la noche y un minuto. Miré otra vez los libros y me parecieron de nuevo perfectamente normales e inofensivos, sin que ninguna palabra destacara sobre las demás. No escondían ningún mensaje secreto. «Mejor ignorarlo», me dije, pensando que debía de tener la vista cansada y que por eso estaba viendo cosas donde no las había.

«Intuición», lo había llamado *madame* Bowden. Tal vez ignorar mi intuición había sido precisamente la base del problema.

Me calcé las zapatillas deportivas y me cubrí con la chaqueta de lana vieja que utilizaba como batín. No quise encender la luz del pasillo de arriba, ya que sabía que *madame* Bowden tenía el sueño ligero, y como resultado acabé golpeándome la punta del pie con el último peldaño de la escalera que daba acceso al último piso. Grité en silencio, tanto por el dolor como por ser tan ingenua y creer que aquellos libros estaban diciéndome alguna cosa.

¿Pero era esto ingenuidad? Llevaba un tatuaje en la espalda, la mitad del cual no me lo había tatuado yo.

Llegué delante de una pequeña puerta, en el punto más alto del edificio, y tuve que agacharme. Empujé y tiré, pero la puerta no se movió. Busqué infructuosamente si en el arquitrabe había una llave escondida, pero solo encontré polvo. Era inútil. A oscuras no podía hacer nada. Bajé la escalera con un poco más de cuidado y, cuando pasé de puntillas por delante de su dormitorio, la señora de la casa gritó:

—¿Eres tú, Martha?

—Sí, solo estaba… —Mierda. ¿Qué decir?—. He encontrado una araña en mi cuarto de baño y por eso he subido al de aquí. Perdón.

Me quedé a la espera de una respuesta, pero, viendo que no pasaba nada, seguí mi camino. Y justo antes de llegar abajo, *madame* Bowden gritó:

—¡Mientes fatal, Martha!

Capítulo 39

HENRY

—¿Sigue usted ahí, señor Field?

Me cubrí la cabeza con la almohada y grité algunas obscenidades antes de volver a prestar atención a la llamada telefónica.

—Solo necesito un poco más de tiempo, eso es todo. Recibió el primer borrador, ¿verdad?

—Sí, sí, efectivamente, y es una propuesta muy prometedora, pero el problema es que… —Derrick, el jefe de departamento, era un buen tipo y estaba intentando darme la noticia con delicadeza. El problema era que yo no podía aceptar lo que estaba diciéndome—. El problema es que no ha encontrado absolutamente nada que la respalde, Henry.

Y tenía razón. Sabía que tenía razón. Lo de una vieja carta que hablaba de la «posibilidad» de una segunda novela de Brontë no era más que un rumor. No disponía de ninguna prueba fehaciente.

—Lo siento, Henry, pero le han retirado la beca.

—¿Qué?

—Mire, he intentado defender su causa, pero no es la primera vez que se embarca en una misión imposible, por lo que tengo entendido.

Estupendo, y para rematar, una buena dosis de humillación. Le di las gracias por haberme llamado para darme la mala noticia personalmente en vez de por carta. Y cuando colgué le grité un rato más a la almohada.

Había dedicado años a perseguir pistas, a intentar encontrar ese manuscrito perdido que me diese un nombre. Sí, había conseguido atribuir relatos cortos y ensayos escritos bajo seudónimo a sus autores reales, había descubierto cartas interesantes entre personajes destacados del mundo literario y había manejado infinitos textos descubiertos por especialistas en libros raros, pero, por el momento, no había hecho ningún descubrimiento excepcional. Aquella era mi oportunidad, lo presentía. Pero había permitido que las emociones me distrajeran y este era el resultado. Martha había dejado perfectamente claros sus sentimientos y, si quería salvar lo que quedaba de mi carrera, iba a tener que consagrarme al cien por cien a esta investigación.

Cogí el portátil y me senté en la cama. La música *trance* siempre me había ayudado a concentrarme; algo tendrían sus tonos y ritmos repetitivos que me hacían sentir como si me estuviera moviendo, aun estando sentado y quieto. De un modo u otro, llegaría al fondo de aquel misterio. Me había puesto ya en contacto con los herederos de Rosenbach para confirmar que la carta no era una falsificación. Habían contratado a un especialista en caligrafía e iban engatusándome con retrasos. De todos modos, si hubieran obtenido el manuscrito, todo el mundo lo sabría a estas alturas. No, tenía que volver a Opaline y averiguar qué le había pasado y por qué afirmaba poseer el manuscrito perdido de Emily Brontë.

Oí que llamaban a la puerta y supuse que, si lograba mantenerme en silencio, Nora imaginaría que había salido.

—Huelo a alcohol desde aquí —dijo Nora.

Me levanté para abrir la puerta y me la encontré allí, portando una bandeja con una taza de té humeante y un sándwich caliente de beicon.

—La verdad es que es usted una mujer excepcional.

Cogí la bandeja y la hice pasar.

—¿Qué demonios te ha pasado en la cara?

—Oh, eso, sí.

Casi lo había olvidado, entre lo de ver mi reputación destrozada y el corazón hecho trizas.

—¿Estás… estás bien, Henry?

—Nunca había estado mejor.

—Es que… me preocupas.

Algo tenía que pasar cuando una desconocida temía por tu salud mental. Necesitaba controlar la situación. Y rápido. Le aseguré que enseguida estaría fresco como una lechuga; así que, después de comer lo que me había traído, volví al ordenador y empecé a buscar información sobre la familia Carlisle. El padre había sido funcionario y se había casado con una rica heredera. Ambos hijos habían estudiado en buenos colegios y había información abundante sobre la carrera de Lyndon en el ejército. Pero, como siempre, todo lo relacionado con Opaline se paraba de repente, con la única excepción de un pequeño anuncio en la prensa de la boda de Jane Burridge con lord Findley. Opaline Carlisle aparecía como dama de honor. Por mucho que me doliera pensar en Martha, recordé lo que había dicho sobre conocer a Opaline a través de las mujeres de su vida. Y Opaline debió de tener amigas, por supuesto. Le di un buen trago al té frío y subí el volumen de la música antes de sumergirme en la vida y la época de *lady* Jane. Aquel era mi lugar feliz: investigar a personas fallecidas mucho tiempo atrás y olvidadas, en general, por el mundo; era como si el simple acto de proyectar algo de luz sobre ellas pudiera devolverlas a la vida por un instante fugaz. Porque eso era lo que en realidad me había inspirado a la hora de introducirme en el universo de los libros raros: descubrir la vida y las historias sorprendentes de gente que había desaparecido mucho antes de que naciéramos nosotros; de gente a la que le importaban las trivialidades del día a día tanto como a nosotros; de gente que había vivido en épocas maravillosas sin ser plenamente conscientes de su importancia. El hecho de reunir aquellos fragmentos variopintos me ayudó a calmar la mente. Tal vez fuera un consuelo saber que mi vida no era más que una página en el gran libro de la historia del esfuerzo humano. Aliviaba parte de la presión que debía de implicar ser alguien o algo importante. Y ese sentimiento duró hasta que vi una noticia sobre uno de mis colegas que había sido galardonado con una beca, y sobre otro que había escrito un libro acerca de los descubrimientos de algunos oscuros coleccionistas del pasado que se había convertido en un éxito de ventas. Comprendí que estaba maldecido por uno de los deseos más perdurables de la humanidad: dejar mi huella.

Después de horas de rastrear nacimientos, muertes, actos benéficos y encuentros sociales, di con una carta al director de un periódico irlandés, fechada en 1930.

Estimado señor:

Le escribo en un acto de desesperación, puesto que mis ruegos a todo el mundo sobre este asunto se han visto completamente ignorados. Deseo llamar su atención hacia el deplorable estado de los manicomios del país. Mujeres que están en su sano juicio, tan cuerdas como podamos estarlo usted o yo, son recluidas de forma involuntaria en esas instituciones sin ser

311

previamente sometidas al examen médico correspondiente, y son
mantenidas en condiciones terribles, muy por debajo de los es-
tándares de la decencia humana. Mi querida amiga está siendo
retenida en contra de su voluntad en una de estas instituciones,
en la provincia de Connacht, y, a pesar de las cartas que he
remitido al Gobierno, se me ha negado la posibilidad de que
un médico independiente de mi confianza pueda examinarla.
Necesitamos con urgencia que se lleve a cabo una investigación
a fondo en este tipo de establecimientos.

Atentamente,

LADY JANE FINDLEY

Era totalmente fuera de lo común que una dama inglesa escribiera una carta de aquel estilo, y además a un periódico irlandés. ¿Por qué lo habría hecho? No mencionaba quién era su amiga, pero el cosquilleo que sentía por dentro me indicaba algo. La carta de Opaline a Sylvia Beach hablaba de que había estado encarcelada. ¿Sería posible que la hubieran encerrado en un manicomio? Tenía que encontrar información sobre cuántos manicomios había en Irlanda en aquella época y dónde estaban situados.

Necesitaba café. Necesitaba a Martha. Aunque tendría que conformarme solo con el café.

Capítulo 40

OPALINE

Durante unos segundos preciosos, antes de abrir los ojos, me olvidé por completo de dónde estaba. Mi cabeza me decía que estaba en casa, en mi cama, pero mi cuerpo lo sabía. Me estaba congelando, y la manta áspera que me tapaba no era la mía. Abrí los ojos y la terrible verdad quedó confirmada. No había sido ninguna pesadilla. Estaba encarcelada por obra y gracia de mi hermano.

Oí los tacones de unas botas resonando en las baldosas del pasillo, como el sonido de un ejército en marcha, y la puerta se abrió de repente.

—Las seis de la mañana, hora de levantarse —anunció una enfermera sin mirarme a los ojos, y abrió la ventana para que entrara un aire gélido.

Si pensaba racionalmente, sabía que era inútil exponerle mi caso, pero desde un punto de vista emocional no pude evitar suplicarle por mi libertad.

—Tengo que hablar con el doctor Lynch, por favor. Se trata de un grave error. ¡Tienen que dejarme marchar!

La enfermera, que tenía un pelo grasiento y negro como el ala de un cuervo, peinado con una estricta raya en medio, y unos ojos oscuros que parecían a la vez vacíos y penetrantes, me ignoró por completo. Como si yo no hubiese hablado.

—Fuera, al pasillo, el desayuno está en la mesa.

—Sí, pero…

—Más tarde hablarás con su ayudante, el doctor Hughes. Se lo cuentas a él.

Me hizo entrega de un vestido de franela gris horroroso y me dijo que me lo pusiera. Cuando me hube vestido, hizo un paquete con mi ropa y se la llevó a un lugar desconocido. Me condujo a empujones hasta un lavamanos, donde las demás pacientes se estaban lavando la cara con agua helada. No me parecieron especialmente locas. Sino más bien cansadas y muertas de miedo.

La enfermera, que más tarde averigüé que se llamaba Patricia, nos guio como un rebaño hasta lo que supuse que sería el comedor. Había una mesa larga de madera con un banco a cada lado, y en ella unos cuencos esmaltados con algún tipo de caldo y una cesta con pan duro. A primera vista, calculé que habría allí una sesentena de mujeres. En el otro extremo de la estancia había una mesa aparte con unas diez mujeres que parecían sufrir alguna discapacidad intelectual y dos enfermeras vigilándolas. Me senté e intenté llevarme una cucharada de caldo a la boca, pero no lo toleré. Se me había cerrado la garganta y esta se negaba a tragar. Estaba intentando mojar el pan en el caldo cuando la anciana sentada a mi lado me agarró la mano.

—¡No lo comas, está envenenado!

Solté el pan al instante y la mujer se echó a reír despiadadamente. Era imposible saber si estaba loca o simplemente era cruel.

—Déjala en paz, Agatha.

Miré a mi alrededor para localizar a la persona que había pronunciado aquellas palabras y me sorprendió descubrir que se trataba de una mujer muy joven, de apenas veinte años, según mis cálculos, que había hablado con una autoridad que no se correspondía en absoluto con su edad. Hice un gesto de asentimiento para darle las gracias. Calcular la edad de cualquiera de mis compañeras era complicado, tanto debido al estado de su vestimenta como a la factura mental que podía llegar a cobrarse un lugar como aquel.

—Me llamo Mary —dijo la chica, con una amabilidad inesperada—. ¿Por qué te han internado aquí?

—Mi hermano… —Me fue imposible terminar la frase por miedo a romper a llorar.

Oí un gimoteo y vi a otra mujer canosa sentada al final de la mesa que lloraba sin parar, y la mujer sentada a mi lado empezó a murmurar para sus adentros una conversación sin sentido que parecía no tener principio ni fin.

—¡Hora de salir al patio!

El grito de otra enfermera anunció el final del desayuno, y todas las mujeres recibimos un chal deshilachado para salir a dar vueltas a un patio cerrado. Estábamos en pleno invierno y hacía mucho frío. Y a eso había que sumarle que el patio daba al norte y no veía jamás el sol. Pensar en salir fue como si me ataran un ancla que tirara de mi corazón hacia abajo. Aquello era demasiado. Me quedé clavada en el suelo mientras las demás circulaban a mi alrededor.

—¡Ponte en la fila!

Ignoré la orden. Estaba demasiado débil para moverme.

—¡Carlisle, búscate una compañera y camina!

No estaba acostumbrada a recibir órdenes y me negué a obedecer.

—¿Cuántas veces tengo que decírtelo?

Y, para mi sorpresa, esta orden llegó acompañada por un bofetón en la oreja. De pronto, las pocas fuerzas que me quedaban se apoderaron de mí con rabia. Me disponía a devolver el golpe cuando noté que un brazo se deslizaba por el mío y tiraba de mí para que echara a andar.

—Lo mejor es que hagas lo que te dicen —me susurró una voz.

Miré a mi izquierda y vi a Mary, la joven que había salido en mi defensa en la mesa.

—No tendría que estar aquí —le expliqué.

—¿Y crees tú que cualquier pobre criatura tendría que estar aquí?

Negué con la cabeza, aunque, a decir verdad, en aquel momento no me importaba nadie más. Aquellas mujeres me daban miedo, con esos rostros vacíos y desprovistos de cualquier atisbo de normalidad. Me envolví con el chal. Temblaba tanto de frío que me castañeteaban los dientes. Vi que los labios de las demás mujeres se estaban poniendo azules por el frío. Aquello era inhumano.

—Carlisle, ven aquí.

Hacía tanto tiempo que nadie me llamaba por mi nombre real que tardé un momento en darme cuenta de que Patricia, la enfermera, se dirigía a mí. «Gracias a Dios», me dije. Acababan de darse cuenta de que todo aquello había sido un terrible error y me pondrían enseguida en libertad. Separé el brazo de Mary y le di las gracias por su amabilidad, segura de que jamás volvería a verla.

Seguí a toda velocidad a la enfermera y, una vez dentro del edificio, me condujo hasta una habitación donde me pesaron, me midieron y, a continuación, otra enfermera armada con unas tijeras me cortó las uñas a ras.

—¿Por qué hacen todo esto? —pregunté.

—Porque te va a visitar el doctor Hughes —respondió la enfermera.

Me dije que tenía todo el sentido del mundo, una revisión médica final antes de dejarme marchar. A efectos administrativos. Seguro que era eso.

Después de una somera exploración física, me llevaron a otra habitación. Allí, sentado y con una bata blanca, había un hombre que se presentó como el doctor Hughes. Tenía ante mí la oportunidad de explicarme, pero de pronto me encontré con que no sabía por dónde empezar.

—¿Quién es usted? —preguntó el doctor, mientras abría una carpeta de color beis y destapaba la pluma.

—Me… me llamo Opaline Gr… Es decir…

—Un principio poco prometedor, ¿no le parece?

Su capacidad para encontrar el humor en circunstancias tan desesperadas me puso de los nervios.

—Me llamo Opaline Carlisle, pero he estado viviendo bajo el seudónimo de Opaline Gray para proteger mi identidad de mi hermano, que es un maniaco violento.

Eso era. Había sido clara, coherente y concisa. Seguro que aquel hombre vería que estaba completamente sana.

—¿Dónde vive?

—En Ha'penny Lane, en Dublín. Regento una pequeña librería.

El doctor Hughes levantó las cejas.

—¿Y está usted embarazada?

—Sí.

—¿Con cuántos hombres ha mantenido relaciones íntimas?

—¿Perdón?

—Relaciones sexuales, señorita Carlisle.

Una oleada de rabia me recorrió el cuerpo entero e inspiré hondo varias veces. Eso era lo que quería aquel hombre, verme reaccionar.

—Solo con ese —respondí con frialdad.

—Su hermano me informa de que ha llevado usted un estilo de vida inmoral, ¿es así?

No sabía qué responder, de modo que no dije nada.

—¿Ve caras en la pared?

—No; en este preciso momento, no.

Me miró con cierto desdén y me maldije por haberme hecho la listilla con él.

—¿Oye voces?

—No, doctor, no oigo voces. A mí no me pasa nada, imagino que lo ve. Mi hermano ha maquinado toda esta pantomima. Está enfadado conmigo porque me negué a acatar sus deseos de casarme con un hombre al que apenas conocía. Y esta es su forma de castigarme, ¿no lo ve?

La estancia se sumió en un silencio interrumpido tan solo por el sonido de la estilográfica plasmando los pensamientos del doctor sobre papel blanco. Me pregunté dónde estaría mi ropa y si pasaría cerca de allí un autobús que pudiera llevarme de vuelta a Dublín.

—Esto es todo por ahora, enfermera —dijo el doctor Hughes, llamando a Patricia para que volviera a entrar.

—¿Ya puedo irme a casa?

—Oh, me temo que pasará un tiempo antes de que esté lista para reincorporarse a la sociedad, señorita Carlisle. Si acaso esto llega a suceder.

Sus palabras sonaron como un guion aprendido, algo que esperaría que un actor dijera en un escenario. Aquello no podía estar sucediendo en el mundo real.

—¡No puede hablar en serio! ¡La revisión médica consiste en esto, nada más? ¿En preguntarme si veo caras en la pared? Doctor Hughes, estoy segura de que ve que estoy tan cuerda como usted.

—Su hermano…

—¡Olvídese de mi hermano! ¿Acaso es más valiosa su palabra que la mía?

No dijo nada, se limitó a tapar la estilográfica. Ya tenía mi respuesta.

Descansé las manos sobre el escritorio que se interponía entre nosotros.

—¡Le está mintiendo! Puedo demostrarlo. He descubierto un manuscrito muy valioso y mi hermano quiere robármelo, ¿es que no lo ve?

El doctor sonrió con suficiencia a la enfermera que me había sujetado por los brazos y me estaba arrastrando a la fuerza para sacarme de allí.

—Vamos, Carlisle, es mejor que no te resistas —dijo la enfermera.

—Hágame todas las pruebas que quiera. ¡Le demostraré que no estoy loca!

—Oh, creo que ya sabemos todo lo necesario a ese respecto, señorita Carlisle.

—¡No! ¡Por favor! ¿Dónde está el doctor Lynch? ¡Déjeme hablar con él! —grité, y mis alaridos roncos e inútiles resonaron por el pasillo.

Nos cruzamos con otra enfermera que escoltaba a una paciente al despacho del doctor, y Patricia habló un momento con ella para asegurarle que en menos de una hora ya se me habría olvidado todo. Creían de verdad que estaba loca, y cualquier argumento que utilizara para protestar contra este hecho solo serviría para confirmar su diagnóstico.

Me metieron de nuevo en mi asquerosa habitación y me acurruqué en un rincón, donde pasé horas llorando. Cuando la habitación se volvió más oscura, levanté la vista y vi a una mujer sentada en la cama. ¿Cuánto tiempo llevaría allí?

—Mejor que saques todas tus lágrimas. De poco te servirán aquí dentro.

—¿Mary?

Me levanté del suelo, una tarea ardua con mi vientre de embarazada, y me senté en la cama a su lado.

—¿Por qué te encerraron aquí? —le pregunté.

La miré bien por primera vez. Su pelo estaba enmarañado y le sobresalía por todos lados, sus ojos eran oscuros y de mirada profunda, pero sus labios de Cupido articulaban las palabras con un tono sereno y comedido que no se correspondía con su edad.

—Por histeria. O eso fue lo que me dijeron.

«Histeria», aquello podía ser cualquier cosa.

—¿Y cómo… cómo se manifiesta? —pregunté, pensando que a partir de ahora compartiríamos habitación.

—Me pongo muy sensible cuando mi padre me pega.

—Dios mío.

Sonrió un poco, como si el humor fuera lo único que le quedaba.

—Cuando me quedé embarazada, le expliqué que aquello me lo había hecho el cura. Pero no me creyó. Dijo que yo no era más que una sucia zorra. Me quería ver fuera de casa, así que les dijo que tenía fiebres demoniacas. Que las lesiones que tenía me las hacía yo misma.

Hundí la cabeza entre las manos. ¿Cómo era posible que hubiéramos acabado aquí? Me había ido de casa inspirada por las sufragistas, las mujeres modernas que iban a conseguir la igualdad y la libertad para ir en busca de su propia felicidad. Pero de un plumazo nos habían encerrado. Mujeres problemáticas con ideas poco convenientes.

—¿Cuánto tiempo llevas aquí? Se te ve muy joven.

—Tres años. Tengo veintidós.

Mis lágrimas asomaron de nuevo. Allí no había esperanzas. Mary me presionó la mano con fuerza.

—Tienes que ser fuerte por el bebé —dijo, y se levantó y se desnudó para acostarse en la otra cama.

Me tumbé sobre el fino colchón y observé el brillo de la luna a través de los barrotes de la ventana. Mary llevaba razón. Tenía que cuidar del pequeño que llevaba dentro. Comería lo que me dieran, saldría y dejaría que el aire fresco me llenara los pulmones y me mantendría todo lo sana que me fuera posible. Si a partir de ahora tenía que ser así, lo aceptaría. Por el bien de mi criatura. No podía permitirme alterarme como lo había hecho hoy. Sabía que no era bueno. De modo que mantendría la calma y, cuando llegara el momento, me trasladarían al hospital para tener a mi bebé y entonces tendría la oportunidad de escapar.

Pasaron dos semanas, y cada día era idéntico al anterior. Resulta inimaginable lo mucho que duran los días cuando no hay nada que hacer, decir o pensar. El hecho más remarcable era el frío. Lo veía en el vaho que desprendía mi aliento cuando hablaba. Una mañana durante el desayuno una mujer mayor sufrió un ataque y empezó a temblar y a convulsionar por el frío. Sufría tanto que prácticamente se cayó del banco.

—Dejad que se caiga al suelo, así aprenderá la lección —dijo la enfermera Patricia.

Las enfermeras llevaban abrigo y, a pesar de que hasta la última fibra de mi cuerpo me aconsejaba que me mantuviera callada, no pude evitar contestar.

—¿Es que no ve que se morirá de frío aquí mismo? ¿No pueden proporcionarle algo más de ropa?

—Tiene la misma ropa que todo el mundo.

Y la discusión acabó ahí. Le di a la mujer mi taza de té caliente cuando nos lo trajeron. No me suponía una gran pérdida, aguado como estaba siempre y con aquel sabor tan especial a cobre.

Justo ese mismo día llegó otra mujer, lo cual nos dio a todas algo en lo que centrar nuestra atención. Le dimos la bienvenida lo mejor que pudimos y comprendí entonces la sed de información que me había recibido al llegar. Todo el mundo quería saber por qué estaba aquella mujer aquí, aunque fuera tan solo para apaciguar aquel aburrimiento tan aturdidor. Confiaba en que su historia me diera la razón y se tratara de otra víctima inocente. Pero lo que estaba contando no tenía ni pies ni cabeza y pronto se la llevaron para recibir tratamiento, fuera lo que fuese lo que eso significaba.

No sé de qué manera nos llegó el rumor de que venía directamente de los juzgados, donde había sido acusada de asfixiar a su hijo. Que creía que se lo habían cambiado, que las hadas le habían robado a su verdadero bebé. En aquel momento comprendí que si no salía pronto de aquel lugar también acabaría volviéndome loca. La gente se imagina que lo peor de un encarcelamiento es estar encerrada, pero eso es simplemente un trauma más que tienes que soportar. Porque, mientras que algunas de las mujeres estaban simplemente ansiosas o deprimidas, me encontraba conviviendo con otras que sufrían todo tipo de problemas físicos y mentales, y no solo eso, sino que además me consideraban una de ellas. Todo lo cual tiene un impacto profundo en la percepción que uno tiene de sí mismo, de lo que es real.

Aquella noche pensé que el momento de mi fuga había llegado. Los dolores en el vientre me dieron a entender que estaba de parto, y el líquido que mojó mi cama me lo confirmó. Desperté a Mary y le pedí que avisara a la enfermera. Mary aporreó la puerta y gritó, pero no hubo respuesta durante muchísimo rato. Naturalmente, todo sucedió de madrugada, cuando suelen suceder estas cosas, y estaba de guardia la monja más vieja. Consideró que mis agonizantes dolores de parto eran exagerados y dijo que no pensaba ir a despertar al pobre doctor para que viniera a atender a una mocosa inglesa mimada como yo.

—Deja de hacer comedia —dijo, a través de la reja de la puerta.

—¡No quiero que llame al médico, necesito ir al hospital!

Estaba tan excitada con la perspectiva de salir de allí que apenas notaba los dolores.

—¿Al hospital? ¿Acaso no tuvo la gata una camada excelente la semana pasada y se las apañó solita?

Aquella fue su última palabra sobre el tema y oí sus pasos alejándose por el pasillo.

—No irán a dejarme aquí, ¿verdad? —le pregunté a Mary, que estaba sentada a los pies de la cama dándome unas palmadas de consuelo en la espalda.

—No te preocupes —dijo.

Llegó otra contracción, y la superé gimiendo y retorciendo los extremos de la manta alrededor de mis muñecas. La noche continuó así, e imagino que entre contracción y contracción debí de quedarme dormida. Mary permaneció a mi lado todo el rato. Cada vez que le formulaba una pregunta, volvía a decirme que no me preocupara con un tono que me llevaba a preocuparme aún más. Como si cualquier esperanza fuera en vano. A las seis de la mañana, la enfermera Patricia vino a despertarnos y, al ver el estado en el que me encontraba, llamó por fin al médico.

—Por favor —le supliqué, dejando todo mi orgullo de lado. El dolor era agonizante y ni siquiera había podido beber un vaso de agua—. Llévenme al hospital, por favor.

—Para parir no es necesario ir al hospital. Tal vez en Inglaterra lo hagan así, pero aquí no. Parir es lo más natural del mundo —añadió.

Me arremangó el camisón e introdujo una mano helada entre mis piernas.

—¡Quíteme las manos de encima! —le espeté, a lo que ella me respondió con un bofetón.

No sé qué habría pasado si el doctor Hughes no hubiera llegado justo en aquel momento. Se hizo cargo de inmediato del asunto y mandó a la enfermera a buscar toallas y una palangana con agua hervida. Después de dos horas de contracciones que parecía que fueran a desgarrarme por completo, ya no sabía ni me importaba de quién eran las manos que manipulaban mi cuerpo. Me gritaron que empujara y empujé. Alguien tuvo la amabilidad de limpiarme la cara ardiente con un trapo de franela fría. Grité llamando a mi madre, aun sabiendo que nunca vendría. Supliqué a Armand que acudiera en mi rescate. Y entonces otro pujo, distinto esta vez, y la presión aflojó. Oí que hablaban en voz baja y que se llevaban un bulto.

—¿Dónde está mi bebé? ¿Adónde se lo llevan? —No sabía si me habían oído. Mi voz sonaba débil y tenía la garganta en carne viva—. ¿Mi bebé? ¡Denme, por favor, a mi bebé!

Oí la voz de un hombre y palabras que no tenían sentido. Era una niña. Había llegado al mundo con el cordón envolviéndole el cuello. Asfixiada. Azul. Después de aquello, recuerdo muy poca cosa. Sospecho que empecé a volverme loca.

Capítulo 41

MARTHA

—Y bien, ¿qué aspecto de la temática de Austen ha cambiado con este libro, el último publicado antes de su fallecimiento?

El profesor estaba sentado en el borde de su mesa, con una pierna colgando y sujetando en la mano un ejemplar de *Persuasión*. En primera fila siempre se sentaba una chica norteamericana que daba la impresión de que lo sabía todo sobre todos los libros escritos en este mundo. Suponía que le gustaba el profesor, pero él no se daba por aludido.

—Sigue girando en torno al matrimonio y el estatus social —respondió la chica—. Anne juzga a la gente por su carácter, más que por su rango, pero al final sigue sucumbiendo al esnobismo de *lady* Russell y rechaza la propuesta de matrimonio de Wentworth.

—Un resumen estupendo —dijo Logan, que holgazaneaba al fondo del aula—. Así me ahorro leerlo.

Le sonreí. Era de los míos. Aunque no lograba entender por qué se había matriculado en un curso de literatura en turno de tarde y no leía los libros.

—De acuerdo, sí, quizá Austen no sea para todo el mundo. Pero, en cierto sentido, el motivo por el que sus libros son aún populares hoy en día es porque su temática sigue importándonos. El

325

amor. La lealtad a la familia. El orgullo. La presión social para ajustarse a la norma. Tal vez penséis que vais por la vida ejerciendo vuestro libre albedrío en cualquier situación, pero no es así. Estáis influidos constantemente por lo que vuestro corazón quiere, por lo que vuestra cabeza quiere y por cómo queréis que el mundo os vea.

Tenía razón. En todos aquellos años, nada había cambiado realmente.

—Pienso que el tema principal —dijo Beverly, una enfermera dental jubilada que siempre se sentaba a mi lado— no es otro que darle una segunda oportunidad al amor.

Había dejado de intentar leer a la gente, no me parecía justo, aunque a veces lo hacía sin pensar. El primer amor de aquella mujer había muerto en un accidente de coche y nunca había vuelto a salir con nadie más. Confiaba, por su bien, en que Jane Austen tuviera razón.

—Exactamente, Beverly. A Anne la «persuaden» de que renuncie a su oportunidad de amar porque Wentworth no tiene perspectivas de futuro y, en vez de seguir adelante con su vida, se arrepiente amargamente de su decisión. Pero, aun así, al final se da cuenta de que los años que pasan separados le hacen valorar más el amor cuando vuelve a ella.

Mientras recogíamos nuestras cosas, el profesor me preguntó si le había dado más vueltas a la posibilidad de cursar el grado.

—Si me baso en los trabajos que has entregado, diría que eres una candidata perfecta —dijo—, aunque me gustaría que hubiera algo más de interacción en clase. Creo que te beneficiaría.

Me seguía costando hablar en público. Y justo acababa de superar mis problemas con la lectura. Después de la noche en la que descubrí el tatuaje completo en mi espalda, fue como si se hubiese roto un hechizo. Los libros ya no me preocupaban como antes y las historias que contenían se habían convertido en invitaciones más que en señales de alarma. Era como si me hubiesen dado la llave para abrir una puerta cerrada.

—Te dejo aquí algo de material, los requisitos de acceso y demás.

Lo cogí y lo guardé en mi mochila con la sensación de estar viviendo una vida completamente distinta, la vida de alguien que podía hacer todo lo que quisiera. Tal vez al final resultara que las segundas oportunidades sí existían.

Nunca me cansaba de pasear por el campus de Trinity y, después de asistir a clase, siempre me sentía orgullosa de mí misma.

—Tienes que prometerme que no vas a convertirte en una de esas estudiantes de Trinity que siempre consiguen meter con calzador que han estudiado en Trinity en cualquier conversación —dijo Logan, abrochándose la chaqueta. Trabajaba como chef, pero su sueño era escribir cómics.

—Pues lo siento, porque ya lo estoy metiendo con calzador en todas las conversaciones que puedo —repliqué, pensando en que lo haría si tuviera a alguien más con quien hablar, aparte de mis compañeros de clase y *madame* Bowden.

—Estoy planteándome hacer el máster —continuó Logan.

—¿En serio?

—¡No pongas esa cara de sorpresa!

Entonces vi en él a un niño que se había criado leyendo cómics y deseando escribir los suyos. Pero un amor de adolescencia había dado como resultado un embarazo y un trabajo como pinche de cocina para poder pagar el alquiler. En la actualidad, trabajaba como chef en uno de los mejores hoteles de Dublín, pero su corazón seguía estando en la narración.

—Me da la impresión de que el rollo de Austen no te va en absoluto, ¿verdad? —dije.

—Me va más la novela gráfica.

—Ni siquiera sé qué es eso de la novela gráfica.

Me miró con los ojos muy abiertos, como aquel que acaba de recibir una herida mortal pero aún le queda un último aliento para explicarte por qué te equivocaste al disparar contra él.

—Dios mío, no me digas que no has oído hablar nunca de *Maus*. Ni de Art Spiegelman.

Negué con la cabeza.

—¡Vamos, Martha, me estás matando con esto! ¿Y qué me dices de *Glass Town*? Eres una fan de las Brontë, ¿no?

Estaba riendo y tomando mentalmente nota para comprobar si aquellos libros estaban en la biblioteca cuando, justo al doblar la esquina, vislumbré una figura familiar cruzando la plaza. Hablaba felizmente por teléfono y no me había visto, pero, por alguna razón, miró de repente hacia donde yo estaba. Henry.

—Hola —dije, saludándolo con cierta torpeza.

Él levantó la cabeza y esbozó una sonrisa tensa.

—¿Qué tal todo? —dijo, gesticulando con la boca y sin emitir sonido alguno.

Levanté el pulgar a modo de respuesta. Henry señaló el teléfono y le indiqué con un gesto que continuara, que yo, de hecho, ya me iba. Y eso fue todo. Henry entró en el edificio y Logan siguió hablando sobre una idea que tenía para un personaje, un superchef que lucha contra el crimen o algo por el estilo. El encuentro me pareció muy frío, como si nunca hubiésemos significado nada el uno para el otro.

No pude evitar recordar un fragmento de *Persuasión*: «Ahora eran dos extraños; no, peor que extraños, porque jamás podrían llegar a conocerse. Era un distanciamiento perpetuo».

Capítulo 42

HENRY

—¿Así que vendrá? —repitió.

—Lo siento, pero ¿cómo ha conseguido mi número?

—Por el teléfono de Martha, claro. Ha invitado a algunos de sus colegas de la universidad y...

Ni siquiera sabía que era su cumpleaños. Había muchísimas cosas de Martha que seguían siendo un auténtico misterio para mí. Había construido unas murallas defensivas tan altas que las raras ocasiones en las que me había permitido entrar cobraban si cabe más significado.

—Entonces, a las siete aquí —me ordenó.

—No estoy muy seguro de que ella quiera verme —repliqué, mirando por la ventana.

El marido de Nora andaba perdiendo el tiempo por el jardín trasero de la casa. Seguía sin perdonarle que le hubiera dicho a Martha que me había marchado para siempre del país. Era más fácil echarle a él la culpa que aceptar que quizá ella no quería estar con alguien como yo. Lo evidente era que Martha no me había invitado a ninguna fiesta, y no entendía muy bien por qué su jefa había decidido interferir en este asunto.

—¡Tonterías! Martha querrá ver a todos sus amigos. Ha sido algo así como un *annus horribilis* para ella, ¿no le parece? ¡Razón por la cual no creo que esté pidiéndole la luna si le digo que deje de lado sus inseguridades durante cinco minutos para venir a casa a comer pastel! Hombres, de verdad es que son...

Y con aquella crítica final a la totalidad de mi género, colgó.

Hacía buen tiempo para la época del año en la que estábamos y salí a pasear a orillas del canal, donde los narcisos habían creado un sendero dorado en el corazón de la ciudad. Dublín había empezado a ser como un hogar para mí. No había pasado tanto tiempo desde que había hecho planes para mudarme definitivamente aquí. Pensar en ello me producía turbación. El amor, considerándolo en retrospectiva, te hace quedar como un tonto. Realizar planes de tanta envergadura basados única y exclusivamente en un sentimiento —en un combinado de elementos químicos, diciéndolo en plan técnico— parecía absurdo viéndolo a plena luz del día. Pero no podía negar que en aquellas semanas con Martha me había sentido más vivo y despierto que nunca. Hasta conocerla, tenía la sensación de estar caminando como un sonámbulo, tomando decisiones en base a lo que se esperaba de mí. ¿Podía seguir siendo correcto ese método que defendía que todo el mundo debía trazarse de antemano un camino en la vida?

Recordé entonces algo que Lucinda me había dicho antes de marchar: que daba igual que la decisión que tomaras fuera correcta o incorrecta, que lo importante era haber tomado la decisión. Que eso era lo que nos hacía avanzar. De hecho, Lu había utilizado la palabra «viaje» porque estaba aún en su fase «madre tierra».

* * *

Comprar regalos nunca había sido lo mío. Siempre caía presa de un pánico horrible, seguido por la asombrosa toma de conciencia de que no sabía absolutamente nada sobre la vida interior de la persona a la que tenía que comprarle el regalo. Por eso, como norma general, siempre me decantaba por libros. Con un libro nunca puedes equivocarte. Aunque eso tampoco era del todo cierto. En una ocasión, le compré a mi padre un libro sobre los problemas con el alcohol y decidió utilizarlo como combustible para la chimenea. Pero esta vez sabía exactamente qué regalo adquirir.

—¿Lo quiere envuelto para regalo? —preguntó el dependiente.

Hice un gesto de asentimiento, saqué la tarjeta de débito de la cartera y la acerqué a la maquinita.

—Oh, ¿puede intentar introducirla de nuevo? A veces pasan estas cosas —dijo el dependiente con elegancia.

Volví a introducirla. Y de nuevo salió rechazada.

—De hecho, creo que mejor lo cargaré a la de crédito —dije, como si pudiese decidir entre la una y la otra.

No habían perdido ni un segundo en cortarme la beca, era evidente. Pero, mientras observaba al dependiente envolver la caja en papel negro con adornos dorados, comprendí que habría robado un banco (metafóricamente, claro) con tal de poder comprarle esto.

Llegué a la casa justo después de las ocho y, como siempre hacía, fui a echar un vistazo de verificación por si acaso. «¿Por si acaso qué, Henry? ¿Por si acaso la librería, con el manuscrito en su interior, hubieran reaparecido de repente?». Miré el cielo y negué con la cabeza.

«Eres un fantasioso», murmuré para mis adentros mientras subía los peldaños que daban acceso a la puerta principal.

Pero me paré a medio subir cuando vi un movimiento detrás de la ventana. Era Martha, con un vestido de noche azul zafiro que dejaba su espalda al descubierto, enmarcando el majestuoso tatuaje en su piel. Llevaba su melena rubia peinada en una trenza que formaba una corona alrededor de su cabeza.

Noté que las rodillas me flaqueaban. Era inútil. Por mucho que cuando estaba solo intentara convencerme de lo contrario, en cuanto la vi todos mis sentimientos volvieron en tropel. Y entonces lo vi a él, el mismo chico que la acompañaba en Trinity. Estaba contando alguna anécdota que tenía a todo el mundo muerto de risa. Era mayor que ella y con calvicie incipiente, pero era evidente que tenía algo que yo no tenía.

—¿Falta de confianza? —dijo una voz, como si acabara de leerme los pensamientos.

Cuando levanté la vista, encontré a *madame* Bowden en el umbral de la puerta, con una mano apoyada en su bastón y un cigarrillo en la otra.

—¿Cuánto rato lleva aquí?

No respondió.

—¿Piensa entrar, señor Field?

—De hecho, no creo que pueda —contesté—. Acabo de caer en la cuenta de que… de que tenía otra cita. Aunque a lo mejor podría hacerme el favor de darle esto a Martha —dije, ofreciéndole el regalo.

—¿Perdón? ¡Creo que me está confundiendo con un mensajero! Soy la señora de esta casa y, si fuera usted un caballero, entraría y le entregaría personalmente su regalo.

Solté el aire con exageración. Qué mujer.

La casa tenía un aspecto magnífico y resplandecía por todos lados con una cantidad increíble de guirnaldas de luces. En el salón se oían conversaciones animadas y el sonido de copas al chocar con un brindis. Esperé para dejar que *madame* Bowden entrara delante de mí, pero se comportó de manera atípica y se esfumó de repente. Crucé las puertas dobles y me recibió una mesa dispuesta con aperitivos de todo tipo y un enorme pastel glaseado. Era evidente, teniendo en cuenta la fiesta que le había organizado, que la anciana estaba fascinada con Martha. ¿Y quién no? Saludé a algunos de los presentes y me acerqué despacio a la cumpleañera, percibiendo una clara resistencia de mi cuerpo en cada paso que daba para aproximarme a ella. Cuando Martha levantó la vista, descubrí la misma mirada azul que me había recibido aquella primera mañana, cuando me miró por la ventana del sótano. Aunque ahora, con aquel vestido tan bonito, me pareció incluso más seductora.

—Feliz cumpleaños, Martha —dije.

Se apartó de su grupo de amigos y descansó la mano en mi muñeca antes de inclinarse para darme un beso en la mejilla.

—¡Oh, Henry!

Sí, exactamente el tipo de reacción que quieres cuando te cuelas en una fiesta. «Oh, Henry».

—Me alegro mucho de que hayas venido —agregó, dándome un abrazo incómodo. O tal vez fuera que yo era una persona incómoda de abrazar. El debate sigue abierto.

—Y yo —repliqué, como si escaquearme de la cita ni se me hubiera pasado por la cabeza—. Estás preciosa.

Se tocó el pelo.

—Gracias. *Madame* Bowden insistió en prestarme uno de sus viejos vestidos. Incluso le pidió a una modista que hiciera los retoques necesarios —dijo con cara de incredulidad.

Volteó hacia un lado y otro la falda de seda.

Resultaba desgarrador. Necesitaba largarme de allí.

—Mira… —empecé a decir, pero me interrumpió una música que empezó a sonar de repente.

—¡Un baile de cumpleaños! —exclamó uno de sus amigos, que empujó a Martha hacia mis brazos.

—Oh, no creo que sea necesario…

—¡Ni siquiera sé cómo va esto!

Ambos empezamos a protestar al unísono, pero los invitados ya se habían hecho a la idea y formaron el temido círculo a nuestro alrededor.

—Es mi canción —dijo Martha, tímidamente.

Oí las frágiles notas del piano e intenté recordar qué era.

—Tom Waits. Mi madre me puso mi nombre por esta canción. ¿Cómo iba a negarme?

—Vale, si es tu canción… —La rodeé por la cintura y le cogí la mano.

No hablamos, solo nos movimos muy despacio al ritmo de la que posiblemente era la canción más triste que había oído en mi vida. Bailar en público era espantoso, pero bailar en público con la mujer que acababa de dejarte plantado debía de ser el momento más doloroso e incómodo de toda mi vida. Pero entonces sucedió algo; todo se volvió extrañamente mágico. Nos miramos a los ojos, incapaces de no sonreír por la situación. Los invitados se apartaron para dejarnos más espacio, pero para mí fue como si desaparecieran por completo. Solo la veía a ella. Sentirla entre mis brazos era perfecto. Y, por raro que parezca, descubrí que podía bailar; no sé si fue por aquel precioso vestido de noche o por la luz de las velas, pero el caso es que me convertí en Fred Astaire. O simplemente me sentía como si lo fuese, y si alguien nos hubiese grabado en vídeo habría visto que más bien parecía el monstruo de Frankenstein. La canción alcanzó su rítmico e insistente *crescendo*…

«*Martha, Martha, I love you, can't you see?*».

No podía más. La solté y me separé de ella.

—Lo siento, tengo que irme.

Intenté salir de allí con la mayor dignidad posible, que, a decir verdad, era muy poca. Accioné el pomo de la puerta, pero no se movió.

—Por el amor de Dios… —murmuré, tirando con todas mis fuerzas.

—¡Henry!

Me volví y ella estaba allí, triste a más no poder. Era lo último que necesitaba. Me sentí desnudo. La única salida era fingir.

—Tenías razón. Sobre nosotros, me refiero. Nunca habría funcionado.

—Oh.

Su rostro se volvió ilegible. Necesitaba salir de allí. Intenté de nuevo abrir la puerta, pero el pomo se resistía a moverse.

—¿Cómo es que se marcha tan pronto? —oí que decía *madame* Bowden.

¡Aquella mujer era omnipresente!

—No pasa nada —le dijo Martha——. Y gracias por venir, lo digo en serio.

Hice un gesto de asentimiento y hundí las manos en los bolsillos. Y encontré la caja.

—Me había olvidado de darte esto.

Martha desenvolvió el paquete y lo abrió. Con los ojos como platos, se llevó la mano a la boca.

—¡No puedo creerlo!

—¿Qué es? —preguntó *madame* Bowden, peleándose para ponerse las gafas.

—Una estilográfica Mont Blanc.

—*On ne voit bien qu'avec le coeur.*

—No puedo aceptarlo, Henry. ¡Es demasiado!

Me limité a sonreír y a confiar en que se diera cuenta de que ella valía mucho más de lo que pensaba.

—He pensado que necesitarías una buena pluma para la universidad.

La sacó del estuche y se la llevó al pecho.

—Me encanta. Gracias.

—Y ahora tengo que irme, de verdad —dije, y noté que se me quebraba un poco la voz—. Aunque esta puerta parece atrancada.

Madame Bowden tiró del pomo y la abrió con facilidad.

—Buenas noches, Henry —dijo, guiñándome el ojo.

Capítulo 43

OPALINE

Manicomio del distrito de Connacht, 1923

No sé cuánto tiempo permanecí en aquella cama, si hacía frío o calor, o si estaba sola o acompañada. Todos mis sentidos habían quedado anulados por una necesidad abrumadora: tener a mi bebé en brazos.

—¿Y por qué vas a querer tener en brazos a un bebé muerto? —me espetó la enfermera, y probablemente no era la primera vez que me lo decía.

No tenía energía para responder ni para llorar. Mi única esperanza era morir también. Mary intentó traerme comida, pero ni la tocaba. Vinieron a quitarme las mantas, abrieron la ventana para que entrara el gélido aire de enero, pero seguí sin moverme. Me levantaron y me llevaron al cuarto de baño para lavarme la sangre seca de entre las piernas. Me daba igual quién me viera o me tocara. Quería morir para estar con mi bebé.

Se hizo de noche y me desperté gritando por una pesadilla: Lyndon atando una soga al cuello del bebé.

—¿Qué pasa? —dijo Mary, que estaba a mi lado y me acariciaba la frente.

Le cogí la mano.

—No puedo hacer esto. No puedo vivir.

—Tienes que hacerlo.

—No lo entiendes —dije, dándole la espalda.

—Por supuesto que lo entiendo. Él me sacó el bebé a base de puñetazos, y la culpabilidad… —Se interrumpió—. Por eso me metió aquí. Porque él tampoco podía vivir con lo que hizo y le resultó más fácil echarme la culpa a mí. Encerrarme bien lejos.

Me volví para mirarla. Estaba oscuro, pero sus facciones tenían una elegancia que jamás había imaginado posible en circunstancias tan extremas como las nuestras.

—Lo siento mucho, Mary.

—No necesito tu lástima, Opaline. Lo que necesito es que sobrevivas. Nos necesitamos mutuamente para salir de aquí.

Veía a Mary tan fuerte e independiente que ni se me había ocurrido que me necesitara para alguna cosa.

—Deja que te ayude y volverás a ponerte fuerte. Tienes que sobrevivir a esto.

—¿Pero para qué? —pregunté, incorporándome un poco en la cama para apoyarme sobre el codo—. ¿Qué futuro podemos esperar?

—No lo sé, pero la esperanza es lo único que nos queda, y el día que llegaste aquí supe que mis oraciones habían sido escuchadas.

Reí con amargura.

—Pues te aconsejaría que depositaras tus esperanzas en cualquier otra mujer de este establecimiento. En cualquiera de ellas encontrarás más inspiración de la que nunca podrás encontrar en mí.

—Ahora lo ves así, pero…

Me senté hasta quedarme casi frente a frente con ella.

—Siempre seguiré viéndolo así.

Mary se fue a su cama.

A la mañana siguiente, sin embargo, me trajo un cuenco con

gachas de avena. Sabía el riesgo que había corrido: sacar comida del comedor estaba expresamente prohibido y castigado, además, con un encierro en una celda de aislamiento. No dije nada, me senté en la cama y empecé a comer. Por la tarde, Mary apareció con un trozo de pan sin mantequilla y una taza con un poco de té. A la mañana siguiente, apoyándome en ella, conseguí llegar al comedor.

—¿Sabes coser? —me preguntó Mary.

La había visto remendar las prendas deshilachadas de las demás mujeres. Era la única en todo el establecimiento que estaba autorizada para utilizar una aguja.

—Antes de entrar aquí, fui modista. Me enseñó el oficio mi madre. Necesitas mantenerte ocupada, Opaline.

—Podría intentarlo —dije, aunque no había cosido ni un botón en mi vida.

Queridísima Jane:

Me encuentro en circunstancias que ni siquiera yo puedo llegar a creer y, en consecuencia, no sé ni cómo describírselas a la mejor amiga que tengo en este mundo. La verdad es que el simple hecho de imaginar la infancia que disfrutamos juntas hace que todo esto parezca una pesadilla. Dispongo de poco tiempo y por ello te lo explico en pocas palabras: estoy internada en un manicomio. Te garantizo que estoy perfectamente sana y aún en mis cabales. Lyndon está detrás de todo esto. No es necesario que diga nada más, estoy segura de que lo entenderás. He tenido un bebé, además. Una niña que no sobrevivió. Ayúdame, por favor, si está en tus manos.

Tu amiga,

OPALINE

Había pasado un año y cualquier esperanza de fuga era un sueño lejano que ni siquiera lograba recordar.

Mary hablaba cada vez menos. Había desarrollado una tos preocupante y por las noches no podía dormir. Yo pasaba horas sentada a su lado, envolviéndola en mi manta.

—Cuéntame cosas sobre tu vida —me dijo una noche, tumbadas las dos en la oscuridad—. De antes de que llegaras aquí.

Mi vida de antes. ¿Cómo empezar a describir una vida que ya no me parecía mía? Me preocupaba la posibilidad de que hablar sobre ella la alejara todavía más.

—Vendía libros.

Se produjo un silencio durante el cual las dos nos ajustamos a la realidad de aquellas palabras.

—Nunca he leído un libro —replicó Mary por fin.

Me alegré de que la oscuridad de la noche escondiera mi expresión, que debía de ser una combinación de sorpresa y lástima. Pensé que seguro que a Mary tampoco le gustaría verme con aquella cara. Y entonces sufrió un ataque de tos que debió de prolongarse durante más de cinco minutos. El sonido sibilante de sus pulmones me confirmó que aquello era gripe. Sin calefacción, cubiertas con harapos y con una dieta consistente en gachas y sopa aguada, temía por su salud.

—¿Podrías contarme alguna historia? ¿De uno de esos libros?

En aquel momento habría hecho cualquier cosa para ofrecerle consuelo, de modo que empecé a repetir las palabras del manuscrito de Emily Brontë, imaginándome mentalmente su minúscula caligrafía. Las palabras salieron de mí con facilidad, como si las hubiera leído de un modo distinto a las de los demás libros. Yo era la única persona que las había visto desde que quedaron confinadas en secreto en el costurero de Charlotte, y por esa razón debían de haber entrado en mi alma como ningún otro escrito lo había hecho jamás.

Aquellas palabras tranquilizaron a Mary y, como una niña y mientras su estado de salud se deterioraba cada vez más, cada noche me pedía que le contara la misma historia.

Capítulo 44

MARTHA

Cerré el libro y dejé que la sala se asentara a mi alrededor. Le di la vuelta entre mis manos y volví a estudiar la cubierta, con la imagen de la tienda del señor Fitzpatrick. Acaricié las letras del título, grabadas en pan de oro.

—*Un lugar llamado perdido* —susurré.

No me cabía la menor duda de que lo había escrito Opaline Carlisle. Había llegado casi al final y estaba intentando racionarlo, como la niña que va guardándose cuadraditos de una tableta de chocolate para que le dure más. Era una sensación agridulce, porque la única persona a la que quería hablarle sobre aquel libro probablemente me odiara. Henry.

Estaba en la biblioteca de Trinity, donde supuestamente debería estar concentrada en un trabajo sobre *Persuasión* con Logan. Pero él estaba mirando a escondidas fotografías de nuevos platos en Instagram. Al menos, yo no era la única con pocas ganas de trabajar.

—¿Qué te pasa? Estás triste desde el día de tu cumpleaños —observó Logan.

Era como si no supiese hablar bajito y percibí lo poco que le gustaba aquello a la gente de nuestro alrededor.

—Nada —respondí, restando importancia a mis sentimientos—. Es solo que necesito ayuda con una cosa, y la única persona a la que puedo pedírsela es…

—¡Shhh!

Acerqué un poco más la silla a la de él.

—Ya sabes, está ese chico que…

—¿Y no está siempre ahí, ese chico? —dijo Logan, con una sonrisa.

—No tiene nada que ver con eso. Es solo que… en estos momentos no puedo meterme en nada serio, de modo que lo paramos todo antes de que empezara, y ahora…

Se movió un poco más hacia mí.

—Esto que me cuentas, Martha, es la clásica *situationship*: un sí pero no. Hazme caso, evita como la plaga ese tipo de «no relaciones». Porque nunca sabes en qué posición te encuentras.

Y no se equivocaba. Bailar con Henry el día de mi fiesta de cumpleaños había sido apabullante. Me había sentido como una princesa. Por primera vez en mi vida estaba en una casa preciosa, enfundada en un vestido mágico y flotando entre los brazos de un príncipe. Henry era encantador, divertido y atractivo, con todo ese halo oscuro académico que lo envolvía. A pesar de todos los moratones y huesos rotos que había tenido que soportar a lo largo de los años, a pesar de todos mis desengaños paralizantes y de todas mis cicatrices emocionales, nunca había tenido la sensación de que mi corazón se partiera tanto como cuando Henry me regaló la estilográfica Le Petit Prince.

—Es que andamos los dos metidos en una… investigación, y necesito de su experiencia.

—¿Quieres un consejo? Marca bien tus límites, deja claro desde un principio que sois solo amigos y…

—¡SHHHHH!

Solo amigos. Exactamente. Haría eso. No era necesario que

Henry supiera que consultaba casi a diario sus redes sociales, lo cual era en el fondo un ejercicio inútil, ya que rara vez publicaba cosas. Su última foto era la de su sobrina recién nacida. Verla me había hecho sonreír, aunque también enfadar, porque sabía que yo jamás formaría parte de su vida.

Logan tenía razón. Henry no habría asistido a mi fiesta si no quisiera que siguiéramos siendo amigos. En realidad, no había cambiado nada. Cuando hubiera encontrado su manuscrito, Henry volvería a casa y, hasta entonces, por la razón que fuera, la librería y Opaline nos atraían a ambos hacia la misma dirección. Unas fuerzas externas habían decidido que nuestro destino estaba entrelazado, pero no estábamos obligados a ser pareja para hacer que se cumpliera.

—Tienes razón —dije. Cerré el ordenador y lo guardé en la mochila—. Estamos en el siglo XXI —declaré, como si eso sirviera para dejarlo todo claro.

—Espera un momento —dijo Logan. Extendió la mano y retiró una hojita verde que se me había quedado enredada entre el pelo.

—Oh, gracias —dije, sacudiendo la cabeza por si acaso hubiera alguna hoja más.

—La primavera flota en el ambiente —dijo Logan.

Y también en mi pequeño piso. El tronco había empezado a separarse de la pared por la parte de arriba y las ramas superiores colgaban por encima de mi cama, creando una especie de dosel. Habían empezado a salir capullos. Había descartado la idea de contárselo a *madame* Bowden. Me gustaba el árbol, y no quería que nadie sugiriera la posibilidad de talarlo. En un tenderete colocado en el exterior de una librería de segunda mano, había encontrado un libro que hablaba sobre la vida escondida de los árboles, lo cual resultaba interesante porque tenía la sensación de que aquel árbol estaba escondido en mi sótano. Y porque yo era ahora este tipo de persona: el tipo de persona que elige un libro por capricho.

Las palabras de Logan me sirvieron de aliento durante todo el camino hasta la puerta de la pensión de Henry, aunque allí fue donde empecé a titubear. ¿A quién pretendía engañar? Henry seguía gustándome, claro está, y él se daría cuenta enseguida. Era una idea estúpida. Tal vez pudiera averiguar más cosas sobre Opaline yo sola. ¿Para qué necesitaba a alguien con amplia experiencia en el tema?

Y mientras le daba vueltas a todo esto y me abstenía de llamar al timbre, vi dos perritos saltando detrás de los visillos de la ventana del salón que, al verme, empezaron a ladrar como fieras.

—¡Shhh! —dije, levantando los brazos no sé por qué, como si los perros estuviesen armados.

No funcionó. Y entonces se abrió la puerta.

—Hola, cariño, me temo que no tengo ninguna habitación libre para esta noche —dijo una mujer, hablando en tono agobiado.

La mujer le dio una calada al cigarrillo y les dijo a los perros que se callaran o no les daría ninguna golosina más, una estrategia que curiosamente funcionó.

—No, no busco habitación. Solo quería ver si estaba Henry, aunque lo más probable es que no, así que solo…

Había bajado ya del bordillo para marcharme de allí rápidamente.

—¡Henry! ¡Tienes compañía! —La voz de la mujer sonó aguda como una sirena y, acto seguido, me invitó a entrar.

¿Qué podía hacer?

* * *

Estaba sentada en una banqueta acolchada del recibidor, al lado de un pequeño escritorio donde había un teléfono, cuando vi sus botas marrones bajando por la escalera. Parecía sorprendido de verme, la reacción más normal.

—Hola —dijo.

Lo saludé con la mano, aun teniéndolo justo delante de mí.

No añadió nada, lo cual me resultó extraño y me llevó a pensar, una vez más, que no debería estar aquí.

—Imagino que por adivinar por qué volviste tan rápido de Londres no dan ningún premio —dijo la casera, ya de mejor humor y guiñándome el ojo.

Henry inclinó la cabeza y se rascó la nuca.

—¿Quieres subir a mi habitación? —preguntó.

—Tranquilo, tranquilo, Henry, ya conoces las normas —dijo con una risilla la mujer, pasándoselo en grande a nuestra costa.

Deseaba que me tragase la tierra. Me levanté y me esforcé en pensar una excusa para irme de allí.

—Mira, creo que será mejor que te escriba un correo electrónico, de modo que así lo haré. Hasta luego. Perdón por la molestia —dije, yendo directa hacia la puerta.

—De hecho, iba a salir y…

Echamos a andar por la calle, hablando de cosas frívolas como el tiempo y coincidiendo ambos en que el calentamiento global ya era espantoso. Es extraño lo rápido que pasamos de sentir que podemos contarle cualquier cosa a alguien a comportarnos como dos extraños que coinciden en una parada de autobús.

—No pensaba volver a molestarte para hablar de cómo están las cosas entre nosotros, pero he estado comentándoselo a mi amigo Logan y me ha dicho que, ya sabes, que estamos en el siglo XXI y que se puede ser simplemente amigos y…

Dios mío, era imposible explicarse con menos torpeza. Parecía una niña de cinco años.

—¿Logan? ¿El chico aquel que estaba en tu fiesta?

—¡Sí! De hecho, es un buen amigo. Vamos juntos a clase. —Me gustó poder decir eso.

—Me alegro mucho por ti, de verdad. Me gusta saber que te va todo tan bien. —Dejó de andar y con la bota le dio un puntapié a una piedrecilla imaginaria—. El caso es que ahora tengo que centrarme en mi trabajo.

—Por eso estoy aquí. Para hablar sobre Opaline.

—Oh.

—Esa carta que me enseñaste, la carta dirigida a Sylvia. Mencionaba un libro. Y creo que es posible que yo lo tenga.

—¿Qué?

—Estoy prácticamente segura de que lo escribió Opaline.

—Espera un momento. ¿Qué? ¿Cómo lo sabes?

—No lo sé, todo es bastante inexplicable y sé que no es el manuscrito que andas buscando, de modo que ni siquiera estaba segura de si merecía la pena contártelo.

—No, por supuesto que merece la pena que me lo cuentes. Y me alegro de que lo hayas hecho. Siento si estoy siendo… —Se interrumpió.

—No pasa nada. Para mí también es todo muy raro. Pero ¿quizá podríamos ser solo amigos?

Me quedé allí sintiéndome vulnerable mientras él se tomaba su tiempo para responder, una respuesta que no fue la que estaba esperando.

—Mierda, creo que voy a perder el autobús.

Capítulo 45

HENRY

Había sido una idea malísima. No sabía qué haría cuando llegara a St. Agnes's y ahora, además, iba a tener público. Mi acompañante no decía palabra. Estaba concentrada en devorar felizmente una bolsa de patatas fritas que olían fatal y amenazaban con contaminar el autobús entero.

Miré el paisaje que se desplegaba al otro lado de la ventanilla. Hacía un día espléndido y los colores eran tan intensos que parecían dar saltos. Oí que alguien comentaba que Irlanda sería un país bellísimo si se pudiera cubrir con un tejado. Y estaba totalmente de acuerdo. Íbamos en dirección oeste, y el autobús acababa de hacer una parada en una pequeña aldea para que la gente pudiera ir al aseo y Martha pudiera comprarse aquellas patatas fritas malolientes. Yo me había comprado una lata de refresco de naranja, pero ya me estaba arrepintiendo de mi decisión porque me estaban entrando ganas de ir al baño.

—Es muy posible que no encontremos nada. Creo que tendrías que ajustar un poco tus expectativas. Normalmente, en este tipo de situaciones, la información no suele caer al instante en tus manos —dije. Me sentía irritable y no conseguía disimularlo.

Localizar el manuscrito era ahora mi único objetivo. Me dije que, si no conseguía encontrarlo, todo esto no habría valido para nada. Mi carrera estaría arruinada y, más importante aún, también mi reputación. Había apostado todo mi prestigio profesional a aquella única carta de Abe Rosenbach, que seguía sin haber sido correctamente autentificada. Pero, por otro lado, ¿acaso no subrayaban todos los libros que había leído sobre los coleccionistas más importantes —como Rostenberg y Stern en los Estados Unidos o las hermanas del Sinaí en Escocia— el poder del instinto y los presentimientos?

—No te preocupes, Henry. Si de algo no han podido acusarme nunca es de tener grandes expectativas.

Sonreí.

—He visto todo lo que has hecho.

—Porque me obligan en el curso.

Se ruborizó levemente y me costó un mundo no apartarle el flequillo de los ojos. Necesitaba distraerme con algo.

—¿Sabes alguna cosa sobre este lugar? —le pregunté.

—¿Sobre el manicomio? La verdad es que no. Pero esa es la idea, ¿no? Mantener esos lugares ocultos entre las sombras.

—Y a las mujeres. Convenientemente.

Martha volvió su cuerpo hacia mí, como si quisiera que siguiera explicándome, y comprendí que aquel viaje sería mucho menos complicado si conseguía mantenerme centrado en el asunto que me ocupaba.

—He estado investigando a otras mujeres que fueron internadas por esa época. ¿Sabías que Lucia, la hija de James Joyce, fue internada en 1932?

Martha hizo un gesto de negación con la cabeza.

—Muchas mujeres fueron internadas en este tipo de instituciones por los hombres de su familia, y por todo tipo de motivos, pero en el caso de Lucia se dice que fue diagnosticada de esquizofrenia. Al parecer, incluso la estuvo tratando Carl Jung.

—¿Cuánto tiempo la tuvieron encerrada?

—Toda la vida. Casi cincuenta años.

—¡Dios mío!

Estuvimos sin decir nada un rato, durante el cual la gravedad de lo que estábamos investigando fue volviéndose cada vez más real.

—Era bailarina. Antes. En París. Hay libros que afirman que se volvió mentalmente inestable después de su ruptura con Beckett, aunque supongo que nunca sabremos la verdad. Su sobrino quemó todas sus cartas.

¿Habría sufrido Opaline el mismo destino? Quizá nunca llegaría a descubrir toda la verdad.

—Hay estudiosos que sugieren que incluso podría haber escrito una novela, pero no se ha encontrado nunca.

—¿Y si esa novela no quiere ser encontrada?

—Por supuesto que quiere ser encontrada. ¿Qué tipo de pregunta es esa? Suponer que los objetos inanimados tienen deseos me parece de pirados, la verdad.

Martha frunció el ceño y miró por la ventanilla. Cuando se volvió, estaba realmente enfadada.

—¿De modo que esto es lo único que te importa? ¿Alcanzar la gloria?

—No, hay mucho más que eso. Se trata de sumar nuestros conocimientos a la historia, de redescubrir tesoros perdidos para poder estudiarlos…, se trata de nuestra herencia cultural. Nos pertenece.

—¿Pero por qué tienes que decidir tú lo que se encuentra y lo que permanece perdido?

—¿Qué?

No entendía de dónde salía esta línea de interrogatorio ni por qué tenía la sensación de que estábamos discutiendo. Martha conocía perfectamente lo que conllevaba mi profesión. Y era ella la que había sugerido acompañarme.

—No importa —dijo por fin.

—Pues claro que importa. Acabas de decir que has «encontrado» el libro que crees que escribió Opaline.

—Yo no lo he encontrado. Me lo han... Me lo han regalado.

La miré de reojo.

—No quiero hablar del tema.

Tampoco quería yo. Era el principal motivo por el que había accedido a que viniera conmigo: el aliciente de poder ver aquel libro al final.

Pero para mí seguía siendo un misterio por qué Martha había querido acompañarme. Y, como era evidente que la conversación había tocado a su fin, hice lo que haría cualquier persona sensata que se embarca en un largo viaje en autobús: fingí que dormía para no tener que mirarla.

—Henry.

Habría sido de gran ayuda que no hubiera pronunciado mi nombre con aquel acento tan irlandés.

—¿Sí?

—Ya estamos.

El autobús traqueteó hasta detenerse en lo que por aquellos lares se entendía como una parada de autobús: un pequeño arcén con una estatua de la Virgen María montando inexplicablemente guardia. El motor emitió un gemido para volver a arrancar y nos dejó envueltos en una nube de polvo.

—¿Es esto? —pregunté, forzando la vista para observar el camino de acceso que se enfilaba detrás de las verjas de hierro.

—Eso parece —respondió Martha, señalando el pequeño cartel donde podía leerse: «Saint Agnes's».

—Encontrar cosas te sale de forma natural.

Me fulminó con la mirada. Tenía que dejar de ser tan imbécil con ella. ¿Era posible que estuviera celoso? ¿Quién sería ese tal Logan? Me forcé a volver al presente. El camino se hallaba flanqueado por pinos tan crecidos que se entremezclaban hasta formar una pared gruesa y oscura. Ascendimos por el sinuoso camino y, al doblar una curva, el edificio se cernió sobre nosotros: un bloque de color gris oscuro apoltronado sobre el terreno. De no ser por los barrotes de la ventana, cualquiera podría haberlo confundido con un monasterio.

Me paré.

—¿Qué pasa? —preguntó Martha.

—Es que es tan… real.

Nunca había tenido una sensación como aquella. Una presión muy fuerte en el pecho. Porque una cosa era leer sobre ello, y otra muy distinta estar aquí. Confiaba en que mi corazonada fuera errónea y Opaline nunca hubiera estado internada en este lugar. Martha posó la mano en mi brazo, como si quisiera ayudarme a mantener el equilibrio, y me recuperé enseguida. En la puerta había tres timbres muy viejos e imaginé que ninguno funcionaría. Los pulsé de todos modos y esperé.

—¿Has pensado en lo que vas a decir?

—Voy a preguntarles si Opaline Carlisle estuvo residiendo aquí.

Martha sacudió la cabeza, dando a entender con ello que mi estrategia no serviría para nada.

—No sabes nada de nada sobre la Irlanda católica.

—¿En qué sentido lo dices?

—Mira, este tipo de lugares no son especialmente famosos por dar información.

Decidí llamar con firmeza a la puerta. Pasaron varios minutos y seguimos sin obtener respuesta.

—Pues muy bien. —Deslicé las manos una contra la otra. El signo universal para largarse—. Volvamos a casa.

—¡Después de venir hasta aquí!

—Sí, hemos venido hasta aquí y ahora nos vamos —dije—. ¿A qué hora pasa el próximo autobús a Dublín?

—No puedes marcharte ahora. ¿Pero qué te pasa?

—No es más que otra misión imposible. Que no me acercará en absoluto al manuscrito. Hay gente capaz de desperdiciar su vida persiguiendo fantasmas, y no quiero convertirme en uno más de ellos.

No quería seguir allí discutiendo sobre el tema. Acababa de tomar una decisión. Y a Martha no le debía ningún tipo de explicación. Eché a andar a paso rápido por el camino, dando por sentado que ella acabaría siguiéndome.

—¿Puedo ayudarles en algo?

Una mujer de mediana edad abrió la pesada puerta de madera y se dirigió a nosotros empleando un tono que no dejaba lugar a dudas: lo último que quería era ayudar. Tenía el pelo corto y rizado, y llevaba un uniforme blanco de enfermera. Era comprensible que fuera desagradable; yo también lo sería en un lugar como aquel.

—Sí, me gustaría saber si una mujer con el nombre de Opaline Carlisle estuvo residiendo aquí en algún momento —dije, corriendo hacia la puerta.

—¿Tienen cita?

Ni el más mínimo saludo, sino hostilidad directa.

—No, pero...

—Se necesita cita.

La mujer se disponía a cerrar la puerta cuando interpuse la bota para impedírselo.

—Disculpe, pero ¿qué hace?

Ni idea de qué había hecho. Lo había visto tantísimas veces en la tele que lo había hecho sin pensar en un plan que desarrollar a continuación. Tartamudeé incoherencias. Quería retirar el pie, pero me sentía incapaz de moverlo.

—Somos del Departamento de Sanidad y estamos llevando a cabo una visita de inspección aleatoria —dijo Martha.

No podía ni mirarla. Sabía que, de hacerlo, delataría su jugada. ¿Qué demonios estaba haciendo?

—No he sido informada al respecto —replicó la mujer, entrecerrando los ojos con recelo.

—Se trata de una inspección sorpresa, ahí está la gracia.

La persona que tenía a mi lado se había transformado en una perfecta desconocida. Hablaba con tanta convicción que era evidente que se trataba de una inspectora encubierta del Departamento de Sanidad.

La mujer cambió el peso del cuerpo al otro pie y nos miró más enojada incluso que cuando nos había abierto la puerta.

—Necesito ver algún tipo de identificación.

—Doctor Field, muéstrele su identificación —dijo Martha.

¿Estaba hablando conmigo? ¿De dónde demonios iba a sacar yo una identificación? La miré por fin, intentando expresar con los ojos ese «de dónde demonios quieres que saque yo eso». Y ella me respondió abriendo los suyos como platos, como tratando de decirme que de una condenada vez hiciera alguna cosa. De modo que saqué mi carné. El de la universidad. En el que constaba que era un especialista en manuscritos raros.

—Muy bien, doctor Field —dijo la mujer, y nos hizo pasar—. Espero que no les lleve mucho tiempo. Cerramos a las cuatro.

¿Doctor Field? ¿Esa era la conclusión a la que había llegado al ver mi carné? ¿No que era un simple doctorando?

Reinaba un silencio espeluznante. Por dentro, era como si el edificio estuviera desmoronándose lentamente y nadie se estuviera tomando la molestia de arreglarlo. Las paredes, pintadas de color verde claro, se estaban desconchando y había manchas de humedad por todas partes. Las ventanas estaban envueltas en sombras de moho negro y el linóleo del suelo se curvaba por los extremos. El olor era tóxico. Una mezcla de lejía y col hervida. Un lugar viejo y abandonado, igual que sus residentes, imaginé.

—Solo queremos consultar algunos historiales, ¿no es así, doctor Field?

—Hum, sí. —Carraspeé un poco—. Conforme a la Ley de Libertad de Información, nos gustaría comprobar cómo están archivados los historiales de las antiguas residentes.

La mujer me fulminó con la mirada.

—Oh, ¿no van a inspeccionar el pabellón?

—¿El pabellón? ¿Tienen todavía…? —Me interrumpí antes de pronunciar la palabra «reclusas».

—En otro momento —dijo Martha—. No queremos entretenerla, y este es un tema que el ministerio quiere tener controlado antes de que entre en vigor la nueva legislación.

—¿La nueva legislación? —preguntó la mujer, tragándose la perorata de Martha.

—Será sometida a votación en el Dáil el año que viene.

Miré a Martha con nuevos ojos, deslumbrado. Verla mintiendo descaradamente, tan confiada e impávida, era una revelación. Me quedé tan impresionado que casi se me olvida la razón por la que estábamos allí.

La mujer nos acompañó hasta un estrecho despacho del primer piso, alfombrado con moqueta marrón de mala calidad y con una luz que parpadeaba en el techo. Había filas y filas de archivadores metálicos de color gris.

—Sharon es la que se ocupa normalmente de las cuestiones administrativas —nos explicó la mujer, disculpándose de inmediato y mirando de nuevo el reloj.

—No se preocupe, ¿señorita…?

—Señora Hughes.

—Señora Hughes —repetí—. No nos llevará mucho tiempo. ¿Sería posible una taza de té?

—No.

Y con eso se fue. Nos quedamos los dos esperando a que sus pasos se alejaran por el pasillo.

—¿Qué demonios ha sido esto, Angela Lansbury? —le susurré con fuerza.

—¡No lo sé! Pero ha pasado.

—No puedo creer que haya funcionado.

—Ni yo.

La excitación había dejado a Martha aturdida. No sabíamos cómo celebrarlo, de modo que al final simplemente chocamos los cinco.

—Venga, mejor que empecemos a buscar cuanto antes.

No disponíamos de mucho tiempo, y la tarea que teníamos por delante era abrumadora. Los registros de admisión estaban ordenados por fecha, pero una parte de los historiales estaban archivados bajo el nombre del doctor residente responsable de la paciente, y otra, bajo el nombre de la paciente. Un caos, básicamente. Acordamos empezar cada uno por un lado del despacho: yo buscando por fecha (de mediados de la década de 1920 en adelante) y Martha buscando por «Carlisle». Apenas cruzamos palabra, exceptuando algún que otro «Sigo sin poderme creer lo que has hecho», por mi parte. Estaba agradablemente sorprendido de lo mucho que Martha quería ayudarme. Aunque tal vez pensar eso fuera presuntuoso. Si lo que

Martha me había dicho era verdad y estaba en posesión del libro de Opaline, tendría sentido que tuviera también una conexión propia con aquella misteriosa mujer. Al fin y al cabo, como le había comentado a Martha en el autobús, no es necesario disponer de ningún tipo de diploma académico para hacer un gran descubrimiento. La idea fue como un golpe bajo. Observé a Martha; sus dedos seguían sorteando con agilidad las carpetas colgantes del archivador. ¿Me la habría estado jugando todo este tiempo? ¿Estaría utilizándome?

—Henry. ¿Pero qué haces?

—¿Qué?

—No tenemos mucho tiempo.

—Tienes razón. Sí. Lo siento.

Abrí otro cajón y empecé a estudiar más historiales. Eran demasiado recientes. Estábamos a punto de coincidir en el archivador situado en el centro cuando oímos unos pasos acelerados acercándose por el pasillo.

—¡Mierda!

—Entretenla como sea —dijo Martha.

Ni me lo pensé. Hice simplemente lo que ella me dijo y salí al pasillo para enfrentarme a la mujer.

—Me he puesto en contacto con el departamento y me han dicho que no saben nada de un tal doctor Field. Y me han confirmado, asimismo, que no hay ningún tipo de inspección sorpresa en marcha. Por lo tanto, ¿tendrían la amabilidad de decirme quiénes son ustedes y qué están haciendo aquí?

—Me encantaría decírselo, señora Hughes. Pero, de hacerlo, tendría que matarla.

—¿Perdón?

Dios mío, pero ¿qué estaba diciendo?

—Cámara oculta —dijo Martha con una sonrisa, saliendo del

357

despacho—. Llevo una cámara en la mochila —explicó, señalando un bulto que sobresalía por debajo de la tela.

—No quiero…

—Oh, ha salido estupendamente, ¿verdad, Henry?

—Sí, sí, por supuesto —dije—. Gracias por su colaboración.

—Oh, es que…

—Se pondrán en contacto con usted en breve. Necesitaremos, por supuesto, su consentimiento para poder utilizar la filmación en nuestro programa. Aunque ofrecemos un pago de doscientos euros por ello, de modo que vale la pena pensárselo, ¿de acuerdo?

Martha me agarró por el brazo y bajamos las escaleras a toda velocidad. Y seguimos corriendo hasta llegar a la parada del autobús. Me vi obligado a encorvarme y a descansar las manos en las rodillas durante casi diez minutos hasta recuperar el ritmo normal de la respiración. Martha seguía riendo cuando levanté la cabeza para mirarla.

—Tendrías que dedicarte a la interpretación. De verdad te lo digo, ¿cómo has sido capaz de improvisar de esta manera?

—No lo sé, quizá me lo haya pegado *madame* Bowden.

Llegó el autobús y nos instalamos exactamente en los mismos asientos que en el viaje de ida.

—Ha sido toda una experiencia. Aunque es una lástima que no hayamos podido encontrar su historial —dije.

—Oh, sí que lo hemos encontrado.

Martha extrajo una carpeta de su mochila y me la pasó. Me quedé sin habla.

Capítulo 46

OPALINE

Manicomio del distrito de Connacht, 1941

En el exterior rugía con furia una guerra, o al menos eso me habían contado. Pero St. Agnes's permanecía inmerso en un silencio fantasmagórico. Aquel lugar era como un vacío que absorbía la vida de las personas que estábamos atrapadas en su interior. La comida escaseaba y subsistíamos a base de las verduras que crecían atrofiadas y desnutridas en los áridos terrenos de la finca. Con el paso de los años acabé entumeciéndome, aunque no estaba del todo segura de en qué momento esa sensación había acabado apoderándose de mí. A menudo me picaba la piel y se me descamaba, y a veces me rascaba hasta sangrar por el simple hecho de sentir algo. Aunque al final acabé sin sentir nada.

Cada vez éramos menos. El ansia por querer corregir la conducta de las mujeres había disminuido algo desde que un loco había decidido reformar Alemania. La guerra había hecho que todo el mundo se cuestionara el actual estado de las cosas. Y a mí me daba la impresión de que los hombres, en particular, necesitaban una guerra para darle significado a todo lo que ya tenían. Para sentir ese vértigo embriagador que se experimenta cuando estás a punto de perderlo todo y acabas despertándote justo a tiempo de apartarte del abismo. ¿Por qué les pasaría eso?

Gracias a las enseñanzas de Mary, me había convertido en una modista competente y eso era lo único que daba cierta apariencia de orden a mis jornadas. Había empezado a bordar en mi falda las palabras de la historia de Wrenville Hall que había escrito Emily Brontë. Al principio lo hacía para entretenerme, pero después se convirtió en una forma de recordar que había tenido una vida antes de entrar en aquel lugar. Había partes del manuscrito que recordaba intactas, pero sabía que era imposible poder acordarme de memoria de su totalidad. Con frecuencia, me dolían las articulaciones de los dedos de tanto tensarlos para que las puntadas fueran lo más diminutas posible.

He consagrado toda mi vida a intentar escapar de los confines de este lugar desdichado, solo para encontrarme más enredada si cabe entre sus nudosas raíces y totalmente oprimida por sus imponentes torres.

Solo quedaban dos enfermeras. Dos más de lo necesario, en mi opinión. La única que hacía algo útil era Daisy, una chica del pueblo que pensaba que un puesto de trabajo en este lugar era un paso adelante en la vida. Pobre muchacha. Era la inocencia personificada, y a buen seguro conocía lo que era sufrir adversidades. Había llegado a la conclusión de que Daisy era el único vestigio de belleza que quedaba en este mundo; nunca me hacía sentir como una mujer espantosa y aterradora a la que había que tener miedo. Decía que este lugar le gustaba, que era más tranquilo que el barullo que le suponía convivir en casa con cuatro hermanos varones. Compartíamos la aversión por los hermanos varones.

Una luminosa mañana oí gritos, risas y pasos corriendo por el pasillo. Daisy irrumpió en mi habitación; yo estaba tumbada bocabajo en la cama, con la cabeza vacía de pensamientos. O, al menos, había dejado de llamar pensamientos a lo que discurría por mi cabeza. Lo único que tenía eran imágenes de una vida pasada que podía, o no, haber ocurrido. ¿De verdad había tenido una hija?

—¡Tengo una carta para usted! —anunció, como si fuera lo más maravilloso que hubiera sucedido nunca, y se marchó enseguida corriendo, zigzagueando como un corderillo.

Me senté en la cama y miré a través de los barrotes de la ventana. El hielo había creado bellos dibujos sobre el cristal. Miré la carta que tenía en la mano. De Jane, por supuesto. Mi querida Jane no se había dado jamás por vencida. Y aunque yo rara vez le había respondido, si acaso lo había hecho en alguna ocasión, ella no estaba dispuesta a renunciar a nuestra amistad.

La leí con la forma de actuar aleatoria con la que ahora funcionaban mis ojos, de arriba abajo, en vez de hacerlo de izquierda a derecha: «Tu madre ha fallecido».

Mi madre había fallecido, me repetí para mis adentros. Era huérfana, comprendí de manera abstracta. Sin hija. Sin madre. El mundo en guerra. Parpadeé sin poder evitarlo. Y, de pronto, me desperté.

Durante todos aquellos años de encierro, mi madre no había venido a visitarme ni una sola vez ni me había escrito nunca. Yo excusaba su conducta porque sabía que estaba bajo la influencia de Lyndon y sabía también que, incluso si por algún milagro se hubiese negado a creer su versión de los hechos, jamás se habría atrevido a desafiarlo abiertamente. Pero seguía siendo mi madre. ¿Cómo podía haberme abandonado de aquella manera cuando Jane había sido incapaz de hacerlo? A mí, a su propia hija. ¿Por qué no me había ayudado? De hecho, era la única persona que podría haber desautorizado a mi hermano. ¿Por qué mi madre no me habría querido lo suficiente como para arriesgarlo todo? Eran preguntas que siempre me obsesionarían. Ciertamente, yo siempre había estado más unida a mi padre y mi madre nunca se había mostrado cariñosa conmigo. Pero necesitaba suponer que algo de amor había habido. Aunque no el suficiente, eso estaba claro.

De camino al despacho del doctor Lynch, con una determinación que hacía muchísimo tiempo que no sentía en mi cuerpo, le di brevemente las gracias a mi madre por, al menos, haberme dado una excusa para salir de aquel lugar. Estaba segura de que no denegarían mi petición de asistir al funeral. Y, en cuanto estuviera en Inglaterra y con la ayuda de Jane, buscaría la manera de recuperar la libertad.

Cargándome de paciencia, tomé asiento en la dura silla de despacho del doctor Lynch, que estaba cómodamente apoltronado en una silla tapizada en cuero, al otro lado de su escritorio de madera de nogal. Con las gafas en equilibrio sobre la punta de la nariz, estaba concentrado en pelar una manzana con un cuchillo, como si yo no estuviera presente. La enfermera había salido a ocuparse de los gritos de una asesina sanguinaria a los que yo ya me había vuelto totalmente inmune. Satisfecho de haber pelado la manzana de una sola vez, el doctor Lynch levantó por fin la vista y pareció casi sorprendido de encontrarme sentada delante de él.

—Señorita Carlisle, su revisión no es hasta el mes que viene.

Tenía una manera de hablar que siempre me hacía sentir como una idiota. Independientemente de lo que dijera, su tono siempre me daba a entender que mi inteligencia estaba al mismo nivel que la de cualquier pieza de fruta que pudiera haber en su plato. Y hasta ahora lo había tolerado. Hasta hoy.

—No vengo para ninguna revisión.

Le dije que acababa de ser informada de la muerte de mi madre y que quería asistir a su funeral.

—Ah, sí, mi más sentido pésame. El señor Carlisle nos escribió para comunicárnoslo…, debe de hacer quince días de eso, sí. Su madre ya ha sido enterrada, de modo que entenderá que no existe motivo alguno para tener que salir de St. Agnes's.

—Yo… es que…

Estaba confusa. Busqué en el bolsillo y extraje la carta de Jane. Cuando miré la fecha, vi que estaba escrita hacía más de una semana.

—¿Por qué no fui informada?

—Oh, ¿no le comentaron nada? Estoy seguro de que le dije a la enfermera Patricia que le comunicara el mensaje.

Bajé la vista hacia la carta y las palabras empezaron a dar vueltas ante mis ojos. Me temblaban las manos de rabia. Porque ardía de rabia por dentro, no por mi madre, sino por aquella última oportunidad de escapar de allí. Ya no podía más. Me levanté de un brinco, cogí el cuchillo de la mesa y lo acerqué a la arteria que corría por mi cuello.

—¿Pero qué hace, en nombre de Dios? —exclamó el doctor Lynch, tropezando consigo mismo al intentar levantarse de la silla.

—¡No se mueva o me mato, se lo juro! —grité.

Se quedó paralizado al instante, a medio levantarse, con las manos en alto en señal de rendición.

—¡Y no llame a la enfermera!

El doctor Lynch negó con la cabeza y siguió mostrándome las palmas de las manos mientras volvía a tomar asiento.

—Mire usted, doctor Lynch, resulta que ya me importa un comino estar viva o muerta.

Me sorprendió darme cuenta de que lo que estaba diciendo era totalmente cierto. Al fin y al cabo, morir sería una dulce liberación.

Mi estancia en St. Agnes's había sido como estar en una especie de purgatorio, sin esperanza de redención. Allí dentro me habían arrancado toda mi humanidad. Pero, a pesar de ello, alguna parte de mí debía de haber seguido inconscientemente buscando una salida, ya que las palabras que salieron a continuación de mi boca sonaron como si hubieran estado mucho tiempo guardadas en mi interior a la espera de ser pronunciadas.

—Pero creo que a usted sí le importa.

—Por supuesto que me importa, Opaline. Y ahora haga usted el favor de soltar el cuchillo…

—Sí, por supuesto que le importa, porque mientras siga viva continuará recibiendo un generoso estipendio por parte de mi hermano. ¿Acaso me equivoco, doctor Lynch?

—Es un dinero para sus cuidados y…

Presioné el cuchillo lo máximo posible contra mi piel.

—Venga, doctor. Aquí solo estamos usted y yo. Estamos todas medio muertas de hambre y sin apenas una prenda que ponernos encima, y por supuesto sin calefacción. Estoy segura de que ese dinero va a parar directo a su bolsillo, ¿me equivoco?

—Me duele mucho eso que está dando a enten…

—Cállese. ¡Cierre el pico! —le grité.

A pesar de estar envuelta en sucios harapos, con el pelo sucio y desordenado, ojeras oscuras y un cuchillo pegado a la garganta, jamás en la vida había sentido tanta claridad mental. Aquel hombre estaba asustado. Lo veía.

—Si muero, dejará de recibir los pagos de Lyndon.

Estaba muy nervioso y repasó rápidamente el despacho con la mirada. Comprendí que no disponía de mucho tiempo para convencerlo.

—Podemos ayudarnos mutuamente. Si me deja marchar ahora mismo, nunca se lo diré a Lyndon y usted podrá seguir recibiendo su dinero. Y nunca volverá a tener noticias de mí. Me cambiaré el nombre. Viajaré a Europa. Tengo amigos allí.

Vi que se lo estaba pensando.

—Nadie se enterará nunca.

El doctor Lynch se secó el sudor de la cara y empezó a morderse el labio. Estaba mirando la fotografía de su esposa y sus hijos que tenía en la mesa de despacho. Me miró a continuación y levanté la barbilla aún más, para demostrarle que no iba de farol.

—Si no me deja en libertad, me cortaré el cuello ahora mismo y me desangraré sobre esta alfombra. Y entonces sí que no tendrá nada.

Lo había conseguido. Estaba dispuesto a pensárselo. Mi libertad estaba tentadoramente cerca y de pronto cobré conciencia de que ya no tenía tan claro lo de clavarme el cuchillo en la garganta. Pero tenía que mantener la mano firme.

—¿Acaso eso importa ya? —replicó, levantándose muy lentamente.

Abrió una puerta que había al otro lado de la estancia. Comunicaba con un corto pasillo con una puerta al final que daba acceso al exterior. La abrió con un golpe de espalda y vi el patio posterior que debía de utilizar el personal para entrar y salir, puesto que daba directo a la carretera en vez de al largo camino de acceso. Miré al doctor Lynch.

—Si su hermano se entera…

—No se enterará —insistí, incapaz de disimular el temblor de mi voz.

—Pues márchese.

Cuando dijo aquello, me di cuenta de que el doctor Lynch siempre lo había sabido. Que jamás debería haber sido encerrada allí. Que todo era una mentira.

Me recorrió una oleada de alivio y de sed de venganza. Seguía con el cuchillo en la mano y de pronto deseé cortarle a él el cuello. Lo visualicé, la sangre salpicando las paredes. Todo lo que me faltaba de fuerza física podía compensarlo con la intensidad de mi rabia. El doctor Lynch retrocedió, aún con las manos en alto. No podía creer que por fin tenía la libertad frente a mí. Solté el cuchillo y eché a correr.

Capítulo 47

MARTHA

—¡Has venido! —Corrí hacia sus brazos. Mi madre jamás salía de casa, ni siquiera para ir a la compra y, por eso, lo último que me esperaba era verla en la puerta de Ha'penny Lane—. ¿Cómo lo has hecho? ¿Qué ha pasado? —Tenía muchísimas preguntas.

—He encontrado mi voz.

Sus palabras sonaron lentas, pero con fuerza.

—¿Lo que veo son lágrimas de felicidad? —dije, mientras se secaba la cara con la punta de los dedos.

—Debería haber hablado contigo hace mucho tiempo, Martha, mi niña bonita.

—Estoy bien, mamá, de verdad.

—Sé que lo estás. Eres una mujer muy capaz. Me siento orgullosa de ti. Y he venido hasta aquí para decírtelo, aunque sea tan tarde.

—Nunca es demasiado tarde —dijo la voz de *madame* Bowden a mis espaldas. Tenía una facilidad enorme para aparecer de repente cuando los demás estaban hablando—. ¿No quiere pasar?

Tomar el té con mi madre en la trascocina de aquella casa gigantesca era una novedad. *Madame* Bowden sugirió que era un rincón más acogedor que mi piso y, afortunadamente, nos dejó a solas.

Pensé que acabaría asomando de nuevo la nariz por la puerta, pero cuando le convenía tenía cierto tacto. Hablé animadamente a mi madre sobre las clases que estaba cursando en Trinity, sobre mi recién descubierto interés por la literatura.

—Veo que te has construido una vida preciosa aquí —dijo, descansando la mano sobre la mía.

—Soy feliz, mamá. Incluso viviendo aquí con *madame* Bowden. No es lo que habría visualizado para mí hace tiempo, pero por alguna razón funciona. Creo que somos buenas la una para la otra.

—Parece tu ángel de la guarda.

No sabía muy bien si yo la describiría precisamente de esa manera. Cogí la tetera y serví un poco más de té. Durante todos los años que habíamos pasado en casa, mi padre y mis hermanos habían consumido todo nuestro oxígeno, pero aquí era como si por fin pudiéramos respirar hondo. A veces, hasta que no percibes la ausencia de algo no te das cuenta de la enorme cantidad de espacio que ocupa.

—Quiero contarte una cosa, Martha.

—¿Te separas de papá?

Me miró fijamente.

—Te mentiría si te dijera que no he pensado en ello, pero no. Tu padre es…, bueno, no es perfecto. Pero es un hombre de fiar y, aunque a veces me gustaría poder cambiar muchas cosas de él, me ha proporcionado un hogar donde me siento segura.

Nunca la había oído hablar sobre mi padre de aquella manera. A pesar de que yo seguía teniendo una opinión distinta, la entendía y la respetaba.

—¿De qué se trata entonces?

—No es nada grave…, lo que quiero decir es que no cambiará nada, al menos para ti. Pero te ayudará a comprender el pasado. Mi pasado.

Hizo girar la taza sobre el platito. Noté que elegía con cuidado y despacio sus palabras. Para nosotras que siempre nos habíamos comunicado en silencio, resultaba extraño oír su voz.

—Después de lo de Shane, empecé a darme cuenta de que el pasado no es algo que podamos dejar atrás. Que vive con nosotros a diario. Que no se trata simplemente del ADN que heredamos. Sino que pienso que además hay otras cosas que se transmiten de generación en generación. Recuerdos, quizá.

Estaba hablando desde un lugar donde habitaba un dolor muy profundo, lo notaba. Acerqué mi silla a la suya. La atmósfera de la cocina se transformó en un intenso silencio, como si la casa también estuviera impaciente por escuchar su relato.

—Mi madre fue adoptada siendo un bebé.

De todas las cosas que podría haberme dicho, jamás me habría imaginado aquello. La historia de nuestra familia era algo que siempre había considerado grabado en piedra. ¿Cómo era posible que me hubiera perdido una pieza de información tan importante?

—¿Por qué no me lo dijiste antes?

—Porque supongo que nunca pensé que pudiera afectarte… y, además, todas las madres quieren proteger a sus hijas. Mi madre me protegió todo lo que pudo, pero mis abuelos no eran buena gente. Jamás comprenderé cómo les llegaron a permitir la adopción. ¿Sabías que tu abuela murió de neumonía cuando yo solo tenía tres años?

Moví afirmativamente la cabeza.

—Esa es la historia que contamos a todo el mundo. Pero la verdad es otra. Mi madre, tu abuela, viajó a Dublín con la idea de encontrar a su madre. Desconozco todos los detalles; mi padre me lo contó cuando estaba ingresado en el hospital, en su lecho de muerte. Eran los años sesenta y mi madre le explicó que, después de

369

haber tenido una hija, estaba desesperada por encontrar a su verdadera madre. No sé por qué razón pensó que la localizaría en Dublín, pero, fuera como fuese, el caso es que nunca llegó a dar con ella. Sufrió un accidente: se resbaló en el andén de la estación, cayó a la vía y un tren la atropelló.

—Dios mío, mamá, lo siento muchísimo.

Mi madre no levantó la cabeza para mirarme; era como si lo único que quisiera fuese contar toda su historia.

—Después de aquello, me criaron mis abuelos, los Clohessy. A regañadientes. Mi padre trabajaba, y en aquella época a nadie se le pasaba por la cabeza la posibilidad de que un hombre pudiera quedarse en casa para criar a su hija. De modo que me fui a vivir a casa de mis abuelos, que se esforzaron en recordarme a diario que estaban haciendo un sacrificio por mí. Fue por aquel entonces cuando perdí la voz.

Le cogí la mano.

—Esto no cambia nada, pero lo cambia todo, ¿verdad? —dijo mi madre.

Asentí, secándole las lágrimas.

—¿Has intentado localizarlos? ¿A los padres biológicos de tu madre?

—No, pero lo he pensado. Muchas veces. Mis abuelos jamás hablaban del tema. Nunca me lo dijeron directamente, pero siempre tuve la sensación de que la adopción no debió de ser muy oficial.

—¿Y crees que podríamos intentarlo ahora?

Negó con la cabeza.

—Es demasiado tarde. Pero quería que lo supieras porque se trata de tu historia tanto como de la mía.

Seguimos allí sentadas, hablando durante horas, bebiendo más té y acabando con la lata entera de galletas. No fue hasta que oscureció cuando caí en la cuenta de que ya debería haber servido la cena.

—¿Te quedas? —le pregunté.

—No, será mejor que me vaya ya para poder coger el último tren.

Después de que mi madre se pusiera el abrigo, la acompañé al recibidor y se volvió de nuevo para mirarme.

—Debería haberte dicho a diario que siempre fuiste una joven maravillosa. A veces tengo la sensación de que no estuve del todo presente en tu vida, no sé si me explico. Que simplemente me dejaba llevar por la inercia. Es lo que sucede cuando ocultas una parte de ti. Pero quería decírtelo para que lo supieras, que siempre fuiste más que suficiente, Martha. Pero la gente que siempre te rodeó estaba demasiado envuelta en su propio dolor como para verlo.

Nos abrazamos con fuerza, justo al lado de la barandilla por donde había caído Shane. Rompí a llorar. Y no solo lloré, sino que sollocé entre sus brazos. Meciéndome, mi madre intentó ahuyentar los malos recuerdos. La escalera de madera crujió como la rama de un árbol y oí un leve susurro.

—Parece como si esta vieja casa estuviera intentando decirnos algo —dijo mi madre empleando un tono de voz cantarín, como si estuviera contándole un cuento de hadas a una niña.

—¿Verdad que sí? —Sonreí y me sequé los ojos con las mangas—. A veces también me lo parece a mí. ¿Crees que la próxima vez podrás quedarte un poco más?

—Me encantaría —replicó mi madre. Y se volvió para marcharse y salir a la acera. Y desde allí se volvió de nuevo, me dijo otra vez adiós con la mano y añadió—: ¡Y así también conozco a *madame* Bowden!

Le dije adiós y reflexioné sobre lo extraño de la frase que acababa de pronunciar. Acababa de conocer a *madame* Bowden.

Capítulo 48

HENRY

—¿Eres consciente de que tienes una rama de árbol enorme que sale del techo?

—Sí.

—¿Y de que la rama asoma también por el gablete?

—También sí.

—Uf, estupendo. Creía que solo lo veía yo.

Había decidido visitar el 12 de Ha'penny Lane accediendo por mi vieja entrada, la ventana del sótano, pero una rama muy grande había roto uno de los cristales y me lo había impedido. Habíamos decidido entonces que sería mejor entrar por la puerta principal. En cuanto Martha había aparecido, yo había levantado en alto la carpeta con toda la documentación de Opaline, dejándole teatralmente claro que tenía una razón de peso para visitarla.

—La señora de la casa ha ido a la peluquería —dijo Martha.

Me sentí aliviado. Aquella mujer podía llegar a ser un poco sofocante, por mucho que técnicamente estuviera apostando por mí.

—Creo que el árbol está intentando decirme algo —dijo Martha.

Arrancó una hoja de las ramas que formaban un arco por

encima de su cama. Curiosamente, estaba de lo más tranquila ante la presencia de aquel fenómeno.

—Sí, creo que está intentando decirte algo muy importante sobre el estado enfermizo de los cimientos de esta casa. Tenéis que pedirle a alguien que le eche un vistazo.

Martha restó importancia a mi preocupación y puso la tetera a hervir. Me acerqué a inspeccionar el árbol.

—¿Lo has hecho tú?

—¿El qué?

«Lo que buscas te está buscando», rezaba la frase grabada en la corteza del árbol.

Martha se me acercó por detrás y observó por encima de mi hombro.

—No.

Me volví para mirarla. Estaba distinta, como si las sombras que llevaba dentro hubieran quedado sustituidas por una luz iridiscente. Se la veía feliz. A pesar del árbol. O quizá gracias al árbol.

—¿Qué pasa? —preguntó.

—Nada. Que te veo muy bien, eso es todo.

Martha sonrió y ladeó la cabeza. Era uno de esos momentos en que uno de los dos debería decir algo, pero ninguno era capaz de expresar sus sentimientos con palabras.

—¿Té?

Hice un gesto de asentimiento.

Martha dejó dos tazas en la mesa y cogió un paquete de galletas integrales de la estantería que quedaba por encima de nuestras cabezas.

—¿Qué has averiguado?

Saqué un papel de la carpeta.

—Mucho más de lo que esperaba —respondí—. He reunido muchos detalles, y Opaline se ha convertido en una persona real, de carne y hueso. De hecho, es gracias a ti que he decidido cambiar la perspectiva de la tesis que estoy escribiendo.

Martha parecía satisfecha, aunque confusa. Le pasé la carta y empezó a leerla en voz alta:

Mi querida Jane:

Espero que esta carta llegue a tus manos. La muchacha que trabaja aquí me ha prometido enviarla en secreto, pero nunca se sabe. Lleva cinco días seguidos nevando. Hay algo tranquilizador en ello, ver cómo caen ingrávidos los copos de nieve, sin emitir sonido alguno. De vez en cuando, una brisa ligera hace que los copos se arremolinen y se eleven por encima de los muros de este lugar. Una huida silenciosa. Cómo anhelo poder hacer como ellos. Mi única amiga aquí, Mary, ha fallecido. Esta mañana me he despertado y la he encontrado sin vida en la cama. Ha muerto de frío. Un frío que se ha metido en mis huesos de tal manera que ni siquiera recuerdo cómo me sentía antes. Recibí tu carta en la que me decías que confiabas en que los guantes y el chal que me habías mandado me sirvieran para aliviar este helor. ¡Oh, mi queridísima Jane! Es imposible que sepas que cualquier cosa de valor que podamos recibir las internas desaparece antes de llegar a nosotras.

Creo que el médico pasa mañana. Últimamente, mis pensamientos dan vueltas y más vueltas, inmersos en una espesa neblina. Volveré a pedir hablar con mi hermano, lo haré una vez más. Solicitaré la libertad porque no estoy loca, aunque temo que este lugar acabará volviéndomelo de verdad. Por las noches, los gritos son insoportables. ¿Por qué Lyndon no responde a mis cartas?

No me sorprende que los médicos hayan rechazado tu ofer-
ta de que me visite un especialista de Londres. Llevar a cabo
una evaluación independiente demostraría que he sido encerra-
da aquí por error, que estoy sana. Aunque temo que, en este
sentido, tal vez sea demasiado tarde. Perder a mi bebé y ahora
a Mary, en este lugar de horrores inenarrables, puede hacer que
mi buen juicio me abandone por completo. Si no puedo esca-
par físicamente de este lugar, al menos tengo que idear la ma-
nera de hacerlo mentalmente. Aprender a disociarme de esta
pesadilla. No me escribas más, por favor. Sigue adelante y vive
tu vida. Deja de pensar en mí como tu vieja amiga. Esa mujer
ya no existe.

OPALINE

—Santo cielo. Esto es espantoso. Jamás pensé… —Se interrumpió de repente.

—Lo sé, todo se ha vuelto muy real.

Guardé la carta y sumergí una galleta en el té. No había comido nada desde el almuerzo del día anterior. Había pasado la noche
entera en vela estudiando el contenido de la carpeta y tomando notas. Mantuve la galleta en el té un segundo más de lo necesario y acabó hundiéndose en las profundidades. Reí entre dientes.

—Te prepararé otro —dijo Martha, levantándose para rellenar
la tetera—. No sabía si volvería a verte.

—¿Por qué lo dices?

Martha se encogió de hombros, pero la presioné para obtener
una respuesta.

—Es solo que… que ahora ya tienes lo que necesitabas. El historial de Opaline.

Caramba. Vaya impresión le había causado. ¿De verdad pensaba eso? ¿Que lo único que me interesaba era el manuscrito? Abrí la boca para decir alguna cosa, pero me lo pensé mejor. ¿Acaso tenía importancia lo que pudiera decir? Tenía que dejar de pensar que lo nuestro podía llegar a alguna parte. No éramos más que amigos.

—No irás a imaginar que iba a marcharme sin antes haber visto el libro, ¿verdad?

Puso los ojos en blanco y resopló con exasperación. Lo había dejado sobre la cama, y cuando pasó por mi lado para ir a buscarlo le cogí la mano sin pensar. Se detuvo en seco y me miró.

—El manuscrito no lo es todo. Al menos para mí.

Le solté la mano, pero Martha no se movió. En la comisura de sus labios se dibujó una leve sonrisa.

—Gracias —dijo, casi en un susurro.

Cogió el libro que había dejado en la cama y me lo trajo. No me imaginaba que fuera a tener un aspecto tan sofisticado. Había visto una cantidad más que aceptable de ediciones raras, y pocos libros me habían dejado boquiabierto; este, sí. Estaba forrado con una tela de un color azul intenso, semejante al de los zafiros, que hacía resaltar de forma excepcional el título, grabado en oro.

—*Un lugar llamado perdido* —leí en voz alta.

Había una bella ilustración de una librería antigua, que reconocí al instante como la que había visto cuando me planté por vez primera en Ha'penny Lane. No estaba borracho. La librería estaba allí de verdad. Me sentí totalmente superado y la nariz me empezó a picar, una señal de que aquello podía ser desastroso si rompía a llorar. Carraspeé un poco para poder hablar.

—¿Dónde lo has encontrado? —pregunté.

—Podría decirse que el libro me encontró a mí. Es lo que sucede a veces con algunos relatos. Como el que llevo tatuado en la espalda.

El tatuaje. Siempre había querido preguntarle qué era, pero, antes de tener oportunidad de hacerlo, Martha se interesó por el resto de los documentos de la carpeta, y me alegré de poder distraerme con otra cosa. Porque pensar en la última vez que vi aquel tatuaje, cuando estuve bailando con ella, cuando la tuve entre mis brazos, era demasiado.

—Oh, sí, claro. Hay pliegos de cartas escritas por Opaline que nunca llegaron a ser enviadas. Parece todo un poco intermitente; da la sensación de que algunas lograron cruzar esa verja y otras no. No son de lectura fácil, te lo aseguro. No sé cómo pudo sobrevivir allí dentro. Pero debió de hacerlo…, tenemos la carta enviada a Sylvia que lo demuestra.

—Y el libro —dijo Martha.

Incluso en el caso de que nunca encontrara el manuscrito, tenía la base para elaborar una tesis muy interesante sobre una mujer que había sido una de las tratantes de libros más destacadas de Irlanda y que, aun así, había sido encerrada por orden de su hermano. Por mucho que fuera una mujer de talento, inteligente e independiente, seguía siendo considerada propiedad de un hombre que podía hacer con ella lo que más le conviniese.

—Me temo que tengo que volver a la biblioteca —dije, levantándome con brusquedad para ponerme enseguida la chaqueta.

Martha tardó un instante en reaccionar. ¿Habría preferido que me quedara? Nunca lo sabría y no estaba dispuesto a quedar como un tonto preguntándoselo.

—¿Puedo llevarme el libro? Estoy intentando terminar el documento en el que he estado trabajando. Confío en poder conseguir alguna beca gracias a él.

Vi que Martha dudaba, de modo que le sugerí un intercambio. La carpeta de Opaline a cambio del libro.

—De hecho, hay también una foto. ¿Quieres verla?

Martha asintió con entusiasmo. Resultaba cautivador verla tan emocionada por una mujer que no conocía. No era una fotografía muy favorecedora, a decir verdad. Se veían varias mujeres en fila delante de una mesa de comedor, con las manos unidas sobre su cuerpo, sin sonrisas. Tal vez la hubieran tomado para enviar a las familias que pagaban por su estancia en la institución, había pensado. En el reverso no había nada escrito. Martha ladeó la cabeza y me preguntó si tenía una lupa.

—No, no llevo ninguna encima —dije riendo, pero observé de nuevo la foto por detrás de la cabeza ladeada de Martha—. ¿Qué has visto?

—Quizá nada.

—¡No digas eso!

Martha forzó la vista y se acercó la fotografía a los ojos.

—Es la falda. Parece como si hubiera alguna cosa escrita.

—Es difícil asegurarlo —dije, observando con atención la granulada imagen en blanco y negro.

Cuando miré de nuevo a Martha, su expresión había cambiado.

—Parece que hayas visto un fantasma.

—¿Qué? Oh, no es nada. Simplemente me he dado cuenta de la hora que era. *Madame* Bowden estará al llegar.

Y, después de decir eso, casi me empujó para que cruzara la puerta. Me encontré de nuevo en Ha'penny Lane, preguntándome qué me había perdido.

Capítulo 49

OPALINE

Dublín, 1941

—*Guten Abend, Fräulein.*

No sabía qué responder o por qué aquel hombre me hablaba en alemán. Me envolví con el fino chal, como si fuese a ofrecerme protección. Me había parecido oír algo y había bajado del desván para comprobar qué pasaba.

Después de huir de St. Agnes's, había conseguido regresar a Ha'penny Lane y me había sentido aliviada al ver que la tienda seguía allí. Era como un sueño, en el que las cosas te resultan familiares y a la vez extrañas. Igual que la señorita Havisham, la tienda parecía haberse detenido en el tiempo durante mi ausencia. La puerta de entrada se había abierto con solo empujarla, e incluso el pomo de latón tenía el tacto suave del hocico de una mascota que hubiera permanecido perdida durante mucho tiempo. Las cosas se habían degradado y deteriorado, y la mayoría de mis pertenencias no estaban. Las ventanas de la tienda estaban tapiadas. Con solo agua del grifo para llenarme el estómago, había conseguido arrastrar mi colchón hasta el desván, ya que en el sótano hacía demasiado frío.

Después de la euforia de saber que por fin era libre, un agotamiento tremendo se había apoderado de mí y no había podido hacer nada para remediarlo. Llevaba días sin el más mínimo contacto humano y ahora, de pronto, me encontraba frente a frente con aquel hombre.

Hundió la mano en el bolsillo, sacó una cajetilla de tabaco y encendió un cigarrillo. Me ofreció la cajetilla, como si la situación fuera lo más natural del mundo y yo no estuviera visiblemente temblando de miedo. Siguió sin decir nada y simplemente se apoyó en la pared, despreocupado y tranquilo. Era alto, con el pelo rubio oscuro peinado hacia atrás y ojos azules de mirada penetrante. Fue entonces cuando me di cuenta de que llevaba un uniforme del ejército, una chaqueta de color caqui con un águila bordada en el pecho.

—¿Cómo ha entrado? —pregunté con escasa confianza en la voz, que sonó como un graznido por falta de uso.

—Por la ventana del sótano. No está cerrada.

Había comprobado que estuviera cerrada. O bien mentía, o bien…

—¿Quién es usted?

—Josef Wolffe. *Zu Ihren Diensten.*

—Me temo que no hablo alemán —dije.

—Está sola.

Era más una afirmación que una pregunta. No respondí. La vida continuaba en el exterior mientras seguíamos allí, intentando descifrar quiénes éramos. ¿Amigo o enemigo?

—No sé qué estará buscando, pero no lo encontrará aquí.

Notaba todos mis músculos tensos. Pero el hombre se limitó a asentir, como si aquella situación fuese de lo más normal. Miró a su alrededor, tomándose su tiempo. ¿Qué estaría buscando?

—Vengo por aquí de vez en cuando. Para leer.

Dirigió la mirada hacia la pequeña pila de libros que sobrevivían en la estantería inferior. Mis libros.

—Esta es mi casa. No tiene ningún derecho a estar aquí. —La verdad es que no podía mostrarme muy autoritaria, vestida con harapos, macilenta después de años de desnutrición y totalmente despeinada—. Quiero que se marche.

El hombre hizo un gesto de asentimiento para sus adentros, como si acabara de tomar algún tipo de decisión, y abrió el pasador de la puerta principal. Corrí a cerrarla en cuanto se hubo marchado. Y cuando oí el sonido del motor de una motocicleta desvaneciéndose, solté por fin el aire que había estado conteniendo todo aquel rato.

Subí despacio al desván, moviéndome a tientas en la oscuridad y con las piernas amenazando con doblarse bajo mi escaso peso. Cuando llegué arriba, me dejé caer en el suelo e intenté sosegar mi respiración entrecortada y prestar atención a aquel viejo sonido que tan familiar me resultaba, a la presencia tranquilizadora de mis libros. Tal vez fueran imaginaciones mías, pero me pareció oír el suave sonido del viento y unos golpecitos, como de nieve chocando con la ventana. En la penumbra, vislumbré un libro con el título de *Mujercitas* grabado en el lomo. Cerré los ojos y me encontré de repente en Concord, con Jo March y su familia, y solo de pensarlo mi piel empezó a recuperar el calor. Las palabras estaban obrando su magia para ofrecerme un refugio y resucitar mi alma, para devolverme la persona que fui antes de todos aquellos años de maldad.

A última hora de la tarde siguiente, oí que llamaban a la puerta. Hice caso omiso, pero quien quiera que estuviera llamando insistió. Nadie estaba al corriente de mi presencia en la ciudad. Estaba débil por el cansancio y el hambre, pero conseguí encaramarme a la ventana del desván para mirar a la calle. Vi una motocicleta y, justo delante del edificio, vi a Josef Wolffe, el soldado alemán, cargado con lo que parecía una rama grande de madera de pino y un montón de paquetes. Pateaba el suelo, intentando evitar que se le congelasen los pies. Desde donde estaba no podía verme, pues el interior estaba oscuro, pero yo a él lo veía perfectamente. La barba rubia de algunos días, sus ojos controlando la calle.

Dudé unos instantes, luego bajé despacio y abrí la puerta.

—No debería estar sola. *Es ist Heiligabend*. Nochebuena.

Entró, dejó los paquetes y la rama gigante en el suelo, y volvió a salir. No pude más que mirar boquiabierta cuando reapareció con una caja y cerró la puerta a sus espaldas. Se agachó para abrir la caja, y extrajo de su interior varias velas y las encendió. Buscó con la mirada un lugar donde colocarlas y le indiqué con un gesto las escaleras. Estaba demasiado cansada y hambrienta como para ponerme a discutir. A continuación, abrió otro paquete que contenía comida: pan, queso y carne. Le arranqué prácticamente el pan de la mano, y empecé a hacerlo pedazos y echármelos a la boca. Me sentía como un animal salvaje, con los ojos muy abiertos y las mandíbulas masticando a toda velocidad. Me senté en el último peldaño, envuelta aún en mi manta, y observé cómo seguía desempaquetando más cosas. Una botella de vino. Manzanas.

Ninguno de los dos pronunció una sola palabra. Wolffe buscó por la tienda hasta localizar una caja de madera vacía, que colocó bocabajo junto a la estufa para utilizarla a modo de asiento. Partió la rama en ramitas pequeñas sirviéndose de la rodilla y utilizó papel viejo para encender un fuego. La madera estaba demasiado húmeda para arder bien, pero las llamas hicieron que al instante sintiese un poco de calor; por otro lado, el aroma del pino era dulce y reconfortante.

Él también comió, pero poco. Peló una manzana y me la dio.

Abrió la botella y me la entregó. No tenía ni idea de cuánto tiempo pasó hasta que empecé a hablar.

—¿Qué hace aquí?

Me miró desde detrás de una cortina de pelo rubio.

—Soy prisionero de guerra —respondió haciendo una reverencia, como si estuviera anunciándome que era de sangre azul—. El Gobierno irlandés nos tiene muy amablemente retenidos en Kildare, en uno de sus campamentos.

—Pero, si es usted prisionero…

—¿Por qué no estoy en prisión? Porque tengo permiso para ausentarme durante el día. Estoy terminando mis estudios en Trinity.

—No estará hablando en serio —dije, e intenté reír, pero mi musculatura parecía estar atrofiada por falta de uso.

—Irlanda es un país neutral. De hecho, los prisioneros somos más bien una molestia.

Comí un poco más de queso y me serví otra copa de vino. Parecía satisfecho de que hubiera decidido aceptar su caridad.

—No sabía que era Nochebuena.

Wolffe siguió sentado sin decir nada, entretenido tallando alguna cosa a partir de un trozo de madera. No levantó la vista. Resultaba extraño estar en compañía de alguien y no verse obligada a hablar. Apoyé la espalda en la pared y, por primera vez desde mi llegada, contemplé mi antigua tienda. ¿Qué habría sucedido aquí desde mi partida? ¿Quién la habría vaciado? ¿Dónde estaría Matthew? ¿Qué debía hacer a partir de ahora? Empecé a adormilarme como consecuencia de la comida y el calor.

Me dormí rápidamente y tuve un sueño profundo. Soñé con mi padre; yo era una niña y él me llevaba a la misa del gallo, y las notas de «Noche de paz» llenaban el interior abovedado de la iglesia.

Me desperté sobresaltada. Música. Sonaba un disco. Miré a mi alrededor y vi que Josef seguía aquí; el Victrola estaba en el suelo y lo que sonaba era el villancico que había oído en mi sueño. Estaba sentado con la espalda apoyada contra la pared y los ojos fijos en un recuerdo invisible que suavizaba sus facciones. Tal vez estuviera soñando también con su infancia. Y entonces, de forma casi inaudible, empezó a cantar. «Stille Nacht, heilige Nacht». Era lo más bello que había oído en mi vida. Su voz grave, quebrándose a veces, rebosaba tanta ternura que pensé que me echaría a llorar. Y, cuando la música de los violines se silenció, solo quedó el chisporroteo del disco.

—Feliz Navidad —dije, despertándolo de sus ensoñaciones.

Abrió brevemente los ojos y, cuando me miró, me regaló una media sonrisa.

—*Frohe Weihnachten*.

Después de una breve pausa, se levantó y, con un brusco saludo, dio media vuelta dispuesto a marcharse.

—Niebla —dijo, de espaldas a mí.

—¿Perdón?

—Estará preguntándose cómo fue que acabé aquí. Por la niebla. Y por problemas con el motor.

Se volvió de nuevo hacia mí y encendió un cigarrillo.

—Despegamos de Burdeos. Era finales de verano del año pasado. Una tripulación de seis a bordo de un Condor en un vuelo de reconocimiento para verificar las condiciones climatológicas.

Durante todo aquel tiempo que había desperdiciado detrás de ventanas con barrotes, el mundo había estado en guerra.

—Nos vimos obligados a hacer un aterrizaje de emergencia en

algún punto de la costa sur. La policía nos encontró. Nos llevaron al campo de internamiento y estamos allí desde entonces.

—Entiendo.

—No está tan mal. Como puede ver, tenemos muchas libertades.

—¿Estaba combatiendo para ese loco, Hitler?

Proyectó el humo del cigarrillo hacia arriba y gruñó con amargura.

—¿Acaso piensa que teníamos otra elección?

Negué con la cabeza. No tenía ni idea. Pensé entonces en Lyndon. En los rumores sobre las ejecuciones por cobardía.

—Imagino que todos los alemanes han sido llamados a filas.

—Yo no soy alemán.

Pasó por delante de la tienda un automóvil y sus luces me deslumbraron. Me levanté.

—Creo que me tendría que ir yendo —dijo Josef.

Hizo otra reverencia antes de correr el pestillo de la puerta.

—Soy austriaco. Buenas noches, *fräulein*.

Durante las semanas siguientes, *herr* Wolffe empezó a dejarme paquetitos con comida y leña en el sótano. Nunca lo vi entrar o salir. Simplemente me encontraba un paquete envuelto en papel marrón con una gran «W» escrita en una nota, sin nada más. Recibí incluso un paquete con algo de ropa, gastada pero muy útil, que no tengo ni idea de dónde sacó.

A medida que fui recuperando las fuerzas, mis deseos de volver a mi antigua vida, la vida que Lyndon había intentado robarme, fueron en aumento. Pero eso exigía dinero, y mi única posesión valiosa era el manuscrito de Brontë. De modo que decidí hacer algo muy atrevido: escribir a Abe Rosenbach. Le expliqué la procedencia y que no tenía la menor duda de que el manuscrito era un borrador de la segunda novela de Emily Brontë. Rosenbach era uno de los hombres más poderosos del mundo del libro y el más rico. Estaba segura de que correría ese riesgo.

De modo que me aferré a la oportunidad, escribiéndole una carta cuidadosamente articulada antes de encontrar el coraje necesario para emprender la segunda parte de mi tarea: localizar a Matthew y mi manuscrito.

—¿Puedo ayudarla en algo?

—Sí. Me... Me gustaría hablar con el señor Fitzpatrick. Matthew Fitzpatrick.

—Me temo que el señor Fitzpatrick ya no trabaja aquí. ¿Podría ayudarle alguna otra persona?

Moví las manos con nerviosismo hasta que decidí esconderlas en los bolsillos. Matthew había sido mi única constante desde el momento de mi llegada a Dublín. Cuando pensaba en él, pensaba que todo iría bien. Pero ahora todo volvería a ir mal.

—¿Señora? ¿Puedo ayudarla en cualquier otra cosa?

—¿Dónde está? Es decir, ¿cuándo se fue?

—No estoy autorizada para proporcionar información de carácter privado.

Mi único amigo del pasado ya no estaba aquí. ¿Qué significaba esto para mi manuscrito? Tenía que pensar que Matthew lo habría conservado a buen recaudo.

—Sucede que me estaba guardando un objeto de mucho valor y he venido a recuperarlo.

—Lo siento. Imagino que no debería decirle esto, pero supongo que ya no importa. El señor Fitzpatrick, Matthew, murió hace poco más de un año.

Me quedé sin habla.

—¡No…, no es posible!

Aquella mujer se equivocaba. Me estaba hablando de otra persona.

—Tiene que haber algún error…

—Fue cuando los alemanes empezaron a bombardear Londres.

—No, eso no puede ser. Matthew no era soldado, nunca estuvo en el ejército…

—Lo siento, sé que es difícil. Coincidió con que había ido a visitar a su familia. Fue el típico caso de estar en el lugar equivocado en el momento equivocado.

Nada de aquello tenía sentido. Matthew llevaba muerto todo aquel tiempo, y yo ni siquiera lo sabía. Los años que había pasado en St. Agnes's seguían robándome cosas. Me sentía como si me hubiesen atracado y me lo hubiesen quitado todo.

—Si pudiera darme su nombre, miraré en los archivos para ver si hay algún tema relevante al respecto —sugirió la mujer, ablandándose un poco al ver mi congoja.

—Oh, sí. Opaline Carlisle. O tal vez Gray, no estoy segura.

La mujer miró y remiró. No había nada. Matthew no había dejado la más mínima pista sobre papel relacionada con el lugar donde podía haber guardado mi manuscrito. Justo lo que yo le había pedido, secretismo total, aunque en su día ninguno de los dos sabía lo que nos esperaba. Ahora no tenía manera de volver a aquel momento, y ya todo daba igual.

Josef volvió a visitarme y me ayudó a desembalar lo que quedaba en el desván. Encontré más pertenencias, algunas cajas con mis libros perfectamente ordenados y una de las viejas cajas de música con pajaritos mecánicos del señor Fitzpatrick. Estaba rota.

—No hay nada más triste que un pájaro que no canta —dije, dejándola a un lado.

Cuando levanté la vista, Josef estaba mirándome pensativo.

—Tiene que volver a abrir la tienda.

Las estanterías de madera emitieron un sonido quejumbroso. Era como si acabara de sugerirme que viajara a la luna.

—Me resultaría imposible.

—¿Por qué?

Para los hombres siempre era todo muy sencillo. Haz esto o lo otro, haz lo que te apetezca.

—Para empezar, se supone que nadie debe saber que estoy aquí. Mi cárcel es mucho más estricta que la de usted, y si alguien se enterara… Solo la idea de volver allí…

No me había dado cuenta de que estaba temblando. Josef dejó lo que tenía entre manos para acercarse a mí y abrazarme. Me quedé un poco sorprendida por aquel gesto de intimidad, pero la sensación de volver a tener contacto con un ser humano fue maravillosa. Josef se apartó antes de que yo lo hiciera.

—Lo siento.

—No lo sienta.

Pasado un instante, ambos sonreímos.

—Pues es una lástima —dijo abriendo otra caja de libros—. Debía de ser una tienda preciosa.

—Lo era.

Cerré los ojos un momento e intenté recordar cómo era antes la tienda. Sentir la calidez de los clientes que entraban y encontraban justo aquello que no sabían que estaban buscando. ¿Podría hacerlo? ¿Podría permitirme no hacerlo? Sin el manuscrito que poder vender, no tenía manera de sustentarme. No podía seguir viviendo de la caridad de Josef. Para empezar, encontrarlo y que estuviera ayudándome había sido pura cuestión de suerte. Josef me había salvado la vida. Tal vez tuviera razón. ¿Qué sentido tenía recuperar la libertad si solo podía vivir encerrada?

—Tendría que ir con mucho cuidado —dije, y la sonrisa que recibí a modo de respuesta encendió en mí una chispa de esperanza.

La tienda comenzó a vender con discreción y sin fanfarria. Simplemente abrí la puerta y la gente empezó a entrar. Utilicé el dinero de todo lo que vendía para reabastecer la librería y abastecer mi despensa. Pude incluso permitirme algunos productos esenciales que parecían ahora pequeños lujos. Me compré jabón, ropa interior y un par de zapatos nuevos. Empezaba a ver la luz al final del túnel. Dejé de preocuparme por la posibilidad de que pudieran encontrarme; mientras Lyndon siguiera creyendo que yo seguía encerrada en St. Agnes's y el doctor Lynch continuara recibiendo el dinero, nadie tendría ningún motivo para ponerse a buscarme. Poco a poco, volví a ser yo. Golpeada pero intacta, y eso ya era más de lo que podían decir muchos.

La dependencia es algo que se produce sin que te des ni cuenta. Durante las semanas que siguieron a la reapertura de la tienda, empecé a apoyarme cada vez más en Josef y en su forma de ser tranquila y fiable. Nunca pedía nada, y a veces ni siquiera entendía por qué volvía, día tras día, sin preguntarme siquiera sobre el pasado o el futuro. Tal vez porque no era de los que desechan las cosas rotas. Eso lo descubrí el día que entró en la tienda con una bolsita que contenía las herramientas más diminutas que yo había visto en mi vida.

—¿De dónde ha sacado esto?

—Del relojero. Su tienda no queda muy lejos.

Lo dijo como si fuera lo más evidente del mundo. Que un

prisionero de guerra pudiera pasearse tranquilamente por la ciudad, pedirle prestadas unas cuantas herramientas a un relojero y reparar una caja de música antigua perteneciente a una mujer que acababa de fugarse de un manicomio. No pude evitar echarme a reír, lo cual le hizo gracia, aunque no preguntó por mi reacción. Nunca preguntaba. Se limitó a concentrarse en su trabajo.

—¿Sabe lo que se hace? —le pregunté antes de salir a la compra, aprovechando que volvía a tener algo de dinero.

—En Salzburgo me dedicaba a reparar órganos.

Sacudí la cabeza, incapaz de asimilar aquel retazo de nueva información.

—¿Órganos?

—De las iglesias —respondió, mientras empezaba a desatornillar con cuidado la tapa posterior de la caja de música chapada en oro.

—¿Que se dedicaba a reparar los órganos de las iglesias? —repetí, y Josef asintió sin mirarme a los ojos.

—De niño. Con mi padre. Después estudié mecánica en la Universidad de Gotinga. Me gusta reparar cosas —dijo, con una amplia sonrisa dibujándose en su cara.

¿Cómo era posible que alguien como Josef hubiera acabado a bordo de un avión de la Luftwaffe que se había estrellado en la costa de Irlanda? Quizá por primera vez, comencé a preguntarme si habría matado a alguien. Había sido destinado a la Francia ocupada. Observé el brillo de entusiasmo en sus ojos mientras estudiaba los mecanismos diminutos de la caja de música y la delicadeza con que retiraba el pajarillo autómata que la coronaba. Tenía las manos finas, dedos largos y uñas limpias e inmaculadamente cortadas. Su pelo rubio había crecido y, sin la gomina que antes utilizaba, le caía sobre los ojos. En aquel momento, sacudió la cabeza para apartárselo.

Sentado allí, en mi tienda, era como si estuviera en su casa. Hacía poco, había llegado un día con un par de sillas viejas y una mesa, que a saber de dónde había sacado. Josef tenía mano para encontrar justo lo que se necesitaba. Nada ostentoso, pero siempre objetos sencillos y suficientes.

Me hacía reír sin quererlo. De hecho, era su forma de existir en el mundo. Existía para hacerlo mejor, sin tener ni siquiera esa intención.

Dublín, 1944

—Van a repatriarme.

Josef se quedó en la puerta, uniformado y rígido de la cabeza a los pies.

—¿Cuándo?

—Ahora. —Su voz no dejaba entrever ninguna emoción.

Hice un gesto de asentimiento, como si la información que acababa de proporcionarme fuera perfectamente adecuada. Sabía que una parte de mí siempre había estado esperando aquel momento. Nada duraba eternamente, y la posición precaria de Josef estaba más que clara para ambos. Pero, aun así, habíamos creado una burbuja de existencia que el mundo exterior y sus vientos cambiantes no habían conseguido penetrar… hasta ahora. Tenía en la mano un libro que se caía constantemente de la estantería, por mucho que intentara colocarlo en otro sentido o lo apretujara entre sus vecinos: *El conde de Montecristo*, de Alejandro Dumas. Me aferré a él con fuerza, intentando encontrar una estabilidad de algún tipo.

—¿Hay alguien esperándolo? ¿En Austria?

Nunca se lo había preguntado. A decir verdad, tampoco hasta ahora había querido conocer la respuesta. Pero había llegado el momento de enfrentarse a la realidad. Tal vez eso pudiera ayudarme a dejarlo marchar.

—Mi padre. No hay nadie más.

Me miró, y vi escrito en sus ojos el significado de las palabras que acababa de pronunciar. Corrí hacia él, uní mis manos por detrás de su nuca y descansé la cara sobre su pecho. Era la primera vez que nos tocábamos y, en consecuencia, el contacto debería haberme resultado extraño, pero no fue así. Tuve al instante la sensación de que aquel era el único lugar donde siempre había deseado estar. Dudó al principio, pero después de un instante de pausa me rodeó con sus brazos y sentí el calor de su aliento en el cuello.

Me aparté un poco para mirarlo. Sus ojos se clavaron en los míos, unos ojos que contenían todo mi mundo.

—*Mein liebling* —dijo.

Habíamos mantenido las distancias durante todo aquel tiempo. Y de pronto comprendí que, al menos por mi parte, había sido única y exclusivamente por miedo a perder a otra persona amada. Me había dejado engañar pensando que, si no me permitía acercarme a él, no lo echaría de menos cuando se fuera. Estúpida, era una estúpida. La intimidad no es más que una de las cuerdas del violín. El instrumento siempre sigue tocando la música.

Me cogió ambas manos, volvió las palmas hacia arriba y se las acercó a la cara, una a cada mejilla. Cogió entonces una mano, luego la otra, y las besó. La tristeza que siempre permanecía aferrada a las comisuras de su boca seguía todavía allí, pero había algo más. Una vulnerabilidad que no me había permitido ver antes.

Fue como si el tiempo se hubiera ralentizado justo para vivir aquel momento, como si Josef no estuviera a punto de ser arrancado de mi vida. Levanté levemente la cabeza y acerqué mis labios a los suyos. Noté su respiración y observé cómo cerraba los ojos.

Acaricié con los labios el contorno de su boca, besé esas comisuras que esbozaban una sonrisa siempre que pensaba que no estaba mirándolo. Su brazo me presionó con delicadeza por la espalda y, cuando ya no pude contenerme más, me fundí con él. Éramos como una sola persona y comprendí que, pasara lo que pasase, había conocido a mi auténtica alma gemela, y que quizá con eso fuera suficiente. Con solo saber que existía, que estaba allí, respirando y viviendo, tendría que ser suficiente.

No fui capaz de verlo marchar. Hasta que el motor de su motocicleta se perdió en la distancia no tuve valor para salir a la calle. Que estaba vacía, una vez más.

Capítulo 50

MARTHA

«¿Has leído el final del libro?».

Parpadeé al mirar el teléfono y ver el mensaje que Henry acababa de enviarme. Ni siquiera había salido el sol. ¿Se habría pasado la noche en vela leyéndolo?

Le escribí mi respuesta: «No».

Es decir, lo había ojeado un poco. Es lo que hace todo el mundo, ¿no? Pero resulta complicado encontrarle sentido a un final cuando no dispones de todos los elementos. *Un lugar llamado perdido* era la historia de un edificio que tal vez nunca hubiera existido en la vida real y de una potencial guardiana que con toda probabilidad era un personaje de ficción. Lo único que no mencionaba era la única cosa que Henry estaba desesperado por encontrar: el manuscrito.

—El manuscrito —musité.

Las hojas del árbol titilaron y se estremecieron cuando pronuncié la palabra. Estiré el brazo por encima de mi cabeza y toqué la madera, una textura que ya me resultaba de lo más familiar. ¿Por dónde empezar a explicárselo a él cuando ni siquiera podía explicármelo a mí misma?

Quedamos para vernos después y hablar en persona. Visualicé

otra conversación agridulce durante la cual fingiría que no me había enamorado de él. Gruñí y me levanté para prepararle el desayuno a *madame* Bowden. Descargué mi frustración en la cocina, aporreando sartenes y platos, y seguí así hasta que entré en el comedor para dejar en la mesa un plato con salchichas y huevos revueltos. Tenía decidido comentarle a *madame* Bowden lo del libro de Opaline y los documentos que habíamos robado del manicomio. Me alegraba que Henry me hubiera dado la carpeta con el historial, aunque tenía razón: no era una lectura agradable. Después de haber perdido a su hija en un lugar tan horroroso como aquel, imaginé que Opaline habría querido vengarse de su hermano. Sé que yo lo habría querido. Pensé en Shane y el accidente en el que había perdido la vida. En *madame* Bowden, que apenas si se había inmutado.

Algo interrumpió mis pensamientos, y me pregunté por qué no habría bajado aún a desayunar. Por las mañanas, *madame* Bowden era la encargada de despertarme con su voz estridente y sus interminables exigencias. ¿Le pasaría alguna cosa? Empecé a subir la escalera y, a cada peldaño que ascendía, me repetí que era una tonta por preocuparme, que simplemente se habría quedado dormida, aunque me costaba creerlo. Llamé a la puerta de su habitación y, pasado un momento, entré. Mis ojos se adaptaron a la penumbra. La cama estaba intacta. *Madame* Bowden no había dormido allí y no se la veía por ningún lado.

—¿*Madame* Bowden? —dije—. ¿Está por aquí?

La puerta del cuarto de baño estaba entreabierta, pero después de inspeccionarlo vi que estaba vacío.

—¿Hola? —grité saliendo al descansillo, pero la casa estaba tan silenciosa que comprendí que estaba sola.

Busqué por abajo alguna nota, pero no había nada. *Madame* Bowden no tenía móvil, claro está, razón por la cual no podía llamarla.

Siempre argumentaba que se negaba a que las empresas tecnológicas tuvieran controlados todos sus movimientos. No sabía qué hacer, y me pasé la mañana de habitación en habitación, mirando la calle por las ventanas cada pocos minutos.

—¿Tienes el teléfono de alguna de sus amigas para poder llamarla? —me dijo mi madre, a la que llamé cuando la preocupación se volvió tan grande que sentí la necesidad de contárselo a alguien.

—Ni siquiera recuerdo sus nombres, y no he encontrado ninguna agenda por aquí. —Fue entonces cuando comprendí lo poco que sabía sobre aquella mujer—. ¿Crees que debería llamar a la policía? ¿Y si se fue a pasear y luego no se acordó de cómo volver a casa?

—¿Es olvidadiza? —preguntó mi madre.

—La verdad es que no, pero cuando estuviste aquí ya viste que es muy mayor.

—Yo no la vi.

Su respuesta me pareció fuera de lugar, como intentar encajar un cubo en un orificio redondo.

—Pero ¿qué dices? Por supuesto que la viste. Os presenté el otro día cuando estuviste aquí.

Mi madre volvió a hablar después de un momento de pausa.

—Cuando pasé por allí, ella no estaba. ¿No te acuerdas?

Se me puso la piel de gallina. ¿Qué demonios estaba pasando? En aquel momento, sonó el timbre y casi me muero del susto.

—A lo mejor es ella —dije, corriendo a abrir la puerta, pero era Henry—. Mejor que pases —le pedí, y luego le comenté a mi madre que ya volvería a llamarla después.

Parecía un poco nervioso, como si algo le preocupase. Ambos nos pusimos a hablar al mismo tiempo.

—He descubierto algo…

—¡*Madame* Bowden ha desaparecido!

Henry abrió los ojos de par en par.

—¿Desaparecido?

—Cuando he ido a despertarla para el desayuno, he visto que su cama estaba impoluta, que no había dormido en casa.

—Oh.

Su tono sonó fastidiosamente despectivo.

—Bueno, ¿y tú qué querías? —dije, sin intención de que mi réplica resultase tan cortante.

—Ahora no importa. En otro momento, quizá.

Introdujo la mano en el bolsillo del pecho de su chaqueta.

—Te devuelvo el libro —dijo, dejándolo en la consola. Pero se quedó en el pasillo sin moverse ni hacer nada—. Estás realmente preocupada, ¿no?

Me encogí de hombros. *Madame* Bowden ya era como de la familia para mí.

—Tengo que mantenerme ocupada —dije sacando del bolsillo de atrás un par de guantes de goma, cual superheroína de la limpieza—. Lo siento, no pretendía ser maleducada.

Esperaba que después de aquello se fuera, pero vi que empezaba a quitarse la chaqueta.

—Perfecto, ¿qué hacemos?

—¿A qué te refieres?

—No pienso dejarte sola en un momento así. ¿Tienes alguno más? —preguntó, mirando los guantes.

Saqué toda la cubertería, la dispuse encima de la mesa de la cocina y nos situamos Henry en un extremo y yo en el otro. Cada cuarto de hora levantaba la vista para mirar el reloj, y mi preocupación iba en aumento. Apenas cruzamos palabra hasta que Henry se ofreció a preparar el té. Ni siquiera me di cuenta de que había dejado la taza a mi lado y la tiré al suelo sin querer de un codazo. Cuando oí el sonido de la porcelana haciéndose añicos contra las baldosas, me entraron ganas de gritar. Quería que Henry se largara de una vez y me dejara a solas con mis circunstancias. Tenerlo allí solo servía para recordarme todas las cosas que nunca podría tener con él. Me levanté para ir a buscar una escoba y un recogedor.

—Tranquila, ya lo hago yo —dijo.

—Iré más rápido si lo hago yo misma —le espeté.

Henry se apartó y levantó las manos en un gesto de rendición.

Ataqué el té derramado por el suelo y la porcelana rota con toda la rabia que tenía acumulada y conseguí hacerme un corte. Al instante, Henry estaba acuclillado a mi lado.

—Trae, deja que te ayude —dijo, intentando cogerme la mano.

—No pasa nada.

Se sentó en el suelo.

—A veces puedes dejar que la gente te ayude, no sé si lo sabes. No es necesario que lo hagas todo tú sola.

No estaba dispuesta a aceptar consejos sobre cómo sanar mis problemas de confianza, y mucho menos por parte de Henry. Por parte del hombre que había huido de cualquier relación que hubiera iniciado en su vida. Me levanté y encontré una caja de tiritas en un armario. Volví a sentarme a la mesa.

—Puedes hablarme, ya sabes. Somos amigos, ¿no es eso?

Estaba de pie, con la espalda apoyada en la nevera.

—Odio este trabajo.

—No, no lo odias.

—Lo odio. Odio este trabajo estúpido. No sé ni por qué llegué hasta esta puerta. Y odio mis clases nocturnas, y todos y cada uno de los recordatorios de lo que me he perdido. —Intenté abrir el envoltorio de la tirita, pero mi cabeza seguía machacándome—. Y, justo cuando creo que tengo las cosas bajo control, mi vida se pone patas arriba otra vez. Ni siquiera entiendo nada de lo que me pasa. ¿Por qué apareció ese libro en mi habitación? ¿Por qué parece que ese libro me esté hablando? ¿Por qué murió Shane en esta casa, como si fuese por accidente, por mucho que me parezca imposible? Y luego mi madre, que de pronto recupera el habla, solo para decirme que fue adoptada y que nada es lo que yo pensaba que era. Y ahora *madame* Bowden…, y ya sé que piensas que mi reacción es exagerada, ¡pero hay algo que no cuadra! Nada de todo esto es normal —dije. Me temblaban las manos y acabé arrojando la tirita al suelo, dándome por vencida—. ¿Pero sabes qué es lo que más odio? —Me volví para mirar a Henry, que simplemente seguía allí de pie, dejando que yo vomitara el contenido caótico de mi cabeza—. Odio lo mucho que he tenido que luchar contra lo que de verdad quiero porque me da un pánico terrible volver a sufrir.

Se produjo un momento de silencio, durante el cual casi me arrepiento de haber expresado aquello en voz alta.

—¿Y qué es lo que de verdad quieres?

Lo miré, con los ojos llenos de lágrimas.

—Lo que de verdad quiero es a ti.

Nuestros cuerpos chocaron como si nuestras vidas dependieran de ello. Me abrazó y me besó de un modo que no reprimía nada. Toda mi vida se concentró en aquel punto, como cuando ajustas la lente de un microscopio para encontrar lo que más importa. El amor.

Capítulo 51

HENRY

Nos acostamos en la cama individual de Martha, donde hasta el último centímetro de nuestra piel entró en contacto. El muro que se había erigido entre nosotros había quedado derribado gracias a las palabras acongojadas que Martha había pronunciado en la cocina a modo de exorcismo del pasado. «La verdad os hará libres», decían. Y allí, desnudos los dos, supe que ella era mi destino. Todas las estupideces, todas las cosas aparentemente inútiles, difíciles, solitarias y desafiantes que había hecho en mi vida me habían conducido hasta aquí, hasta Ha'penny Lane.

—¿Estás bien?

Noté su cabeza haciendo un gesto afirmativo sobre mi pecho y la atraje todavía más hacia mí. Me sentía como si el tamaño de mi corazón se hubiese multiplicado por diez. Me sentía capaz incluso de levantar un coche a pulso, de ser necesario. Mejor no intentarlo, claro, pero el sentimiento estaba allí.

—Hay algo que nunca te he contado —dije.

—Ay, Dios, no irás a decirme ahora que te has prometido con otra, ¿no?

—Muy graciosa. Pues mira, ya que lo dices, si no te andas con cuidado en un minuto te pido la mano.

—Pues, si tú no te andas con cuidado, mira que podría aceptar.

—¿Acabamos de comprometernos?

Martha soltó una carcajada ronca, directa a mi oído, y me sonó ridículamente sexi.

—Creo que prefiero pasar de todo este rollo del matrimonio por un tiempo, si te parece bien.

—Me parece estupendo.

Descansó la barbilla sobre mi pecho, a la espera de eso que no le había contado nunca. Me lancé.

—He estado en la librería.

—¿Qué librería?

—«La» librería. La de la puerta de al lado.

Sacudió levemente la cabeza, como si con ello pudiera darles sentido a mis palabras.

—Existe, Martha. O existió al menos por un rato. La noche en que llegué a Irlanda.

—¿La has visto?

Asentí.

—¿Por qué no me lo dijiste?

Puse cara como de decir: «¿Y a ti qué te parece?».

—Ya me tenías por un bicho raro, así que…

—¡Eso no es verdad! —replicó Martha, riendo de nuevo—. Pero sí que pensé que eras un pervertido.

—Pues ya tienes la respuesta. No quería que un pervertido, y además bicho raro, echara por tierra todas mis probabilidades de estar contigo.

—¿Estás insinuando que te gusté de entrada?

—¿Andas buscando que te regale los oídos?

Rodó sobre la cama e insinuó que iba a levantarse. Pero tiré de ella hasta que quedó tumbada encima mí, lo que hizo que el deseo me recorriese de nuevo todo el cuerpo.

—Creo que lo supe desde el instante en que te vi.

Me besó con delicadeza y dejé que sus dedos se enredaran entre mi pelo. Era como un sueño del que no quería despertarme nunca. Había salido tantas veces de aquella casa pensando que nunca sería mía que la experiencia no me parecía real.

—Espera un momento —dijo entonces, incorporándose hasta quedarse apoyada en los codos y separando sus labios de los míos—. ¿Por qué crees que la librería te eligió a ti para que la vieras?

—Bueno, no estoy muy seguro de que me eligiera…

Resultaba complicado pensar racionalmente estando en la cama desnudo al lado de aquella mujer. Además, durante muchísimo tiempo había pensado que lo de ver la librería había sido una alucinación provocada por el alcohol y que la tienda no existía.

Martha se sentó y se envolvió con la sábana. Al parecer, íbamos a tomarnos un descanso.

—El libro, *Un lugar llamado perdido*, siempre di por sentado que *madame* Bowden me lo había dejado aquí para que lo leyera.

—Junto con tu árbol.

Me respondió con una mueca. Mi tono sarcástico empezaba a cansarla.

—Ya te he dicho que nada de esto tiene sentido. Tal vez parezca una locura, pero…

—¿Más locura que ver una tienda que no existe?

Martha me miró ladeando la cabeza, como si estuviese evaluándome.

—El manuscrito. Es muy importante para ti, ¿verdad?

¿Seguía dudando del verdadero motivo por el que estaba allí? Empecé de nuevo a explicarme, pero me interrumpió.

—No, ya sé que no es eso, pero entiendo que quieres demostrar alguna cosa.

Cuando escuché aquellas palabras, todo me sonó de repente muy superficial: intentar ganarme la aprobación de la gente, perseguir logros que en realidad no eran ni logros. Yo ni tan siquiera escribía nada, sino que simplemente me tropezaba con el trabajo de otra persona e intentaba demostrar mis méritos a través de una especie de gloria de segunda mano. Tal vez estuviera equivocado desde el principio. Tal vez hubiera llegado el momento de intentar ganarme el respeto hacia mí mismo en vez de obcecarme en conseguir el respeto de los demás.

—Encontrar el manuscrito habría sido… —hice una pausa para buscar la palabra adecuada— inmenso. Pero, de un modo extraño, haber descubierto la verdad sobre Opaline y su librería y, por último aunque no por ello menos importante, haber conocido a la pareja perfecta con ese tipo de risa que siempre me acelera el corazón, ha superado todo eso.

—¿Somos pareja?

—Me gustaría que lo fuéramos.

—De acuerdo.

Y, después de decir eso, me dio la espalda.

—Vaya, ¿y ahora qué hacemos? ¿Se trata de algún tipo de ritual de apareamiento? ¿Te doy también la espalda?

Estaba riendo otra vez.

—¡Las palabras, Henry!

El tatuaje. Claro. Me acerqué un poco más, pero no podía descifrar lo que había escrito.

—Mierda.

—¿Qué pasa?

—Creo que necesito gafas.

403

Se inclinó para abrir el cajón de la mesita de noche y sacó una lupa. Intenté no parecer una tortuga vieja. La inscripción empezaba diciendo:

Wrenville Hall es un espectro que nos persigue de generación en generación, que aplasta todos los sueños y todas las aspiraciones que se cruzan en su camino. Es un lugar maldito, igual que está maldito el linaje de todas y cada una de las criaturas nacidas aquí. Nací en la oscuridad, y ninguna expiación me concederá la luz salvadora que he buscado en ella, en mi querida Rosaleen. La oscuridad reinará en este lugar hasta mi último suspiro, incluso después.

No sabía qué esperaba encontrarme allí desde que vi por primera vez el tatuaje de Martha, pero lo que tenía claro era que no me esperaba esto.

—¿Consigues ver la fecha?

Busqué con la lupa hasta dar con unos números: 1846.

—¿Qué es esto?

Martha se volvió y me miró con solemnidad.

—Nunca se lo he dicho a nadie. Y la verdad es que no lo entendí; es decir, no entendí por qué estaba pasando hasta que vi la fotografía de Opaline.

Cogió entonces el teléfono que había dejado en la mesita de noche y buscó la imagen que había guardado de la vieja fotografía de Opaline en St. Agnes's. Me lo pasó.

—¿Qué tengo que buscar? —pregunté, aceptando el teléfono.

—Mira la falda.

Amplié la imagen y vi algo que hasta el momento se me había pasado por alto. Unas puntadas en el tejido.

—Son palabras —dijo Martha, alentando a mi cerebro para que se pusiera en marcha—. Un relato. El mismo relato que yo tengo tatuado en la piel y que ella bordó en su ropa.

—Pero ¿qué…?

Miré de nuevo la espalda de Martha y vi las iniciales al final del texto.

«EJB».

Empezó a picarme la cabeza y creo que se me pusieron los pelos de punta.

—Henry, creo que se trata del manuscrito de Emily Brontë.

Capítulo 52

OPALINE

Londres, 1946

Inspirada por *El conde de Montecristo*, pasé meses buscando información y encontré finalmente un artículo de prensa sobre la familia de un soldado que creía que el chico había sido injustamente ejecutado por cobardía. Mencionaban el nombre de la unidad. Era la de mi hermano. Había conseguido una pista, y todo lo que tenía que hacer ahora era seguirla.

Descubrí documentos condenatorios de dos juicios por consejo de guerra celebrados en Ypres, donde cincuenta hombres habían sido sentenciados a muerte ante un pelotón de fusilamiento (o asesinados, dependiendo del punto de vista). Justo unos días antes de que se firmara el armisticio, y en pleno conocimiento de que los alemanes estaban a punto de rendirse, mi hermano había ordenado el fusilamiento de dos hombres más. Llevé la documentación a un tal señor Turner, un periodista que colaboraba en *The Times*, y accedió a investigar el tema más a fondo.

Según el expediente del juicio, quedaba claro que aquellos hombres habían sufrido neurosis de guerra. Y, escrito del puño y letra de

Lyndon, este declaraba que la neurosis de guerra era una debilidad lamentable que no tenía cabida en las mejores unidades.

«No existen evidencias suficientes para una condena», había escrito, pero igualmente recomendaba la pena de muerte para mandar un mensaje claro al batallón, que había sufrido grandes pérdidas el día anterior. No mencionaba por ninguna parte que lo que había provocado tan enorme pérdida de vidas había sido la estrategia militar del general. Uno de los condenados era un soldado irlandés, Frank O'Dowd, fusilado por negarse a ponerse la gorra, que estaba empapada por las lluvias torrenciales. Había sido drogado por un médico para poder llevar mejor sus últimas horas en la celda de los condenados a muerte. El señor Turner había conseguido ponerse en contacto con el médico, que le había confirmado que O'Dowd era un soldado voluntario. «Eran incapaces de ver a hombres valientes incluso teniéndolos justo delante», le había comentado el médico. Y le había confirmado también que, cuando el pelotón de fusilamiento hubo terminado su trabajo, mi hermano dio al irlandés el último *coup de grâce*: una bala en la cabeza.

Pasé la noche en el Great Western Royal Hotel, en Paddington. A diferencia de gran parte de Londres, el edificio había salido relativamente ileso de la guerra y los bombardeos solo habían causado daños menores en el tejado. Resultaba curioso estar de nuevo en casa. Ya no me sentía parte de aquel entramado y la gente me parecía extraña, diferente por alguna razón. La guerra se lo había robado prácticamente todo. En este sentido, sabía que debería sentir algún tipo de solidaridad, pero mi guerra había sido muy distinta. Quedé con el señor Turner para comer y me hizo entrega de una copia del artículo que saldría publicado en el periódico al día siguiente.

Leí el artículo. Era potente. Turner era un periodista excepcional y, en vez de dejar a mi hermano como un villano de pantomima o un monstruo capaz de causar daños terribles, lo presentaba como un hombre muy real que había elegido la brutalidad por encima de la decencia humana. Lo cual lo hacía incluso más real, más responsable de sus crímenes.

—Ya no hay vuelta atrás —dijo, saludándome con el sombrero antes de perderse entre la muchedumbre de la calle.

—Existe un viejo refrán que dice: «Antes de emprender un camino de venganza, cava dos tumbas» —dijo la voz de una mujer, agravada por el tiempo y la sabiduría pero que seguía perteneciendo inequívocamente a mi vieja amiga Jane.

—¡Jane! —exclamé.

La abracé con todas mis fuerzas. Le había escrito y le había preguntado si quería reunirse conmigo en el vestíbulo del hotel.

—Lo dijo Confucio —me advirtió, temiendo que mi misión pudiera también destruirme—. ¿Estás segura de que quieres seguir adelante con esto?

—Necesito ser dueña y señora de mi historia. Recuperar mi poder.

Me di cuenta en aquel momento de que tenía otra cosa en común con las familias de aquellos soldados muertos: que la vergüenza me había forzado al silencio. Que me sentía avergonzada de lo que me había pasado, de cómo de algún modo había «dejado» que me sucediera y de cómo la gente podía verme ahora, como una mujer manchada. Mancillada. Aparte de la compañía tranquila y humilde de Josef, me había aislado del mundo por todo lo que me había pasado. ¿Estaba preparada para volver a él? Quizá no, pero ¿cuándo se siente alguien realmente preparado para eso? Lo único que sabía era que ya había sufrido demasiado en silencio. Y que, al menos, el dolor de expresarme me aportaría coraje.

—El mundo necesita saber quién es en realidad Lyndon Carlisle. Les he ofrecido incluso mi propia historia: «El comandante Carlisle, el Exterminador, hizo encerrar a su propia hermana en un manicomio».

—¡Santo cielo! ¿Y la publicará el editor? —preguntó Jane.

—Por lo visto, lo del *Times* es como una red de contactos de viejos amigos. Lo que Lyndon me hizo a mí no cuenta, al parecer.

—¡Qué absurdo!

—El señor Turner sostiene que cualquier indicio de debilidad mental por mi parte podría dañar mi reputación y restarle valor a la «historia real». Repito textualmente.

—Tal vez lleve cierta razón —reflexionó Jane, mordiéndose el labio—. Lyndon podría utilizarlo a su favor.

—Supongo que sí. Un último sacrificio con tal de que se haga justicia.

Había puesto toda la maquinaria en marcha y ya no había vuelta atrás. ¿Tenía miedo? Por supuesto que lo tenía. Pero la historia abarcaba ahora mucho más que mi propia persona y me sentía responsable de actuar en nombre de todos aquellos que nunca tendrían la oportunidad de obtener justicia por lo que mi hermano les hizo. Con todo aquello, devolvería parte de su integridad al apellido Carlisle. Tenía la sensación de que era lo que también habría querido mi padre. Y había llegado el momento. Tenía que enfrentarme cara a cara con él.

Cuando empezó a oscurecer, puse rumbo a mi antiguo hogar. El ambiente era silencioso y calmado, y lo único que oía era el sonido de mis pasos sobre la acera y el latido de la sangre retumbando en mis oídos. Llegué a la verja de la casa. Todo parecía mucho más pequeño.

Llamé a la puerta y, en los momentos de espera que transcurrieron, intenté imaginarme como un árbol muy alto y de raíces robustas. Dejé que la musculatura de mis hombros se relajara y concentré toda la energía en el centro de mi estómago. Allí era donde ardía mi fuego, y sabía que tendría que recurrir a él con precisión y ferocidad. Abrió una mujer.

—El señor Carlisle —dije simplemente.

—¿La está esperando?

—Si no lo está, es que es tonto.

La mujer se quedó perpleja y entró en la casa para comunicar el mensaje. No esperé a que me invitaran a entrar en mi propia casa, de modo que cerré la puerta tras de mí y la seguí hacia el salón recorriendo el pasillo con suelo de parqué.

—Disculpe, señora, pero debe esperar aquí.

—Ya he esperado suficiente —dije, adelantándola sin miramientos.

Mi hermano estaba cenando a la mesa y casi se atraganta con la sopa al verme.

—¿Qué demonios…?

—¿Sorprendido de verme, hermano?

No dijo nada más. Detestaba sentirse en posición de desventaja. Esperaría a ver la configuración del terreno antes de planificar su contraataque. No estaba preparada para su aspecto tan avejentado; parecía mucho mayor de lo que era. Su figura se había vuelto frágil, su piel era fina como el papel y había adquirido una espantosa tonalidad rojiza en la zona que circundaba sus cicatrices. Tenía las manos artríticas, retorcidas y estaba prácticamente calvo.

—Estarás preguntándote por qué estoy aquí y no en mi celda en St. Agnes's.

Se limpió la comisura de la boca con una servilleta que dejó sobre la mesa. La mujer que me había abierto la puerta seguía pululando a mi alrededor como una mosca en verano hasta que Lyndon la despidió con un gesto.

—¿Cómo lo ha hecho?, debes de estar preguntándote. ¿Y qué pasa con el doctor Lynch? Porque sigue quedándose cada mes con tu dinero, ¿verdad?

Lyndon entrecerró los ojos y se levantó de la mesa. Pese a su aspecto débil, aún era capaz de seguir comportándose como un oficial. Necesité toda mi fuerza de voluntad para mantenerme en mi sitio y no dar un paso atrás.

—¿Cómo te atreves a asomar tu cara por aquí?

Lo tenía tan cerca que casi percibía su aliento sobre mi piel.

—Ya no te tengo miedo. ¿Qué más podrías hacerme?

—¿Quieres que lo averigüemos?

Le sostuve la mirada. Me habría gustado atacarle, pero en mi arsenal guardaba algo más efectivo que la violencia.

—¿Querías borrarme de la faz de la tierra? ¿A la niñita pequeña, a la favorita de nuestro padre? Pues permíteme que te felicite. Porque esa niña ya no existe. La mujer que tienes en este momento delante de ti es una criatura muy distinta, que además está empecinada en destruir a alguien: a ti.

—¿Tengo que sentirme conmovido por este espectáculo? Porque te aseguro que no lo estoy en absoluto.

Empecé a deambular a su alrededor, como una leona con su presa.

—En cuestión de horas, el mundo entero sabrá lo que has hecho. En estos momentos, la tinta está impregnando el papel.

—¿Qué papel? ¿Pero de qué hablas, mujer?

—Del papel del *Times*. Se mostraron muy interesados por tu pasado. Y especialmente por conocer el origen de tu apodo, el Exterminador.

Vi un destello de preocupación.

—La gente se traga cualquier cosa, independientemente de que sea verdad o no. Y lo único que conseguirás será quedar como una loca retrasada que debería estar encerrada en un manicomio.

—Ah, sí, ahí pensabas que me tenías. Por injusto que sea, sabía que mi historia no bastaría para arruinar tu reputación. Para mancillarla quizá sí, pero no para la aniquilación que ando buscando. No, Lyndon, los periódicos de la mañana hablarán a voces de tus crímenes en el campo de batalla y de los hombres a los que asesinaste bajo el pretexto de su cobardía. Muchos informes han sido destruidos, pero he reunido pruebas suficientes de tus despreciables actos para hacerte quedar como un paria ante los ojos de tus conocidos y como un enemigo ante los de todos los demás.

Lyndon se quedó momentáneamente boquiabierto.

—Todo eso son excusas penosas para hombres que no merecían vestir un uniforme. Esos tipos eran una desgracia para sus familias, para su país.

—Tengo pruebas de que los hombres a los que fusilaste no eran desertores. Testigos que están dispuestos a dar fe de que asesinaste a aquellos hombres. Sus familias se merecen justicia.

—¡Yo les di justicia! —Su voz retumbó como un cañón desde su caja torácica.

—Justo lo que sospechaba. Estás loco de verdad.

Para Lyndon, éramos como piezas en un tablero de ajedrez. Piezas sin importancia que podía mover a su antojo.

—Para reconocer a uno, hay que serlo también. Además, esos hombres eran reclutas, no verdaderos soldados.

Sabía que quería hacerme morder el anzuelo.

—Algunos no eran más que niños, ¿lo sabías? De modo que sí, es posible que cayeran presa del pánico ante tanta muerte, pero no fueron desertores.

—Oh, Opaline, por favor, cuéntame más detalles sobre tu experiencia vital en el campo de batalla. Ilústrame con tus conocimientos sobre el tema.

—Sé que no tengo derecho a ser juez y parte en la vida de los demás.

—¿Quieres que te hable de los miles que murieron por exposición al frío durante aquel invierno? ¿Y de los muchos más que murieron de cólera? ¿Del sufrimiento indescriptible de millones de los mejores hombres del imperio, encerrados en aquellas trincheras rebosantes de lodo durante semanas, bajo la lluvia, el frío, el viento…, hambrientos y agotados bajo las ráfagas constantes de las balas del enemigo? ¿Quieres que te hable de los terribles bombardeos y de la incesante carnicería? ¿De los muertos y los heridos retirados por los soldados nuevos que llegaban para enfrentarse a un enemigo mejor armado y preparado? ¿De la lluvia de fango negro que caía sobre un terreno salvaje y primitivo? El primer día, en el Somme, perdieron la vida veinte mil hombres. Fue como si hubiera llegado el juicio final y cada soldado tuviera que enfrentarse a él con el único apoyo del camarada que tenía a su lado. En las trincheras, comían cuando llegaba comida, si no se morían de hambre. Morían y morían, y eran enterrados en fosas poco profundas, medio devorados por las ratas. Y eso, los afortunados.

No me esperaba aquello. Lyndon nunca había hablado sobre la guerra y, de haberlo hecho, quizá todo hubiera sido distinto.

—Aun así, no es excusa…

—Ninguno de nosotros pudo escapar de ese horror. Teníamos que defender al rey y el país. De modo que hice lo que tenía que hacer.

—¿Qué? ¿Matar a tus propios soldados antes de que pudiera hacerlo el enemigo?

—Dar ejemplo sobre lo que pasaba con los cobardes. Los ejércitos se gobiernan con el miedo. ¿Crees que todos esos voluntarios comprendían la carnicería que les esperaba? ¿Acaso no crees que todos los hombres que estaban en el campo de batalla deseaban con todas las fibras de su ser poder huir de aquel infierno? ¿Qué piensas tú que hace que los hombres sigan avanzando hacia su muerte?

No lo sabía.

—El deber. El honor. Esas comadrejas que pareces ahora tan empeñada en proteger no tenían ninguna de esas cosas. Eran cobardes puros y duros.

—Si de verdad creyeras en el honor sabrías, en algún rincón de tu corazón, si acaso lo tienes, cosa que dudo, o si no quizá en tu conciencia, que estás muy equivocado. Las familias de aquellos hombres llevan demasiado tiempo cargando con la vergüenza, y ¿para qué? Incluso en el caso de que esos hombres sintieran miedo por tener que enfrentarse a un enemigo de dimensiones formidables, ¿es eso un crimen que deba castigarse con la muerte? Podrías haberlos indultado. Lo hicieron muchos comandantes. Pero tú no. ¿Por qué siempre tienes que aplastar a aquellos que no satisfacen tus exigentes estándares? ¿Por qué tienes que humillar y atormentar…?

—¡Ya basta!

Se apartó de mí para servirse una copa desde un decantador de cristal. Intenté serenarme, aunque me temblaban las piernas y habría tomado también una copa.

—Siempre gira todo en torno a tu dolor, a tu sufrimiento. Nunca piensas en nadie más.

No me tomé la molestia de responder. ¿Para qué?

—¿Puedes imaginarte por un momento el sufrimiento que me

ha provocado esto? —Señaló la mitad de su cuerpo que estaba quemada. Sacó varios frascos de pastillas de los bolsillos y los arrojó sobre la mesa—. Y eso es solo superficial —dijo con más calma—. Cumplí con mi deber. Me jugué el cuerpo entero, ¿y qué recibí a cambio?

—Te concedieron medallas, ¿no?

—¡Ja! Medallas. Lo que yo quería era respeto. Quería un futuro. Una familia. Pero ninguna mujer se ha atrevido nunca a acercarse a mí al ver esto. Aunque tampoco podría darle hijos a nadie, en cualquier caso. Soy un espécimen inútil. Tuve que suplicar para obtener un trabajo. ¿Sabes lo humillante que fue eso? Y a ti solo te pedí una cosa.

—¿Que me casara con Bingley?

—Y tú lo único que hiciste fue alardear de tu libertad delante de mí. ¡La libertad por la que yo pagué!

—Lyndon, si me hubieses hablado antes de todo esto, podría haberte ayudado.

—¿Qué podrías haber hecho tú? Solo servías para una cosa, y ni siquiera me obedeciste en eso.

—¿Obedecerte? —Casi me echo a reír solo de pensarlo. ¿Qué derecho tenía Lyndon? Siempre había actuado como si tuviera alguna autoridad sobre mí, e imaginaba que nuestra diferencia de edad justificaba su conducta. Pero ya no—. Lo dices como si te debiera algo, y créeme, hermano, no te debo nada.

—¡Me lo debes todo! Estarías muerta de no ser por mí.

—¿Pero qué demonios dices?

—Tu madre no quería tenerte. Aunque en estos momentos, ni siquiera estoy seguro de que fueses mía. Puta francesa.

Fue como si hubiera entrado de repente en la conversación de otra persona. Sus palabras no tenían sentido.

—¿Mi madre?

Se acercó al aparador, cogió un puro de una caja plateada y lo prendió con un encendedor redondo de mármol. Entrecerró los ojos al aspirar y exhaló el humo hacia el aire paralizado.

—Como bien sabrás, mamá y papá están muertos. Tus abuelos.

Sacudí la cabeza. Lo que estaba diciendo no tenía ningún sentido.

—No pienso seguir escuchando esta locura —dije, dando media vuelta para irme de allí.

—Ya no te gustan tanto las verdades, ¿eh?

Me paré en seco.

—Pensaba que estabas aquí para aclarar las cosas, para sacar a la luz todas las transgresiones que pudiera haber cometido en el pasado. Pues, de ser así, mejor será que las conozcas todas.

Sentí náuseas. Noté una sensación repugnante recorriéndome las venas, instalándose en mi pecho. Comprendí que sabía con anticipación lo que Lyndon iba a decir, que en el fondo siempre lo había sabido, pero que jamás me había permitido a mí misma verlo.

—Quiero que sepas que, cuando ese articulillo barato salga mañana a la luz con tu versión de los hechos, habrás traicionado a tu propio padre.

Me volví y lo miré fijamente a los ojos.

—No —dije, negando con la cabeza—. No puede ser.

—Era el verano de 1900 y estábamos de gira por Europa. Mi abuela…, tu bisabuela pagó el viaje. Iba acompañado por algunos amigos de la universidad, estábamos llevando a cabo el *Grand Tour*, como era costumbre entonces entre los jóvenes de la alta sociedad. Tenía veinte años, más o menos la edad que tenías tú cuando huiste al continente.

Odié al instante aquella comparación. Yo no me parecía en nada a él.

416

—Estábamos visitando la Riviera francesa. Y la chica se me ofreció y…

—¡Calla!

Me tapé los oídos con las manos. Aquello era demasiado. Pero Lyndon se acercó y tiró de mis brazos para que pudiera seguir escuchándolo.

—Es el orden natural de las cosas, Opaline. Los jóvenes deben vivir la vida. Y las chicas como ella distinguen la oportunidad en cuanto la ven. Antes de mi partida, vino contándome que estaba embarazada y que no podía permitirse tener una criatura. Le dije que no obtendría nada de mí, pero tenía mi nombre y debió de averiguar nuestra dirección. Un año más tarde, se presentó en la puerta de casa y te dejó en el umbral, como un regalo no deseado por nadie.

Había empezado a llorar, pero él continuó de todos modos:

—Sugerí un orfanato, pero mi padre, que siempre fue un hombre de carácter débil, insistió en que nos quedáramos contigo. Yo les dije que me desentendía por completo del tema. Tenía mi carrera en el ejército. De modo que ellos te criaron como si fueras su hija, y tú desde entonces has sido esa espina que siempre he llevado clavada.

Había dejado de oponer resistencia, y Lyndon me soltó por fin los brazos. Volvió a acercarse al aparador y sirvió dos copas grandes de brandi del decantador. Cuando me pasó una de ellas, me la bebí de dos tragos.

—¿Así que papá no era en realidad mi padre?

Nos quedamos en silencio un rato, con la sensación de que el polvo empezaba a posarse sobre nuestras palabras.

—¿Cómo se llamaba?

—¿Quién?

—La mujer. Mi… madre.

—¿Cómo demonios quieres que lo sepa? De eso hace más de cuarenta años. Celine o algo así. ¿O era Chantal?

Le arrojé la copa de cristal, pero se estampó contra el aparador y se hizo añicos.

—Eres realmente despreciable. No tienes sentimientos hacia nadie excepto hacia ti mismo. Me encerraste en ese… en ese lugar durante todos esos años. ¿Sabía el doctor Lynch que eras mi padre? Dios mío, es como si ahora todo cobrara sentido.

—Te hice un favor. Vi que estabas siguiendo el mismo camino que tu madre: quedarte embarazada sin una alianza en el dedo. De modo que me libré de la criatura por ti. ¿Y este es el agradecimiento que recibo?

Estaba tan enfadada y abrumada que tardé unos instantes en procesar lo que Lyndon estaba diciendo.

—¿Cómo sabías que perdería al bebé?

—¿De qué hablas?

—Del bebé. La niña nació muerta. Acabas de decir que te libraste de ella, pero es imposible que supieras de antemano lo que iba a pasar.

Se sirvió otra copa.

—Lyndon, ¿qué hiciste?

—Debería haberla metido en una bolsa y haberla ahogado, como el cachorro indeseado que era.

Sentía una rabia tan grande que casi me cegaba. Me clavé las uñas en las palmas de las manos. Quería matarlo.

—Pero ¿de qué hablas, en nombre de Dios? —dije, en un tono tan grave que apenas reconocí mi propia voz.

—Pero tenía más valor viva. Un varón me habría dado más dinero, pero la verdad es que la suma que conseguí fue más que aceptable.

Me miró y sonrió. Rio de mi ignorancia. Igual que hacía cuando yo era una niña y, por ser la hermana pequeña, siempre tardaba más en entender las cosas.

—No tenías ni idea, ¿verdad? —Bebió un trago, sintiéndose victorioso—. El viejo Paddy guardó bien el secreto.

Cogí un cuchillo de la cajonera de la cómoda y fui a por él.

—Que Dios me ayude, Lyndon, pero te aseguro que si no me dices toda la verdad ahora mismo te arranco los ojos.

—Tranquila, chica, podrías hacerte daño con eso. —Se sentó tranquilamente en su butaca de madera tallada—. La vendí. A una pareja que estaba desesperada por tener un hijo. Lynch se encargó de todo. Al parecer, ya lo había hecho otras veces.

—¿Está viva?

Casi no podía ni respirar y tuve que sujetarme al respaldo de una de las sillas del comedor para no caerme.

No respondió. Algo no estaba saliendo como él había previsto.

—Veo que te has quedado aliviada.

—Dios mío, no tienes ni idea, ¿verdad?

—¿Idea de qué?

—¡De lo que es amar! —Intenté serenarme, pero entonces caí en la cuenta del auténtico alcance de su falta de humanidad—. Vendiste a tu propia nieta.

Dejé de mala gana sobre la mesa una copia del artículo del señor Turner y di media vuelta dispuesta a marcharme.

—¿No piensas preguntarme dónde está?

—¿Me lo dirías si lo hiciera?

Sonrió con suficiencia.

—Me conoces bien, pequeña Opale.

La palabra me dejó turbada. Solo Armand me llamaba así.

—A partir de mañana, todo el mundo te conocerá por lo que en realidad eres.

Salí de la estancia con la cabeza bien alta. Me crucé con el ama de llaves en el pasillo y me miró con extrañeza. Estaba perdida en un laberinto interminable de emociones y de recuerdos que parecían no encajar por ningún lado. Mi hija estaba viva. Y eso era lo único a lo que debía aferrarme.

Al llegar a la puerta, oí el sonido potente de un disparo. Me paré en seco. Entonces oí los gritos de una mujer. No di marcha atrás. Ordené a mis pies que siguieran moviéndose, uno delante del otro, hasta que me encontré en la calle y llené de aire los pulmones. Sabía que no tenía otra alternativa. Que podía dejar que esta terrible serie de acontecimientos se convirtiera en mi nueva historia, una historia que estaría condenada a llevar conmigo toda la eternidad, o que podía dejar que muriera con él. Era una elección que me vería obligada a hacer cada día durante el resto de mi vida.

Capítulo 53

MARTHA

Había oscurecido y me sentía a salvo en nuestro pequeño refugio. Haberle permitido a Henry la entrada, compartir con él todas las cosas con las que ya no quería cargar sola suponía realmente un alivio. Los dos sabíamos que habíamos sido atraídos hasta aquí por alguna razón, por algo especial que otorgaba una magia luminosa a cada beso, a cada caricia. Me costaba creer que fuese mío, que aquellos ojos fueran solo para mí. Henry me había susurrado tonterías con los labios pegados a mi cuello, había explorado mi piel con la punta de los dedos y, lo más dulce de todo, se había quedado dormido entre mis brazos.

Madame Bowden no había vuelto y, con una presciencia extraña, había dejado de esperar que lo hiciera. Llámalo intuición, pero imaginaba que *madame* Bowden siempre había sabido mucho más sobre este edificio de lo que me había contado. E imaginaba asimismo que sabía también mucho más sobre mí. ¿Quién era aquella mujer? ¿Por qué motivo me habría puesto a prueba? ¿Estarían involucradas en el asunto las amigas que habían asistido a aquella cena? ¿Sería todo aquello una especie de pantomima? No disponía aún de todas las piezas, pero no podía seguir engañándome a mí misma y creyendo que mi llegada a Ha'penny Lane había sido pura casualidad.

Y me había dado cuenta de una cosa más, de una cosa maravillosa.

Podía volver a leer a Henry. Sus historias se desplegaban ante mí tan claras como el día en que nos conocimos. Incluso mientras dormía había podido leer el encuentro que había mantenido con su padre y entendido que, a pesar de tantas emociones en conflicto, había significado mucho para él. Quizá al final resultara que no era el amor lo que bloqueaba mi habilidad para leer a las personas. Sino más bien lo contrario al amor, dirigido hacia mí misma. Al seguir con Shane, a pesar de cómo me trataba, había tenido que abandonarme en cierto sentido. Había tenido que silenciar esa voz interior que sabía que algo iba mal, ignorar el presentimiento que me decía que no me merecía aquello. Que mi vida tenía un potencial mucho mayor que acabar convertida en el saco de boxeo de un hombre. Había perdido la capacidad de leer a Shane cuando dejé de verme a mí misma y mis propias necesidades. Y, de un modo similar, había perdido también mi don con Henry cuando me había negado a ver lo mucho que lo amaba. Lo mucho que lo necesitaba.

Noté que Henry se revolvía a mi lado. Su pelo, ligeramente húmedo y pegado a su frente, olía a papel y a brisa otoñal. Me levanté con cuidado de la cama para no despertarlo y subí a coger el libro que había dejado en la mesita del vestíbulo. Tomé asiento en una de las sillas estilo Reina Ana de *madame* Bowden y me dispuse a leer las últimas páginas.

El ámbito de lo perdido no es un lugar sin esperanza. Es un lugar de paciencia, de espera. Estar perdido no significa haber desaparecido para siempre. El ámbito de lo perdido es un puente entre dos mundos, donde el dolor de nuestro pasado puede transformarse en poder. Tú siempre has tenido la llave que da acceso a este lugar especial, y ahora estás preparada para abrir la puerta.

Toda persona que acaba llegando hasta aquí trae con ella un don especial que, de utilizarlo, la ayuda a trascender sus miedos. Una historia transmitida a través de los recuerdos, vidas que se te revelan sin necesidad de palabras, libros que te susurran su conocimiento al oído, juguetes mecánicos que cobran vida bajo manos bondadosas, nostalgia rescatada y renacida en forma de una nueva vida... Todas estas cosas son la verdadera magia que vive entre estas paredes. Aquí hay una energía capaz de transformarse en lo que quiera. Ha permanecido escondida para todos excepto para los que de verdad creen en ella, una semilla minúscula que todavía contiene todo lo que una vez fue y puede volver a ser.

¿Estás preparada para cruzar el umbral y reclamar lo que te corresponde por derecho de nacimiento?

Mi cuerpo permaneció inmóvil y anclado al suelo como un árbol con raíces profundas mientras que mi mente se volvía ingrávida y flotaba por los aires. Aquello era mi viaje. A pesar de que jamás habría elegido por gusto todo lo que sucedió con Shane, fue eso lo que me condujo hasta aquí en mi búsqueda de algo mejor. Opaline tenía razón: me sentía poderosa. No en un sentido ególatra, sino que era un poder sereno e inspirado en el conocimiento. Era como si por fin estuviera preparada para tomar las riendas de mi vida.

Y entonces recordé algo que había dicho Henry, o que más bien se había callado. Mi instinto me decía que se trataba de algo importante. Estaba preparada para conocer toda la verdad.

—¿Qué era lo que habías venido a contarme? —pregunté a Henry, sentándome en la cama.

Se desperezó y bostezó.

—¿Qué?

—Antes, cuando has llegado, me has dicho que habías descubierto algo.

Se recostó sobre un codo y parpadeó varias veces, como un ordenador cuando se reinicia.

—Ah, sí, espera.

Se sentó en la cama y se puso los calzoncillos para ir a buscar la chaqueta que había dejado arriba. Sentí frío en el instante en que se fue, y sonreí para mis adentros.

—No pasa nada —me dije en voz baja.

Tenía que tranquilizarme y decirme que no debía preocuparme por tener aquellas sensaciones. Sabía que aprender a confiar en él no sería fácil, ya que apenas estaba empezando a confiar en mí misma.

—El bebé de Opaline —dijo Henry, irrumpiendo de nuevo en el piso—. La pequeña no murió. Simplemente le dijeron que había muerto.

Henry se sentó a los pies de la cama y me pasó una vieja partida de nacimiento. Correspondía a una adopción no oficial de una niña. El nombre estaba registrado como Rose.

—Dios mío, ¿cómo pudieron hacerle esto?

—Por dinero, imagino. Era bastante común en aquella época.

Henry apretó mi mano y me alegré de que estuviera allí. No habría podido enfrentarme sola a todo aquello.

—Estoy tan nerviosa que veo lucecitas. ¿Podrías leerme el apellido de la pareja que la adoptó?

—Clohessy. ¿Lo pronuncio bien?

Empezaron a castañetearme los dientes por el frío.

—Oye, ¿qué pasa? —dijo Henry.

Me atrajo hacia él y me abrazó.

—Mi… mi abuela fue adoptada por una pareja apellidada Clohessy.

Capítulo 54

HENRY

—¿Cómo puedes estar tan calmada? Tu abuela se llamaba Rose Clohessy. ¿Cuántas Rose Clohessy pudieron nacer aquel año? Es una coincidencia enorme, ¿no te parece?

Entonces me di cuenta de lo fuerte que estaba hablando mientras deambulaba excitado de un lado a otro del piso del sótano, en contraste con su pose casi zen en la cama.

—No sé si yo describiría como calma lo que siento en estos momentos, Henry —dijo Martha, aparentemente impávida ante aquel giro monumental en su árbol genealógico.

—Estás procesándolo. Bien. Entendido.

Aquello era de locos. Había conocido a la mujer de mis sueños, después había descubierto que llevaba el manuscrito desaparecido de Emily Brontë tatuado en la piel y ahora, al parecer, resultaba que era la bisnieta de Opaline Carlisle, una de las tratantes de libros más importantes del siglo xx. Un hecho que, hasta la fecha, ella ignoraba por completo.

Espera a que lo cuente en la facultad… ¡Por fin tengo mi tesis!

—¿Es eso en lo que estás pensando?

—¿Eh? ¿Qué? Espera un momento, ¿cómo…?

No lo había dicho en voz alta, ¿verdad?

Martha se levantó y se vistió con una urgencia que sugería cualquier actividad menos mi preferida.

—Por supuesto que tienes que escribir sobre ello. El mundo entero debe conocer la historia de Opaline. Y tú eres el que tiene que contarla.

—Muy bien, pero ¿cómo has sabido que yo estaba…?

—Es un don que tengo, Henry. Y no pienso seguir escondiéndolo.

Intenté fingir que aquello no resultaba inquietante y me esforcé por no pensar en nada, por si acaso Martha volvía a leerme el cerebro. Las ramas del árbol se agitaban con una brisa imperceptible y la puerta se abrió lentamente con un crujido teatral.

—Pero lo del manuscrito de Emily no se lo va a creer nadie, ¿verdad?

Tenía razón. No disponíamos de pruebas de que fuera auténtico. Pero nosotros lo sabíamos y con eso bastaba. Darme cuenta de aquello me dejó boquiabierto. El reconocimiento había dejado de importarme.

—Tendrás que conformarte con ser el único que lo ve —dijo, estampándome un beso en la mejilla.

—Pues creo que me parece bien.

Me parecía muy bien, la verdad.

—De acuerdo, ¿lo intentamos? —dijo Martha, mientras se calzaba.

—¿Subir al Everest? ¿Cenar en el nuevo restaurante asiático?

Estaba claro que yo no compartía su don.

Martha me dio un palmetazo en el brazo y me regaló una sonrisa de esas que te derriten el corazón.

—No, lo de encontrar la librería. Has leído la última página, ¿verdad?

Intenté visualizar mentalmente las palabras.

«El alma de la noche vuelta del revés…».

—No sé muy bien a qué se refiere con eso de «el alma de la noche».

—No seas tan literal —replicó Martha, con una confianza que no le había visto hasta ahora y que le sentaba muy bien—. Si tengo que ser su guardiana, y todo lo que ha sucedido desde que llegué aquí ha estado diciéndome a gritos que tengo que serlo, necesito creer. He estado en modo negación durante demasiado tiempo. Supongo que jamás me atreví ni a esperar que…

Se interrumpió, emocionada. La rodeé por la cintura y le dije que se tranquilizara, que se tomara un respiro.

—Eres muy especial. Lo que sucede es que no lo ves. —Incliné la cabeza y dejé que mis labios rozaran la suavidad de su boca. Capté el aroma dulce de su aliento, atrayéndome—. Pero no sé dónde encajo yo en todo esto —dije, apartándome a regañadientes de ella. Pensamientos estúpidos.

—Eres el único que ha visto la librería. Eso tiene que significar alguna cosa.

Era cierto. La búsqueda del manuscrito me había conducido hasta aquí y había acabado encontrando un tesoro que nunca supe que andaba buscando. Martha me cogió de la mano y tiró de mí hacia arriba. No había ninguna luz encendida, pero las estancias estaban alumbradas por una luna increíblemente grande cuya luminosidad se filtraba por las ventanas.

—¿Y *madame* Bowden? —pregunté después de llegar a la planta baja y seguir hacia el primer piso.

—No creo que vuelva.

Ni una mínima nota de ansiedad en su voz. ¿Qué estaba pasando? Martha se detuvo un momento y se volvió hacia mí.

—Te parecerá raro…

—Martha —dije, sujetándola por los hombros—. Creo que lo de las cosas raras lo tengo más que superado, ¿no te parece?

Sonrió y se sacudió, incluso con un gesto físico, todas las dudas que aún pudieran estar reteniéndola.

—Aparte de nosotros, no existe absolutamente nadie más que haya visto a *madame* Bowden. He preguntado a mis amigos de la universidad y ninguno de ellos la vio la noche de mi fiesta de cumpleaños. Ni siquiera mi madre.

—De acuerdo. Vale. Es raro, sí.

—Aparte de Shane —añadió entonces Martha, arrugando la frente como si de pronto se hubiera perdido en los malos recuerdos del pasado—. ¿Por qué será? —susurró de un modo casi inaudible.

Empecé a desear no haberla visto tampoco yo. ¿Sería un fantasma?

—No creo que sea un fantasma.

—¿Así que ahora te dedicas a leer mis pensamientos cuando te apetece? ¡No sé si me gusta mucho!

Martha sonrió y me aseguró que su don no era tan refinado como podría parecer.

—Leo las historias de la gente, no cada uno de sus pensamientos. Aunque, a menudo, tus pensamientos se leen muy fácilmente —replicó.

Se acercó a mí en la oscuridad. Y volvimos a besarnos, claro, aprovechábamos cualquier oportunidad.

Al final del pasillo, una diminuta puerta que parecía sacada de la casa de un gnomo nos obligó a contorsionarnos, perdiendo toda nuestra dignidad, para poder atravesarla. Era un desván aparentemente normal y corriente, de esos donde la Navidad permanece escondida durante once meses al año, y estaba iluminado por el resplandor blanquecino de la luna que se filtraba a través de ventanas situadas a media altura. Había formas misteriosas cubiertas con sábanas, y el espejo de cuerpo entero que había al fondo reflejó la imagen de otra joven pareja que entraba en la estancia a través de una puerta también minúscula. Recordé un libro que había encontrado en el fondo de una cesta de gangas en una tienda de objetos de segunda mano cerca de Camden. Hablaba sobre los recuerdos de los edificios y de cómo acababan filtrándose en sus paredes. «Nunca olvidan lo que nosotros, como simples mortales, acabamos extraviando». No había vuelto a pensar en ello, hasta ahora.

—Hay una nota —dijo Martha, cogiendo un sobre que llevaba su nombre escrito.

Martha:

He representado a muchos personajes distintos en la historia de otras personas. Pero tu historia siempre fue mi favorita, y este será tu mejor capítulo hasta la fecha. Para que una cosa exista, hay que creer primero en ella. Invita a tu corazón a ver lo que tus ojos no pueden. Sigue tu camino y trae contigo al intelectual, me gusta tenerlo por aquí.

B.

—¿Es su letra? —pregunté.

—¿La de ella?

—Sí. La de *Madame* Bowden.

—No creo que *madame* Bowden sea la persona que pensábamos que era.

—¿Qué quieres decir?

Martha dejó la carta e inspiró hondo antes de sonreír para sus adentros.

—Nunca te fuiste del todo, ¿verdad?

Esperé un momento y miré a mi alrededor, abarcando la totalidad del reducido desván. ¿Con quién estaría hablando?

A decir verdad, mis sentimientos eran confusos. Me alegraba de estar allí con Martha, a la vez que me sentía estúpido por estar esperando que se produjera algún fenómeno sobrenatural y, además, me sentía inútil porque era evidente que no tenía ni idea de qué estábamos haciendo. Yo había llevado a cabo toda la investigación, pero Martha era capaz de avanzar por instinto. Era como esa canción: «The Whole of the Moon».

—«Yo hablaba de alas. Tú simplemente volabas».

—¿Qué eso? ¿Un poema?

—No, es una canción —respondí, dándole la mano. No podía estar en la misma habitación que ella sin estar a su lado—. Habla sobre la luna y sobre un tío que es un idiota y una chica que simplemente… lo sabe todo.

—¡Parece un poco como nosotros!

—Exactamente, sabía que te gustaría.

Unió las manos por detrás de mi cuello y nos pusimos a bailar. Un baile sin música.

—Todo esto no es demasiado raro para ti, ¿verdad? —dijo, y sus palabras quedaron amortiguadas por el hombro de mi jersey de lana.

—Si lo fuera, te lo habría dicho cuando vi ese árbol que había empezado a crecer en tu piso.

Martha resopló y nos echamos a reír.

—Tengo la sensación de estar en un sueño —dijo.

Yo estaba completamente de acuerdo con ella. Con la diferencia de que los sueños tenían la costumbre de terminar. En aquel momento decidí para mis adentros que nuestro sueño sería distinto.

—¡Hay otra puerta! —exclamó de repente Martha.

Se soltó y echó a correr hacia el otro extremo del desván.

Y efectivamente había otra puerta. Estaba justo donde yo había creído ver el espejo de cuerpo entero con nuestro reflejo. Parpadeé lentamente. No, aquello era una puerta. Sin la menor duda.

—¿Cómo se supone que podemos ver hacia dónde vamos? —le pregunté a Martha.

Llevaba cerca de medio minuto siguiéndola a ciegas en la oscuridad. Estábamos en el interior de lo que parecía ser el alero de la casa.

—No podemos verlo. Pero tienes que confiar en mí.

—¿Así que tú tampoco sabes adónde vamos? —dije jadeante y medio agachado después de golpearme la cabeza con una viga del techo.

—Una vez me pediste que confiara en ti, y creo recordar que no me viste gimoteando y quejándome todo el rato —replicó Martha, picándome.

Guardé silencio durante otro minuto hasta que empecé a notar que estábamos subiendo.

—Solo me gustaría comprobar si eres consciente de que estamos subiendo, a pesar de estar en el desván.

—Me he dado cuenta.

Se volvió un momento para darme unos golpecitos en el lateral de la cabeza. Sirvió de poco.

—¿Recuerdas el libro cuando menciona una escalera al revés?

Lo recordaba, sí, pero había pensado que era una especie de cuento de hadas para niños, no un mapa para ir... ¿adónde, exactamente?

—Sí, pero ¿de verdad crees que vamos a encontrar la librería?

La voz de Martha parecía sonar cada vez más alejada de mí.

—¡No se puede encontrar lo que nunca ha estado perdido!

Fenomenal. Incluso Martha empezaba ahora a hablar con acertijos. Por influencia de *madame* Bowden, seguro. ¿Y dónde demonios se habría metido aquella mujer? No había tiempo para pensar con lógica, puesto que el pasadizo era cada vez más estrecho y estaba llenándome las manos de rasguños por el roce contra las paredes.

—¿Te parece que es un buen momento para mencionarte que sufro claustrofobia? —anuncié lo más frívolamente que me fue posible, omitiendo mencionar que me estaba dando la impresión de que ahora las escaleras nos llevaban hacia abajo, en una estrecha espiral.

—Creo que son las raíces del árbol, ¿no te parece?

«Por supuesto que lo son», me dije. Claro, aquella posibilidad tenía todo el sentido del mundo si acababas de tomarte una droga dura. O si te apellidabas Pevensie y acababas de entrar en un armario lleno de abrigos de piel. De pronto fui muy consciente de mis pensamientos, de aquel reguero constante de ideas ridículas. Tal y como Martha me había recordado, ¿acaso no había sido yo el que había ido directo a la librería durante mi primera noche en la ciudad? Pero había descartado la experiencia de inmediato, considerando que no había sido más que un espejismo provocado por el exceso de alcohol.

Mi cerebro no me permitía creer. Martha no había sufrido esa resistencia y decidí que, si a mí me costaba creer, lo mínimo que podía hacer era creer en Martha.

—«El alma de la noche vuelta del revés».

—¿Qué dices?

—Repito esa frase del libro. Lo que dice es que tienes que confiar en que acabarás exactamente allí donde tienes que estar.

—Pues a mí me parece que ya estoy ahí —dije.

Pero no sé si Martha me oyó. Porque, en cuanto acabé de pronunciar aquellas palabras, vi literalmente una luz al final del túnel. El corazón se me aceleró.

Capítulo 55

OPALINE

Dublín, 1952

La esperanza es esa cosa con plumas
que se posa en el alma,
que entona melodías sin palabras
y no se detiene jamás.

Dejé caer sobre el regazo el libro de poesía de Emily Dickinson y miré a través de las vidrieras de la tienda, cuyos colores dibujaban ahora la imagen de un pájaro y una jaula abierta. Había hecho una especie de pacto con el universo según el cual, si mantenía siempre abierta la puerta de mi corazón, llegaría un día en el que mi hija entraría por ella. Entretanto, había encontrado una ocupación que alimentaba mi ilusión de estar haciendo alguna cosa para acercarme cada vez más a ese día. Había empezado a escribir un libro. Un libro infantil. *Un lugar llamado perdido*. Sabía que aquellas paredes encerraban algún tipo de magia. Tal vez no fuera esa magia que puede encontrarse en los circos ambulantes o debajo de la chistera, sino algo mucho más sutil.

Empecé a apagar las luces, entreteniéndome con la tarea. Tenía una sensación indefinible de que algo, o alguien, estaba muy cerca. Alguien que conocía. Alguien a quien amaba. Pero no podía fiarme de mi instinto. No quería. Ni siquiera me volví para mirar quién era cuando oí unos golpecitos en el cristal de la puerta. No soportaría la decepción de haberme equivocado. Apoyé las manos en el escritorio y dejé descansar allí el peso de mi cuerpo, cerrando los ojos con fuerza. Mi corazón estaba empeñado en desobedecer las órdenes de mi cerebro y, sin ser conscientemente de mi decisión, me volví hacia la puerta.

Estaba allí.

Josef. La nieve caía con delicadeza sobre su cabeza y sus hombros.

Un suspiro de alivio escapó de entre mis labios, y habría jurado que los libros de las estanterías suspiraron también. La librería le había abierto sus puertas cuando hui de St. Agnes's y tanto le necesitaba. Y, ahora que estaba de vuelta, todo volvía a llenarse de esperanza. Se acercó al cristal del escaparate y seguí su ejemplo. Estábamos separados tan solo por un fino panel de vidrio. Mis ojos buscaron sus ojos, sus labios, su cuerpo entero. ¿Era real?

—¿Piensas dejarme entrar? —preguntó, esbozando una sonrisa ladeada—. Hace un poco de frío.

Estallé en carcajadas que sonaron como campanillas de plata en mis oídos, campanillas que llevaban año sin tañer. Abrí la puerta y ambos nos quedamos en el umbral bajo una vidriera que se llenaba de flores.

—¿Vuelves para quedarte?

—Mi padre falleció en otoño.

Me llevé la mano al corazón.

—Lo siento.

—Podría reparar algunas de las viejas cajas de música que había en el desván. Cualquier cosa que esté rota...

—Ya has reparado lo que estaba roto en este lugar —dije, arrojándome a sus brazos.

—No sabes cuántas noches he soñado contigo y con este lugar —dijo estrechándome con fuerza, como si nada pudiera volver a separarnos jamás.

—Tengo esta librería enraizada en mi corazón —dije—. Y he de encontrar la manera de mantenerla viva. Para mi hija.

Josef se apartó y buscó respuestas en mi rostro.

—Está viva. Mi pequeña está viva.

Josef abrió la boca para decir algo, pero las palabras se negaron a salir. Sin embargo, la felicidad que reflejaban sus ojos fue suficiente.

—Entra, por favor —dije por fin.

Su único equipaje era un gran macuto de lona con un libro que asomaba por el bolsillo delantero. Con tapas de cuero rojo y páginas perfiladas en dorado. Me resultaba tan familiar y a la vez tan tremendamente incongruente que ni siquiera me atreví a albergar esperanzas.

—Para ti —dijo, siguiendo la trayectoria de mi mirada. Me entregó el libro—. Lo encontré en una librería de viejo en Austria.

Sujeté entre mis manos el libro, gastado por el paso del tiempo, y sentí la magia de la infancia corriendo hacia mí para darme la bienvenida. Busqué la dedicatoria y me vi obligada a contener un grito al verla. Alfred Carlisle. Mi verdadero padre.

—¿Cómo lo...?

—*Mein liebling*. Te ruego que dejes de hablar y me beses.

435

Capítulo 56

MARTHA

Aquella noche tuve sueños de lo más extraños. Estaba paseando por un viejo pueblo italiano, polvoriento y caluroso bajo el sol de verano. Entré en un edificio con un interior oscuro y fresco, lleno de libros desde el suelo hasta el techo. Había un hombre que me entregó una llave y entonces, a la velocidad del rayo, volví a encontrarme en Ha'penny Lane. Todo era igual pero diferente. Había una mujer, una desconocida que me resultaba muy familiar. Me dijo que había estado esperándome. Y que la tienda también había estado esperándome.

—Despiértate —dijo—. Despierta.

Abrí los ojos y, con la luz de la mañana, lo primero que vi fueron los mechones del pelo castaño de Henry en la almohada, a mi lado. Si se había llevado una decepción por no encontrar la librería, no había comentado nada al respecto. El pasadizo estrecho nos había conducido directamente de vuelta a mi piso. Al final, había resultado que no era un pasaje secreto hacia otra dimensión, sino simplemente un viejo túnel para el servicio o alguna cosa por el estilo. Nos habíamos metido en la cama y Henry me había dicho que ya había encontrado todo lo que quería. Yo había encontrado más de lo que nunca había soñado, pero seguía faltándome algo.

—¡El árbol!

—Estoy despierto, estoy despierto —dijo Henry, respondiendo a mi grito, con un ojo todavía cerrado y el pelo despeinado.

—Se ha ido.

—Muy bien. De hecho, eso de que hubiera un árbol creciendo aquí dentro era extraño, pero esto no es más que… Pero ¿qué haces?

Me estaba vistiendo. A toda velocidad.

—¿No vienes?

Henry parpadeó y se puso los vaqueros con desgana. Subí corriendo la escalera por delante de él.

—¿Martha? ¿Estas palabras siempre han estado escritas en la escalera? «Cosas extrañas se encuentran…» —dijo Henry gritando, pero yo había encontrado algo aún más extraño.

Esperaba encontrarme el pasillo del número 12 de Ha'Penny Lane al final de la escalera, donde siempre solía estar. Pero de pronto me hallé en un lugar que nunca había creído del todo que pudiera existir, hasta aquel momento: la librería de Opaline. La luz del día se filtraba a través del cristal del escaparate, con rayos de sol que brillaban con motitas de polvo cayendo como confeti. Apenas me atrevía a respirar por miedo a que todo se evaporara de repente. Muy despacio, dejé que mis ojos se adaptaran a la escena que se desplegaba ante mí. Había estanterías de madera del suelo hasta el techo, cubiertas con suave musgo verde y con enredaderas que trepaban entre las estanterías. Las hojas caídas se arrastraban en silencio por el suelo embaldosado y había globos aerostáticos de juguete flotando sobre mi cabeza. Era como si aquel lugar acabara de despertarse de un largo sueño, como Rip Van Winkle, y estuviera sacudiéndose de encima los años de hibernación. Parpadeé, pero la escena no desapareció. El olor a madera caliente y papel inundaba el ambiente, junto con una dulzura que recordaba la de una dorada manzana de septiembre. El espacio estaba lleno de libros antiguos de todos los colores y de curiosidades, y era como si todo estuviera esperando nuestra llegada.

Estaba en mi casa.

Henry tropezó conmigo al llegar al final de la escalera y asimiló la escena.

—Por favor, dime que estás viendo esto y que no estoy sufriendo ningún episodio de alguna cosa rara —dijo.

—Es real, Henry.

Me volví para mirarlo y sonreí.

—Lo veo, pero no lo creo —musitó Henry—. ¿Cómo es posible?

Inspiré hondo e intenté pensar en las últimas frases del libro de Opaline.

—Quizá la que estaba perdida era yo, y no la librería.

Busqué la mano de Henry y la estreché con fuerza.

—Lo hemos conseguido —dije—. Hemos encontrado la librería.

Henry esbozó una sonrisa bella y espontánea, similar a la de un niño.

—Mira esto —dijo.

Señaló las vidrieras de la parte superior de las ventanas, que no se parecían a nada que hubiera visto antes pero que me resultaban inexplicablemente familiares.

—¿Es eso...?

Henry se acercó y señaló un dibujo que había en un extremo. Una mujer vestida con abrigo largo y pantalón, con el pelo muy corto, de la mano de un soldado.

Epílogo

La lluvia había cesado fuera y el banco de nubes grises que se había apiñado encima de la ciudad como un edredón con bultos se estaba rompiendo y dejaba entrever pequeñas e irregulares ventanas de cielo azul.

—¿Y todo eso que me has contado es verdad? —preguntó el niño, guardándose sin miramientos una galleta con pasas en el bolsillo para más tarde.

—Hasta la última palabra —respondió Martha.

Empezó a ocuparse de los sobres y las cartas. Era hora de volver al trabajo.

—¿Y qué pasó con la casa y esa señora mayor?

—¿Con el número 12? Sigue allí. Pero ahora vive otra gente.

El niño asintió, como si esa explicación le resultara completamente satisfactoria.

—¿Así que el libro te dijo que te convertirías en librera?

Martha se quedó un momento pensando.

—Supongo que sí, a su manera.

El niño juntó las cejas en un gesto de concentración.

—¿Qué pasa?

—Que ojalá encontrara yo también un libro que me dijera lo que tengo que hacer cuando sea mayor.

—Más mayor —replicó Martha, corrigiéndolo—. Además, creo que ya te ha encontrado.

—¿Qué quieres decir?

—Que ya sabes lo que quieres ser.

—¿Yo?

Martha asintió pacientemente.

—¿No has notado que el corazón te daba un vuelco en un momento determinado de la historia, cuando te hablaba sobre Matthew Fitzpatrick?

—Oh, eso.

—Sí. ¡Eso!

El niño saltó del taburete y arrastró los pies por el suelo embaldosado hasta el lugar donde había dejado abandonada la mochila del colegio. Se la cargó al hombro, como si su interior contuviera todas las preocupaciones del mundo.

—Dice la maestra que es una idea tonta.

—Pues, si quieres saber mi opinión, creo que esas son las mejores.

El niño miró a Martha con curiosidad. Era como si ella estuviera desafiándolo. Los adultos casi nunca le hacían caso y, cuando lo hacían, no lo animaban precisamente a creer en ideas tontas.

—La gracia de los libros —dijo Martha— es que te ayudan a imaginar una vida más plena y mejor de lo que jamás podrías haber soñado.

Y, justo después de decir eso, sonó la campanilla de la puerta y entró en la tienda un hombre alto con el pelo cayéndole sobre los ojos. Fue directo hacia Martha y le dio un larguísimo beso en la mejilla, que al pequeño le pareció de lo más asqueroso.

—¿A quién tenemos aquí? —dijo Henry por fin.

—¿Se lo decimos? —le preguntó Martha al niño—. ¿Le decimos quién eres en realidad?

El niño se mostró un poco inseguro de entrada, pero luego dio la impresión de que ganaba confianza y sacó pecho.

—¡Soy un mago! —anunció.

—¿Ah, sí? —dijo Henry.

—Sí —confirmó Martha—. Y como primer truco hará desaparecer este libro mágico que ha estado leyendo durante toda la mañana.

Martha dirigió un gesto al niño para que cogiera el libro.

—¿Gratis? —preguntó el pequeño.

—El primero siempre es gratis —respondió Martha.

Y al instante el niño metió el libro en la mochila y salió corriendo por la puerta echando chispas con lo que, bajo la extraña luz de la mañana, podría haberse confundido perfectamente con una capa agitándose a sus espaldas.

—Has vuelto a hacerlo —dijo Henry, enlazando a Martha por la cintura.

—¿Hacer el qué, señor Field?

—Hacer muy muy feliz a alguien, señora Field.

Y esta vez el beso fue tan largo que se vieron obligados a cerrar la tienda.

Y aquí termina la historia. Aunque nunca llegaron a encontrar el manuscrito de Emily Brontë. Hasta la fecha, permanece escondido en el interior de la cámara acorazada de un banco irlandés, a la espera de formar parte de la historia de otra persona.

Nota de la autora

Querido lector:

Espero que hayas disfrutado sumergiéndote en el mundo encantador de los libros de anticuario tanto como yo he disfrutado escribiendo sobre él.

Esta historia empezó, como sucede a menudo, con unas pocas frases capturadas apresuradamente sobre un papel antes de darles la oportunidad de volar y con la imagen de un hombre plantado en el espacio que debería de haber ocupado una librería. ¡Poco sabía yo entonces sobre el viaje que emprendería de la mano de Opaline, Martha y Henry! Lo único que sabía era que quería escribir una historia sobre una librería muy excepcional, con sus raíces en la época dorada del comercio de los libros raros y aderezada con un poco de magia, misterio y romanticismo.

Tuve que investigar mucho para escribir esta historia, y necesitaría otro libro para incluir todo lo que la inspiró. Una vez leí en alguna parte que hay que amar aquello sobre lo que se escribe, ya que toca compartir mucho tiempo con ello. Y puedo decir sinceramente que este ha sido un trabajo de amor. Los libros, los personajes y el modo en que se desafían, se inspiran y se sanan mutuamente constituyen la verdadera magia de esta historia, ¡pero que nadie le diga a *madame* Bowden que he dicho esto!

Me encanta escribir en líneas temporales paralelas, puesto que siempre me he sentido intrigada por el modo en que el pasado da forma a nuestro presente. En *La librería perdida*, uno de los principales temas es encontrar nuestro propósito en la vida, un tema que reverbera a través de las generaciones. De hecho, todas mis novelas comparten este sentido de autodescubrimiento, de devenir y de pertenencia. Me gusta escribir sobre personajes que no siempre encajan en los ideales convencionales que la sociedad les impone, especialmente sobre mujeres, y Opaline fue, sin duda, poco convencional para su época. Quería escribir un libro que condensara mis sentimientos como mujer con respecto a las mujeres que fueron marginadas en el pasado y que siguen siendo borradas, incluso hoy en día, de su propia historia. Escribir sobre ella me dio la oportunidad de investigar sobre mujeres asombrosas que consiguieron cosas maravillosas; mujeres como la periodista Nellie Bly y las detectives literarias, intelectuales y tratantes de libros que inspiraron la idea de encontrar la segunda novela de Emily Brontë: Leona Rostenberg y Madeleine Stern.

En el corazón de todos mis libros se encuentra la experiencia universal, lo que nos hace humanos, nuestro deseo compartido de ser amados, de ser vistos y de manifestar la expresión de aquello que nos distingue de forma innata. Esta es para mí la clave y la razón por la cual elijo contar estas historias de la manera en que lo hago. El realismo mágico nos permite trascender los límites de la imaginación y demostrar que cualquier cosa es posible. Como dice Martha: «Los libros te ayudan a imaginar una vida más plena y mejor de lo que jamás podrías haber soñado».

Con cariño,

EVIE

Agradecimientos

En primer lugar, quiero dar las gracias a mi editora, Charlotte Ledger. Su entusiasmo por este libro aportó muchísima energía positiva a todo el proceso y trabajar con ella fue un auténtico sueño. Gracias a todo el equipo de One More Chapter y HarperCollins UK; toda mi gratitud por vuestra pasión y experiencia, que han conseguido hacer de este libro una obra de gran belleza.

Gracias también a Gillian Green, que me animó en los primeros capítulos de este libro, y a Sophie Hannah por sus alentadores comentarios y consejos.

Quiero expresar mi inmenso agradecimiento a mi familia, y muy en especial a mis padres, cuyo amor y generosidad han sido constantes e inquebrantables. Y a mi hermana, que para mi suerte también es escritora, por su inspiradora tesis y su fe infinita en este libro.

Y finalmente a ti, querido lector, gracias por tu fe, por adentrarte en el mundo de *La librería perdida* y por permitir que cobre vida en tu corazón.